TONY PARSONS

Die Essenz des Bösen

Weitere Titel des Autors:

Dein finsteres Herz
Mit Zorn sie zu strafen
Wer Furcht sät
In eisiger Nacht
Die ohne Schuld sind

Titel auch als Hörbuch erhältlich

Über den Autor:

Tony Parsons begann seine Karriere als Musikkritiker. Heute ist er einer der erfolgreichsten Kolumnisten und Fernsehjournalisten Großbritanniens und gehört zu den ganz großen Stars der englischen Literaturszene, denn alle seine Romane schafften es auf die nationalen und internationalen Bestsellerlisten. Er lebt mit seiner Frau, ihrer gemeinsamen Tochter und ihrem Hund Stan in London.

Tony Parsons

Die Essenz des Bösen

Kriminalroman

Aus dem Englischen von
Dietmar Schmidt

lübbe

Dieser Titel ist auch als Hörbuch und E-Book erschienen

Vollständige Taschenbuchausgabe
der bei Bastei Lübbe erschienenen Paperbackausgabe

Titel der englischen Originalausgabe: »Girl On Fire«
Originalverlag: Century, London

Für die deutschsprachige Ausgabe:

Textredaktion: Heike Rosbach, Nürnberg
Umschlaggestaltung: © www.buersosued.de unter Verwendung
einer Illustration von © Neil Spence/getty-images
Satz: two-up, Düsseldorf
Gesetzt aus der Scala
Druck und Verarbeitung: GGP Media GmbH, Pößneck
Printed in Germany
ISBN 978-3-404-17991-6

5 4 3 2 1

Sie finden uns im Internet unter luebbe.de
Bitte beachten Sie auch: lesejury.de

Für Tim Rostron aus Tunell Park und Toronto

1

Ich wachte auf, und die Welt war nicht mehr da.

Alles war still, alles war schwarz. Mich umgab eine Dunkelheit, so umfassend, als wäre der Welt sämtliches Licht ausgesaugt worden.

Überall war Staub. Er hing dick in der Luft, heiß und schmutzig, der Staub eines frisch ausgehobenen Grabes. Und ein merkwürdiger Regen fiel – ein Regen aus Stein, aus den Bruchstücken zerschmetterter Dinge, die ich nicht benennen konnte. Die Zerstörung war überall. In meinen Augen, in meinem Mund, in meiner Nase und in meinem Rachen.

Ich lag flach auf dem Rücken, und unvermittelt raubte die Verwüstung mir den Atem.

Als ich mich hochstemmte und den seltsamen Staub aushustete, spürte ich ihn auch an meinen Händen und in meinem Gesicht.

Leer blickte ich in die pechschwarze Stille. Jetzt erst bemerkte ich die Hitze, und mich durchlief schieres Entsetzen. Ganz in der Nähe musste ein großes Feuer wüten. Ich sah mich um und entdeckte es, wie es loderte und flackerte, das einzige Licht in der Dunkelheit. Die Hitze nahm zu. Die Flammen kamen näher.

Beweg dich oder stirb. Dir bleibt keine andere Wahl.

Auf Händen und Knien kroch ich vom Feuer weg und würgte an dem Schmutz in der Luft. Eine Welle der Übelkeit überfiel mich. Ich hatte am ganzen Leib Schmerzen, aber sie schienen von der Innenseite meines linken Knies auszustrahlen.

Mit einem leisen Fluch ließ ich mich auf die Seite sinken und ertastete die Glasscherbe, die sich mir ins Bein gebohrt hatte, ein kleines, aber dickes Bruchstück einer großen Fensterscheibe, die niemals hätte zerspringen dürfen. Vorsichtig betastete ich die Scherbe. Der Schmerz in meinem Knie flammte auf, und ich versuchte zu begreifen, was hier überhaupt los war.

Wo war die alte Welt hin?

Was war passiert?

Mir fiel ein, dass ich im Lake Meadows gewesen war, dem Einkaufszentrum in Westlondon, um einen neuen Rucksack für Scout zu kaufen. Meine Tochter wollte einen einfarbigen, schmucklosen Rucksack von Kipling, denn sie war schon sieben und erachtete sich als viel zu erwachsen für den Kinderrucksack, mit dem sie im Moment noch zur Schule ging. Er war nur ein Jahr alt, aber darauf zu sehen war die weibliche Hauptfigur aus dem großen Blockbusterfilm vom vergangenen Sommer, *Die zornige Prinzessin*, eine wunderschöne Zeichentrickprinzessin mit finsterem Gesicht, die aus ihren schmalen Fingernägeln Blitzstrahlen verschoss. Und mit solchem Kinderkram war Scout durch. Sie wollte, dass ich ihr einen Rucksack für ein großes Mädchen kaufte. Als es geschah, war ich damit beschäftigt gewesen.

Ich erinnerte mich noch, dass ich für den neuen Große-Mädchen-Rucksack bezahlt hatte und in die Fressmeile gegangen war, gedanklich ganz auf die Frage konzentriert, wo ich hier einen anständigen dreifachen Espresso bekommen konnte.

Menschen waren dort gewesen, Licht und Lächeln, der Duft nach Kaffee und Zimtgebäck, leise Einkaufszentrumsmusik, irgendein Song aus dem vergangenen Jahrhundert. All das kam mir nicht wie eine Erinnerung vor, sondern wie ein Traum, der ins Vergessen entwich, kaum dass ich aufgewacht war.

Jetzt waberte und wallte der Feuerschein, weil der Großbrand die Dunkelheit in Fetzen riss. Durch ein eingestürztes

Dach oder eine geborstene Wand kroch graues Licht aus der Außenwelt in die Ruinen.

Erst in diesem Moment sah ich die Menschen in den Trümmern des Einkaufszentrums.

Einige von ihnen rührten sich nicht. Andere versuchten aufzustehen.

Die neue Welt war lautlos.

Nein, begriff ich in diesem Augenblick, die Welt war nicht lautlos. Nicht ganz. Mein Gehör hatte in dem Augenblick ausgesetzt, in dem die alte Welt verschwunden war.

In meiner Nähe saß ein junger Wachmann auf dem Boden. Seine Uniform war von dem grauen Staub bedeckt, der auf allem lag. Er drehte den Kopf zu mir und versuchte zu sprechen.

Falsch – er sprach, aber ich konnte ihn nicht hören.

Ich zog die Glasscherbe aus meinem Knie und brüllte vor Schmerzen auf. Dann kroch ich zu ihm.

Sein Mund bewegte sich wieder, aber seine Worte blieben unverständlich.

Ich starrte ihn an. Vom Staub tränten mir die Augen. Ich schüttelte den Kopf.

Er wiederholte, was er gesagt hatte, und diesmal drang seine Stimme durch das Klingeln in meinen Ohren.

»Eine Bombe«, sagte er.

»Nein. Zu groß für eine Bombe.«

»Mein Arm«, sagte er.

Er hielt seinen Oberarm, starrte ihn an, ohne zu begreifen.

Alles unterhalb des Ellbogens fehlte.

Ich drückte ihn vorsichtig zu Boden, damit er sich hinlegte, bettete seinen Kopf auf die Plastiktüte mit Scouts neuem Rucksack, streifte meine Lederjacke ab, zog mir das T-Shirt aus und zerriss es in drei Streifen.

Der Wachmann hielt den verstümmelten Arm hoch. Er nutzte die Schwerkraft, um den Blutfluss zu verringern. Ich nickte ihm aufmunternd zu.

»Gut so«, sagte ich.

Menschen gingen langsam an uns vorbei. Niemand rannte. Jeder war zu benommen, um zu rennen. Sie torkelten aus den wabernden Staubwolken. Einige hielten noch ihre Einkaufstaschen in der Hand, als könnte das, was hier geschehen war, überhaupt nicht sein. Die Menschen waren zu betäubt, um die Taschen abzustellen, und zu geschockt, um sie loszulassen. Ich legte dem Wachmann einen T-Shirt-Streifen auf die Wunde und drückte ihn vorsichtig fest.

Beinahe umgehend war der Stoff blutdurchtränkt.

Ich ließ den blutigen T-Shirt-Streifen auf der Wunde und platzierte darauf ein zweites Stoffstück. Es sog sich schon langsamer mit Blut voll.

So behutsam, wie es ging, nahm ich dem Wachmann die Krawatte ab, legte sie etwa zehn Zentimeter über der Wunde an und band ab, was von seinem rechten Arm übrig war. Dann legte ich das letzte T-Shirt-Stück auf die Wunde.

Diesmal sickerte kein Blut mehr durch.

Mein Gehör kehrte zurück, und ich hörte die Schreie und die Sirenen. Ich sah die Leiber, die in den Ruinen verstreut dalagen. Ich spürte die Hitze des großen Feuers. Entsetzen überfiel mich und raubte mir den Atem.

Ich dachte an meine Tochter und wollte nicht sterben.

Immer mehr Brocken regneten vom Himmel. Einige davon waren klein wie Kiesel, aber andere so groß, dass sie einem das Genick brechen konnten. Der Wachmann und ich zogen den Kopf ein und versuchten unsere Augen zu schützen.

Der Himmel fiel auf die Lebenden und die Toten herab – die großen Betonklumpen brachten noch mehr Staubwolken mit, als wäre der Himmel selbst daraus gemacht und nun für immer zertrümmert worden.

Etwas traf mich an der Schulter. Ich spürte nichts, aber die Schmerzen in meinem rechten Knie waren so heftig, dass ich die Zähne zusammenbiss, bis mir die Kiefer wehtaten.

Ich nahm die linke Hand des Wachmanns und führte sie zu den T-Shirt-Fetzen auf seiner Wunde. Er streckte den Armstumpf noch immer in die Höhe. Er machte seine Sache gut.

»Sie schaffen das«, sagte ich zu ihm. »Ich hole Hilfe.«

Ich stand auf und wollte langsam in die Richtung gehen, aus der die Sirenen kamen. Nur tat mein rechtes Knie nicht mehr, was es tun sollte.

Es gab unter mir nach, und unversehens lag ich wieder auf dem Boden.

Ich erhob mich vorsichtig wieder und ging weiter. Ich verlagerte mein Gewicht auf das linke Bein und versuchte, die rechte Seite so wenig wie möglich zu belasten.

Ich spürte die Hitze der Feuersbrunst und roch ihren Gestank.

Kerosin?

Aber ein ganzer Ozean von dem Zeug, der lichterloh brannte – das ergab keinen Sinn. Wo sollte so viel Kerosin herkommen?

Ein Mann in einem Businessanzug ging vorbei. Er trug eine Tüte aus dem Apple-Store, und jeder Zoll von ihm war von dem grauen Staub bedeckt, der die heiße, übelriechende Luft sättigte. Ich spuckte aus und atmete tief durch. Die sengende Luft brannte mir in der Lunge.

Das Feuer kam näher.

Beweg dich oder stirb.

Von dem, was vom Dach des Untergeschosses noch übrig war, hing eine lebensgroße Marionette. Mit dem Stuhl der Marionette waren lange, dicke Streifen aus Gurtband verbunden. Sie hielten ihn an der Decke, als warteten sie auf die Hand eines Riesen, die ihn in Bewegung setzen sollte. Die Marionette war mir so nahe, dass ich den Ausdruck in ihrem unversehrten Gesicht erkennen konnte.

Mir wurde klar, dass sie ein Mann gewesen war. Der Mann war ein Pilot gewesen. Und irgendein unglaublicher Zufall hatte verhindert, dass er in tausend Stücke zerfetzt wurde, nachdem er vom Himmel fiel.

Ich hatte gehört, dass so etwas geschehen könne, und es nie geglaubt.

Jetzt glaubte ich es.

Und endlich verstand ich.

Der eklige, durchdringende Geruch war Jet A-1.

Flugbenzin.

Beweg dich oder stirb!

»Verzeihen Sie«, sprach mich eine ältere Dame an. Ihre Höflichkeit in dieser neuen Welt zerriss mir das Herz. »Bitte bleiben Sie bei uns.«

Sie saß auf dem Boden und stützte den Kopf eines Mannes in ihrem Alter auf dem Schoß, der aussah, als wäre er dem Tod nahe. Ich kniete mich neben sie und keuchte auf von dem Schmerz, der mich von meinem Knie ausgehend durchschoss. In dem Moment, in dem ich ihre Hand nahm, erblickte ich, was diese neue Welt hatte entstehen lassen.

»Eine Bombe«, sagte die Dame.

»Zu groß für eine Bombe«, erwiderte ich. »Ein Hubschrauberabsturz.«

Durch den Rauch und den Staub und die halbdunklen Ruinen erkannte ich einen zerschmetterten und zerfetzten Rettungshelikopter. Sein Cockpit war ein Gewirr aus zerknittertem rotlackiertem Aluminium, Stahl und Glasscherben. Die vier Rotorblätter waren verbogen und verdreht, aber trotzdem aus irgendeinem Grund nicht abgebrochen.

Er sah aus wie ein riesiges Insekt, das ein übellauniger Gott erschlagen hatte.

Hinter dem Hubschrauberwrack zog sich ein Pfad der Verwüstung, der sich in alle Unendlichkeit zu erstrecken schien. Eine zerschmetterte, brennende, verbogene, verworrene Masse aus Stahl, Glas und Beton, Fleisch, Blut und Knochen, menschlichen Leibern und Baustoffen. Alles zermalmt.

Aber jetzt sah man neue Lichter, blitzende rote und blaue Lichter. Die ersten Rettungskräfte.

»Ich hole Hilfe«, versprach ich.

Ich ließ das ältere Paar zurück und ging weiter in Richtung der roten und blauen Blitze. Mein Knie gab wieder nach. Ich stürzte und knallte mit dem Gesicht in die Trümmer des Einkaufszentrums.

Ich rappelte mich auf und suchte mir sehr vorsichtig meinen Weg, damit ich nicht auf die Menschen trat, die überall lagen. Ich bewegte mich langsam, um mein verletztes Knie zu schonen, fast als müsste ich alles, von dem ich geglaubt hatte, ich wüsste es, von Neuem lernen.

Als die Tränen mir den Staub aus den Augen geschwemmt hatten, erblickte ich die neue Welt klar und deutlich.

Ich sah die Männer und Frauen, die mit den roten und blauen Lichtern der Rettungskräfte gekommen waren.

Ich sah die Spur der Verwüstung, die der abgestürzte Helikopter zurückgelassen hatte.

Die Wut schnürte mir die Kehle zu, als ich die Verletzten sah – dieser sanfte kleine Euphemismus, mit dem man Menschen bezeichnet, die von entsetzlichen Wunden entstellt sind, Wunden, die niemals heilen würden, nicht in diesem Leben.

Ich wischte mir die Augen mit den Handrücken ab, holte Luft und taumelte vor zu dem Rot und Blau unserer Lichter.

2

Eine Stunde vor Sonnenaufgang stand ich neben dem niedrigen Podium und schwitzte in meiner stichfesten Kevlarjacke, obwohl es noch kalt war. Sieben Tage lag es zurück, dass der Rettungshubschrauber im Einkaufszentrum Lake Meadows aufgeschlagen war, und in meinem rechten Knie pochten nach wie vor heftige Schmerzen.

Dutzende Unschuldiger waren ums Leben gekommen; aktuell wussten wir von vierundvierzig Todesopfern. Die Rettungsdienste durchwühlten weiterhin die Absturzstelle, und mit jedem Tag stieg die Zahl an. Noch konnte niemand genau sagen, wie viele Menschen dort gestorben waren, und ich vermutete, dass wir es nie mit absoluter Sicherheit erfahren würden.

Das Podium, neben dem ich stand, befand sich im Besprechungsraum der Leman Street Police Station in Whitechapel, und ich spürte, dass ich mich an einem geschichtsträchtigen Ort befand. Von diesem Revier aus hatten Mordermittler Jack the Ripper gejagt. Heute ist es die Basis vom SC&O19, des Specialist Firearms Command der Metropolitan Police – der einzigen Abteilung in der Londoner Polizei, die permanent Schusswaffen mit sich führt.

Der Besprechungsraum war voll.

Reihen von Specialist Firearms Officers in grauen Schutzwesten über kurzärmeligen blauen Uniformhemden hörten konzentriert dem jungen weiblichen Sergeant auf dem Podium zu. Auf dem Podium gab es ein Rednerpult, aber sie stand daneben, groß, sportlich und liebenswert, und ich fand sie zu jung, um Sergeant in irgendeinem Teil der Met zu sein, ganz zu schweigen beim SC&O19.

Specialist Firearms Officer Detective Sergeant Alice Stone klang viel entspannter, als sie es sein durfte.

Hinter ihr zeigte ein großer Bildschirm das Foto eines dreistöckigen Gebäudes.

Das kleine, ordentliche viktorianische Reihenhaus stand in der Borodino Street, London E1. Seine Erkerfenster waren mit Tüllgardinen verhängt. Nur eine Postleitzahl entfernt. Wir glaubten, dass in dem Haus die Männer wohnten, die den Rettungshubschrauber zum Absturz gebracht hatten.

Die junge Sergeantin berührte das iPad, das sie in der Hand hielt, und Grundrisse erschienen auf dem großen Schirm. Sie begann, über die MOE – die Methode des Eindringens – am heutigen Morgen zu sprechen, und ich merkte, wie mir der Schweiß den Rücken hinunterlief.

Vom Gewicht der Kevlarjacke kam das nicht.

Irgendjemand muss immer als Erster hinein, dachte ich. Nach stundenlanger Observierung, Auswertung der Erkenntnisse und Einweisung muss immer jemand als Erster eine verschlossene Tür aufbrechen und ins Unbekannte vorstoßen.

»Das Zugriffsteam der Operation Tolstoy knackt die Vordertür des Zielgebäudes mit Hatton-Geschossen«, sagte DS Stone. Ihre Stimme klang ruhig und klassenlos, aber ich bemerkte in ihrer Redeweise die Andeutung einer wohlhabenden Ecke der Home Counties. »Unmittelbar vor dem Zugriff werden zur Ablenkung Blendgranaten eingesetzt.« Sie schwieg kurz. »Wir haben allen Grund zu der Annahme, dass es sich bei den Männern im Haus um bewaffnete Fanatiker handelt, die begeistert den Märtyrertod auf sich nehmen. Sobald wir im Gebäude sind, befinden wir uns daher im CQC.«

CQC bedeutet Close Quarters Combat, Nahkampf, bei dem man sich gegenseitig sichert, während man durch Räume und Korridore vorstößt, bis alle Personen im Haus überwältigt und unter Kontrolle sind. Viele SFOs sind entweder militärisch ausgebildet oder mit Waffen aufgewachsen. In ihren Familien ist es üblich, auf schlammigen Feldern zu jagen.

Ich fragte mich, was bei der jungen DS Stone der Fall war.

Sie lächelte. Sie hatte ein schönes Lächeln, breit, weiß und aufrichtig. Das Problem mit den meisten fröhlichen Mienen ist, dass sie nicht echt sind. DS Stones Lächeln schon.

»Und hinterher gehen wir alle frühstücken«, sagte sie. »Ich gebe einen aus.«

Der Raum voller SFOs in grauen Panzerwesten grinste mit ihr.

Noch lächelnd wandte sie sich zur Seite.

»DC Wolfe? Sie können loslegen.«

Ich stieg die wenigen Stufen zum Podium hoch, schüttelte ihr die Hand und stellte mich ans Rednerpult, wo mein Laptop schon auf mich wartete.

»DC Wolfe vom West End Central wird den Hintergrund des heutigen Ziels erläutern«, sagte DS Stone zu ihren Kollegen.

Sie trat einen Schritt zurück und übergab mir das Wort.

»Wie Sie wissen«, sagte ich, »haben wir ursprünglich angenommen, dass der Rettungshubschrauber mit einer Art Boden-Luft-Rakete abgeschossen worden ist. Die Auswertung in der Nacht nach dem Vorfall hat jedoch ergeben, dass ihn ein UAV zum Absturz gebracht hat, ein Unmanned Aerial Vehicle – ein unbemanntes Fluggerät.« Ich schwieg kurz. »Eine Drohne.« Nur einen Moment lang schmeckte ich wieder den Staub im Mund. »Drohnen dürfen in Höhen von bis zu vierhundert Fuß geflogen werden«, sagte ich. »Die Drohne, die den Hubschrauber zu Fall brachte, flog knapp unter fünftausend Fuß, als sie mit dem Helikopter zusammenprallte. Eine Meile hoch. Über den Wolken und direkt über dem Einkaufszentrum Lake Meadows.« Ich schwieg kurz und rief mir ins Gedächtnis, weshalb wir heute hier waren. »Bisher vierundvierzig Tote, darunter eine Hubschrauberbesatzung, die ihr Leben der Rettung fremder Menschen verschrieben hatte. Und wissen Sie, was das Schlimmste ist? Für die Täter muss Lake Meadows ein *Glückstreffer* sein. Der Hubschrauber hätte auch in einen Acker stürzen können. Aber er schlug in ein Einkaufszentrum im Westen von London ein.« Ich holte tief Luft und stieß sie wieder aus. »UAVs brauchen nicht angemeldet zu werden, und ihre Eigentümer stehen in keiner Datenbank. Die Ermittlungen des Counter Terrorism Command haben jedoch ergeben, dass die Drohne einem dieser Männer gehört hat.«

Ich berührte meinen Laptop, und auf dem Schirm hinter mir erschienen zwei Gesichter, die Passfotos zweier junger Männer, die sich in Alter und Aussehen so sehr ähnelten, dass sie Zwillinge hätten sein können.

»Asad und Adnan Khan«, sagte ich. »Sechsundzwanzig und achtundzwanzig Jahre alt. Syrienrückkehrer. Militärisch ausgebildet und gefechtserfahren. Vor achtzehn Monaten sind sie nach Großbritannien zurückgekehrt. Im ersten Jahr standen sie unter Beobachtung, aber weil sie sich nichts zuschulden kommen ließen, wurden die Observierungen eingestellt und die Beamten anderweitig eingesetzt. Wir glauben jetzt zu wissen, weshalb sie sich bedeckt hielten.«

Ich drückte eine Taste, und ein Dutzend Rechnungen für Drohnen erschienen auf dem Schirm. Keine zwei stammten aus dem gleichen Onlineshop, aber auf allen stand entweder Asad oder Adnan Khans Name.

»Am Flughafen Heathrow hat es im vergangenen Jahr eine Reihe von Beinahezusammenstößen gegeben«, fuhr ich fort. »Drohnen verfehlten knapp Flugzeuge und Hubschrauber beim Start oder bei der Landung. Angenommen wurde immer, dass irgendwelche Schwachköpfe die Kontrolle über ihr neues Spielzeug verloren hätten. Bis jetzt.«

Das Licht des Bildschirms beleuchtete die Gesichter der SFOs. Während sie die Fotos der Khan-Brüder musterten, erkannte ich zu meinem Erstaunen einen der Beamten. Ich war mit ihm zusammen aufgewachsen.

Jackson Rose.

Ich hatte ihn immer fast als Bruder betrachtet, aber heute trennte uns, wie es vielen Kindheitsfreunden ergeht, eine unauslotbare Distanz. Ich hatte nicht einmal gewusst, dass er in die Metropolitan Police eingetreten war. Als ich ihm vor einiger Zeit wiederbegegnet war, hatte er – wie so viele andere Exsoldaten – auf der Straße gelebt. Eine Weile war er bei mir untergekommen, aber es hatte nicht funktioniert. Er gönnte mir keinen Blick, sondern starrte unverwandt die Gesichter der Khan-Brüder hinter mir an.

Ich drückte wieder die Taste.

Ein Männergesicht erschien, ein Foto mit leerem Blick, das von einem Führerschein stammte.

»Ahmed Khan – bekannt als Arnold – ist der Vater von Asad und Adnan Khan. Mr Khan hat seit Jahren das Haus in der Borodino Street gemietet. Er hat dort seine Kinder großgezogen. Er ist neunundfünfzig und sieht älter aus. Unsere Observierungen und Ermittlungen deuten darauf hin, dass Mr Khan keine Person von Interesse für uns ist.« Ich drehte mich um und sah sein Bild an. »Über dreißig Jahre lang hat er als Busfahrer gearbeitet. Ebenfalls im Gebäude sind seine Frau, Azza Khan, sechzig, und Layla, die sechzehnjährige Tochter eines dritten Sohnes namens Aakil. Er war der Älteste und hat bei den Kämpfen um Aleppo sein Leben verloren.« Zwei weitere Gesichter: eine stämmige, ernste Frau mit einem Hidschab und ein lächelndes Mädchen im Teenageralter auf einem Schulporträt. »Wie Mr Khan sind Mrs Khan und Layla Khan keine Personen von Interesse. Sie haben, was die Sicherheitsdienste als unschuldige Kontakte mit unseren Zielpersonen bezeichnen. Laylas Mutter – Aakils Frau – ist vor zehn Jahren an Krebs gestorben. Soweit wir wissen, wurde Layla von ihren Großeltern aufgezogen.«

Im Raum kam Unruhe auf. Unser Job wird stets komplizierter, wenn unter einem Dach mit den Schuldigen auch Unschuldige wohnen.

DS Stone trat neben mich. »Fragen?«

Mehrere SFOs hoben die Hand. Stone nickte einem von ihnen zu.

»Wenn da drin mehr Unbeteiligte sind als Tatverdächtige, wieso gehen wir dann mit solch einem Aufgebot rein, Boss?«

»Entscheidung der DSO«, antwortete Stone. »Und meiner Ansicht konnte sie gar keine andere Entscheidung treffen.«

DSO bedeutet Designated Senior Officer und bezeichnet den Polizeibeamten oder die Polizeibeamtin, der oder die letztlich die Verantwortung für die operativen Entscheidungen trägt. An diesem Morgen war das Detective Chief Superintendent Elizabeth Swire, die von New Scotland Yard aus den Zugriff überwachte.

»Asad und Adnan Khan werden kaum Spielraum für Verhandlungen lassen«, verkündete Stone.

Sie blickte mich an.

»Und jetzt die schlechte Nachricht.« Sie lächelte nicht mehr.

Ich drückte die Taste, und auf dem Schirm erschienen zwei Handgranaten.

Sie sahen aus wie der Tod – schwarze Eier mit geriffelter Oberfläche, einem goldfarbenen Schalthebel und einem Zugring am Sicherungsstift, der an einen Schlüsselring erinnerte. Auf der Seite konnte man deutlich den Namen des Herstellers lesen: Cetinka.

»Dieses Fabrikat einer kroatischen Handgranate sollte vor zwanzig Jahren, als der Balkankonflikt zu Ende war, ausgemustert werden«, sagte ich. »Diese beiden Exemplare wurden jedoch vor zwei Tagen in der Asservatenkammer des West End Central fotografiert.«

Einen Moment lang ließ ich meine Worte wirken.

»Wie es mit ausgemustertem Kriegsmaterial so oft der Fall

ist, wurde eine unbekannte Anzahl dieser Handgranaten niemals zerstört, sondern gestohlen, zwischengelagert und verkauft. Einige von ihnen haben den Weg über den Balkan auf unsere Straßen gefunden. Vor drei Tagen erfuhren Detectives des Homicide and Serious Crime Command im West End Central von einem Informanten, dass ein bekannter Waffenschieber zwei Exemplare an zwei Brüder aus Ostlondon verkauft hat. Aufgrund der Personenbeschreibungen und der Aufnahmen der Überwachungskameras müssen wir davon ausgehen, dass Asad und Adnan Khan diese Käufer gewesen sind.«

Im Raum war es mucksmäuschenstill geworden.

»Deshalb gehen wir mit der gebotenen Härte vor«, sagte DS Stone. »Wir graben sie aus. Wir ergreifen und überwältigen sie, ehe sie kapieren, wie ihnen geschieht. Und dann nehmen wir die wichtigste Mahlzeit des Tages zu uns. Das Einzige, worüber Sie sich dann noch Gedanken machen müssen, ist Ihr Cholesterinspiegel.«

Sie grinsten sie wieder an.

Bei Jackson Rose sah ich die Lücke zwischen den Vorderzähnen, die mir so vertraut war. Jetzt blickte er mich an und nickte.

»Wenn es keine weiteren Fragen gibt, dann machen wir uns ans Werk«, sagte DS Stone. »Ich führe das Zugriffsteam. Wir passieren nur einmal.« Damit meinte sie, dass das Einsatzfahrzeug nur einmal an der Zieladresse vorbeifahren würde, ehe der Zugriff erfolgte. »DC Wolfe begleitet uns zur Zielidentifizierung. Also passt gut auf einander auf da draußen.«

Sie applaudierten ihr alle. Sie fanden sie großartig.

Als ich vom Podium stieg, kam Jackson auf mich zu. »Was ist mit deinem Bein? Du gehst so komisch.«

»Hab mich gestoßen«, sagte ich. »Du trittst in die Met ein und vergisst es mir zu sagen?«

Mir war bewusst, dass wir klangen wie ein altes Ehepaar.

»Das wollte ich noch«, sagte er. »Wir unterhalten uns beim Frühstück.«

Er drückte mich kurz, Kevlar presste sich an Kevlar, dann folgte er seinen Kollegen in die Waffenkammer. Dort nahmen sie ihre Schusswaffen in Empfang und schrieben ihre Namen auf Quittungen, während ihre Ausrüstung ihnen aus dem massigen Maschendrahtkäfig angereicht wurde.

Sie erhielten Glock-17-Pistolen, Sturmgewehre Modell SIG Sauer MCX – die Schwarze Mamba, kurz und superleicht, ideal für den Nahkampf in beengter Umgebung – und M26-Taser.

Einer von ihnen unterzeichnete für eine Flinte – die Benelli M3 Super 90, die uns als Haustürschlüssel dienen würde. Der SFO, der die an sich nahm, versuchte mit einem flaumigen Bart die Aknespuren in seinem jugendlichen Gesicht zu verdecken. Er starrte mich an, ohne zu lächeln.

»Auf geht's, Jesse«, sagte Jackson zu ihm.

DS Stone unterschrieb für ihre Waffen, und wir gingen hinunter in die Tiefgarage, wo eine Kolonne aus Armed Response Vehicles und zivilen Transportern mit laufenden Motoren wartete.

»Das ist unserer.« Sie zeigte auf den weißen Lieferwagen eines Blumengeschäfts. Jackson und der junge Mann mit dem Bartversuch und der Flinte gehörten zu denen, die in den Laderaum stiegen. Auf der Seitenwand stand ein ausgebleichter Schriftzug.

»Betörende« Blüten aus Barking

DS Stone lachte. Sie war wirklich unnatürlich gelassen.

In einer Hand hielt sie zwei PASGT-Helme. Einen der Schutzhelme aus Kevlar, die als Personnel Armor System for Ground Troops zuerst bei der US Army eingeführt worden waren, reichte sie mir. Ich nahm ihn und setzte ihn auf.

»Ich liebe ja die Anführungszeichen um ›betörende‹«, sagte sie. »Warum machen die so was?«

Sie bemerkte, dass ich nicht lachte.

»Was ist denn, Detective?«, fragte sie.

Ich schloss den Riemen des Kampfhelms und schüttelte den Kopf. »Wir benutzen einen Blumenhändlerwagen für das Zugriffsteam? Wenn ich es richtig verstanden habe, ist die Borodino Street eine sehr fromme und arme Gegend. Ich frage mich, wie viele teure Blumensträuße da jeden Tag so ausgeliefert werden.« Ich zeigte auf den Transporter. »Von Betörende Blüten aus Barking oder sonst wem.«

Die Tiefgarage lag unter dem Polizeirevier Leman Street, aber man sah, wie das erste Licht eines schönen Sommertages zum Eingang hereinfiel.

DS Stone lachte nicht mehr. Ich sah zu, wie sie den Helm aufsetzte. Sie ließ die Schultern kreisen, damit ihre Panzerweste bequemer saß, und hielt ihr Sturmgewehr im 45-Grad-Winkel vor der Brust, die Mündung zum Boden gerichtet. Die Tiefgarage füllte sich mit den Abgasen der vielen Fahrzeuge. Sie lächelte mir zu, und das Lächeln ließ mich denken, dass ich beim Frühstück gern neben ihr sitzen würde.

»Wir sind da rein und wieder raus, ehe sich jemand fragen kann, wo die Rosen sind«, sagte sie. »Okay, Max?«

Aber so kam es dann nicht.

3

Im Laderaum des Blumentransporters roch es nach altem Schweiß und frischem Waffenöl.

Die SFOs, die sich darin drängten, waren in dem engen Raum zu Hause. Wir nennen sie ein Tactial Support Team. Sie nennen sich *Schützen*. Ich nahm an, diese Schützen benutzten diesen Mannschaftstransporter nicht zum ersten Mal.

DS Alice Stone stand an den Hecktüren und verlagerte geschickt immer wieder ihr Gewicht, während wir durch die leeren Straßen rasten. Die anderen neun SFOs ihres Teams saßen einander auf niedrigen Bänken gegenüber; die meisten von ihnen prüften ein letztes Mal Waffen und Ausrüstung. Jackson Rose saß ganz ruhig da und starrte fast meditativ ins Leere. Der junge SFO mit dem Bartflaum – *Jesse Tibbs* stand auf seinem Namensschild – rückte die Flinte zurecht, die er sich zwischen die Beine geklemmt hatte. Als er merkte, dass ich ihn beobachtete, sah er mich warnend an. Vorn im Transporter waren der Fahrer und auf dem Beifahrersitz ein Mann, der sich um den Funkverkehr kümmerte. Beide trugen Zivilkleidung.

»Fünf Minuten«, rief der Fahrer über seine Schulter.

DS Stone sprach in das Funkgerät, das an ihrem linken Revers befestigt war.

»An alle, hier Rot-Eins – Zugriffsteam trifft in fünf Minuten ein.« Sie erhob die Stimme, um durch den Motorenlärm hörbar zu sein, aber sie blieb professionell gelassen.

Fünf Minuten brauchte man von der Leman Street zur Zieladresse in der Borodino Street, einer ruhigen Wohnstraße nicht weit vom Victoria Park.

Ich kauerte unweit von den Hecktüren vor einem Monitor, der Livebilder von der verborgenen Kamera im Dach des Mannschaftstransporters anzeigte. Die Darstellung war schwarz-weiß und in neun Bildfelder unterteilt, die eine Rundumsicht nach außen erlaubten. Außerdem waren in beide Seitenwände des Fahrzeugs zwei Gucklöcher gebohrt.

Wir hatten noch keine fünf Uhr morgens. Eine Stunde bis Sonnenaufgang. Die Stadt war in das Zwielicht getaucht, das dem echten Tagesanbruch vorangeht.

Die Straßen sahen leer aus. Der ständige Funkverkehr aus der Führerkabine des Transporters erzählte allerdings eine andere Geschichte.

Auf den Straßen wimmelte es von unseren Leuten.

Der Funkdispatcher auf dem Beifahrersitz kommunizierte ununterbrochen. Auf dem Monitor sah ich eine Reihe von Armed Response Vehicles, die direkt vor der Leman Street parkten, und als wir uns der Zieladresse näherten, entdeckte ich Mannschaftstransporter mit Streifenpolizisten in Schutzausrüstung. Ihre neben den Fahrzeugen gestapelten Schilde erinnerten an ein mittelalterliches Heer; neben ihnen parkten die kleinen Vans der Hundeführer mit Schusswaffen- und Sprengstoffspürhunden.

Dazu kamen Krankenwagen. Wir passierten eine ganze Kolonne von Krankenwagen, die an einer aufgelassenen Tankstelle auf die Katastrophe warteten.

Je näher wir der Borodino Street kamen, desto mehr Undercover-Observierungsbeamte waren auf Beobachtungsposten über die Umgebung verteilt – mir fielen ein Zelt von British Gas und zwei Kastenwagen der Wasserwerke auf, die nichts mit Gas und Wasser zu tun hatten.

Ein Ersatz-Team wartete in Bereitschaft, ein Tactial Support Team aus Schützen, die einen Häuserblock von der Zieladresse entfernt parkten. Nur eine Straße entfernt stand ein gepanzerter Land Rover in der zweiten Reihe; sein großer Dieselmotor schnurrte im Leerlauf. Ein Hubschrauber schwirrte am milchigen Himmel des frühen Morgens.

In der Borodino Street selbst kauerten dunkle Schatten auf den Hausdächern – die Scharfschützen in ihren erhöhten Positionen. Ihre G36C-Karabiner hoben sich wie schwarze Streichhölzer gegen den langsam wandernden Himmel ab.

»Hier geht's ja zu wie auf dem Piccadilly Circus!«, rief Stone, und das Team lachte in wilder Erleichterung.

Wir waren eine Armee.

Aber jemand muss als Erster hineingehen.

»Alles okay, Raymond?«, fragte DS Stone.

Sie sprach mit dem Schützen, der zwischen Jackson Rose und Jesse Tibbs mit seiner Flinte saß. Dieser Raymond nickte allzu schnell, und sein Gesicht glänzte vor Schweiß, als er seine Waffe ein weiteres Mal checkte. Er wirkte überragend fit, aber älter als die anderen Schützen, als hätte er ein anderes Leben gelebt, bevor er dieses begann. Ich überlegte, ob auch er ein Militärveteran war.

»Einmal passieren«, sagte DS Stone zum Fahrer.

»Verstanden, Ma'am«, antwortete er.

Wir bogen in die Borodino Street ein.

DS Stone kauerte neben mir und hielt sich mit einer Hand an meiner Schulter fest, während sie auf den Monitor starrte.

Der Transporter des Blumenhändlers fuhr am Zielobjekt vorbei, ohne langsamer zu werden.

Ein Bild aus neun zeigte die Vorderseite des Hauses.

Kein Anzeichen von Bewegung.

Ich sah Stone die heftige Anspannung an, als sie aufstand und an die Hecktür gelehnt einen raschen Blick durch das Guckloch warf.

Eine Frauenstimme drang aus dem Funkgerät an ihrem Kragen. Sie gehörte DCS Elizabeth Squire, die von New Scotland Yard aus den Einsatz leitete. Unvermittelt verstummte auf dem Funkkanal sämtliches andere Gerede.

»Rot-Eins, Situationsbericht bitte«, sagte DCS Swire.

»Keine Bewegung an der Zieladresse, Ma'am«, antwortete Stone. »Rot-Eins erbittet Erlaubnis für Zugriff.«

Schweigen. Wir warteten. Sämtliche Schützen starrten ihre Teamführerin an.

»Rot-Eins erwartet Anweisung«, sagte DS Stone gelassen.

»Erlaubnis erteilt«, kam die Antwort. »Beginnen Sie den Zugriff.«

Stone nickte ihrem Team zu. »Wir gehen rein. Bereithalten.«

Der Transporter war am Ende der Straße nach rechts abgebogen. Er fuhr eine weitere Rechtskurve und bog abermals rechts ab.

Niemand prüfte jetzt noch seine Ausrüstung. Alles wartete, die Augen auf der Teamführerin. Stone hob ihr Sturmgewehr. Ich starrte auf den Monitor und merkte, dass ich nicht mehr blinzelte. Der Monitor verriet mir gar nichts.

»An alle: Zugriffsteam ist in Position«, sagte DS Stone über mir.

Aller Blicke ruhten auf ihr. Der Transporter bremste ab, aber er hielt nicht ganz an.

»Denken Sie an Ihre Ausbildung. Achten Sie aufeinander, und passen Sie wegen der Handgranaten auf«, sagte Stone.

Sie drückte ihr MCX an die Brust.

»Auf meinen Befehl.«

Einen Augenblick lang atmete keiner von uns.

»Los!«, sagte Stone. »Los! Los! Los!«

»Halt!«, rief ich.

Die Haustür öffnete sich.

Sehr langsam.

Wer immer das Haus verlassen wollte, ließ sich Zeit.

DS Stone kniete neben mir.

»Jemand kommt raus«, sagte sie in ihr Funkgerät.

Ein Herzschlag.

Unser Transporter kroch nur noch.

»Identifizieren und festsetzen«, sagte DCS Swire.

Eine hochgewachsene Frau in einem schwarzen Tschador und Nikab vor dem Gesicht schlurfte aus dem Haus. Sie rückte das Kopftuch zurecht, als sie auf die Straße trat. Nur ihre Augen waren über dem Schleier zu sehen.

»Ist das Mrs Khan?«, fragte DS Stone.

Ich starrte angestrengt auf den Monitor. Die Fotos von Mrs Azza Khan, die ich kannte, zeigten eine kräftige Frau mit grimmigem Gesicht. Das Gesicht der Person, die das Haus verließ, konnte ich nicht erkennen, aber sie hatte Füße wie Landungsboote. Und diese Füße steckten in Stiefeln von Doc Martens.

»Das ist ein Mann«, sagte ich.

DS Stone öffnete die Hecktüren des Transporters und sprang aus dem Laderaum.

»Halt! Polizei! Stehen bleiben! Zeigen Sie mir Ihre Hände!«

Die Gestalt im Tschador zog die Hände aus dem wogenden Gewand. In den Händen hielt sie ein Sturmgewehr.

Und sie schoss DS Alice Stone in den Kopf.

Die SFOs brüllten alle das Gleiche, als sie aus dem Mannschaftstransporter stürmten.

»Schussabgabe! Kollege am Boden!«

»Schussabgabe! Kollege am Boden!«

»Schussabgabe! Kollege am Boden!«

Ein Feuerstoß zerriss die Stille des Morgens endgültig.

Alle Schusswaffen, die von der Metropolitan Police eingesetzt werden, sind so eingestellt, dass sie nur halbautomatisch feuern, das heißt, jede Betätigung des Abzugs löst nur einen einzigen Schuss aus. Später muss dieser Schuss vor Menschen gerechtfertigt werden, die noch nie gehört haben, wie mit Tötungsabsicht gefeuert wurde, es sei denn bei der Moorhuhnjagd.

Der ungebremste Ausstoß von vollautomatischem Feuer,

den die Gestalt im Tschador abgab, war nicht nur ohrenbetäubend.

Er ließ das Blut gefrieren und alarmierte sämtliche Sinne.

Denn Polizeischüsse klingen niemals so.

Nur die Schüsse des Feindes.

Die letzten Schützen eilten an mir vorbei, dann stieg auch ich aus dem Laderaum des Transporters.

»Halt! Polizei! Keine Bewegung!«

»Halt! Pol...«

Einer der Schützen prallte so heftig gegen mich, dass ich vom Gehsteig in den Rinnstein stolperte und beinahe stürzte. Ich sah auf. Der Nikab war vom Gesicht gerutscht, und ich blickte in das bärtige Gesicht von Asad Khan, dem älteren der beiden Brüder.

Er hob sein Sturmgewehr, ein fünfzig Jahre altes Heckler & Koch G3. Er richtete es auf den nächststehenden SFO und drückte ab. Nichts geschah. Er starrte auf seine altersschwache Waffe. Menschen schrien. Ich sah nach unten. Der leblose Körper von DS Alice Stone lag zusammengekrümmt halb auf dem Gehsteig, halb auf der Fahrbahn. Ein Heiligenschein aus Blut breitete sich um ihren PASGT-Helm aus.

Khan beseitigte die Ladehemmung und feuerte erneut.

Diesmal peitschten die Schüsse, klingelten einem in den Ohren und verhießen den Tod. Der Feuerstoß schlug ratternd in die Seitenwand unseres Transporters neben mir. Als ich hinsah, hatten die Kugeln über dem legendären *»Betörende« Blüten aus Barking* ein wildes Tattoo ins Blech gestanzt.

»Bewaffnete Polizei!«, rief Jackson. »Lassen Sie die Waffe fallen und zeigen Sie mir Ihre Hände!«

Ich sah hoch. Jackson Rose richtete sein SIG Sauer MCX auf Asad Khan.

Der Mann im Tschador hielt sein Gewehr fast beiläufig auf der Seite, als hätte er sich den Arm verletzt oder könnte nicht fassen, was vor sich ging.

Er hob das G3 wieder, und Jackson schoss auf ihn.

SFOs sind ausgebildet, auf das Massenzentrum zu zielen – den größten Teil des Körpers, den Oberkörper, das Zentrum der Brust, das größte Ziel. Sie sind nicht zum Töten ausgebildet. Sie sind ausgebildet, ihr Ziel zu treffen. Jacksons Einzelschuss warf sein Ziel nach hinten, beleuchtet vom gelben Mündungsblitz.

Das alte Sturmgewehr klapperte neben Asad Khan in den Rinnstein.

»*Verdächtiger am Boden!*«, rief jemand.

Zwei SFOs knieten neben ihrer Kollegin. DS Stones Blut schimmerte auf den grauen Beinschienen ihrer Schutzwesten.

Jackson trat zwei Schritte vor und beugte sich über Asad Khan.

Ich rief seinen Namen. »Jackson!«

Und Jackson schoss erneut auf ihn.

Noch ein Mündungsblitz.

Gelassen sah er mich an.

Die Haustür stand offen, und SFOs stürmten hinein.

»*Polizei!*«

»*Polizei!*«

»*Polizei!*«

Jackson drängte sich an mir vorbei, den Mund vor Wut verzerrt.

»Sollen sie das doch in ihren Bericht schreiben«, sagte er.

Ein Krankenwagen schoss bereits mit blitzendem Blaulicht und heulender Sirene die Straße hoch.

Ein weiblicher SFO kauerte neben Asad Khan und versuchte, den Blutfluss an seiner Brust zu stoppen. Sie versuchen uns zu töten, und wir schießen sie nieder, aber dann versuchen wir, ihnen das Leben zu retten.

Das ist unser Job, dachte ich.

Das ist es, was uns ausmacht.

Ich sah DS Alice Stone ins Gesicht, und mir schnürte es die Kehle zu.

Die beiden SFOs neben ihr sprachen sie an, aber schockartig wurde mir klar, dass sie mit einer Toten redeten.

Und dann betrat ich das Haus.

Im engen Korridor erlosch sofort das Licht, und ich hörte SFOs im Dunkeln brüllen. Ich stieß mir mein schlimmes Knie an einem Kasten und krümmte mich vor Schmerzen zusammen. Ich begriff, dass im Flur eine dieser Lampen war, die automatisch ausgingen, die Sorte, wie man sie in billigen Wohnhäusern hat, wo jemand, der dort selbst nicht lebt, sich Gedanken um die Stromrechnung macht. Ich tastete an der Wand, fand den runden Schalter und schlug darauf. Das funzelige gelbe Licht ging wieder an, und ich konnte nicht begreifen, was ich da vor mir sah.

Der ganze schäbige enge Flur war voller Kisten.

Mit Drohnen.

Dutzenden Drohnen.

Einige Kartons waren noch zu. Andere waren ausgepackt, und die Flugmaschinen hatten Schmutzflecke, an denen Grashalme klebten; ihr Metall war von häufigen Bruchlandungen zerkratzt.

SFOs waren über mir im ersten und zweiten Stock.

Ich ging ans Ende des Korridors und öffnete die Küchentür.

Ein Kind schrie auf.

Schrill, hoch, voller Entsetzen.

Nein, es war kein Kind. Aber auch kein Erwachsener. Ein Teenager, ungefähr sechzehn Jahre alt, kauerte mit einem Mann und einer Frau um die sechzig neben dem Herd auf dem Boden. Die Frau und das Mädchen trugen einen Schlafanzug. Der Mann mit grauem, schütterem Haar hatte eine Uniform von London Transport an.

Zwei SFOs hielten sie mit ihren MCX-Sturmgewehren in Schach.

Die Menschen am Boden waren, begriff ich, Ahmed »Arnold« und Azza Khan, die Eltern der Brüder, und Layla, ihre Enkelin, die Töchter ihres ältesten Sohnes, der in Aleppo ums Leben gekommen war.

»Papa-Papa!«, schrie Layla in einem fort, und zuerst dachte ich, sie riefe nach ihrem toten Vater. *»Papa-Papa! Papa-Papa!«*

Sie wandte ihr verängstigtes Gesicht ihrem Großvater zu, und ich begriff, dass sie mit ihm sprach.

»Bitte töten Sie uns nicht!«, flehte Mrs Khan mich an und umklammerte ihre Enkeltochter. Beide schlossen die Augen.

Zu ihren Füßen lag ein Rucksack in Pink und Purpurrot. Auf der Seite stand *Die zornige Prinzessin*. Genau der gleiche Rucksack wie der, den ich im Einkaufszentrum hatte ersetzen wollen.

»Hören Sie mir gut zu«, sagte ich. »Sie sind jetzt in Sicherheit. Aber Sie müssen gehen – sofort.« Ich half ihnen auf. »Wenn Sie zur Haustür hinausgehen – das ist jetzt sehr wichtig –, halten Sie Ihre Hände mit den offenen Handflächen nach vorn über den Kopf.« Ich zeigte es ihnen. »So. Es ist sehr wichtig, dass man Ihre Handflächen sehen kann, okay? Dann wird Sie niemand verletzen.«

Sie gehorchten mir, während die SFOs reglos zusahen, nie den Blick von den dreien nahmen. Die Frau schnappte sich den *Zornige-Prinzessin*-Rucksack ihrer Enkelin und warf ihn sich über die Schulter.

Dann rannten sie los und streckten die Hände in die Luft, ehe sie die Küche verließen, die offenen Handflächen nach vorn, wie ich es ihnen gezeigt hatte.

Ich verließ die Küche. Mein Gleichgewicht litt unter dem, was die Schüsse draußen an meinem Innenohr angerichtet hatten, und zum ersten Mal fiel mir auf, dass dem Eingang zur Küche eine Kellertür gegenüberlag. Am unteren Ende der Treppe war ein mattes Licht.

Ich ging die Stufen hinunter und rief dabei meinen Namen und meinen Rang.

Im Keller stand ein SFO mit angelegtem Sturmgewehr. Er war der Schütze, den DS Stone im Heck des Mannschaftstransporters angesprochen hatte.

Alles okay, Raymond?

Vor ihm kniete ein Mann.

Es war der andere Bruder, der jüngste. Adnan Khan reckte die Hände in die Luft. Ich blickte hin und erwartete, Handgranaten zu sehen, aber seine Hände waren leer. Der SFO warf mir einen kurzen Blick zu und richtete die Augen wieder auf den Knienden. Adnan Khan ergab sich.

Alles war wie erstarrt.

Wir warteten.

»Raymond?«, fragte ich. »Ray? Ist Ihnen Ray oder Raymond lieber?«

Er sah mich nicht an. Ich merkte aber, dass etwas in ihm reagierte, als ich seinen Namen aussprach.

»Wie lauten Ihr vollständiger Name und Ihr Dienstgrad, Officer?« Meine Stimme klang härter.

»Vann«, sagte er. »SFO DC Raymond Vann, Sir.«

Die Schützen waren ein Schemen aus grauer Panzerkleidung, PASGT-Helmen und Feuerkraft gewesen. Vor meinem inneren Auge hatten sie eine untrennbare, unteilbare Gruppe gebildet. Selbst Jackson Rose, mein ältester Freund, war wie ein Teil der Truppe von Brüder und Schwestern gewesen. Nur hatte ich gesehen, wie DS Stone diesen Mann speziell angesprochen hatte, um sich zu vergewissern, dass er für das, was kam, bereit war.

Alles okay, Raymond?

Doch jetzt zielte DC Raymond Vann mit seinem Sturmgewehr auf den Mann, der vor ihm kniete, und wirkte vollkommen verlassen und auf sich gestellt.

»Bitte«, sagte ich. »DC Vann. Raymond. Ray. *Tun Sie es nicht.*«

Aber er tat es.

Ein einziger Schuss.

In dem kleinen Kellerraum peitschte er so laut, dass er mir wie das Letzte vorkam, was ich je hören würde. Blendend grell zuckte der Mündungsblitz über die halbdunklen Kellerwände, und Adnan Khan wurde nach hinten geworfen. Blut schoss aus der tödlichen Wunde in seiner Brust.

Ich stolperte die schiefen Stufen der kurzen Kellertreppe hoch und stürzte durch den Korridor, in dem sich die Drohnenschachteln stapelten, bis zur Haustür. Ich stieß gegen die Wände, rannte weiter, wollte so weit vom Keller weg wie möglich. Draußen war es hell geworden. Der Tag hatte begonnen, während wir im Haus waren.

Der Schmerz in meinen Ohren war so intensiv, dass ich sie berührte und meine Fingerspitzen betrachtete; ich erwartete, Blut zu sehen. Aber da war nichts. Es fühlte sich nur so an, als müsste dort welches sein.

Ich taumelte aus dem Haus ins blendende Licht des neuen Tages. Beide Enden der Straße wurden schon abgesperrt. Der Hubschrauber klang viel lauter, als flöge er tiefer. Das zweite Zugriffsteam verließ das Heck seines Transporters und strömte in das Haus, dessen Bewohner alle tot oder geflohen waren.

Sanitäter legten DS Alice Stone in einen Leichensack. Wir nennen sie gar nicht Leichensäcke, sondern Human Remains Pouch – Sack für menschliche Überreste –, und sie sind auch nicht schwarz wie im Kino. Dieser HRP war weiß und hatte einen langen schwarzen Reißverschluss. Die Sanis hatten Alices Gesicht gesäubert, und sie sah wieder aus wie sie selbst. Junge Menschen sehen immer wie sie selbst aus, wenn sie fünfzig Jahre vor ihrer Zeit sterben. Zwei Sanitäter hoben sie in den Krankenwagen, so behutsam wie Eltern, die ihr eingeschlafenes Kind zu Bett bringen.

Ich hörte Funkstimmen und jemanden schluchzen.

Jackson saß mit trockenen Augen in der offenen Hecktür des Floristentransporters, die Waffe noch in den Händen. Ein Ausrüstungsbeamter hätte sie einsammeln sollen, aber es war noch zu früh und zu chaotisch, als dass schon formelle Prozeduren eingeleitet worden wären. Im Augenblick gab es nur den betäubten, ungläubigen Schock, der auf einen Schusswechsel folgt. Ich setzte mich neben ihn. Er nahm den Helm ab und wischte sich mit dem Handrücken übers Gesicht. Dann klopfte er mir sanft auf den Rücken. Wir sprachen kein Wort.

Das Specialist Search Team war eingetroffen und wartete auf die Freigabe, die es brauchte, um das Haus auf den Kopf zu stellen. Keine Handgranaten, dachte ich. Noch nicht. Am anderen Ende der Straße sah ich die Kriminaltechniker, die in ihre weißen Tyvekanzüge stiegen und sich die blauen Nitrilhandschuhe überstreiften. Die ganze Bande ist da, dachte ich.

Unvermittelt stand ein höherer uniformierter Beamter vor Jackson und mir. Er brüllte und wedelte mit den Armen. Jackson sah weg und gähnte. Der Beamte hatte silbernes Haar, war in den Fünfzigern, und seine Schulterstücke zeigten die silbern-rote Krone eines Superintendents.

Ich starrte auf seine Lippen. Mein Gehör war noch immer weg, aber ich verstand seine Frage. Ich verstand, was er von uns wissen wollte. Und er stellte seine Frage immer wieder.

»Was zum Teufel ist hier geschehen?«

Ich blinzelte ihn an und gab keine Antwort.

Das Bild von dem Mündungsblitz im Keller war mir in die Netzhäute gebrannt.

Und dort würde es für immer bleiben.

4

Als ich eine Stunde später West End Central erreichte, scharte sich vor dem Revier eine Menge zusammen.

Unter der großen blauen Lampe vor Nummer 27 in der Savile Row stand ein junger Constable in Uniform und behielt die Leute im Auge. An seiner Jacke hing gleich über dem Abzeichen, auf dem METROPOLITAN POLICE stand, ein himmelblaues Band. Man sah diese Bänder überall. Sie erinnerten an die Opfer des Hubschrauberabsturzes. Normalerweise verbot die Dienstvorschrift strengstens jede Abänderung der Uniform.

Nur waren die Zeiten nicht normal.

Der junge Polizist nickte, als er mich erkannte, und trat beiseite, damit ich eintreten konnte.

Ich drehte mich um und betrachtete die Menge. Sie bestand aus Arbeitern von den Baustellen und Büroangestellten. Ob sie Bauhelme trugen oder gebügelte Anzüge, die meisten waren junge Männer. Die Stimmung war gedämpft. Sie tuschelten leise miteinander, aber ihre Zahl schien mit jeder Sekunde anzuwachsen.

»Was wollen die Leute denn?«, fragte ich den jungen Streifenpolizisten.

Er nickte zu den Glastüren des West End Central. »Sie haben einen von den Drohnendrecksäcken da drin eingesperrt, Sir.«

Ich starrte ihn an. »Aber ich habe eben gesehen, wie sie starben.«

Er zuckte mit den Schultern. »So habe ich es gehört, Sir.« Er zögerte und deutete auf die Menge. »Ich glaube, sie wollen auch der fünfundvierzig Toten gedenken. Die Menschen möchten trauern, aber sie wissen nicht, wo. Lake Meadows ist noch als Tatort abgesperrt.«

»Es waren vierundvierzig Tote.«

Er schüttelte den Kopf. »Sie haben noch wen gefunden.« Tränen traten ihm in die Augen, und er kämpfte um seine Beherrschung. »Ein Kleinkind. Damit sind es jetzt fünfundvierzig.«

Ich berührte ihn leicht am Arm. »Kommen Sie klar, hier ganz allein?«

Er grinste. »Solange die so friedlich bleiben, Sir.«

Mit dem Aufzug fuhr ich ins oberste Stockwerk.

Edie Wren war allein im Major Incident Room 1.

»Hallo«, sagte sie und reichte mir einen dreifachen Espresso aus der Bar Italia, bevor sie sich wieder dem Großbildschirm zuwandte.

Wir blickten auf die Borodino Street, die von einem Nachrichtenhubschrauber gefilmt wurde. Die Straße war an beiden Enden abgesperrt. Die Scheinwerfer der Kriminaltechniker rings um das Haus strahlten heller als das Tageslicht. Überall sahen wir Teams in weißen Schutzanzügen.

In der linken unteren Bildschirmecke wurde eine weitere Helikopteraufnahme eingeblendet, ein Blick auf Lake Meadows, der in den vergangenen sieben Tagen entsetzlich vertraut geworden war. Das Einkaufszentrum bildete eine geschwärzte, verkohlte Narbe im Angesicht der leuchtenden Stadt. Für die Öffentlichkeit war es geschlossen, aber von Bulldozern, Kränen und weißen Zelten umgeben, ein Verbrechensschauplatz und Massengrab zugleich.

Und in der rechten unteren Ecke war die schwarze Silhouette von Kopf und Schultern eines Menschen.

Edie wandte sich mir zu. »Die nächsten Angehörigen müssen noch benachrichtigt werden«, sagte sie. »Deshalb zeigen sie ihr Gesicht nicht. Sie versuchen wohl gerade, ihren Mann zu erreichen.« Edie strich sich den wirren roten Haarschopf zurück und schüttelte ungläubig den Kopf. »Einmal bin ich ihr begegnet. Alice, meine ich. DS Alice Stone. Als ich noch Uniform trug. Sie war schon damals Teamleiterin. Und sie hat geleuchtet, Max. Sie erinnerte mich an das coole Kind auf der Schule, mit dem alle befreundet sein wollen. Und sie war wirklich nett. Ein echter Überflieger und trotzdem ein anständiger Mensch.« Edie sah wieder auf den Schirm. »Ich glaub, ihr ganzes Team war in sie verknallt.«

»Ja«, sagte ich. »So war sie.«

Ich zog den Deckel vom Kaffeebecher und stürzte den dreifachen Espresso herunter. »Danke.«

»Er muss kalt geworden sein, aber es ist ja der Gedanke, der zählt.« Edie streckte die Arme aus. »Komm her.«

Sie drückte mich unbeholfen. Ich erwiderte die Umarmung genauso ungelenk, und sie versetzte mir einen sanften Kopfstoß; es war eine Umarmung unter Kollegen, die einander mochten, aber noch dabei waren herauszufinden, was genau das bedeutete. Soweit ich wusste, traf sie sich noch immer mit ihrem verheirateten Mann. Soweit ich wusste, versprach er ihr nach wie vor, ihretwegen seine Frau zu verlassen.

Trotzdem fühlte es sich gut an, Edie in den Armen zu halten.

Mit einem Mal war ich müde bis auf die Knochen. Ich schloss die Augen und hätte in ihren Armen einschlafen können, für eine Viertelstunde oder auch für mein ganzes Leben. Ich merkte, wie sie mich losließ und zurücktrat. Als ich die Lider wieder öffnete, beobachtete mich Edie und wartete.

»Was war da los?«, fragte sie.

»Es lief von Anfang an schief«, sagte ich. »Von dem Moment an, in dem der Mannschaftstransporter vorfuhr.«

Ich erzählte ihr alles. Von der Gestalt im Tschador, die aus dem Haus kam; wie Asad Khan das Feuer eröffnet hatte, bevor Alice noch ganz aus dem Wagen gestiegen war. Was auf der Straße passiert war. Wie Alice Stone und Asad Khan innerhalb weniger Sekunden nacheinander starben. Wie ich Mr und Mrs Khan und ihrer Enkeltochter Layla befohlen hatte, die Hände zu heben und das Haus zu verlassen.

Ich erzählte ihr jedoch nicht vom Keller, in dem Adnan Khan kniete, und von DC Ray Vann, der ihn über Kimme und Korn seines Sturmgewehrs anblickte. Ich erzählte ihr nichts von dem Schuss im Keller, dem einzelnen Schuss, der mir noch in den Ohren klingelte, oder dem Mündungsblitz, der weiterhin auf meiner Netzhaut umhergeisterte.

Durch die offenen Fenster drang der Lärm der Menge auf der Straße herein. Ich sah Edie an. Ich verstand nach wie vor nicht, was sie hier wollten.

»Vermutlich sind sie hier, weil wir die Familie Khan haben oder das, was von ihr übrig ist«, sagte Edie. »Nach dem Zugriff wurden sie hierhergebracht. Der Vater, die Mutter und das Mädchen, Layla, die Tochter des Bruders, den es in Syrien erwischt hat. Mrs Khan und das Mädchen sind bei der FLO im zweiten Stock.«

Ein Family Liaison Officer ist verantwortlich für die Verbindung zur Familie.

»Und was ist mit Mr Khan?«

»Er ist unten in Gewahrsam.«

»Wieso haben sie ihn eingesperrt?«

»Sie warten aufs CTC. Danach verlegen sie ihn nach Paddington. Das ist der Grund für den Mob da draußen – weil wir den alten Mann haben. Bisher läuft alles zivilisiert ab, aber ich glaube, sie würden ihn liebend gern am nächsten Laternenpfahl aufknüpfen. Er hatte drei Söhne, und alle sind Terroristen geworden. Macht keinen guten Eindruck, oder?«

Das CTC ist das Counter Terrorism Command, das Terrorabwehrkommando der Metropolitan Police, und Paddington ist das Polizeirevier Paddington Green, wo fast alle Terroristen vernommen werden. Wenn die Medien berichten, ein Terrorverdächtiger werde »im Zentrum Londons« festgehalten, ist er in Paddington Green. Die Zellen und Vernehmungsräume dort haben schon IRA-Headbanger, gescheiterte Selbstmordattentäter und Absolventen von Guantanamo Bay beehrt. Das Gebäude sieht aus wie ein Hostel, aber es ist ein Hostel mit fünf Zentimeter dicken Stahltüren.

Ich sah die Khans angsterfüllt am Küchenboden kauern. Ich erinnerte mich an die Großeltern und das halbwüchsige Mädchen, wie sie mit erhobenen Händen aus dem Haus flohen. Mir wäre nicht in den Sinn gekommen, dass Ahmed Khan bereit sein könnte, für den Dschihad zu sterben.

»Mir kamen sie wie Opfer vor, Edie«, sagte ich. »Sie sahen aus, als hätten sie nur unschuldigen Kontakt gehabt. Wie Terroristen wirkten sie wirklich nicht.«

Sie zuckte mit den Schultern. »Aber der Alte muss doch Bescheid gewusst haben, oder? Vielleicht hatten die alte Dame und das Mädchen unschuldigen Kontakt, aber der Vater? Ich meine, er *muss* seine Söhne gekannt haben, Max. Es heißt, das Haus wäre voller Drohnen gewesen. Sie haben sie nicht mal versteckt. Was hat er denn geglaubt, was sie damit vorhaben? Unschuldiger Kontakt bedeutet, dass er nichts ahnte. Und wie soll er nichts geahnt haben, Max?«

Vielleicht hatte sie recht. Ich rieb mir die Augen, als wir mit dem Aufzug hinunter in den zweiten Stock fuhren.

Mrs Khan hörten wir, ehe wir sie sahen. Sie brüllte auf Urdu und war in Tränen aufgelöst.

»Dolmetscher?«, fragte ich.

»Unterwegs«, antwortete die FLO. »Steckt im Verkehr fest.«

Die FLO versuchte, Mrs Khan zu beruhigen, während das Mädchen, Layla, zusammengesunken vor ihrem Schreibtisch saß und sich die langen schwarzen Haare übers Gesicht fallen ließ. Beamte in Uniform beobachteten die Frau und das Mädchen mit reserviertem Argwohn. Mit den Verwandten von Tätern umzugehen ist nie einfach. Stets sind sie von den Sünden der Familie befleckt. Sie stehen immer unter dem Verdacht der Beihilfe.

Doch Edie setzte sich neben Layla Khan und nahm sie sanft bei den Händen. Der Teenager keuchte vor Schreck über die Berührung auf und versuchte die Hände wegzuziehen.

Edie ließ sie nicht los und lächelte mild.

»Mir gefallen deine Nägel«, sagte sie. »Du heißt Layla, richtig? Ich bin Edie. Ich arbeite hier.« Sie musterte den schreienden Grünton auf den Fingernägeln des Mädchens. »Wo hast du sie machen lassen? Sie sind sehr schön.«

Mit einem Schwenken des Kopfes schleuderte das Mädchen sich die lange schwarze Haarmähne aus dem Gesicht.

»Hab ich selbst gemacht, oder was?«, antwortete Layla Khan, und während ihre Großmutter weiter auf Urdu herumbrüllte, lag in Laylas Stimme nichts anderes als die Straßen von London.

Mit riesigen braunen Augen blinzelte sie Edie an, vollkommen überrascht, dass es auf der Welt noch kleine Gesten menschlicher Freundlichkeit gab.

5

Mit dem Aufzug fuhr ich zum Zellentrakt hinunter.

Der Watch Sergeant trug mich ein. »Sie waren in der Borodino Street?«, fragte er mich.

Ich nickte.

»Ich habe von der jungen Schützin gehört, die getötet wurde.« Seine Augen glänzten emotional bewegt. »Es gibt hier kein anderes Gesprächsthema. Alles so sinnlos. Vierundvierzig Tote im Einkaufszentrum und jetzt diese Geschichte.«

»Fünfundvierzig. Offenbar wurde vorhin die Leiche eines Kindes entdeckt.«

»Fünfundvierzig? Diese Schweine.« Er schüttelte den Kopf. »Und der junge Sergeant. Alice Stone. Wo soll das enden?«

»Ich weiß nicht, ob es endet. Nicht solange wir leben.«

»Wollen Sie mit dem Drecksack sprechen?«

»Ja.« Ich wartete, bis der Sergeant mit mir Blickkontakt aufnahm. »Wir haben sie erwischt«, sagte ich. »Beide. Soweit wir wissen, ist der Mann nur ein Verwandter.«

Der Watch Sergeant zog ein skeptisches Gesicht. Ich folgte ihm in den Beobachtungsraum, und wir betrachteten Ahmed Khan. Er hockte reglos auf der Kante des Zellenbetts, das nicht berührt war, ein hagerer, hohlwangiger Mann, so dünn, wie seine Frau stämmig war. Ich fand, dass sie gebaut waren wie ein Ehepaar auf den alten Postkarten vom Strand: der Mann eine magere, bescheidene Gestalt, die keiner Fliege etwas zuleide tun konnte, seine Frau ein lautes, grobknochiges Geschöpf, das alles niederwalzte, was ihr in die Quere kam. Jetzt erst fiel mir auf, dass auch er ein himmelblaues Band an seiner Busfahreruniform trug. Machte ich mir etwas vor? Oder wollte man mir etwas vormachen?

»Möchten Sie eine Audioaufnahme?«

Ich schüttelte den Kopf. »Die Vernehmung ist nicht offiziell. Ich muss nur mit ihm reden, ehe sie die schweren Geschütze auffahren.«

Der Watch Sergeant nickte, aber ich sah ihm an, wie wenig ihm die Sache gefiel. Pech für ihn. Ich hatte mir das Recht verdient, mit Ahmed Khan zu reden. Der Sergeant schloss die Tür des Zellentrakts auf. Ich ging hinein, und hinter mir wurde die Tür zugeknallt und abgesperrt.

Ahmed Khan blickte nicht auf. Zusammengesunken blieb er auf dem niedrigen Einzelbett der Arrestzelle sitzen. Die Ereignisse der letzten Stunden hatten ihn in einen Schockzustand versetzt.

»Kennen Sie mich noch?«, fragte ich.

Sein Blick glitt zu mir.

Er bewegte den Kopf ruckartig zur Seite. Eine Verneinung.

Ich hob die Hände, Handflächen nach vorn.

»Und jetzt?«

Auf dem totenschädelartigen Gesicht zeichnete sich Erkennen ab.

»Sie haben uns gesagt, wir sollen weglaufen. Sie waren sehr freundlich. Und wir sind weggelaufen. Wir haben unsere Hände hochgehalten, aber ich hatte trotzdem Angst, dass sie auf uns schießen. Meinen toten Sohn habe ich gesehen. Auf der Straße. Meinen Asad. Und die tote Polizistin. Alles hat geschrien ...«

Er ließ den Kopf hängen.

Ich setzte mich neben ihn auf das erbärmliche kleine Bett.

Und ich starrte ihn an mit dem hart erarbeiteten eingefleischten Bedürfnis eines Cops, Schuld zu finden. Ich musste sehen, ob ich mir nur einredete, dass dieser Mann ein Opfer war. Ich rief mir Alice Stone vor Augen, wie sie halb auf der Fahrbahn und halb auf dem Gehsteig lag, und mein Herz verhärtete sich. Vielleicht hatte Edie recht.

Er *musste* etwas geahnt haben.

Nur konnte ich es nicht glauben. Als ich ihn zum ersten Mal gesehen hatte, war er mir wie ein Opfer vorgekommen. Was immer seine Söhne verbrochen hatten, ich hatte Ahmed Khan stets als Leidtragenden betrachtet.

Aber wenn er zuvor nicht geahnt hatte, was seine Jungs so trieben, wusste er es jetzt mit Bestimmtheit.

»Warum bin ich hier?«

Der Mann tat mir leid, aber eine dumme Frage war es trotzdem.

»Einer Ihrer Söhne hat eine meiner Kolleginnen erschossen. Er hätte uns alle erschossen, wenn er gekonnt hätte. Ihr Haus ist voller Drohnen wie die, mit der über Lake Meadows der Rettungshubschrauber zum Absturz gebracht wurde.« Ich beugte mich näher zu ihm und flüsterte ihm fast ins Ohr: »Müssen Sie wirklich fragen, weshalb Sie hier sind?«

Er schloss die Augen und wiegte sich vor und zurück.

»Meine Söhne«, sagte er schließlich. »Sie haben viel geredet – aber das machen alle jungen Männer.«

»Zum Beispiel?«

»Sie sagten: ›Wir zerstören ihre Häuser, aber sie zerstören unsere Länder, Papa.‹ Nur Gerede. Wie bei allen jungen Männern. Ich sagte zu ihnen: ›Das hier ist euer Land!‹ Ich hätte nie gedacht, dass sie es sind ... Mit dem Hubschrauber ... Die vielen Menschen ... die Kinder ...«

Er kniff die Augen fest zu, damit ihn die Welt in Frieden ließ.

Während er um Fassung rang, nahm ich den Blick nicht von ihm. Der Schock ließ nach, die Trauer setzte ein. Ich stand auf und sah auf ihn hinunter.

»Wie viel haben Sie gewusst, Mr Khan?«

Er schüttelte den Kopf. Die Augen hielt er geschlossen.

»Wussten Sie, dass Ihre Söhne den Hubschrauber zum Absturz gebracht hatten?«

»Nein!«

»Ihr Haus war vollgestopft mit Drohnen. Was dachten Sie denn, was sie damit machen?«

»Ein Geschäft wollten sie gründen, sagten sie. ›Ein Geschäft, Papa. Drohnen verkaufen sich gut. Das ist die nächste große Sache, Papa. Eine Riesenchance, Papa.‹«

»Und Sie haben ihnen geglaubt?«

»Ja.«

»Und hatten Ihre Söhne jemanden, der sie bei der Geschäftsgründung unterstützte? Ihnen Geld gab? Der sie beriet? Jemand, der mit dem, was sie taten, ebenfalls zu tun hatte?«

»Nein.«

Er war sich vollkommen sicher. Ich hakte nach.

»Ihr Sohn Asad verließ das Haus im Tschador einer Frau. Was haben Sie da gedacht, Mr Khan, – dass er ins Büro will?«

Er sah zu mir hoch. »Asad wusste, dass er beobachtet wird. Ihre Leute. Die Polizei. Die Geheimdienste. Wer immer bei Ihnen anderen Menschen nachspürt. Sie hatten aufgehört, meine Söhne zu beobachten, einige Monate, nachdem sie aus Syrien zurückgekehrt waren, aber vor Kurzem ging es wieder los. Und Asad hat das *gemerkt*. Er wusste, dass sie ihn überwachen, und er sagte, das erschwert ihm sein Geschäft. Deshalb hat er sich versteckt vor denen, die ihn beobachteten.«

»Die Nachrichtendienste haben die Überwachung Ihrer Söhne wiederaufgenommen, weil sie unter dem Verdacht standen, Terroranschläge zu planen. Man hätte die Beobachtung nach der Rückkehr aus Syrien nie einstellen dürfen.«

»Aber sie haben dort nur Flüchtlingen geholfen!«

Ich konnte nicht sagen, ob er diesen Unsinn wirklich glaubte.

»Ihre Söhne waren in Syrien keine Flüchtlingshelfer. Sie haben für den Islamischen Staat gekämpft.«

Er sah mich an, und sein Blick war von Schmerz erfüllt.

»Sie waren gute Jungen. Sie haben den Armen geholfen. Den Opfern des Krieges. Den Kindern.«

Ich knallte die Faust gegen die Wand, er zuckte zusammen.

»Jeder Mörder, dem ich je begegnet bin, war ein guter Junge«, sagte ich. »Er war immer nett zu seiner lieben alten Mum und wollte nichts als Frieden auf Erden. Jedes dreckige Gangmitglied. Jeder miese Schläger. Und ganz bestimmt jeder Terrorist. Sie begreifen jetzt endlich die Wahrheit, oder etwa nicht?«

»Ich habe die Leiche meines Sohnes auf der Straße gesehen.« Er schloss die Augen.

Des Sohnes, der DS Stone erschossen hatte. Des Sohnes, der von Jackson abgeknallt worden war.

Welches Mitgefühl ich für den alten Mann auch empfinden mochte, es erstreckte sich auf keinen seiner Söhne.

»Wussten Sie, dass er das Sturmgewehr besaß?«

»Nein.«

»Hatten Ihre Söhne andere Waffen?«

»Nein. Nicht dass ich wüsste. Nein.«

Ich beugte mich zu ihm vor und senkte die Stimme. Denn eine Sache machte mir mehr Sorgen als alles andere.

»Was ist mit den Handgranaten?«, fragte ich. »Ihre Söhne haben zwei Handgranaten gekauft. Zwei kroatische Handgranaten. Wo sind sie jetzt?«

Er schüttelte den Kopf. »So was habe ich nicht gesehen. Keine Waffen. Sind meine Frau und meine Enkelin in Sicherheit? Ist mein anderer Sohn in Sicherheit?«

Er musste Adnan meinen. Er hatte Adnan nicht tot im Keller liegen sehen. Und niemand hatte es ihm gesagt.

Ich sah noch immer Ray Vann vor mir, wie er mit dem SIG Sauer MCX auf den knienden Adnan zielte. Immer wieder hörte ich den Schuss aus dem halbautomatischen Sturmgewehr, abgefeuert in einem kleinen Raum. Immer wieder musste ich mit ansehen, wie Adnan Khan erschossen wurde.

»Ihre Söhne sind beide tot. Adnan ist im Haus gestorben, nachdem Sie es mit Ihrer Frau und Ihrer Enkelin verlassen hatten.«

»Haben Sie gesehen, wie er starb?«

Ich starrte ihn an.

»Nein«, sagte ich.

Seine Schultern bebten, als er weinte, und ich wunderte mich über seine Naivität.

Aber ich sah auch das himmelblaue Band an seiner Busfahreruniform, das himmelblaue Band, das zu tragen so viele Londoner ein Bedürfnis hatten, und hegte keinen Zweifel mehr an seiner Unschuld.

»Wohin bringen sie mich?« Er rieb sich die Augen mit den Handballen.

»Man wird Sie ins Polizeirevier Paddington Green fahren.« Ich schwieg kurz. »Dort vernimmt die Metropolitan Police Terrorverdächtige.«

Er sah aus, als hätte ich ihm in den Magen getreten.

Dann schwieg er sehr lange.

Draußen vor der Zelle hörte ich Stimmen. Die schweren Geschütze rückten an.

Als Ahmed Khan sprach, sprudelten seine Worte als Sturzflut heraus.

»Ich habe mir große Mühe gegeben, in diesem Land akzeptiert zu werden«, sagte er. »Als ich 1976 hierherkam, um meine Frau zu heiraten, mochten meine Kollegen mich zuerst nicht. ›Pakis raus‹, das musste ich mir anhören. Aber dann mochten sie mich doch. Oder wenigstens akzeptierten sie mich. Weil ich *sonntags* arbeiten wollte. Und an Weihnachten. Ich habe an allen Tagen gearbeitet, die sie mit ihren Familien verbringen wollten. Deswegen haben sie mich schließlich akzeptiert. Und sie nannten mich Arnold.«

»Die anderen Busfahrer nannten Sie Arnold?«

»Englischer Humor. Weil ich nicht aussehe wie ein Arnold.

Und weil mein Name für sie fremd klang. Bis sie das taten, sind viele Jahre vergangen. Ich habe versucht, es meinen Söhnen zu erklären, aber sie haben mir nicht zugehört. Das ist jetzt euer Land, habe ich gesagt. ›Papa‹, sagten sie, ›der Glaube eines Mannes ist wichtiger als sein Land. Denn alle Länder gehören sowieso Allah.‹ Wann kann ich nach Hause? Kann ich von Paddington Green aus nach Hause?«

»Ihr Haus wird auf den Kopf gestellt«, sagte ich. »Alles wird durchsucht. Die Böden, die Decken, die Wände. Sie werden es zerlegen.«

»Um uns zu bestrafen?«

»Um nach Waffen und Beweismaterial zu suchen. Um die Handgranaten zu finden, nach denen ich Sie gefragt habe. Um zu erfahren, wen Ihre Söhne gekannt haben und was sie noch planten. Aber nicht, um Sie zu bestrafen, Mr Khan. Die Durchsuchung findet in diesem Augenblick statt. Nach Hause kommen Sie so schnell nicht wieder.«

Und wenn es jemand schafft, dich mit den Sünden deiner Söhne in Zusammenhang zu bringen, dachte ich, siehst du dein Zuhause niemals wieder.

Die Stimmen von draußen wurden lauter, und ein Schlüssel drehte sich im Schloss.

Die Tür wurde geöffnet, und ein großer Mann mit einem wilden weißblonden Haarschopf füllte sie aus. Ich kannte DCI Flashman als einen Chief Inspector im Morddezernat von New Scotland Yard. Er musste zur Terrorabwehr versetzt worden sein.

Kaum sah er mich, stieß er einen langgezogenen Seufzer aus.

»Raus mit Ihnen, Wolfe.«

Khan schien wieder in seine Trance gefallen zu sein. Der Watch Sergeant musterte ihn voller Widerwillen, während er hinter mir die Tür abschloss.

Flashmans Masse dominierte den Korridor.

Drei Personen begleiteten ihn: zwei uniformierte Sergeants fürs Grobe und eine Frau – älter, unscheinbar, John-Lennon-Brille –, die wie eine Dozentin aussah. Sie war umgeben von der Atmosphäre des Campus.

Ich wusste allerdings, dass sie von keiner Uni kam.

Flashman machte keine Anstalten, sie vorzustellen, und ich fragte nicht, wer sie war. Ich wusste genau, wen ich vor mir hatte.

Und ich konnte den Mund nicht halten. Hätte DS Alice Stone noch gelebt, hätte ich geschwiegen. Aber sie lag im Leichenschauhaus, und es war noch immer nicht gelungen, ihren Mann zu erreichen. Ihre Familie wusste weiterhin nicht, dass sie tot war. Ihr Mann ahnte nach wie vor nicht, dass sie nie wieder heimkam.

Ich sah die Frau an, die nicht vorgestellt zu werden brauchte.

»Warum zum Teufel haben Sie sie nicht überwacht?«

Flashmans Gesicht verdüsterte sich. *»Wolfe.«*

»Sie haben die Khan-Brüder überwacht, nachdem sie aus Syrien zurückkamen«, sagte ich. »Aber irgendwann haben Sie damit aufgehört.« Ich schüttelte den Kopf. »Und Sie haben erst wieder damit angefangen, als das West End Central Ihnen meldete, dass sie sich Handgranaten gekauft haben.«

Flashman trat auf mich zu, ein großer Mann, der es gewöhnt war, seinen Willen zu bekommen.

Die Frau vom MI5, dem Inlandsgeheimdienst, hob eine Hand, damit er stehen blieb.

»Weil wir sie nicht alle überwachen können, DC Wolfe.« Sie war die personifizierte Stimme der Vernunft. »Weil es viel zu viele von ihnen gibt, vor allem jetzt, wo sie in Scharen nach Hause kommen. Unsere Mittel sind nicht unbegrenzt. Von ihnen gibt es ein paar tausend, von uns gibt es ein paar tausend. Wir hatten die Khan-Brüder auf dem Schirm, aber nicht unter dem Mikroskop. Überwachungen sind außerordentlich aufwendig, und uns fehlen schlichtweg die Manpower und die

Mittel, um jeden Syrienheimkehrer für den Rest seines Lebens rund um die Uhr zu überwachen.« Sie blickte Flashman an. »Wie viele sind noch mal nötig?«

»Bei der Rund-um-die-Uhr-Observierung dreißig Beamte pro Überwachtem«, sagte der DCI. »Dazu mehrere Fahrzeuge einschließlich wenigstens zwei Motorrädern.« Er betrachtete mich aus seinen feindseligen, verschleierten Augen. »Und das nur, wenn am Wochenende oder an Weihnachten niemand frei bekommt.«

»Ich weiß, dass es kein Trost ist nach allem, was heute geschah«, sagte sie. »Und der Verlust Ihrer Kollegin tut mir aufrichtig leid.«

Ich nickte.

Jetzt war es Flashman, der den Mund nicht halten konnte.

»Sie sind mal wieder völlig daneben, Wolfe. Sie haben nicht mit einem Terrorverdächtigen zu reden. Und Ihr respektloses Maul sollten Sie wirklich nicht vor *uns* aufreißen, als hätten Sie hier irgendetwas zu sagen.«

»*Wir* haben sie an Sie überstellt«, erwiderte ich. »Informationen von meiner DCI über den Waffenschieber haben Sie auf die Khan-Brüder aufmerksam gemacht – aber erst, *nachdem* sie zwei Handgranaten gekauft hatten.«

Er sah mich höhnisch an. »Das war eine falsche Spur.«

»Was?« Ich war ehrlich entsetzt.

»Die Granaten. Die haben keine Handgranaten gekauft. Ein Specialist Search Team hat das Haus der Khan im wahrsten Sinne des Wortes auseinandergenommen. Und jetzt raten Sie mal, Wolfe. An Waffen haben wir nur das antiquierte Sturmgewehr gefunden, mit dem DS Stone ermordet wurde. Keine Handgranaten. Ihre Information war falsch. Und die Khans kehrten sowieso auf unseren Schirm zurück, ehe wir Ihren Tipp bekamen. Also verausgaben Sie sich nicht, wenn Sie sich selbst auf die Schulter klopfen.«

Flashman nickte dem Watch Sergeant zu, und der Mann

schloss die Tür auf. Die beiden großen Cops standen kurz im Durchgang und betrachteten Ahmed »Arnold« Khan mit echtem Abscheu. Dann gingen sie hinein, fesselten ihm grob die Hände mit Handschellen auf den Rücken und führten ihn aus der Zelle. Flashman kniff die Augen zusammen, als er das himmelblaue Band an Ahmed Khans Busfahreruniform sah. Er nickte knapp, und sie brachten Khan weg.

Flashman wandte sich mir zu. »Warum gehen Sie nicht wieder ins oberste Stockwerk und arbeiten schön an einem häuslichen Streit, der aus dem Ruder lief?«

»Und warum fangen Sie nicht ein paar echte Terroristen?« Ich machte einen Schritt auf ihn zu. »Wo haben Sie denn gesteckt, als wir in der Borodino Street waren, Flashman? Beim Friseur?«

Er kam ebenfalls einen Schritt näher, aber der Watch Sergeant trat zwischen uns.

Ich sah Flashman kopfschüttelnd an, nickte der Frau vom MI5 zu und ging zum Aufzug.

Edie war schon wieder im MIR-1.

»Die ganze Gang hat sich versammelt«, sagte sie. »Eine Sozialarbeiterin und ein Dolmetscher. Die Sozialarbeiterin ist für das Mädchen. Layla ist wirklich nett. Der Dolmetscher ist für Mrs Khan. Offenbar spricht sie nur Urdu.«

»Aber Ihr Mann sagte, dass sie seit den Siebzigerjahren hier sind.«

Und hatte sie mich in der Küche nicht auf Englisch angesprochen, um mich zu bitten, sie nicht zu töten?

Edie grinste. »Früh am Tag also. Lass ihr Zeit. Sie bekommt den Bogen schon raus. Vielleicht spricht sie nur Englisch, wenn es ihr passt. Wie sieht es jetzt aus?«

»Mrs Khan werden sie am Ende gehen lassen, aber das Mädchen wird fast mit Sicherheit vorübergehend in Obhut genommen«, sagte ich. »Vielleicht für immer, das heißt, bis sie achtzehn wird.«

Edies Lächeln verblasste. »Die arme Kleine. Wohin geht Mrs Khan?«

»Wohin sie will.« Ich nickte zum Bildschirm. »Nur nicht nach Hause.«

Wie es aussah, bemühte sich das Specialist Search Team, das Haus der Khans in der Borodino Street zu zerlegen. Im Vorgarten türmten sich Ziegelsteine und Bodendielen. Und ich begriff, dass Flashman recht hatte. Wenn die beiden Handgranaten im Haus wären, hätten unsere Leute sie mit Sicherheit bereits gefunden.

»Entschuldigung?«

Eine hochgewachsene junge Schwarze stand unsicher im Eingang vom MIR-1.

»Ich suche DCI Whitestone«, sagte sie. »Ich bin TDC Joy Adams.«

Edie und ich sahen einander an. Unser Team war seit Längerem unterbesetzt; seit dem Tod unseres Kollegen Billy Greene ganz besonders. Adams musste Billys Ersatz sein.

»DCI Whitestone hat dienstfrei«, sagte ich.

»Dienstfrei? Was ... wie Urlaub?«

Ihre Stimme klang nach Südlondon mit einem fernen Hauch von Jamaika.

»Ja, genau wie Urlaub. Selbst beim Morddezernat bekommen wir ab und zu einen Tag frei.«

Trainee Detective Constable Joy Adams nickte und blickte sich im verlassenen MIR-1 um. Sie trug einen schwarzen Hosenanzug, ihre Haare waren zu festen Zöpfen geflochten und zu einem kurzen Pferdeschwanz in ihrem Nacken zurückgebunden. Ich merkte ihr an, dass sie sich genau überlegt hatte, wie sie an ihrem ersten Arbeitstag beim Homicide and Serious Crime Command aussehen wollte.

Ich spürte auch, dass unser großes leeres Büro nicht das war, wovon sie während ihrer Ausbildung in Hendon geträumt hatte.

»Normalerweise geht es hier lebhafter zu«, sagte Edie.

TDC Adams nickte. Ihr Blick glitt über die leeren Schreibtische zum Großbildschirm mit dem Tatort in der Borodino Street. In der rechten unteren Ecke war noch immer die geschwärzte Silhouette zu sehen.

»Ist das nicht unser Fall?«, fragte sie.

»Nein«, sagte Edie. »Das ist der Fall von jemand anderem. Aber keine Sorge – der nächste Mord lässt bestimmt nicht auf sich warten.«

TDC Adams brannte darauf, sich sofort an die Arbeit zu machen. Der Lärm von der Straße wurde lauter. Die Menge wuchs noch immer an.

»Kommen Sie mit«, sagte ich, und sie folgte mir zum Fenster. »Sehen Sie die vielen Leute da unten? Sie sind zu dicht an unserer Vordertür. Und sie sind zu zahlreich. Sie könnten wütend werden. Und das wäre eine schlechte Nachricht für alle.«

Adams' helle Augen warteten.

»Nehmen Sie sich so viele Streifenbeamte, wie Sie finden können, und gehen Sie mit ihnen nach draußen«, sagte ich. »Sie haben den Befehl, nicht die Uniformen. Bleiben Sie bei ihnen. Lassen Sie sich nicht von ihnen trennen. Seien Sie höflich, aber bestimmt zu den Leuten. Sie müssen sie bewegen, sich ans Ende der Straße zurückzuziehen.«

»Burlington Gardens?«

»Nein, das andere Ende. Conduit Street. Ich will nicht, dass sie sich auf der Piccadilly herumtreiben und das Ritz unsicher machen. Danach errichten Sie eine Absperrung, damit niemand die Savile Row betritt, der hier nichts zu suchen hat. Schaffen Sie das?«

»Jawohl, Sir.«

Sie ging zur Tür.

Ich blieb am Fenster. Ein paar Minuten später kam TDC Joy Adams auf die Straße, begleitet von einem halben Dutzend uniformierten Beamten. Ich sah zu, wie sie – höflich, aber bestimmt – die Menge ans andere Ende der Straße dirigierte. Sie war zu gebrauchen.

»Max«, sagte Edie. »Schau.«

Sie starrte auf den Bildschirm, wo die geschwärzte Silhouette endlich durch das Gesicht von DS Alice Stone ersetzt worden war.

Es war eine Art offizielles Foto, aber trotzdem lächelte Alice Stone. Sie zeigte das gute, breite Lächeln, das charakteristisch für sie gewesen war.

Ich merkte, wie etwas mir die Luft raubte.

»Anscheinend haben sie die nächsten Angehörigen erreicht«, sagte Edie.

6

Der lange Tag ging zu Ende, und Freds Boxclub war fast leer.

Eine Frau in den Fünfzigern, die wie dreißig aussah, vollführte auf einer Yogamatte still das Sūrya Namaskāra, den Sonnengruß. Gekonnt bog, streckte und dehnte sie sich, sodass die Serie anmutiger Asanas wie eine einzige lange flüssige Bewegung erschien. Einer von Freds kahlrasierten Stammkunden in einem ausgefransten London-Marathon-T-Shirt schlug mit 18-Unzen-Lonsdale-Boxhandschuhen müde auf den schweren Sandsack ein. Jemand stellte das Laufband ab, atmete durch und ging zu den Duschen. Und Fred stand vor mir. Mit seinen langen silbrigen Haaren, die er zu einem Knoten gebunden hatte, sah er aus wie ein Pirat, der sich anschickte, die Beute seines Lebens zu machen.

Toots & the Maytals klangen aus den Lautsprechern und sangen von jungen Rabauken aus Trenchtown, die fünfzig Jahre im Grab lagen, und auf dem riesigen Fernsehschirm lief der erste Kampf zwischen Micky Ward und Arturo Gatti ohne Ton.

Fred zählte die Wiederholungen in Zehnerblocks, während ich mich auf einem Bein von einer Bank hochstemmte, die Position hielt und mich auf dem gleichen Bein wieder absenken ließ. Wir taten es, bis meine Quadricepsmuskeln brannten.

Solange mein Knie heilen musste, drehte sich mein ganzes Fitnesstraining bei Fred um meine vierköpfigen Oberschenkelstrecker – Kniebeugen, Ausfallschritte, Step-ups und vor allem die Folter, mit nur einem Bein aufzustehen und sich hinzusetzen. Immer, wenn ich glaubte, ich könnte nicht mehr weitermachen, wenn meine Beinmuskeln steif waren vor

Milchsäure und in meinen Quadriceps der Schmerz loderte, sah ich hoch zu Micky Ward und Arturo Gatti, bei denen die Fetzen flogen.

Und machte weiter.

In diesem Moment kam Jackson Rose in den Boxclub.

Er nickte uns zu, als Fred ein paar Knöchelgewichte an mir festschnallte. Danach musste ich mich zu fünfzig Liegestützsprüngen zwingen.

Der Stammkunde im London-Marathon-T-Shirt ging zu den Spinden, und Jackson stellte sich vor den Sandsack. Einen Augenblick lang betrachtete er ihn, machte einen Schritt zurück, beugte sich vor, damit der Oberkörper im rechten Winkel zum Boden war, und trat in einer Höhe dagegen, in der bei einem sehr großen Mann der Kopf gewesen wäre.

Zuerst führte er die Tritte leicht aus, suchte sich den richtigen Abstand; dann trat er härter zu. Zweimal steigerte er die Kraft seiner Tritte noch, und sie erfolgten so schnell hintereinander, dass das Klatschen, mit dem sein Rist immer wieder auf den Sandsack prallte, zu einem ununterbrochenen Geräusch wurde, das an Hagel erinnerte. Schließlich wich Jackson zurück, sprang auf den Fußsohlen an der Stelle auf und ab, die Hände locker an den Seiten, ein dünner Schweißfilm auf dem Gesicht.

Fred und ich grinsten ihn an.

»Oi, Conor McGregor«, sagte Fred. »Trainieren oder tanzen?«

Jackson zeigte uns sein Zahnlückengrinsen. »Habt ihr Zeug für mich?«

So kam es, dass Jackson und ich eines von Freds berühmten Zirkeltrainingsprogrammen durchstanden. Ein Dutzend Drei-Minuten-Runden am Speedball, dem Uppercutbag, dem schweren Sandsack und dem superschweren, zwei Meter langen Klotz aus hartem Leder, der einem jeden Rest an Energie aus dem Leib zog. Eine Minute Pause zwischen den Runden, die angefüllt waren mit zehn Liegestützen und zehn Sit-ups. Achtundvierzig Minuten ohne Unterbrechung. *Erholen kannst du dich bei der Arbeit*, so lautete Freds Devise.

»Heute Nacht schlaft ihr gut«, sagte Fred, als nach dem letzten Liegestütz der Summer zum letzten Mal ertönte, wir auf Händen und Knien keuchten und die Halle bis auf uns leer war. Jackson grinste mich an, und ich sah, dass er erfüllt war von der Glückseligkeit der Erschöpfung, die man nur nach einem harten Training erlebt.

Nachdem wir geduscht und uns angezogen hatten, schlug Jackson vor, dass wir ein Bier trinken gehen sollten. In Smithfield gibt es genügend Pubs, die auf alle möglichen Nachteulen warten, darunter die Club-Kids im Fabric an der Charterhouse Street und die Nachtarbeiter aus dem Fleischmarkt, der seit tausend Jahren an der gleichen Stelle steht.

Er merkte mir an, dass ich nicht gerade versessen darauf war.

»Ich weiß, du möchtest zurück zu Scout. Nur auf ein Bier, Max. Es war für uns alle ein langer Tag.«

Ich wartete auf den wirklichen Grund.

»Wir müssen unsere Geschichte absprechen«, sagte er.

Wir setzten uns an einen Ecktisch in einer der legendären Smithfielder Kneipen, in denen Trubel herrscht, während die Stadt schläft. Wir waren die einzigen Männer, die keinen weißen Kittel trugen, die einzigen, die nicht blutbespritzt waren. Ich sah zu, wie Jackson an seinem San Pellegrino nippte. Man brauchte ein wenig Mut, um in diesem Lokal Sprudelwasser zu bestellen, aber an Mut hatte es Jackson Rose noch nie gemangelt.

»Hast du Schwierigkeiten, Jackson?«

»Schwierigkeiten? Ich? Nein. Ich bin natürlich suspendiert. Vorschriftsgemäße automatische Suspendierung bis zur Anhörung, weil ich zwei Schuss aus meiner Waffe abgefeuert habe. Und weil ich Asad Khan tötete. Aber ich bekomme keine Schwierigkeiten. Ich habe die Vorschriften buchstabengetreu befolgt. Ich habe dem Bewaffneten, der gerade DS Stone ermordet hatte und weitergemordet hätte, wenn es ihm möglich gewesen wäre, eine Warnung zugerufen. Ich habe getan, wozu ich ausgebildet worden bin. Ich habe sogar mein Bestes getan, um Überpenetration zu verhindern.«

Er lächelte mich an, froh, außer Reichweite derjenigen zu sein, die Polizisten wegen Mordes belangen wollten.

»Überpenetration kann fies enden«, sagte er. »Wenn eine Kugel eindringt, verliert sie nur rund zwanzig Prozent ihrer Energie und tritt auf der anderen Seite wieder aus. Danach ist ihre Flugbahn unvorhersehbar. Für Umstehende besteht Verletzungsgefahr.«

Ich nickte ungeduldig.

»Einen Durchschuss verhindert man am besten dadurch, dass man auf das Ziel feuert, wenn es flach auf dem Boden liegt. Das habe ich bei meinem zweiten Schuss gemacht. So habe ich es ihnen erzählt. Und das hat auch jeder gesehen – dich eingeschlossen, richtig?«

Ich nickte. »Das habe ich gesehen. Ich bin froh, dass du aus dem Schneider bist, Jackson.«

»Ich habe zwei Schüsse abgefeuert, und dann habe ich aufgehört«, sagte er. »SFOs müssen zwei Dinge wissen: wann man zu schießen anfängt und wann man aufhört. Deshalb stecke ich nicht in Schwierigkeiten, Max. Um mich brauchst du dir keine Sorgen zu machen. Mit mir ist alles gut. Beim anderen Teil der Geschichte müssen wir uns einigen.«

Ich schaute mich im Pub um.

Neben den Füßen vieler Männer standen Plastiktüten voller Schweinekoteletts, Rinderrippen und Lammkeulen. Jetzt fiel mir auf, dass zwar alle weiße Kittel trugen und alle blutbeschmiert waren, sie sich aber durch die Menge des Blutes unterschieden.

Einige der Kittel waren fast frisch, nur mit ein paar diskreten kleinen Jackson-Pollock-Klecksen verziert. Das waren die Großhändler. Andere Männer hatten Schweine zerlegt, was geschah, während die Tiere hingen, und das verringerte die Blutspritzerei. Sie trugen daher nur vereinzelte rote Flecken auf ihren Kitteln. Dann gab es Männer, deren Kittel tiefrot mit Blut getränkt waren. Sie hatten an Lämmern gearbeitet – das hieß, sie hatten auf sich zugeschnitten, denn Lämmer werden auf dem Block zerlegt. Daher waren die Männer in unterschiedlichem Maß blutbespritzt.

Aber jeder einzelne von ihnen trug ein himmelblaues Band an seinem weißen Kittel zum Gedenken an die fünfundvierzig unschuldigen Opfer, die gestorben waren, als der Hubschrauber abstürzte.

Ich sah wieder Jackson an. Er hatte den Blick nicht von mir genommen.

»Sie werden dich befragen, wie DS Stone ermordet wurde, aber darüber brauchen wir uns keine Gedanken zu machen«, sagte er. »Wir müssen absprechen, was du ihnen über das sagst, was im Keller passiert ist.«

»Das brauchen wir nicht abzusprechen, Jackson. Da gibt es nichts abzusprechen.« Ich beugte mich näher zu ihm. »Hast du mit deinem Freund DC Vann gesprochen?«

»Ich würde ihn nicht meinen Freund nennen, Max, aber er braucht auch nicht mein Freund zu sein. Ray Vann gehört zu unserem Haufen. Und dieser Haufen erinnert mich an den Haufen, zu dem ich in Afghanistan gehört habe, Max. Weißt du, wofür wir in Afghanistan gekämpft haben? Nicht für die Freiheit. Nicht für die Demokratie. Auch nicht für Königin und Vaterland. Sondern *füreinander*. Und hier ist es genauso. Wir kämpfen füreinander.«

»Hat Vann dich gebeten, mich zu suchen und mit mir zu reden?«

»Das brauchte er nicht.«

»Wieso hat Stone ihn angesprochen?«

»Wann?«

»Als wir im Mannschaftstransporter zur Borodino Street unterwegs waren. Vann war das einzige Teammitglied, das Alice Stone direkt angesprochen hat. ›Alles okay, Raymond?‹ Als machte sie sich Gedanken um ihn. Als sorgte sie sich wegen ... Ich weiß es nicht, seines Geisteszustands, seiner Belastbarkeit. Bei keinem sonst hat sie das getan. Wieso hat sie ausgerechnet DC Vann diese Frage gestellt?«

Jackson nippte an seinem Sprudelwasser und sah weg.

»Ich habe das nicht mitbekommen. Muss meine Ausrüstung überprüft haben. Habe mich eingestimmt.«

»Was ist Vanns Hintergrund?«

»Wie du weißt, kommen Schützen meistens aus zwei Richtungen. Du hast die Jungs – und Mädels – vom Land, die mit Waffen aufgewachsen sind und auf Tontauben geschossen haben, auf Fasane oder auf Bauern. Was man auf dem Land eben so macht. Und du hast die Exsoldaten, die das Schießen beim Militär gelernt haben. Auf einem anderen Feld als dem, wo Fasane geschossen werden. Und das gilt auch für Ray Vann. Er war im Irak. Hat sich offenbar unter Beschuss bewährt.«

»Er ist also erstklassig ausgebildet und wusste, was er tut?«

»Ja.« Wieder wich er meinem Blick aus. »Aber wenn ich ehrlich sein soll: Man weiß es nie.«

»Was soll das heißen, Jackson?«

»Die, die mit Waffen aufgewachsen sind – wie zum Beispiel Alice Stone –, haben im Leben nicht die gleichen Erfahrungen gemacht wie die, die gedient haben. Exsoldaten ... Wir sind wie Rettungshunde, Max. Du kannst nie genau wissen, was wir durchgemacht haben. Und wie es uns verändert hat.«

Wir schwiegen eine Weile.

»Was ist in dem Keller passiert, Max?«

»Was sagt denn Ray Vann darüber?«

»Das Ziel griff nach seiner Waffe.«

»Das ist Vanns Geschichte?«

»So hat er es in der Einsatznachbesprechung gleich nach dem Zugriff erzählt. Und das wird er auch der IPCC sagen.«

Die IPCC ist die Independent Police Complaints Commission, die unabhängige Untersuchungskommission für polizeiliches Fehlverhalten. Sie besitzt die Befugnis zu entscheiden, ob ein Firearms Officer, der seine Waffe abgefeuert hat, einen Orden bekommt oder wegen Mordes belangt wird.

Jetzt blickte Jackson mich an.

»Was wirst du ihnen sagen, Max?«

»Ist im Keller eine Waffe gefunden worden?«

»Nein. Auf dem Grundstück in der Borodino Street konnte außer dem Sturmgewehr, mit dem DS Stone ermordet wurde, keine Waffe sichergestellt werden.«

»Woher weißt du dann, dass Adnan Khan nach einer Waffe gegriffen hat, wenn im Keller keine Spur von einer Waffe war?«

»Vann glaubte, dass ein bekannter Terrorist nach einer Waffe griff, okay? Du weißt schon: Einer der Hundesöhne, die – wie viele sind es jetzt? Fünfundvierzig? – unschuldige Männer, Frauen und Kinder ermordet haben. Vergiss nicht die Kinder, Max. Vann musste innerhalb eines Sekundenbruchteils die Entscheidung treffen, um sein eigenes Leben und das vieler anderer Menschen zu retten.«

»Das CTC sagt, die einzige Waffe auf dem Grundstück war das G3, mit dem Alice Stone getötet wurde. Keine Handgranaten. Keine anderen Waffen.«

Ich sah, wie mein Freund den Rücken straffte, als etwas in ihm hochkochte.

»Können wir bitte aufhören zu sagen, dass Alice *getötet* worden ist. Oder dass sie *starb?* Sie wurde *ermordet,* okay?« Als hätte ich das angezweifelt. Jackson atmete tief durch. »Im Keller griff der letzte Khan-Bruder nach etwas, von dem DC Vann *glaubte,* es wäre eine Waffe, okay? Khan machte eine plötzliche, schnelle Bewegung, und Vann hat ihn erschossen. So wird er es morgen vor der IPCC darstellen.«

Ich trank an meinem Bier und sagte nichts.

»Sie werden auch mit dir reden, Max. Das weißt du selbst. Nur drei Personen waren in dem Keller, und eine davon ist tot. Die IPCC wird sich mit dir und mit Vann unterhalten. Und du hast die Macht, seine Darstellung zu bestätigen oder eine andere Geschichte zu erzählen.«

Er prostete mir mit seinem Mineralwasser zu.

Ich starrte ihn an, ohne etwas zu sagen. Ich trank aus meinem Bierglas. Im Pub war es laut.

»Ich weiß, auf dich kann man sich verlassen, Max.«

Ich hob die Hand, damit er den Mund hielt.

»Um mich braucht ihr euch keine Sorgen zu machen.«

»Das weiß ich, Max. Dachtest du, das weiß ich nicht?

»Ich werde ihn nicht reinreiten.«

Ich sah in mein Bier. Ich wollte nur noch nach Hause. Ich wollte meiner Tochter beim Schlafen zusehen. Ich wollte den langen harten Tag endlich hinter mir haben.

»Aber ich werde auch nicht für ihn lügen«, sagte ich.

Seine Miene versteinerte sich. »Was soll das, Max? Ist das irgend so ein persönlicher Ehrenkodex, oder was?«

Ich zuckte mit den Schultern. »Du kannst es nennen, wie du willst. Ich werde ihn nicht reinreiten, aber ich lüge auch nicht für ihn.«

»Sie haben endlich Alice Stones Mann erreicht.« Jackson wurde immer wütender.

»Weiß ich.«

»Ihr Mann ist ein Cop bei New Scotland Yard. Sie haben zwei kleine Kinder unter fünf, einen Jungen und ein Mädchen. Sie werden sich nicht an sie erinnern, wenn sie groß sind. Sie werden sich nicht mal an ihre Mutter erinnern, Max! Weil sie zu klein waren, als ihre Mutter *ermordet* wurde.«

»Ich reite ihn nicht hinein, aber ich lüge auch nicht für

ihn«, sagte ich zum dritten und letzten Mal, nur damit es vollkommen klar war.

Ich kippte den Rest meines Biers hinunter und stand auf.

»Ich habe mich gefreut, dich wiederzusehen, Jackson. Trainier mit mir bei Fred. Komm mich und Scout besuchen. Koch mal wieder für uns. Führ Stan aus. Ich vermisse dich, wirklich. Du bist der einzige Bruder, den ich je hatte.«

Er wartete auf den Rest meiner Ansprache.

»Aber setz mich nie wieder unter Druck«, sagte ich.

7

Der nächste Tag war ein Samstag, und ich atmete durch.

Als das Sonnenlicht durch das Dachfenster ins Schlafzimmer fiel, erwachte ich und hörte den schönsten Laut auf der Welt.

Auf dem Kissen neben mir schnarchte Stan. Sein linkes Ohr lag als seidiger Vorhang über seinen Augen. Als ich aufstand, regte er sich im Schlaf und schmatzte mit den Lefzen, aber er wachte nicht auf. Ich starrte in sein Gesicht und bemerkte, wie der schwarze Fleck unter seiner Nase sich über das Maul zum Kinn fortsetzte, bevor er dem Weiß seiner Brust wich, das an ein kleines Smokinghemd erinnerte. Alles Übrige war in Rottönen, vom Erdbeerblond seines Schweifs und seiner Beine bis zum tiefen Rostbraun des Rückenfells, der Ohren und des Kopfs.

Früher einmal hatte ich eine schlafende Frau derart bewundernd in allen Einzelheiten betrachtet.

Aber jetzt war es ein Cavalier King Charles Spaniel.

Bis zu diesem Kissen hatte Stan einen weiten Weg hinter sich gebracht. Am Anfang mussten wir ihn nachts in einen Käfig sperren. Später konnten wir ihm erlauben, durchs Loft zu streichen, nachdem das Licht aus war. Jetzt hatte er es bis in mein Bett geschafft.

Er zuckte gereizt im Schlaf, als ich die Bettdecke zur Seite schlug, auf den Boden ging und rasch fünfundzwanzig Liegestütze machte. Als ich aufstand, um mein Bein zu dehnen, spürte ich, wie die Zeit und Fred es langsam, aber sicher heilten, und Stan öffnete die großen runden Augen und musterte mich gelassen.

Er bewegte sich nicht, während er meine Dehnübungen

beobachtete und dann noch weitere fünfundzwanzig Liegestütze. Sie machte ich langsamer, dachte jetzt an die Form. Ununterbrochen pochte in meinem Knie der Schmerz, aber er wirkte weit weg. Ich streckte mich erneut, und beim dritten Set aus fünfundzwanzig Liegestützen schloss Stan die Augen und seufzte immer wieder, während er in den Schlaf zurückglitt.

Als ich das letzte Set von fünfundzwanzig Liegestützen ausführte – das harte Set, bei dem mir die Milchsäure in Schultern und Armen brannte, das Set, das tatsächlich etwas Gutes bewirkt –, schnarchte der Hund schon wieder laut.

Ich ging in den Hauptraum des Lofts und schaltete den Fernseher ein, um zu sehen, was in der Borodino Street vor sich ging.

Und da war er, der mittlerweile vertraute Blick auf die Straße vom Kamerahubschrauber aus, und wo die Fahrbahn hätte sein sollen, sah ich ein Blumenmeer. Wir hatten frühen Samstagmorgen, aber die Menschenmenge, von zwei langen Reihen uniformierter Beamter auf den Gehsteigen gehalten, war bereits riesig. Ein kleines Kind, ein Mädchen, wurde an der Hand geführt und legte ihren Blumenstrauß zu den anderen. Die Kamera fuhr näher an eines der Fotos heran, die zwischen den Blumen aufgestellt waren.

DS Alice Stone lächelte für alle Ewigkeit. Das Bild war zu einer der bevorzugten Aufnahmen von Alice geworden, aufgenommen während eines Italienurlaubs gleich nach der Geburt ihres ersten Kindes. Sie sah ganz aufgedreht aus vor Glück. Und jetzt waren die Menschenscharen gekommen, um sie zu betrauern.

Ich verstand die Trauer gut, weil ich sie selbst empfand. Dennoch verblüffte mich die Emotion, die wegen Alice Stone ausgegossen wurde. Um die Frau wurde von Menschen, die ihr nie begegnet waren, auf eine Weise getrauert, auf die kein vollkommen Fremder um die fünfundvierzig Opfer von Lake

Meadows getrauert hatte. Vielleicht war der Verlust so vieler Menschen zu groß, um ihn wirklich zu erfassen. So viele Leben binnen eines Augenblicks ausgelöscht. So viele verlorene Mütter und Väter, Söhne und Töchter, Ehefrauen und Ehemänner. So viele zerrissene Familien, so viel Schmerz, der ein generationenlanges Echo hatte. Es war zu entsetzlich, um es wahrhaft zu begreifen.

Aber jeder konnte erfassen, was mit Alice Stone gestorben war. Der Tod dieser Polizeibeamtin, die ihr Leben verloren hatte, weil sie Gerechtigkeit für die Untat von Lake Meadows üben wollte – diese zähe, kluge und schöne Frau, Ehefrau, Mutter und Tochter –, stand stellvertretend für alle unschuldigen Opfer dieses Sommers. Der Verlust von Alice Stone war wie ein Stich ins Herz der Nation.

Ich sah ihn zum ersten Mal, als das Bild wieder auf die Helikopterkamera schaltete, die alles aufnahm – das Blumenmeer, die grimmigen Gesichter der Menge, das hinter riesigen weißen Sichtschirmen verborgene Haus, in dem Kriminaltechniker und Suchspezialisten ihre Arbeit taten.

Er stand am Ende der Straße gleich hinter der Polizeiabsperrung, ein schlanker junger Mann mit langen Gliedmaßen in Anzug und Fliege auf einer Art kleinen Kiste. Er sprach einen Teil der Menge an, und sie fielen mir auf, weil sie den Blumen, dem Haus und dem Geschehen in der Borodino Street den Rücken zukehrten.

Der junge Mann auf der Kiste war nicht der einzige Redner. Weiter hinten, am Rand der Menge, sprach ein schwarzer Priester zu einer kleinen Zuhörerschaft von vielleicht einem Dutzend Menschen. Selbst aus der Distanz erkannte ich seine dunkle Soutane und den weißen Priesterkragen, den man manchmal Hundehalsband nennt. Als er sich zum Gebet niederkniete, kehrte ihm die Hälfte seiner Schäfchen den Rücken und ging zu dem jungen Mann auf der Kiste.

Was er sagte und wie er die Menschen in Bann schlug, ließ

sich unmöglich sagen. Wie es aussah, hielt er seine Art von Predigt. Eine Predigt, gegen die der Geistliche keine Chance besaß.

Ohne die Augen vom Bildschirm abzuwenden, rief ich Edie an.

»Edie, bist du auch vor dem Fernseher?«

»Max?«

Ich hatte sie geweckt.

Sofort packte mich das schlechte Gewissen, aber ich musste wissen, was in der Borodino Street vorging. Wer war der Kerl?

»Schalte mal deinen Fernseher ein«, sagte ich. »Vor dem Khan-Haus spricht jemand zu der Menge. Es sieht so aus – ich weiß auch nicht –, als würde er *predigen*.«

»Max.« Jetzt war sie wach.

»Siehst du es?«

»Max – denk doch mal eine Weile nicht daran, okay? Ich weiß, du warst mittendrin, als der Rettungshubschrauber aufschlug. Ich weiß, du hast gesehen, wie Alice Stone starb. Ich weiß, dass du nichts davon je vergessen wirst. Das ist mir klar, verdammt. Aber *wir* sind dafür *nicht* zuständig. Lass los, Max.«

»Du hast deinen Fernseher nicht eingeschaltet?« Ich schaffte es nicht, so zu tun, als wäre ich nicht enttäuscht.

»Schönes Wochenende, Max.« Edie war jetzt hellwach. »Für dich, für Scout und für Stan. Du musst Lake Meadows aus dem Kopf bekommen. Denk eine Weile mal nicht an die Borodino Street. Ich weiß, das ist schwer. Aber du hast deinen Teil getan, Max. Jetzt machen andere weiter.«

Im nächsten Moment hörte ich den Mann in ihrem Bett. Er regte sich neben ihr und fragte schlaftrunken: »Wer ist das?«

Es war mir peinlich. Ich fühlte mich gedemütigt und dumm.

Mr Big. Edies verheirateter Freund.

Ich fragte mich, wie er das zu Hause verkaufte, welche glattzüngige Lüge er seiner Frau erzählt hatte, damit er die Nacht von Freitag auf Samstag woanders verbringen konnte. Freitagabend, Samstagmorgen. Eine Geschäftsreise, dachte ich. Garantiert schützt er eine Geschäftsreise vor.

»Arbeit«, sagte Edie, und irgendwo in meinem dicken Schädel sah ich es genau vor mir.

Wie sie ihr Gesicht vom Telefon abwandte. Den Mann in ihrem Bett.

»Max?«

»Nicht so wichtig«, sagte ich. »Entschuldige die Störung. Bis Montag.«

Ich setzte mich vor den Fernseher.

Die Wirkung war hypnotisch. Ein Land in Trauer. Wir trauerten um die Opfer der jüngsten Gräueltat, die Opfer von Lake Meadows, wir trauerten um alle, die bei früheren Anschlägen getötet worden waren, wir trauerten um jene, die in der Zukunft so sterben würden. Und wir trauerten um Alice Stone.

Jeder kannte mittlerweile ihr Gesicht. Jeder wusste von ihrem Mann, der ebenfalls bei der Polizei war, von ihren beiden kleinen Kindern und ihrer idyllischen Kindheit im ländlichen Lincolnshire. Jeder kannte ihr Lächeln. Ihr Lächeln spukte durch das ganze Land.

Erst als Scout aus ihrem Zimmer kam, schaltete ich den Fernseher ab und folgte ihr in die Küche, obwohl ich wusste, dass sie sich mittlerweile selbst Frühstück machen konnte. Sie benutzte einen Tritthocker, um das Brot aus dem Schrank zu holen und die Butter und den Orangensaft aus dem Kühlschrank. Sie reifte schneller als ihre Altersgenossen; so ist das bei Kindern mit geschiedenen Eltern.

»Soll ich mich ums Frühstück kümmern, Scout?«

Ein überlegenes Lächeln. »Heute mache ich *dir* dein Frühstück.«

Also ging ich nach unten, um die Post zu holen.

Im Briefkasten fand ich die beiden Zeitschriften, die ich abonniert hatte, *Boxing Monthly* und *Your Dog*, dazu eine

Auswahl an Rechnungen, Reklame und Speisekarten von Pizza- und Phat-Thai-Lieferdiensten. Auf dem Titelbild der Boxzeitschrift war ein lächelnder Gennadi Golowkin, das Hundemagazin schmückte ein grinsender Labrador Retriever. Erst als ich schon wieder im Loft war, entdeckte ich das Kartenkuvert von meiner Exfrau.

Handschriften erkennt man auch dann noch, wenn man sie jahrelang nicht mehr gesehen hat.

Sogar in unserer Zeit, in der niemand noch Briefe oder Postkarten schreibt, erkennt man die Handschrift von Menschen, die einem einmal nahegestanden haben. Man vergisst sie nie.

Annes Schrift war sauber, die Buchstaben klein, aber dick, als drückte sie zu fest auf, als versuchte sie sich in einer Welt Gehör zu verschaffen, die ihr nicht genügend Beachtung schenkte.

Die Karte war nicht an mich adressiert.

Sondern an Scout. Ich öffnete sie nicht. Ich sagte ihr auch nichts davon. Ich steckte sie zwischen *Your Dog* und *Boxing Monthly* und setzte mich an den Tisch, um den Toast zu essen, den Scout mir gemacht hatte. Er war ein bisschen angebrannt, aber dafür mit Unmengen köstlicher neuseeländischer Butter bestrichen, ganz genau so, wie ich ihn mochte.

»Der Toast ist prima, Scout.«

Sie starrte ernst den Hund an.

Stan quollen vor Verlangen die Augen aus dem Kopf.

»Kohlehydrate sind *schlecht* für dich, Stan«, sagte sie. »Wir müssen auf dein Gewicht achten, sonst wirst du krank und stirbst.«

Er leckte sich die Lefzen. Bei der ersten Gelegenheit würde er zuschlagen.

Ein leichter Sommerregen trommelte an die großen Fenster des Lofts.

»Wir müssen uns zwischen den Regentropfen durchquetschen«, rief Scout, und ich lachte laut.

Niemand konnte mich so zum Lachen bringen wie meine Tochter.

»Scout«, sagte ich so beiläufig, wie ich konnte, »deine Mum hat dir geschrieben.«

Ich zog die Karte hervor und reichte sie ihr. Sie musste ihren Marmeladentoast von der rechten in die linke Hand überführen. Ich wusste nicht, was ich sonst sagen sollte. Es gab nichts zu sagen.

Scouts Mutter hatte uns verlassen, bevor unsere Tochter in die Schule kam. Sie war gegangen, weil sie sich in einen anderen Mann verliebt hatte, ein Kind von ihm erwartete und ein neues Leben beginnen wollte. So simpel und so brutal war es gewesen. So endgültig. Zu Anfang hatten Anne und Scout einander gelegentlich gesehen, aber der Kontakt war erloschen, als das neue Leben Gestalt annahm.

Vielleicht wäre es anders gekommen, hätte Anne kein Kind erwartet, als sie ging – und wäre sie danach nicht schnell erneut schwanger geworden –, aber Scout passte nicht so einfach in dieses neue Leben. Meine Exfrau hatte zwar versucht, sie einzubauen, sich dabei aber keine große Mühe gegeben. Deshalb war sie weggedriftet, und Scout und ich waren zurückgeblieben und mussten sehen, wie wir zurechtkamen. Und das taten wir.

Solche Dinge geschehen ständig. Wenn jemand mit mir redet, als hätte er noch nie gehört, dass ein Vater sein Kind allein aufziehen muss, während die Mutter von ihrem neuen Leben zu sehr vereinnahmt wird, um an das wunderschöne Kind aus dem alten Leben zu denken, beneide ich ihn immer um sein behütetes, zivilisiertes, gemütliches Mittelstandsdasein.

Die Erwachsenen machen einfach weiter, dachte ich, während ich zusah, wie Scout die Karte nahm, und die Kinder zahlen den Preis. Einen irren Augenblick lang hoffte ich, dass Anne auf der Karte Scout um Verzeihung bat, Scout und mit ihr die vielen Söhne und Töchter aller geschiedenen Mütter und Väter. Nur geschiedene Erwachsene bekommen ein neues Leben, dachte ich. Geschiedene Kinder hängen für immer im alten Leben mit ihrem blöden geschiedenen Elternteil fest.

Mit Fingern, an denen Butter, Erdbeermarmelade und Toastkrümel klebten, riss Scout den Umschlag auf.

»Ich bin zu einer Party eingeladen«, sagte sie.

Sie zeigte mir die Karte voller lachender Zeichentricktiere, die mit Ballons und Torten jonglierten, während sie Spielzeugautos fuhren. Innen war die Einladung auf eine Party zum vierten Geburtstag.

Ich brachte es nicht über mich, vom Geburtstagskind als Scouts Bruder zu denken. Selbst Halbbruder war zu viel für mich.

»Mummys kleiner Junge«, sagte Scout. »Er hat Geburtstag.«

»Das ist sehr nett«, sagte ich.

»Der ist schon vier?«

»Muss er ja wohl.«

Scout runzelte die Stirn.

»Aber der ist so ein *Baby.*«

Ich musste lächeln. »Und was bist du? Eine alte Dame? Du bist erst sieben, Scout. Du bekommst noch nicht einmal einen Freifahrausweis für den Bus.«

Ich nahm ihr die Karte ab.

Und merkte, dass sie wütend war.

Wenn diese Kontaktaufnahme nach mehreren Jahren des Schweigens für mich seltsam war, wie erst musste Scout sie empfinden?

»Du weißt, dass deine Mutter nie aufgehört hat, dich liebzuhaben«, sagte ich, und das glaubte ich trotz der Beweislage wirklich. Oder konnte ich nur den Gedanken nicht ertragen, dass meine Tochter nicht so sehr geliebt wurde, wie sie es verdiente?

»Sie ist total beschäftigt«, sagte Scout.

Das war immer die übliche Ausrede für das magische Verschwinden meiner Exfrau. Scout war jetzt sieben und benutzte den Ausdruck mit einem scharfen Unterton.

Manche nichterziehende Elternteile glauben, sie könnten einfach dort anknüpfen, wo sie aufgehört haben, wenn ein Zeitpunkt gekommen ist, an dem es ihnen passt, und ich habe keinen Zweifel, dass sie das für richtig halten. Nur warten verlassene Kinder nicht ewig darauf, dass der nichterziehende Elternteil die Sache in Ordnung bringt. Die Uhr tickt.

»Hör zu«, sagte ich. »Du kannst zu dieser Party gehen, wenn du es möchtest, und wenn nicht, brauchst du auch nicht hinzugehen. Du hast schon recht, die anderen Kinder dort sind kleiner als du, aber du hast dort bestimmt trotzdem viel Spaß. Du entscheidest das selbst, Scout.«

»Ich *muss* aber nicht hingehen?«

»Natürlich nicht!«

»Dann gehe ich nicht«, sagte sie.

»Gut.« Ich wollte nur, dass unser Samstag endlich weiterlief. »Was unternehmen wir heute mit Stan?«

»Den großen Spaziergang in Hampstead Heath. Den zweistündigen. Die Avenue runter, dann die Abkürzung über den Parliament Hill und runter zu den Badeteichen.«

»Und Mittagessen im Coffee Cup auf der Hampstead High Street?«

Sie zeigte mir beide Daumen erhoben. Wir lächelten einander an, dann warfen wir zugleich einen raschen Blick auf die Partyeinladung, als hätte sie merkwürdige Kräfte, die wir uns gar nicht ausmalen konnten.

Als wir von unserem zweistündigen Spaziergang in Hampstead Heath und dem Mittagessen im Coffee Cup auf der Hampstead High Street nach Hause zurückkehrten, hatte ich die Einladung schon vergessen. Ich war überrascht, dass sie noch immer auf dem Esstisch lag. Sie hatte aber ihre Macht, uns wehzutun, eingebüßt.

Wir wurden zurückgelassen, damit wir weitermachen, dachte ich.

Und das haben wir getan.

Also entschuldige, wenn du uns gleichgültig geworden bist.

Aber am Sonntagabend, als ich in Scouts Zimmer war und ihr die Schulkleidung für den Montagmorgen herauslegte, sah ich ein Bild, das sie im ersten Jahr an der Schule gemalt hatte; es guckte aus einer von Farbklecksen übersäten Pappmappe.

Meine Familie war der Titel.

Mit fünf begriffen sie erst allmählich die Welt und ihren Platz darin. Alle anderen Kinder hatten Bilder, auf denen es vor Leben nur so wimmelte. Strichmännchen-Daddys mit ihren wichtigen Aktentaschen und Strichmännchen-Mummys, die entweder auch eine Aktentasche oder ein Baby hielten, dazu jede Menge Strichmännchen-Geschwister, größer und kleiner. Aber Scout hatte nur ihren Strichmännchen-Daddy ohne Aktentasche und einen vierbeinigen roten Klecks mit schwarzen Glubschaugen.

Das war Scouts ganze Familie.

Stan und ich.

Als ich das Bild zum ersten Mal sah, hatte es mir das Herz zerrissen. So viel weißer Raum war darin, so wenig Leben, und nicht einmal genug Menschen gab es in Scouts Welt.

Und jetzt ging mir das alte Bild wieder zu Herzen.

Denn auf die eine Seite des Bildes hatte Scout nachträglich noch eine Figur gemalt.

Eine hübsche Frau mit dunklem Haar stand am Rand der kleinen Familie, und sie war viel gekonnter gemalt als vor zwei Jahren. Als könnte etwas zu malen die Wirklichkeit erschaffen. Als könnte das Wünschen die Zeit zurückdrehen, bis alles wieder einfach und unsere Familie noch nicht zerbrochen war.

Ich schob das Bild ordentlich in die Mappe zurück, damit Scout niemals erfuhr, dass ich es gesehen hatte.

Ich hatte Anne hinter mir gelassen. Von meiner Tochter das Gleiche zu erwarten war zu viel verlangt.

Scout saß mit Stan auf dem Sofa und spielte etwas auf dem Handy.

»Vielleicht solltest du doch zu dieser Geburtstagsparty gehen«, meinte ich so leichthin wie möglich.

»Okay«, sagte sie ganz schnell, ohne von ihrem explodierenden Obst aufzublicken.

Als ich Scout ins Bett gebracht hatte und sicher war, dass sie schlief, schrieb ich die Antwort. Bis in jede Faser meines Seins war ich angeekelt von einer Welt, in der die Kinder geschiedener Eltern gezwungen sind, zu Westentaschendiplomaten zu werden. Sich zwischen einem Mann und einer Frau einen Weg zu suchen, deren Liebe es auf die Welt gebracht hat und die später entschieden, einander bis aufs Blut zu hassen.

Ohne überhaupt nachzudenken, schaltete ich den Fernseher ein und sah mir die jüngsten Neuigkeiten aus der Borodino Street an. Soweit ich es sagen konnte, stand der junge Mann mit Anzug und Fliege, der am Samstagmorgen zu der Menge geredet hatte, nicht mehr auf seiner Kiste. Aber das Blumenmeer war noch dort, und Alice Stone lächelte nach wie vor auf all ihren Fotos. Die ernste Menge war auch nicht verschwunden und wartete, dass etwas geschah.

Das Mondlicht fiel in unser Loft durch die großen Fenster, die offen standen, um an einem schwülen Sommerabend frische Luft in die Wohnung zu lassen.

An der St. Paul's Cathedral schlug die große Glocke Mitternacht.

Sonntagabend wurde zu Montagmorgen.

Und ich atmete durch.

8

»Wer ist der Kerl nur?«, fragte Edie.

Als ich am Montagmorgen den MIR-1 betrat, sah sie sich die neuesten Aufnahmen von der Borodino Street an.

Der TV-Sender schaltete auf die Sicht aus dem Hubschrauber um, und man konnte deutlich den gleichen jungen Mann erkennen, der am Ende der Straße zur Menge sprach. Die Gesichter waren vom Haus der Khans abgewandt, von den Blumen, den Trauernden und dem improvisierten Schrein für Alice Stone.

»Er muss harmlos sein«, sagte Edie. »Oder?«

»Falls nicht, sind genug Cops auf der Straße, um mit ihm fertigzuwerden.«

Schweigend sahen wir uns das Ganze an. Im kleinen Garten hinter dem Haus stapelten sich die rausgerissenen Bodenbretter. Eine Absetzmulde quoll über von Gips und Ziegeln aus Wänden und Decken.

»Die Suchteams haben das Haus entkernt«, bemerkte ich.

»Und trotzdem keine Handgranaten in der ganzen Bude«, sagte Edie. »Was ist aus den verdammten Dingern geworden, Max?«

TDC Adams ging ans Telefon.

»Die IPCC erwartet Sie«, sagte sie zu mir.

Ich hatte die IPCC-Ermittler sofort erkannt, als ich das Revier West End Central betrat, und ich wusste, dass sie mich ebenfalls erkannt hatten. Sie waren ein ungleiches Paar – ein übergewichtiger Mann Mitte fünfzig, der in seinem fleckigen billigen Anzug zerknittert und abgenutzt aussah, ehe der Tag noch begonnen hatte, und eine gepflegte, fitte junge Frau mit langen blonden Haaren und scharfen Augen hinter einer großen Brille. Ich hatte keinerlei Anstalten gemacht, mich ihnen vorzustellen.

Die Mitglieder der Independent Police Complaints Commission sind die Wachhunde der Polizei und beurteilen, ob ein Polizeibeamter, der innerhalb eines Sekundenbruchteils eine Entscheidung zu treffen hatte, als Held oder als Verbrecher dasteht.

Sie machten nur ihre Arbeit. Aber meine Freunde waren sie nicht.

Vor dem Vernehmungsraum wartete mein Gewerkschaftsvertreter auf mich, einer dieser teakholzharten alten Londoner, die man anscheinend nicht mehr herstellt, ein zäher, pedantisch ordentlicher Mann, der als Jugendlicher ein Mod gewesen sein musste. Man merkte es an der Sorgfalt, mit der er sich kleidete und frisierte, der Art, wie er sich hielt.

»DC Wolfe? Andy Baker von der PFEW.«

Der Police Federation of England and Wales.

Wir tauschten einen Händedruck.

»Verlieren Sie da drin nicht die Beherrschung«, riet Baker mir.

Die beiden IPCC-Ermittler waren schon im Raum. Der zerknitterte ältere Bursche sah aus, als wäre ihm ein Nickerchen am liebsten. Die junge Blondine übernahm sofort die Führung.

»Würden Sie sich für die Aufnahme identifizieren?«

»Detective Constable Max Wolfe vom Homicide and Serious Crime Command, West End Central.«

»Ich bin Marilyn Flynn von der Independent Police Complaints Commission«, sagte sie. »Außerdem anwesend ist Gordon Hunt von der IPCC.« Der alte Junge rührte sich kurz, als er seinen Namen hörte. »DC Wolfe hat die vorgeschriebene Unterstützung durch einen Vertreter der Polizeigewerkschaft«, stellte Flynn fest.

Sie öffnete ihre Akte. »Untersucht wird die Schussabgabe

durch zwei Beamte bei der Operation Tolstoy. Worin bestand Ihre Rolle beim Zugriff in der Borodino Street, DC Wolfe?«

»Ich war zuständig für Hintergrundinformationen und die Identifizierung der Zielpersonen. Meine Abteilung hatte einen Informanten vernommen, der den Khan-Brüdern zwei Handgranaten verkauft hatte.«

»Angeblich«, sagte Flynn.

Ich blickte sie an.

Vielleicht habe ich eine Augenbraue hochgezogen.

»*Angeblich* zwei Cetinka-Handgranaten verkauft hatte.« Sie nickte zur Betonung. »Aber sie existierten nicht, oder? Diese Handgranaten. Sie erwiesen sich als Hirngespinst Ihres Informanten.«

»Ein Lager an Cetinka-Handgranaten hat ganz gewiss existiert, denn nach dem ersten Gespräch mit unserem Informanten stellten wir zwei davon sicher. Sie waren in einem Blumenbeet in einem Südlondoner Park vergraben. Es handelt sich um die beiden Handgranaten, die wir im West End Central fotografiert haben. Wir wurden informiert, dass es noch mehr davon gebe und zwei von ihnen in die Hände von Asad und Adnan Khan geraten seien. Allerdings ist es richtig, dass sie bisher von den Suchteams in Khans Haus nicht gefunden werden konnten.« Ich lächelte ihr zu. »Das bedeutet jedoch kaum, dass sie nicht existieren.«

»Sie glauben also nicht, dass Ihr Informant gelogen hat, um seinen Wert für Sie zu steigern?«

»Damit muss man bei Informanten immer rechnen«, räumte ich ein. »Aber die Khan-Brüder waren bekannte Syrienheimkehrer, kampferfahrene Dschihadisten.« Ich atmete tief durch. Und ein zweites Mal. Mein Gewerkschaftsmann hatte recht – wenn mir die Hutschnur platzte, schadete das uns allen. »Nach unserem derzeitigen Ermittlungsstand waren es Asad und Adnan Khan, die den Rettungshubschrauber über Lake Meadows zum Absturz gebracht haben. Sie wollten in dem Einkaufszentrum so viele unschuldige Menschen töten wie möglich. Daher ist es nicht allzu weit hergeholt, wenn man denkt, dass sie sich zwei kroatische Handgranaten gekauft haben *könnten*.«

»Aber vor Gericht ist sie nie bewiesen worden, oder, DC Wolfe?«, fragte Flynn. »Die Verwicklung der Khan-Brüder in den Anschlag von Lake Meadows?«

»Das Haus der Khans war mit Drohnen vollgepackt. Eine Drohne brachte den Hubschrauber zum Absturz.« Ich merkte, wie mir der Kamm schwoll. »Die Khan-Brüder haben sich in den sozialen Netzwerken mit ihren Heldentaten in Syrien gebrüstet. Sie haben ›Ungläubige‹ gefoltert, Gefangene bei lebendigem Leib verbrannt, Aufbauhelfer geköpft – was man als IS-Kämpfer so macht.«

Neben mir rutschte mein Gewerkschaftsvertreter unruhig auf seinem Stuhl hin und her.

Ich lächelte Marilyn Flynn an und ließ etwas Dampf ab.

»Aber Sie haben recht«, fuhr ich fort. »Die Khan-Brüder sind gestorben, ehe sie vor Gericht gestellt werden konnten. Der Anschlag ist ihnen vor Gericht nie nachgewiesen worden.«

Sie nickte, klappte ihren Laptop auf und drückte eine Taste.

Fotos von Jackson Rose und Raymond Vann erschienen auf dem Flachbildfernseher neben ihr, die üblichen Porträts aus den Dienstausweisen der Met. Heute aber wirkten sie wie die Gesichter schuldiger Männer, als kämen sie aus der Verbrecherkartei. Selbst ihre Rufzeichen – Jackson war C7, Vann C3 – wirkten wie Häftlingsnummern.

»Können Sie die beiden Beamten, die Schüsse abgaben, für die Aufzeichnung identifizieren, DC Wolfe?«

»C7 ist DC Jackson Rose, C3 ist DC Raymond Vann.«

»Sind Sie jemals einem oder beiden der schussabgebenden Beamten vor der Operation Tolstoy begegnet?«

»DC Vann nicht. Aber mit Jackson bin ich aufgewachsen – mit DC Rose. Er ist mein ältester Freund.«

Sie starrte mich an, ließ es sacken und tauschte einen Blick mit Gordon Hunt, dem alten Burschen, ehe sie fortfuhr.

»Sie waren mit dem Zugriffsteam im Mannschaftstransporter, richtig?«

»Ja.«

»Was geschah, als Sie vor dem Haus der Familie Khan eintrafen?«

»DS Alice Stone wurde ermordet.«

Verärgerung zuckte über Flynns Gesicht.

»Vor dem Tod von DS Stone.«

»Das Zugriffsteam wollte gerade den Transporter verlassen, als sich die Haustür öffnete und jemand in Tschador und Nikab das Haus verließ. Einer dieser langen schwarzen Roben mit Gesichtsschleier.«

»Wir wissen, was ein Tschador und ein Nikab sind, DC Wolfe.«

»Ich habe die Gestalt als Asad Khan identifiziert.«

»Wie lange brauchten Sie dafür?«, fragte Flynn.

»Ich weiß es nicht. Eine Sekunde? Fünf Sekunden? Ich kann es einfach nicht sagen.«

Die Zeit vergeht anders, wenn man mit gewaltsamem Tod konfrontiert ist, dachte ich. Sie dehnt sich. Ein Augenblick kann tausend Jahre dauern.

Den Gedanken auszusprechen erschien mir sinnlos.

»Weiter«, sagte Flynn forsch.

»Ich habe die Zielperson positiv identifiziert. DS Stone verließ den Transporter und versuchte Asad Khan festzunehmen. Er befand sich im Besitz eines Sturmgewehrs. Damit feuerte er mehrere Schüsse auf DS Stone ab. Sie erwiesen sich als tödlich.«

»Ist das die Waffe?«

Ein Bild eines fünfzig Jahre alten Heckler & Koch G3 erschien auf dem Bildschirm, dazu ein Balken mit der Aufschrift BEWEISMATERIAL und einer Seriennummer.

»Ja.«

»Daraufhin erschoss C7 – DC Rose – Mr Khan«, sagte Flynn.

»Nein«, erwiderte ich. »Die SFOs verließen den Mannschaftstransporter. C7 – DC Rose – rief Mr Khan die angebrachte mündliche Warnung zu. ›Bewaffnete Polizei! Lassen Sie die Waffe fallen, und zeigen Sie mir Ihre Hände!‹ DC Rose – C7 – handelte genau nach Vorschrift. Mr Khan feuerte weiter aus seinem Sturmgewehr. Dann feuerte C7 zweimal auf Mr Khan. Beide Kugeln trafen ihr Ziel.«

Ein schmales Lächeln spielte um Flynns glänzende Lippen. »Sie erinnern sich an seine genauen Worte? Bei dem Durcheinander und den Schüssen? Sie haben ein bemerkenswertes Gedächtnis.«

»Danke sehr.«

Andy Baker von der PFEW rutschte wieder hin und her.

»Warum haben Sie das Haus betreten?«, fragte Flynn.

»Ich war dort, um die beiden Zielpersonen zu identifizieren. Das war meine Aufgabe. Wir hatten nur ein Ziel identifiziert, und ich nahm an, dass der andere Bruder, Adnan Khan, im Haus war. Außerdem bestand die Möglichkeit, dass sich noch mehr bewaffnete Personen im Gebäude befanden. Wie Sie wissen, laufen Ermittlungen des CTC, um herauszufinden, ob die Khan-Brüder einem größeren Netz mordlustiger Irrer angehörten. Wir konnten nicht wissen, wie groß die Zelle war.«

»Was ist im Haus geschehen?«

»Ich sah Drohnen. Überall standen Kartons mit Drohnen. Da wusste ich, dass die Gentlemen für den Absturz des Rettungshubschraubers verantwortlich waren.«

Flynn schüttelte den eleganten Kopf. »Verzichten wir auf Spekulationen und halten wir uns bitte an die Tatsachen, ja, DC Wolfe?«

»Also die Fakten. Ich betrat das Haus der Khans und entdeckte in der Küche Ahmed Khan, den Vater der Khan-Brüder, Azza Khan, ihre Mutter, und ihre halbwüchsige Enkelin Layla, deren Vater im Kampf für den IS in Syrien starb. Sie wurden von zwei SFOs in Schach gehalten, und alle drei waren eindeutig verängstigt. Ich wies sie an, das Haus so schnell wie möglich mit erhobenen Händen zu verlassen.«

Ich streckte die Hände hoch, damit sie es begriff. Die Handflächen offen nach vorn, damit man sah, dass sie leer waren.

Gordon Hunt regte sich.

»Weil Sie befürchteten, ein schießwütiger SFO könnte sie abknallen, wenn Sie herauskamen«, sagte er lächelnd.

Es war keine Frage.

»Nein«, sagte ich. »Ich befürchtete, sie könnten beim Schusswechsel verletzt werden. Meine Kollegen vom SC&O19 haben während der Operation Tolstoy absolute Professionalität bewiesen.« Ich schwieg kurz, weil mir etwas einfiel. »Schon Sekunden, nachdem Asad Khan auf DS Stone geschossen und sie getötet hatte, versuchten SFOs, die mit DS Stone befreundet gewesen waren, Asad Khan durch Erste-Hilfe-Leistung am Leben zu erhalten.« Ich schüttelte aufrichtig verwundert den Kopf. »Ich habe ihre Professionalität nie in Zweifel gezogen. Ich habe nur versucht, dafür zu sorgen, dass es keine unnötigen Verletzten oder Toten gibt.«

Gordon Hunt wirkte plötzlich hellwach.

»Und nachdem Mr und Mrs Khan mit ihrer Enkelin aus dem Gebäude geflohen waren, gingen Sie in den Keller und wurden Zeuge, wie C3 – DC Vann – seine Waffe auf Adnan Khan abfeuerte.«

Wieder war es keine Frage, sondern eine Feststellung.

»Nein«, sagte ich. »So ist das nicht passiert.«

Ich werde ihn nicht reinreiten.

Aber ich werde auch nicht für ihn lügen.

Die ersten Schweißtropfen dieses Tages liefen mir den Nacken hinunter.

Denn mit einem Mal begriff ich, dass ich versuchte, das Unmögliche zu tun.

Wie weit kann man die Wahrheit beugen, ehe sie aufhört, die Wahrheit zu sein?

»Ich habe einen einzelnen Schuss im Keller gehört«, sagte ich. »Daraufhin verließ ich die Küche und ging hinunter. C3 hatte seine Waffe bereits abgefeuert. Ich ging davon aus, dass Khan zu einer Waffe gegriffen oder dass C3 – DC Vann – dies angenommen hatte. Ich identifizierte die Zielperson Adnan Khan. Er war tot.«

Sie ließen es eine Weile so stehen. Sie sahen einander demonstrativ nicht an. Der Schweiß lief mir immer weiter den Rücken hinunter.

Mein Gewerkschaftsvertreter war vollkommen still.

»Nur um das klarzustellen«, sagte Hunt. »Sie waren nicht im Keller, als Khan getötet wurde?«

»Richtig.«

Hunt sah in seine Notizen.

»Weil Sie nach Aussage von C3 dabei waren.« Er schwieg kurz. »Im Keller, DC Wolfe, als der tödliche Schuss abgegeben wurde. DC Vann besteht darauf, dass Sie dabei waren und gesehen haben, wie Adnan Khan vor ihm stand und eine rasche Bewegung machte, als wollte er eine Waffe ziehen – obwohl im Keller keine Waffen gefunden wurden. Sie können seine Darstellung des Geschehens nicht bestätigen?«

»Nein.«

»Lügt er?«

Ich merkte, wie meine Lippen sich zusammenpressten.

»Die Kollegen beim SC&O19 stehen unter enormem, unter unvorstellbarem Druck«, sagte ich. »C3 lügt nicht – er irrt sich. Haben Sie schon jemals einen Schuss gehört, der mit Tötungsabsicht abgegeben wurde?«, fragte ich. »Sir?«

»Wollen Sie mich provozieren, DC Wolfe?«

»Ich versuche zu erkennen, ob Ihnen klar ist, was fortgesetztes automatisches Feuer mit *allem* anstellt – Ihrem Gehör, Ihrem Blutdruck, Ihrer Herzfrequenz, Ihrer Zeitwahrnehmung. Allem. Schnellfeuer ist merkwürdig – es scheint den Rest der Welt zu verdrängen. Es übernimmt alles. Es dominiert alles. Deshalb glaube ich nicht, dass DC Vann Sie belügt, Sir«, wiederholte ich für die Aufzeichnung. »Ich glaube, er irrt sich lediglich.«

»Vielleicht sind Sie derjenige, der sich irrt, DC Wolfe. Wäre das nicht auch möglich?«

»Ich bin mir sicher, dass ich nicht in diesem Keller war, bevor Mr Khan starb.«

»Hat Mr Khan verdient, was er bekam, DC Wolfe?«, fragte Hunt.

»Meiner Ansicht nach können Terroristen kaum damit rechnen, an Altersschwäche im Bett zu sterben, Sir.«

»Haben Sie und C3 miteinander gesprochen?«, fragte Flynn. »Als Sie schließlich in den Keller kamen?«

»Ich glaube, ich habe ihn mit Namen angesprochen. Mit dem Vornamen. Raymond. Ich erinnere mich nicht, dass C3 – DC Vann – etwas zu mir gesagt hätte.«

»Sie behaupteten vorhin, dass Sie einander zuvor nie begegnet seien«, sagte Hut. »Woher also kannten Sie seinen Namen?«

Ich sagte ihnen die Wahrheit, ohne darüber nachzudenken.

»Weil DS Stone ihn auf dem Weg zur Borodino Street mit seinem Namen angesprochen hat. Sie fragte ihn: ›Alles okay, Raymond?‹ Daher kannte ich seinen Vornamen.«

»C3 sagt aus, dass Khan vor ihm stand und eine rasche Bewegung machte, um, wie er glaubte, eine Waffe zu ziehen«, sagte Hunt. »Wir haben Grund, an seiner Darstellung der Ereignisse zu zweifeln.«

Flynn berührte die Tastatur, und zwei Strichzeichnungen eines kleinen schematischen Manns erschienen auf dem Bildschirm, von der Seite und von vorne. Die seitliche Skizze zeigte eine Linie, die auf halber Brusthöhe in den Mann eindrang und ihn knapp über dem Gesäß wieder verließ.

»Das ist der forensische Befund zur Bahn des Geschosses, das Mr Adnan Khan getötet hat«, sagte Hunt. »Die Ballistiker stellen fest, dass eine einzelne Kugel in Mr Khans Herz eindrang und am unteren Ende des Rückgrats austrat. Wie Sie sehen, bestätigt die Autopsie diese Annahme.«

»Wie erklären Sie das?«, fragte Flynn. »Wenn Mr Khan gestanden und mit einer raschen Bewegung nach der Waffe gegriffen hat, wieso trat der Schuss dann mitten auf seiner Brust ein und kam knapp über den Arschbacken wieder raus? Wenn er gestanden hat, kann das ja wohl nicht sein, oder?«

»Ich versuche gar nicht, es zu erklären«, entgegnete ich.

Die IPCC-Ermittler schwiegen kurz.

»Mr Khan kniete, als er erschossen wurde, stimmt's, DC Wolfe?«, fragte Hunt. »DC Vann war aufgeputscht, verständlicherweise verängstigt und voller Wut, was soeben seiner Teamführerin auf der Straße zugestoßen war. Vor ihm kniete ein unbewaffneter Mann, und er hat ihn hingerichtet. Ist es nicht genau so passiert, DC Wolfe?«

»Das kann ich nicht wissen, Mr Hunt.«

»Weil Sie nicht im Keller waren, als es geschah«, sagte er.

Und auch das war keine Frage.

Denn sie hatten keine Fragen mehr an mich.

Mit meinem Gewerkschaftsvertreter fuhr ich hinunter ins Erdgeschoss.

»Helden vor dem Frühstück«, sagte Baker. »Mörder vor dem Vormittagstee. Wer möchte schon ein Schütze sein, hä?«

Wir gaben uns die Hand.

»Ich nicht«, sagte ich.

Im MIR-1 hatte TDC Adams eine Nachricht für mich.

»Paddington Green hat angerufen«, sagte sie. »Sie möchten DCI Flashman anrufen.«

Ich wählte Flashmans Nummer.

»Sie wollen Ahmed Khan, Wolfe?«, fragte er. »Sie können ihn haben.«

»Er wird nicht angeklagt?«

»Erraten. Er ist so simpel, wie er aussieht. Soweit wir es feststellen können, kennt er nur andere Busfahrer. Und halten Sie sich fest, Wolfe: Der alte Mann sagt, er will nach Hause.« Flashman kicherte heiter. »In sein Haus an der Borodino Street!«

Ich schaute zum Fernsehschirm hoch. Ich sah die Menge, die Blumen für Alice Stone, das ausgeweidete Haus. Ich konnte mir nicht vorstellen, dass dort jemals wieder jemand wohnen würde.

»Leitet Ahmed Khan von der Buslinie 73 aus doch keine Al-Qaida-Zelle, Flashman? Mit diesem Fahndungserfolg schaffen Sie es bestimmt in die Lehrbücher.«

Ich hörte seinen heißen Atem.

»Der Mann hatte drei Söhne«, sagte Flashman. »Alle drei waren sie mordgierige Dschihadistenschweine. Er hat ein Scheißglück, dass er so schnell wieder rauskommt. *Nichts als gegeben hinnehmen, niemandem glauben, alles überprüfen.* Haben Sie in Hendon diese Lektion geschwänzt, Wolfe? Oder mussten Sie da gerade mit Ihrem kleinen Hund Gassi gehen?«

»Wenn Sie ihn für schuldig halten, warum lassen Sie ihn dann laufen, Flashman?«

Die Polizei kann eine Person vierundzwanzig Stunden lang festhalten, dann muss sie entweder wegen eines Verbrechens angeklagt oder freigelassen werden. Die einzige Ausnahme gibt es beim Verdacht auf Terrorismus. In dem Fall können Personen bis zu vierzehn Tage lang in Gewahrsam genommen werden.

»Wir brauchen die Zelle«, sagte Flashman. »Der alte Busfahrer nimmt den wirklich üblen Typen nur den Platz weg. Wir lassen ihn noch ein paar Tage lang schwitzen. Dem großzügigen britischen Staat sollte das ausreichen, um für ihn und seine Familie ein sicheres Haus zu finden. Dann schmeißen wir ihn raus. Kramen Sie schon mal nach Ihrer Willkommen-Fußmatte, Wolfe.«

Edie Wren und Joy Adams starrten mich an, als ich auflegte.

»Ahmed Khan kommt ohne Anklage frei«, sagte ich.

»Und was sollen wir mit ihm anstellen?«, fragte Edie.

Ich blickte auf die Menschenmenge, die Blumen und die Cops auf der Borodino Street.

»Ihn am Leben halten«, sagte ich.

9

Am Ende der Woche war die Zahl der Todesopfer im Einkaufszentrum von Lake Meadows auf sechsundvierzig gestiegen. Die Menschenmengen kamen weiterhin in die Borodino Street, und das Blumenmeer wurde immer größer. Ich fuhr eine Stunde weit nach Westen und parkte den alten BMW X5 an einer Stelle, von der ich auf die grünen sanften Hügel mit dem Fluss dazwischen blicken konnte. Die Themse – sie hieß hier noch Themse – glänzte im Sonnenschein des Frühsommers wie geschmolzenes Gold.

Ich ließ Stan von der Leine, und er beschäftigte sich damit, geziert wie ein Kaninchen Gras zu kauen. Ich setzte mich am Leinpfad auf eine Bank und schaute über den Fluss. Auf dem Weg nach Henley-on-Thames sah ich vereinzelte Jogger, Leute mit Hunden und Touristen aus der Stadt beim Spaziergang. Während Stan das Gras zerkaute – er fand, es sei seiner Verdauung zuträglich –, betrachtete ich die Ausflugskähne und die Ruderer in ihren Booten auf dem Fluss.

Nach einer Weile sah ich sie den Leinpfad entlangkommen.

Eine kleine Frau mit hellem Haar und dunkler Brille um die vierzig und ein Teenager, nicht älter als sechzehn, aber einen ganzen Kopf und die Schulterpartie größer als die Frau. Trotzdem sahen sie aus wie Mutter und Sohn. Auch der Junge trug eine dunkle Brille, und neben ihm schritt ein Assistenzhund, ein Labrador-Retriever-Mischling mit einem Fell von der Farbe zerlassener Butter.

Die Frau war Detective Chief Inspector Pat Whitestone, meine Vorgesetzte, die erfahrenste Mordermittlerin vom Revier West End Central. Der Junge war ihr Sohn Justin, der bei einem jener geistlosen Gewaltausbrüche, die einen als Teenager aus dem Nichts ereilen können, das Augenlicht verloren hatte.

Und der Hund war Dasher.

Stan richtete die Nase auf, als er Dashers vertrauten Geruch witterte, und rannte los, um die Neuankömmlinge und seinen alten Freund zu begrüßen. Whitestone und Justin empfingen ihn voller Wärme, aber Dasher, der trainiert war, sich niemals von seiner Aufgabe ablenken zu lassen, bedachte Stan nur der Form halber mit einem flüchtigen Hinternschnüffeln und sah wieder zu seinem Herrn hoch.

»Wie ist der Urlaub?«, fragte ich.

Whitestone und Justin wanderten den Thames Path auf voller Länge, den Nationalpfad, der fast zweihundert Meilen weit von der Quelle des Flusses im Herzen der Cotswolds bis zur Thames Barrier im East End führt.

»Cool«, sagte Justin.

»Das sollten Sie mit Scout auch einmal machen«, sagte Whitestone. »Der beste Weg im ganzen Land.«

Justin ging mit den beiden Hunden ans Flussufer. Stan tänzelte mit irrer Freude neben dem gelassenen, ernsten Dasher.

»Nicht zu dicht ans Wasser!«, rief Whitestone.

»Ich kann den Fluss *hören!*«, erwiderte Justin mit einem gereizten Stirnrunzeln.

Whitestone und ich setzten uns auf die Bank. Wir betrachteten ihren Sohn und unsere Hunde.

»Man kann es in fünfzehn Tagen schaffen, aber wir lassen uns drei Wochen Zeit«, sagte Whitestone. »Einen Tag haben wir in Oxford Pause gemacht, hier legen wir noch einen Tag ein und einen weiteren in Windsor.«

»Da gibt's ein Legoland«, sagte ich. »Ich bin mit Scout in Windsor gewesen.«

»Justins Legolandtage sind vorbei. Wie geht es Ihnen, Max?«

Wir hatten nach dem Anschlag von Lake Meadows nur kurz telefoniert. Meine Chefin hatte mich aus dem Urlaub angerufen, um mich wissen zu lassen – aber ohne es je auszusprechen –, sie sei froh, dass ich noch lebte.

»Das Knie verheilt gut.«

Whitestone wartete auf mehr.

»Ich denke an die Leute, die ich gesehen habe, nachdem der Hubschrauber abstürzte.« Ich blickte über den Fluss, während ich sprach. »Ein Wachmann hat einen Arm verloren. Eine alte Dame und ihr Mann lagen auf dem Boden. Und ein Mann – mit Schlips und Anzug, irgend so ein Manager – trug eine Tasche aus dem Apple-Store und war von Kopf bis Fuß voll grauem Staub. Mitten in der Nacht wache ich auf und denke an sie und möchte wissen, ob sie lebendig dort herausgekommen sind. Und ich frage mich, ob sie auch nachts wachliegen.«

Sie nickte voller Verständnis, aber es gab nichts, das sie mir sagen konnte.

»Ging das Netz über die beiden Brüder hinaus?«

»Scheint nicht so. Das CTC hat noch niemanden verhaftet, und Ahmed Khan wird nicht angeklagt.«

»Der Vater?«

Ich nickte. »Flashman hält ihn in Paddigton Green fest, aber in ein paar Tagen lassen sie ihn laufen. Man wartet, dass ein sicheres Haus frei wird. Offenbar gibt es eine lange Warteliste. Und sie übergeben ihn an West End Central.«

»An uns? Wozu?«

»Damit wir sicherstellen, dass niemand ihn abmurkst.«

»Soll ich früher zurückkommen?«

Ich schüttelte den Kopf.

»Genießen Sie Ihren Urlaub. Beenden Sie die Wanderung. Ich komme zurecht. Aber Ahmed Khan will nicht in ein sicheres Haus. Er will zurück in die Borodino Street.«

»Und sein Haus ist nach wie vor Tatort.«

»Nicht mehr lange. Ich weiß nicht, wie lange wir ihn in einem sicheren Haus halten können, wenn er dort nicht bleiben will. Die Suchteams und die Spurensicherung haben sein Haus zerlegt, und trotzdem gibt es keine Spur von den beiden kroatischen Handgranaten, die sich dort befinden sollen. Es gibt nichts mehr einzutüten, aufzunehmen oder zu fotografieren. Es gibt auch nichts mehr zu durchsuchen. Und wegen des Mordes an Alice Stone kommt niemand vor Gericht, weil der Mann, der sie erschossen hat, tot ist.«

Whitestone dachte darüber nach.

»Der alte Mann wusste nichts über seine Söhne? Kann das sein?«

Wie Edie schien es ihr schwerzufallen zu glauben, dass es sich um einen Fall von unschuldigem Kontakt handeln sollte.

»Er ist Busfahrer«, sagte ich. »Ich weiß, es klingt unglaublich, dass ihm am Frühstückstisch eine Terrorzelle gegenübergesessen haben soll, ohne dass er etwas ahnte, aber ich glaube, genau so war es.«

»Und der Vater der Terroristen will wieder sein normales Leben zurück.« Whitestone schüttelte den Kopf und nahm die Sonnenbrille ab. Die Gläser waren geschliffen, und ihre blauen kurzsichtigen Augen zeigten einen verletzlichen Ausdruck, als sie in den blendenden frühmorgendlichen Sonnenschein blinzelte. »Er könnte herausfinden, dass es für ihn kein normales Leben mehr gibt«, sagte sie. »Wer wird mit ihm in dem sicheren Haus wohnen?«

»Seine Frau und ihre Enkelin, falls das Jugendamt sich das Mädchen nicht gekrallt hat. Ich müsste erfahren, wie die Rückkehr der Khans ins eigene Haus abläuft, wenn es kein Tatort mehr ist.«

Whitestone schüttelte den Kopf.

»Da gibt es kein festes Vorgehen«, sagte sie. »Jeder ehemalige Tatort ist anders. In dem einen Haus stirbt ein Mensch, und es wird abgerissen. In einem anderen wird einem armen Kerl der Schädel eingeschlagen, und das Leben geht weiter, als wäre nichts Besonderes passiert. Es hängt davon ab, ob jemand dort wohnen möchte. Dennis Nilsens Wohnung in Muswell Hill gibt es nach wie vor, aber das Haus, das Fred und Rose West gehörte, wurde von der Gemeinde gekauft und abgerissen. John Christies Haus, 10 Rillington Place, ist jetzt ein Garten, doch das Haus in Belgravia, in dem Lord Lucan angeblich das Kindermädchen ermordet hat, steht noch. Die Grundstückspreise haben eine Menge Einfluss. Und die Anzahl der Toten. Die Borodino Street im East End? Ich weiß es nicht.«

»Drei Menschen sind dort gestorben.«

»Zwei davon zählen nicht. Terroristen – selbst mutmaßliche Terroristen – zählen nicht. Aber Alice Stone wurde dort erschossen. Das hat im ganzen Land einen Nerv getroffen, denn sie gab ihr Leben hin im Kampf gegen die Dreckschweine, die für Lake Meadows verantwortlich waren.« Whitestone zuckte mit den Schultern. »Ich sehe ehrlich gesagt nicht, dass die Khans wieder nach Hause können. Ihr Haus ist zum Mahnmal geworden. Aber wenn Ahmed Khan nicht angeklagt wird und er der Eigentümer ist, sehe ich auch keine Möglichkeit, ihn von der Rückkehr abzuhalten.«

»Sollen wir ihm eine Osman-Warnung erteilen?«

Eine Osman-Warnung ergeht von der Polizei, um jemanden offiziell darauf aufmerksam zu machen, dass sein Leben in Gefahr ist, wir aber keine ausreichenden Beweise haben, um einen mutmaßlichen Täter festzunehmen.

»Hat jemand Khans Leben bedroht?«

»Nicht dass ich wüsste.«

»Dann kann die Osman-Warnung warten, bis dieser Fall eintritt.«

»Ich glaube nicht, dass wir darauf lange warten müssen«, sagte ich. »Sie haben selbst die Menge in der Borodino Street gesehen, und Ihnen ist klar, wie stark die Gemüter über Alice Stones Tod erhitzt sind.«

Whitestone nickte. »Ich teile diese Empfindungen. Wenn

wir wieder zu Hause sind, gehe ich als Erstes mit einem Strauß zur Borodino Street.« Sie unterbrach sich, als wollte sie ihr Bedürfnis verstehen, ein paar Blumen zu all den anderen zu legen. »Alice war die Beste von uns«, sagte sie.

Wir sahen den Hunden und dem Jungen zu, die am Wasserrand saßen. Ein Ruderboot schoss vorbei, schien auf der Oberfläche des Flusses dahinzugleiten. Der kleine Steuermann im Heck trieb die Mannschaft an. Justin hob den Kopf, als er die Rufe vernahm.

»Wir haben von Scouts Mutter gehört«, sagte ich.

»Was will denn *die?*«, fragte Whitestone. »Sagen Sie nichts. Sie möchte Scout wieder in ihrem Leben haben.«

»Wie kommen Sie darauf?«

»Schuldgefühle«, sagte Whitestone. »Mit Justins Vater war es das Gleiche. Hin und wieder überkommt es sie. Den ›nichterziehenden‹ Elternteil. Schreckliche Schuldgefühle. Sie kommen aber bemerkenswert gut darüber hinweg.«

»Nur darum geht es?«, fragte ich. »Um Schuldgefühle?«

»Worum sonst sollte es gehen?«, entgegnete Whitestone.

Schweigend starrten wir auf den Fluss, zwei Alleinerziehende, die über die Nutzlosigkeit des nichterziehenden Elternteils nachdachten. In diesem Moment verblasste der Umstand, dass wir ein Mann und eine Frau waren, zu einem Nichts gegenüber der Tatsache, dass wir beide allein ein Kind aufzogen.

»In der Borodino Street predigt ein junger Mann zur Menge. Wer ist das?«, fragte Whitestone.

Sie hatte ihn also auch bemerkt. »Das weiß ich nicht«, gab ich zu.

»Das finden Sie mal besser heraus«, sagte meine Chefin. »Und halten Sie die Augen nach den Handgranaten offen.

»Wir machen nichts anderes, Boss«, sagte ich.

Freitagabend in Camden Town. Es ging auf Mitternacht zu, und die Geschöpfe der Finsternis kamen zum Spielen auf die Straße.

Für einige war es das erste Mal – reiche Kids aus den großen Häusern, die kurz vor dem Schulabschluss standen, mit großen Augen –, andere kamen schon seit zehn, zwanzig oder vierzig Jahren hierher, wo es laut und dunkel war. Der Mann, den ich suchte, war einer dieser Vierzig-Jahre-Veteranen.

Nils sah aus wie eine kranke Kuh.

Er war dünn, hatte eine Höckernase und trug eine Stachelfrisur. Mit der kunstvollen Haartracht zollte er seit vier Jahrzehnten dem jungen Keith Richards Tribut. Die Zeit hatte die Haarpracht ein bisschen ausgedünnt, pechschwarz blieb sie allerdings nur durch flaschenweise Färbemittel, After Midnight von Boots the Chemist.

Nils schlenderte auf die Bühne eines semilegendären Clubs am Kanal, kehrte dem Publikum den Rücken zu und offenbarte mehrere Zoll Arschritze, als er sich über die E-Gitarren beugte, die auf ihren Gestellen warteten.

Ein paar im Publikum – diesem kunterbunten, für Camden Town so typischen Mischmasch aus frischen jungen Gesichtern und von Drogen gezeichneten Partyleuten – grinsten höhnisch und kicherten über das Klempnerdekolleté, während Nils sorgsam eine abgegriffene Fender Telecaster stimmte.

Als er mühelos das Main Riff aus *Jumpin' Jack Flash* spielte, hörten sie auf zu lachen. Mit ungerührtem Krähengesicht stellte Nils die Fender zurück und richtete seine Aufmerksamkeit auf die Bassgitarre.

Die gleiche Routine. Bücken, Arschritze blitzen lassen, stimmen und ein Riff spielen, so gut, dass es wie von der Schallplatte klang. Diesmal war es die Basslinie von *Going to a Go-Go* von Smokey Robinson and the Miracles.

Nachdem er die Instrumente gestimmt hatte, stand Nils am

Rand der Bühne. Bei ihm war ein junges Ding, das seine Enkelin sein konnte. Sie trug zu Cowboyhut und Cowboystiefeln einen Minirock. Zum Jubel der Menge schlurfte die Band auf die Bühne. Sie waren um die dreißig Jahre jünger als Nils, näher am Alter der jüngsten Zuhörer, und er musterte sie mit leicht gelangweilter, väterlicher Attitüde, während sie ihre Instrumente nahmen und den ersten Song begannen.

Er ging mit dem Mädchen hinter die Bühne. Ich folgte ihnen.

Der Umkleideraum war ein fensterloser Würfel, übersät mit den geistlosen Graffiti eines halben Jahrhunderts. Nils und das Mädchen mit dem Cowboyhut saßen auf zwei Boxen, und er zog Linien aus weißem Pulver auf eine zerbrochene CD-Hülle.

»Polizei«, sagte ich zu dem Mädchen und zeigte ihr meinen Dienstausweis. »Zeit fürs Bett.«

Sie war im Nullkommanichts verschwunden. Sie eilte so rasch aus dem Raum, dass sie fast ihren Cowboyhut verlor.

Ich sah Nils scharf an.

»Wie alt war sie?«, fragte ich.

»Bleiben Sie mal locker.« Ein halbes Jahrhundert voll Zigaretten, Joint und Gott weiß was hatten seine Stimme rau gemacht. »Sie hat die Schule hinter sich, Max. Erwachsen und zu nichts gezwungen, die ganze Scheiße.« Er starrte wehmütig auf den Boden. »Tolle Venen«, seufzte er. »Die dicken blauen Venen der extremen Jugend.«

»Sie drücken doch nicht mehr, oder?«

»Ich hab aufgehört«, sagte er mit Nachdruck. »Keine Nadeln für mich.«

Ich sah ihm an, dass er es vermisste. Sie vermissen es immer.

»Nur das noch.« Er nickte zu den weißen Lines auf der CD-Hülle. »Und nur durch den Zinken.«

»Sie sind noch immer ein Roadie«, sagte ich.

»Gitarrentechniker. Roadie klingt so abwertend.«

»Nils, wir suchen diesen Waffenschieber. Ozymandias.«

»Das dachte ich mir schon. Ozymandias ist nicht in seiner Wohnung im Elphinstone Estate. Wurde seit Wochen nicht mehr gesehen.«

Falls es in meiner Stadt so etwas wie eine No-go-Zone für das Gesetz gibt, dann ist es das Elphinstone Estate. Die teilweise baufällige Mietskaserne stammte aus den Sechzigern. Bauträger versuchten seit Jahren, sie abzureißen, aber die Bewohner weigerten sich standhaft auszuziehen. Das Gleiche galt für die Gangs, die vom Elphinstone Estate aus ihre kleinen Geschäfte tätigten. Nils war jahrzehntelang Stammkunde in den Fixertreffs des Elphinstone. Er kaufte sich dort noch immer sein weißes Pulver und sein Gras und kannte alle Dealer und ihre Kunden; aus diesem Grund war er einer meiner wertvollsten Informanten in der Szene.

»Richtig, Nils. Wir wissen, dass Ozymandias nicht zu Hause ist. Wir haben nachgesehen.«

»Natürlich habt ihr das. Tut mir leid.«

»Und wir kennen seinen richtigen Namen. Ozymandias heißt er nicht, oder?«

»Schätz ich mal.« Er zeigte auf die weißen Lines. In der Hand hielt er einen zusammengerollten Fünfer. Er leckte sich die Lippen. »Stört es Sie, wenn ich …«

Ich nickte. »Es stört mich.« Ich nahm die CD-Hülle, wobei ich darauf achtete, nichts von dem weißen Pulver zu verstreuen. »Aber wir wissen nicht, wohin er verschwunden ist. Und wir wissen nicht, ob er den Khan-Brüdern wirklich zwei Cetinka-Handgranaten verkauft hat. Und wenn er es getan hat, wissen wir nicht, was mit ihnen geschehen ist. Deshalb brauchen wir ihn dringend, damit er uns bei unseren Ermittlungen hilft. Wo zum Teufel steckt er?«

»Wer weiß? Er könnte auf der Krim zum Bürgerkrieg anstacheln, oder er könnte auf Ibiza sein und sich mit Spice zudröhnen. Ozymandias kommt und geht, wie er will. Ein Freigeist.«

»Das reicht mir nicht.«

»Mann – ich habe Ihnen gesagt, was ich gehört hab. Einer der kleinen Jungen im Estate – so ein billiger Gangsterimitator, der mit Glanz und Gloria untergehen will wie in einem Rap-Song –, der sprach davon, dass er Ozymandias zwei Handgranaten abkaufen will. Mit Handgranaten ist man richtig jemand, was? Besser als jede Kanone. Hoher Status bei den Gangs. Er hat zwei gekauft – die beiden, die Sie im Park ausgegraben haben. Zum Glück haben Sie die Dinger gefunden und nicht so ein kleiner Hosenscheißer, der nur auf die Schaukel und aufs Karussell wollte. *Was ist denn das, Mummy?* Jemand fragte den kleinen Gangster, wem es sonst noch ernst genug ist, um sich Handgranaten zuzulegen, und er sagte was von zwei Brüdern, die gerade vom Dschihad-Urlaub in Syrien zurückgekommen wären. Und mein heißer Tipp hat Sie schließlich auch zu den Khans geführt, oder?«

»Aber nicht zu den Handgranaten.«

»Da kann ich doch nichts für! Also, früher ist Ozymandias immer nach Osten gegangen, wenn ihm zu Hause der Boden zu heiß unter den Füßen wurde.«

»Essex?«

»Bangkok. Pattaya. Manila. Saigon. Aber er kommt zurück, wenn ihm das Geld ausgeht. Wahrscheinlich wenigstens. Ich bin mir sicher, die Handgranaten tauchen wieder auf, Max.«

Ich gab ihm seinen Stoff zurück.

»Ja«, sagte ich. »Das befürchte ich auch.«

Am Samstagnachmittag war die Party.

Ich war vorsichtig gefahren und hatte dafür gesorgt, dass ich genau fünf Minuten nach der verabredeten Abholzeit in die breite Allee einbog, gerade so sehr verspätet, dass ich nicht draußen zu warten brauchte.

Das Haus stand in einer der reichen Vorstädte, in denen die City Lichtjahre entfernt zu sein scheint, eine Umgebung, in der man sich nicht vorstellen kann, dass dort jemals etwas Schlimmes geschieht.

Luftballons hingen an der Tür des Hauses, in dem meine Exfrau mit ihrer neuen Familie wohnte. So neu war sie gar nicht mehr, diese Familie, rief ich mir ins Gedächtnis.

Ich ließ Stan auf dem Beifahrersitz zurück. Er protestierte wimmernd gegen die unfassliche Zumutung, allein im Auto warten zu müssen, in dieser fremden Umgebung mit ihren gemähten Rasen und sauberen Bürgersteigen, die zudem noch seltsam roch.

Aber meine Exfrau verabscheute Hunde aus tiefstem Herzen.

Ich atmete durch und klingelte, stählte mich für den Anblick einer todunglücklichen Scout, die isoliert und den Tränen nahe inmitten von Kindern saß, die nur halb so groß waren wie sie. Ich war bereit, sie auf den Arm zu nehmen und mit ihr nach Hause zu fliehen.

Der neue Mann öffnete die Tür – wie viele Jahrzehnte müssten vergehen, bis ich von ihm nicht mehr als dem neuen Mann dachte? –, und ich sah sofort, dass Scout einen tollen Nachmittag hatte.

Sie war im Schneidersitz auf dem Fußboden und krähte vor Lachen. Auf ihrem Kopf ein leicht rissiger Partyhut aus Papier, und vierjährige Jungen und Mädchen wuselten vom Zucker aufgeputscht in ihrer klebrigen Anarchie um sie herum. Sie warteten darauf, ein kompliziertes Spiel beigebracht zu bekommen, bei dem man in die Hände klatschen musste und das nur das große Mädchen kannte.

Mit sieben war Scout drei Jahre älter als das Geburtstagskind – mir wurde klar, dass ich mir endlich seinen Namen merken sollte – und seine kleinen Freunde, aber ein Blick verriet mir, dass all meine Befürchtungen unbegründet gewesen waren. Scout hatte die Party genossen. Und mehr noch, dank ihrer von Herzen kommenden Freundlichkeit war sie der Star gewesen.

Anne löste sich aus einer Gruppe von Eltern, die etwas Sprudelndes tranken, und kam auf mich zu. Sie war noch immer eine atemberaubende Frau – groß, dunkel, mit einem dezent exotischen Aussehen, das einen glauben ließ, sie käme von irgendwo anders auf der Welt. Sie war einmal Model gewesen, hatte aber keinen Erfolg gehabt. Sich den Lebensunterhalt mit gutem Aussehen zu verdienen ist ein altes Spiel, aber sehr hart.

»Max«, sagte sie.

Wie viele Nächte hatten wir Seite an Seite geschlafen? Mehr als tausend. Und jetzt kannten wir einander kaum. Jetzt hatte sie dieses andere Leben, und auch ich hatte mein eigenes Leben. Früher war sie mir näher gewesen als irgendjemand sonst auf der Welt, und jetzt war sie eine schöne Fremde. An die Distanz zwischen uns würde ich mich nie gewöhnen. Sie würde mir niemals normal vorkommen.

»Scout ist so toll mit den Kleinen umgegangen«, sagte sie. »Es war urkomisch.«

So toll, dachte ich. Toll alleine reicht nicht. Es muss *so toll* sein. Und wieso war es *urkomisch?*

Wer war diese Frau?

Wir tauschten Höflichkeiten und Plattitüden aus, die ich in dem Moment vergessen hatte, in dem sie meinen Mund verließen. Eine Gruppe bewundernder Blagen begleitete Scout an die Tür.

Meine Tochter lächelte – ein breites, offenes, schönes Lächeln.

Im Auto winselte Stan noch immer.

Nichts ängstigte ihn so sehr wie der Gedanke, unser Rudel könnte auseinanderbrechen.

10

Am Montagmorgen fuhren TDC Joy Adams und ich zur Borodino Street. Sie hatte Blumen dabei.

»Ist das in Ordnung?« Sie saß auf dem Beifahrersitz des X5 und hielt nervös den Strauß fest.

Ich nickte. »Sehr gut. Aber halten Sie lieber Ihren Dienstausweis bereit.«

Die Blumen für Alice Stone bedeckten mittlerweile vom einen Ende der Borodino Street bis zum anderen jeden Quadratzentimeter Asphalt. Auch am Einkaufszentrum Lake Meadows hatten die Menschen ihre Blumen hinterlassen, aber der Schauplatz des Anschlags war so groß, ein so gewaltiger Streifen der Stadt lag abgesperrt in Trümmern da, dass an Straßenschildern und Laternenpfählen ringsum unzählige kleine Schreine entstanden waren.

Im Gegensatz dazu füllte ein inselloses Meer aus Blumen die Borodino Street.

Wir hatten die Gehsteige zu beiden Seiten der Fahrbahn abgesperrt, damit die Bürger ihren Respekt erweisen, ein Gebet sprechen und die Gefühlswogen beobachten konnten. An beiden Enden sorgte ein Kordon aus Streifenpolizisten dafür, dass immer nur eine bestimmte Anzahl Menschen die Straße betrat.

»Ich warte hier auf Sie«, sagte ich zu Adams.

Sie sprach eine Polizistin am Kordon an, und als die junge Trainee Detective Constable ihren Dienstausweis vorzeigte, durfte sie an der Warteschlange vorbei direkt in die Borodino Street. Allerdings erhielt Adams nicht als Einzige bevorzugten Zugang.

Ein Priester musterte nachdenklich die Blumen, und ich

fragte mich, ob er der gleiche Geistliche war, den ich im Fernsehen beobachtet hatte, wie er zu einer schwindenden Gemeinde predigte.

Sein Gesicht konnte ich nicht erkennen, aber eindeutig war er ein großer Schwarzer, weniger wie ein Mann Gottes gebaut als vielmehr wie ein Halbschwergewichtsboxer, der sich aus dem Wettkampfgeschehen zurückgezogen hatte. Adams redete ein paar Worte mit ihm, dann standen sie schweigend Seite an Seite am Rand der gewaltigen Blumenflut.

Ich begriff, dass sie beteten, und sah weg.

Als Adams zurückkehrte, nickte ich zum anderen Ende der Straße, wo vielleicht zweihundert Menschen einem jungen Mann zuhörten, der eine Rede hielt.

»Der Kerl, um den es uns geht, ist da drüben«, sagte ich.

Er war groß und langgliedrig, sein Gesicht lag irgendwo zwischen hungrig und ausgezehrt. Ein Bursche, aus Knochen gemacht. Man sah ihn gut, weil die Seifenkiste, auf der er stand, seinen Kopf und seine Schultern über sein Publikum erhob. In mir erweckte er den Eindruck, er wäre aus einem Foto getreten, das zwischen den Weltkriegen aufgenommen wurde. Um die einundzwanzig Jahre war er alt, und seine Haare waren im Nacken und an den Seiten kahlrasiert und auf dem Scheitel kurzgeschnitten. Ich wusste nicht zu sagen, ob die Frisur einem Modetrend folgte oder ein Zeichen seiner Armut war.

Wir stellten uns an den hinteren Rand der Menge. Die Zuhörer kamen aus allen Altersgruppen, und die meisten betrachteten den Sprecher teilnahmslos, als gehörte er eben zum großen Spektakel der Borodino Street. Weiter vorn wurde gejubelt und applaudiert und zustimmend gerufen.

»Ihr habt ihre Kriege für sie geführt, ihr habt eure Steuern bezahlt, und ihr habt in ihren Fabriken gearbeitet«, sagte er. »Ihr – und eure Eltern und eure Großeltern – habt alles getan, was sie von euch verlangt haben. Und eure Belohnung ist ihre Verachtung. Eure Belohnung besteht in Veränderungen eures Landes, um die ihr nie gebeten habt, Veränderungen, die man nie mit euch besprochen hat, Veränderungen, die ihr nie gewollt habt. Ihr und die, die vor euch kamen, haben für unser Land alles gegeben. Und eure Belohnung ist ein Land, das ihr nicht mehr wiedererkennt. Eure Belohnung sind Anführer, die euch verabscheuen. Eure Belohnung ist der Mord an den Besten und Klügsten von uns.« Er hielt inne und fuhr sich durch den Haarschnitt aus dem Zeitalter der Großen Depression. »Die Borodino Street ist eure Belohnung.«

Er sprach einen dieser ganz alten Londoner Dialekte, den, der fast australisch klingt, von jeglicher Manieriertheit, höherer Schulbildung oder dem Umzug hinaus in die Vorstädte unberührt. Er versuchte nicht, etwas anderes darzustellen als das, was er immer gewesen war – was seine Familie seit Generationen gewesen war. Dialekte wie diesen hörte man nicht mehr oft.

Er wies mit dem Finger auf das Haus der Khans.

»Wisst ihr, irgendwie bewundere ich diese Khan-Familie«, sagte er.

Gemurmelter Widerspruch erhob sich. Jemand aus der Menge brüllte etwas Unflätiges.

»Und ich will euch sagen, wieso«, fuhr er fort. »Weil sie eine starke Kultur hat, eine stolze Kultur, eine Kultur, die sich nicht für ihre Existenz entschuldigt. Ich kann Menschen wie den Khans nicht verübeln, dass sie sich im schwachen, müden, satten Westen ansiedeln, wo wir zu kraftlos und unserer selbst zu unsicher sind, um zu sagen, dass unser Land und all seine Werte es verdienen fortzubestehen. Und wenn uns der Mut fehlt, diese Tatsache auszusprechen, meine Freunde, dann gehört ihnen das Morgen.«

Als er fertig war, brandete wilder Applaus bei denen auf, die ganz vorn standen, aber der Großteil der Menge wandte sich einfach ab, als wollten die Leute über seine Worte nachdenken oder sie auf der Stelle wieder vergessen, während es sie wieder zu einer Straße voller Blumen zog, auf der ein Haus selbst im Tageslicht von Polizeischeinwerfern angestrahlt wurde. Adams und ich schoben uns durch die sich zerstreuende Menge auf den jungen Mann zu.

Ich hielt es für möglich, dass jemand, der solch ein Publikum anzog, eine Art Gefolge hatte. Aber abgesehen von einem kurzgewachsenen, breitschultrigen Helfer mit genau dem gleichen *Buddy-can-you-spare-a-dime?*-Haarschnitt, einem jüngeren Mann mit der Anmutung eines Gewichthebers oder eines Stierkalbs, sah ich niemand, der zu ihm zu gehören schien. Sorgfältig setzte er die Seifenkiste des Sprechers auf den Passagiersitz einer Fahrradrikscha, dem typischen Modell, mit dem ausländische Touristen und einheimische Betrunkene umhergefahren werden: drei schmale Räder, der Rücksitz doppelt breit, damit die Dicken Platz finden und die Besoffenen sich hinlegen können, über dem Plastiksitz ein Plastikverdeck als Schutz gegen den englischen Sommer. Ich sah, dass es gar keine Seifenkiste war, sondern ein Kasten für indisches Bier.

Kingfisher, stand auf der Seite, *the King of Beers*.

Ich zeigte dem Redner meinen Ausweis. Adams blieb neben mir und tat das Gleiche. Sie musste noch üben, sich jemandem gegenüber auszuweisen.

»Ich bin DC Wolfe, das ist TDC Adams. Wer sind Sie?«

Er lächelte freundlich.

»George Halfpenny«, sagte er. »Hab ich was Verbotenes getan? Die anderen Beamten sagten, ich darf zu den Leuten reden, solange ich die Absperrmaßnahmen nicht behindere.«

»Sie dürfen reden bis zum Abwinken«, sagte ich, »solange Sie nicht zum Aufruhr anstacheln. Solange Sie auf der Seite des Gesetzes bleiben. Solange Sie nicht zu Gewalt aufrufen. Solange Sie nicht ausfallend werden. Verstanden?«

»Verstanden. Ich hab nicht die Absicht, Hass zu predigen

oder das Gesetz zu brechen. Ich möchte nur sprechen.« In seinen Augen funkelte Leidenschaft auf. »Ich hab halt ein paar Dinge zu sagen, die mal gesagt werden müssen.«

Ich nickte. »Aber wieso kommen Sie hierher, George? Wieso stehen Sie jeden Abend hier und reden?«

»Wir kommen hierher, um Alice unseren Respekt zu erweisen, mein Bruder Richard und ich.« Er zeigte auf den jungen Mann mit der Kühlschrankstatur. Jetzt sah ich selbst, dass sie Brüder waren und mehr gemeinsam hatten als die brutale Topffrisur.

Bei der unangemessenen Vertraulichkeit, mit der Halfpenny DS Stone nur beim Vornamen nannte, zuckte etwas in mir zusammen. Andererseits wusste ich, dass das ganze Land ähnlich empfand. DS Stone war jetzt für jeden *Alice*.

»Drei Menschen sind an dieser Adresse gestorben.« Halfpenny blickte zum Haus der Khans. »Eine Polizeibeamtin – engagiert, selbstlos, tapfer. Die beiden anderen waren fanatische Mörder, die glaubten, sie würden ihren Gott mit Bluttaten zufriedenstellen. Ich finde, wir haben die *Pflicht*, uns an Alice zu erinnern, Sie nicht? Wir alle haben die Pflicht, immer wieder hierherzukommen.«

»Gib's ihm«, sagte sein Bruder Richard.

»Schon gut«, erwiderte George leise und beruhigend.

Das Stierkalb schob sich vor.

»Wir sind die Sons of Saxons«, sagte er.

TDC Adams lachte leise hinter mir auf.

»Was ist das?«, fragte ich. »Eine Band?«

»Die Sons of Saxons sind eine Gesellschaft zur Erhaltung der Kultur«, sagte George Halfpenny ohne Furcht vor möglichem Spott. »Wir glauben, dass die kulturelle Identität unseres Landes es wert ist, erhalten zu werden. Wir glauben, dass tausend Jahre ohne Invasion ein Land hervorgebracht haben, das in der Welt einzigartig ist.«

»Sie sind eine echte Quarktasche«, sagte Adams.

Sie meinte damit, dass er viel redete. Und das stimmte.

Aber George Halfpenny ignorierte sie.

»Die Sons of Saxons sind keine Band, Detective«, fuhr er zu mir gewandt fort. »Sie sind eine Idee. Die Dschihadisten haben uns das beigebracht, nicht wahr?« Er zeigte wieder auf das flutlichterhellte Haus. »Männer wie die Khan-Brüder. Auf der ganzen Welt gibt es nichts Wichtigeres als die Idee. Aber ich versprech Ihnen, an unseren Ideen ist nichts Finsteres.« Seine Augen glänzten, doch seine Miene blieb freundlich, sein Ton vernünftig. »Zu lange sind aufrechte, tolerante Patrioten verhöhnt worden. Man verachtet uns dafür, dass wir unser Land lieben und finden, dass unsere Traditionen und unsere Kultur es wert sind, gehegt und beschützt zu werden. Uns geht es nicht darum, jemanden zu hassen. Wir sind keine Skinheads, die ›Sieg Heil!‹ schreien, Detective. Uns geht es um Liebe. Liebe zu unserem Land und Liebe zu uns selbst. Aber sie rümpfen über uns die Nase.«

»Wer sind *sie* denn, George?«, fragte ich.

Er lächelte sanft. »Wir wissen beide, wer sie sind. Die hohen Tiere. Die Elite. Die Gebildeten, die Reichen, die in den großen Häusern. Sie wissen selbst, wer sie sind, DC Wolfe. *Sie* hassen die Menschen, die alles auf diesen Inseln aufgebaut haben. Wir werden als intolerant beschimpft, als Rassisten und Populisten, weil wir es wagen, unser Land zu lieben. Weil wir glauben, dass unser Land es wert ist, geschützt zu werden, weil wir auf die Vergangenheit stolz sind und sie nicht einfach im Nebel der Geschichte verschwinden lassen wollen. Die Sons of Saxons glauben, dass es an der Zeit ist aufzuhören, uns dafür zu entschuldigen, wer wir heute sind und wer wir tausend Jahre lang waren. Darf ich jetzt nach Hause gehen?«

»Wo ist denn Ihr Zuhause, George?«

»Camden Town.«

»Ist das Ihre Rikscha?«, fragte ich.

»Es wäre ziemlich dämlich, vor den Augen zweier Detectives der Metropolitan Police jemand anderem die Rikscha zu klauen«, sagte er.

»Kommen Sie mir nicht so«, fuhr Adams ihn an, und ich sah den Stahl in ihr.

George Halfpenny lachte.

»Ich bin Rikschafahrer«, sagte er. »Davon lebe ich.« Er grinste mich an, und ich sah, dass seinen Zähnen niemand jemals irgendwelche Aufmerksamkeit hatte zukommen lassen. »Wir sind jetzt die Kulis in unserem eigenen Land, Detective«, setzte er hinzu. »Man nennt das die Gig-Economy. Wir sind Männer, die mit den Händen arbeiten, in einem Land, in dem nichts mehr hergestellt wird. Wir sind Männer mit starken Rücken, ohne etwas zu tragen, eine Kriegerrasse mit mutigen Herzen ohne jemanden, gegen den sie kämpfen kann. Wir sind Fabrikarbeiter, nachdem alle Fabriken geschlossen wurden.«

Adams hatte recht.

Er hörte sich wirklich gern selbst reden.

»Sparen Sie sich die Ansprache für Ihren nächsten Auftritt«, sagte ich. »Hören Sie zu, Sohn, solange Sie das Gesetz einhalten, können Sie tun, was Ihnen gefällt. Aber ich behalte Sie im Auge.«

»Danke.«

»Er hat dich *Sohn* genannt«, sagte sein Bruder entsetzt.

»Schon gut, Richard«, murmelte George Halfpenny.

Er blickte zur Blumenflut auf der Straße.

»Es passt, dass wir hier sind. Es kommt mir schicksalhaft vor. *Borodino Street.* Ich frage mich, wie viele Menschen wissen, dass diese Straße nach einer großen Schlacht benannt wurde.«

Eine Erinnerung aus der Schulzeit regte sich in mir.

»*Krieg und Frieden*«, sagte ich. »Tolstoi. Borodino ist die Schlacht in *Krieg und Frieden*.« Mir fiel ein, dass der Zugriff, bei dem wir Alice Stone verloren hatten, den Codenamen

Operation Tolstoy trug. Mir war es gleich vorgekommen, als hätte ein Glöckchen geklingelt.

»Das war *eine* der Schlachten von Borodino«, sagte George Halfpenny. »Russen gegen Franzosen, 1812, siebzigtausend Opfer, der blutigste Tag der Napoleonischen Kriege. 1941 widerstanden sich die Russen bei Borodino den Truppen Nazideutschlands und stoppten sie kurz vor den Toren Moskaus. Borodino ist eine heilige Stätte vaterländischer Kriege, das Schlachtfeld, auf dem die Invasoren zurückgeschlagen werden. Deshalb ist es so passend, dass wir hier sind.«

»Sie kennen sich mit Geschichte aus.« Ich versuchte nur freundlich zu sein, als er auf die Rikscha stieg, während sein Bruder Richard auf dem Passagiersitz saß wie ein untersetzter Potentat auf einem Plastikthron, einen Arm beschützend um den Bierkasten gelegt.

Aber damit beleidigte ich ihn.

»Ich habe keine Bildung abbekommen, Detective«, sagte George Halfpenny, und zum ersten Mal merkte ich ihm seine rechtschaffene Wut an. »Das heißt aber nicht, dass ich dumm bin.«

11

In jeder normalen zerbrochenen Familie wäre es anders gekommen.

In jeder normalen zerbrochenen Familie hätten wir auf dem Erfolg der Geburtstagsparty aufgebaut.

In jeder normalen zerbrochenen Familie hätte es gestelzte SMS und unbeholfene E-Mails gegeben, aber der Kontakt hätte ausgereicht. Scout wäre wieder ins Haus an der Straße gegangen, die aussah, als wäre dort noch nie etwas Schlimmes passiert. Sie hätte mehr Zeit mit ihrer Mutter und der neuen Familie ihrer Mutter verbracht.

Aber wir waren keine normale zerbrochene Familie, und in den Tagen nach der Geburtstagsparty herrschte nur Schweigen.

Ich ging nach unten, um die Post zu holen, und blätterte durch die Rechnungen, die Lieferspeisekarten und die Bettelbriefe. Von Anne war jedoch nichts darunter, und mit der Zeit fürchtete ich, dass es immer dabei bleiben würde.

Damit mussten wir zurechtkommen, meine Tochter und ich, und jeden einzelnen Tag unseres Lebens kamen wir damit zurecht.

So läuft das eben. Der nichterziehende Elternteil hat die allerbesten Absichten, die Dinge in Ordnung zu bringen. Aufrichtig. Aber dann kommt ihm das Leben in die Quere. Er wird von anderen Pflichten abgelenkt, die viel dringender sind, und das zurückgelassene Kind muss bestenfalls warten und wird schlimmstenfalls vergessen.

Abwesende Väter tun das. Aber abwesende Mütter tun das auch.

Und das Gefühl, das mich durchfuhr, als ich mit den Pizzadienstflyern in der Hand dastand, war Traurigkeit versetzt mit Wut.

Alleinerziehende Mütter kennen das Gefühl.

Alleinerziehende Väter auch.

Ich wollte mehr – was? Nicht Liebe, denn Liebe kann man nicht verlangen, nicht erzwingen, nicht beschwören, wenn sie fehlt oder irgendwo tief unter einem neuen Leben begraben liegt.

Ich wollte mehr *Herzlichkeit.*

Das verlangte ich für Scout von meiner Exfrau.

Ich wollte mehr Herzlichkeit gegenüber unserer schönen Tochter.

Während ich zu unserem Loft zurückkehrte, pochte es dumpf in meinem Knie, und ich bemerkte, dass ich doch ein geheimnisvolles Schreiben in der Hand hielt. Mein Name und meine Anschrift standen in kunstvollen, mit einem Füllhalter geschriebenen Lettern darauf – und ich sah sofort, dass es nicht die Schrift meiner Exfrau war. Das Schreiben fühlte sich steif an und war härter als eine Einladung zu einem Kindergeburtstag. Es war eine Einladung anderer Art.

†

Die Familie Gane
gibt voll Trauer das Dahinscheiden von
Mrs Elizabeth Mildred Precious Gane
am 3. Juli d. J.
bekannt.

Ein Gottesdienst unter Leitung von Father Marvin Gane findet am 17. Juli um 14.00 Uhr in der St. Anthony's Church in Brixton statt.

Im Anschluss werden im Muhammad Ali Youth & Leisure Centre Erfrischungen gereicht.

Mrs Gane war die Mutter eines toten Kollegen gewesen. Ich erinnerte mich an sie als kleine Dame von sanfter Ausdrucksweise, die Hüte wie die Königin trug und nach einem halben Jahrhundert in Südlondon ihren jamaikanischen Akzent kein bisschen eingebüßt hatte.

Ihr Sohn Curtis war Detective Inspector gewesen, als ich in die Savile Row kam. Eines Nachts hatten wir einen Kinderschänderring ausgehoben, der von einem leerstehenden Herrenhaus in der Bishop's Avenue aus operierte. Auf einer baufälligen Treppe war Curtis Gane vor einem Mann mit einem schwarzen Klappmesser mit zehn Zentimeter langer Klinge aus Karbonstahl zurückgewichen und zwei Stockwerke in die Tiefe gestürzt. Dabei hatte er sich die Wirbel gebrochen, die seinen Kopf mit dem Rückgrat verbanden. Curtis war ans Bett gefesselt gewesen und hatte das Krankenhaus nicht mehr verlassen. Hätte er länger gelebt, wären wir Freunde geworden. Wir hatten aber nicht genug Zeit gehabt, damit eine Freundschaft entstehen konnte.

Zum letzten Mal hatte ich Mrs Gane auf dem Dach des Reviers West End Central gesehen, an dem Tag, als hundert Polizeibeamte schweigend zusahen, wie sie die Asche ihres Sohnes im Wind zerstäubte. Ich empfand Trauer über ihren Tod und sah die Einladung wieder an. Father Marvin Gane war ihr anderer Sohn. Ich sollte ihn anrufen, dachte ich, als ich ins Loft kam, die schwarzgeränderte Trauerkarte in der einen Hand und den Werbemüll in der anderen.

Dann fiel mein Blick auf den Fernseher, und ich dachte nicht mehr an den Anruf.

In der Borodino Street tat sich etwas.

Ein Mann mit zwei kleinen Kindern – eins auf dem Arm, das andere an der Hand – betrachtete die blumenbedeckte Straße. Augenblicklich wusste ich, dass ich DS Alice Stones Familie vor mir sah, die zum ersten Mal den Tatort besuchte.

Ich kannte den Mann und die Kinder von den Bildern, die

die Medien und die Kondolierenden aus den sozialen Netzwerken gefischt hatten. Urlaubsbilder, Hochzeitsfotos, gestohlene Augenblicke des Glücks, die jetzt so fern schienen. Der Mann war älter, die Kinder größer, aber es war unverkennbar die gleiche Familie, gelähmt vor Trauer in einer Welt ohne Frau und Mutter.

Die Menge nahm die Augen nicht von dem Mann, während er den Kindern etwas zuraunte. Das ältere Kind griff nach einem Luftballon. Sein kleines Geschwisterchen lächelte in den Sonnenschein. Die Kamera schwenkte auf den Hubschrauber, der permanent über der Borodino Street zu schweben schien, und ich sah George Halfpennys leere Rikscha am Ende der Straße.

Das Fernsehbild stiller Trauer wich Szenen des Chaos. Eine rote Laufschrift lief am unteren Bildschirmrand entlang:

EILMELDUNG DER BBC: VATER DER TERRORISTEN-BRÜDER KOMMT OHNE ANKLAGE AUF FREIEN FUSS

Vor dem Betonklotz mit den blauen Fenstern im Erdgeschoss, dem Gebäude der Paddington Green Police Station, drängte sich ein Rudel aufgeregter Fotografen und Reporter gegen ein Paar stämmige Streifenbeamte und belagerte die scheue Gestalt Ahmed »Arnold« Khans, um ihm Fragen ins Gesicht zu bellen. Khan trug noch immer die Busfahreruniform, mit der er in den Zellentrakt von West End Central gekommen war, und nach seiner Zeit in Polizeigewahrsam wirkte er noch dünner.

»Wir übertragen live vom Polizeirevier Paddington Green«, murmelte der Moderator, als der Schirm sich mit einem Pulk Leuten und Lärm füllte und Kameraleute wie Reporter einander beim Versuch beschimpften, die beste Position zu ergattern. »Wir bitten Sie, die unangebrachte Sprache zu entschuldigen, aber wir senden live«, sagte der Moderator, als erklärte das alles. Er fügte eine Warnung hinzu, dass der Bericht »Lichtblitze beinhalten« könnte.

Als so etwas wie Ordnung wiederhergestellt war, sah ich, dass DC Edie Wren und TDC Joy Adams gleich hinter den Beamten standen, die Ahmed Khan beschützten.

Vor ihm hatte sich ein eleganter Mann Mitte fünfzig mit einer mächtigen Mähne aus zurückgekämmten silbernen Haaren aufgebaut. Ich erkannte ihn sofort als Sir Ludo Mount – Kronanwalt und Medienstar, der Elvis der Menschenrechtsanwälte.

Sir Ludo ergriff das Wort in seiner tönenden Oberklassenstimme, einer Stimme, die Aufmerksamkeit und Gehorsam gewöhnt war, und der kläffende Mob von Zeilenschindern und Paparazzi fiel in verdrossenes Schweigen.

»Mein Mandant, Mr Khan, ist das Opfer einer Farce der Gerechtigkeit«, stimmte Sir Ludo an. »Man büßt seine Menschenrechte niemals ein, auch nicht, wenn die eigenen Kinder angeblich ein Verbrechen begangen haben. Der Preis eines unschuldigen Kontakts darf nicht im Verlust der Menschenwürde bestehen.«

Die Reporter brüllten auf.

»Behaupten Sie, dass die Khan-Brüder *nicht* …«

Sir Ludo brachte sie zum Schweigen wie ein Schulmeister aus einer anderen Zeit: mit Feuer in den Augen, Stahl in der Stimme und der Verheißung einer guten altmodischen Prügelstrafe in seinem Büro nach der Sportstunde.

»Mein Mandant ist grotesk schlecht behandelt worden: von der Metropolitan Police, von der rechten Boulevardpresse und – das ist mein Ernst – dem ganzen Land. Mr Khan ist unschuldig, und heute hat immerhin die Metropolitan Police seine Unschuld eingeräumt.« Mount machte eine dramatische Pause. »Aber das ist nicht das Ende seines Kampfes um Gerechtigkeit. Es ist erst der Anfang. Ich verlange eine vollkommene Neubewertung, wie Schusswaffen in diesem Land eingesetzt werden. Ich verlange eine formelle Entschuldigung der Metropolitan Police. Und nach dem ausstehenden Urteil der IPCC werde ich eine Zivilklage gegen Detective Constable Raymond Vann anstrengen. Guten Tag.«

Als wäre er der König von London, nickte Sir Ludo Mount einem der uniformierten Polizisten fast unmerklich zu, und die schwitzenden Cops bahnten ihm mit ihrer Körpermasse einen Weg durch die Reportermeute.

Sir Ludo folgte ihnen, und alles schloss sich ihm in einer Reihe an: Ahmed Khan, Edie, Joy Adams, eine verängstigt aussehende Frau, in der ich die Family Liaison Officer erkannte, die Mrs Khan und Layla betreut hatte, und am Schluss noch ein paar kräftige Streifenbeamte.

Während der ganzen Zeit, in der Sir Ludo seine Rede an die Medien gehalten hatte, den nervös blinzelnden Ahmed Khan an seiner Seite, zeigten zwei kleine eingeblendete Liveschaltungen in der Ecke des Bildschirms die Szene in der Borodino Street. Dort betrachteten ein verwitweter Ehemann und zwei kleine Kinder, die ihre Mutter verloren hatten, die Blumen, und der Hubschrauber eines Nachrichtensenders übertrug das Bild der großen schwarzen Narbe von Lake Meadows, die einen großen Teil Westlondons brandmarkte. Sie sah heute nicht aus wie der Schauplatz eines Verbrechens. Sie sah aus wie ein Massengrab.

Jackson Rose rief mich an.

»Siehst du das alles?«, fragte er. »Ahmed Khan? Alice Stones Familie? Lake Meadows? Und diesen mediengeilen Anwalt?«

»Ja.«

»Dein Haufen wird sich um den alten Mann kümmern, während sein aalglatter Rechtsverdreher von Menschenrechten und Schadenersatz tönt und die Blumen für die Toten sich immer weiter auftürmen.« Er schwieg kurz. »Du wirst der verhassteste Mann im ganzen Land sein, Max.«

»Was schlägst du vor, Jackson? Soll ich mich zur Verkehrspolizei versetzen lassen?«

»Nein«, sagte er. »Aber du solltest lernen, wie man mit einer Waffe umgeht.«

12

Das sichere Haus stand in einer jener Straßen, aus denen Studenten und Arbeiter vertrieben werden, damit Fondsmanager und Banker einziehen können. Sie lag südlich des Flusses in der Nähe von Elephant and Castle, aber in anderthalb Jahren würde sie aussehen wie die Zukunft.

Überall wurde gebaut – Gerüste und Schuttmulden, ununterbrochen das Heulen von Bohrern, die Rufe der Arbeiter in einem Dutzend Sprachen. Die Straße sah schon gar nicht mehr nach Südlondon aus.

Ich hatte angenommen, Flashman und das Counter Terrorism Command hätten zur Bewachung des sicheren Hauses Beamte in Zivil abgestellt, einen Mann und eine Frau entsprechenden Alters, die vorgaben, verliebt zu sein. Tatsächlich aber war da nur ein Detective von New Scotland Yard, den ich kannte, ein großer Mann, der in einem zivilen Pkw eine Fleischpastete mampfte. Er nickte mir zu, als ich den BMW X5 parkte und die Straße zu der unscheinbaren Tür eines schäbigen Reihenhauses überquerte, das vom boomenden Grundstücksmarkt offenbar unberührt blieb.

Edie Wren öffnete mir. Ich hörte eine Frau schreien, irgendwo in der Schwebe zwischen hysterischer Trauer und aufrichtiger Wut. Und ich hörte beruhigende Stimmen, Telefonklingeln und eine Tirade Mrs Azza Khans auf Urdu.

»Willkommen im Irrenhaus.« Edie lächelte.

Wir gingen ins Wohnzimmer, wo Sir Ludo Mount einer Besprechung am Esstisch vorsaß. Seine Untergebenen durchforsteten eifrigen Blickes Akten und hämmerten auf Laptops und Handys ein, während Ahmed Khan seinem Anwalt schweigend gegenübersaß. Seine Frau schrie auf dem Sofa einen Dolmetscher und die FLO an, während Layla kläglich zusammengesunken neben ihr saß. Ihre langen schwarzen Haare fielen ihr vors Gesicht; sie versteckte sich vor der Welt.

»Also haben sie sich Layla vom Jugendamt zurückgeholt?«, fragte ich.

»Ich habe ihnen Layla vom Jugendamt zurückgeholt.« Edie sah zu der Teenagerin, und ihr Gesicht wurde weich. »Ich habe einige Anrufe gemacht. In irgendein Heim gesperrt zu werden wäre das Letzte, was sie jetzt gebrauchen kann. Sie ist ein wirklich nettes Mädchen, Max. Und die Einzige, um die es mir leidtut.«

»Aber die Eltern haben sich nichts zuschulden kommen lassen, Edie.«

»Außer dass sie die Mistkerle auf die Welt gebracht haben. Aus der ganzen Familie ist Layla als Einzige unschuldig.«

Ich sah sie an.

»Keine Sorge«, sagte sie. »Wir beschützen die ganze Familie.«

TDC Adams saß in einer Ecke über ihren Laptop gebeugt.

»Curtis Ganes Mutter ist gestorben«, sagte ich zu Edie.

Sie nickte und versuchte, die Neuigkeit mit dem Gefühl und dem Respekt aufzunehmen, den sie verdiente. Sie hatte Mrs Gane gemocht, aber in letzter Zeit waren viele Menschen gestorben. Von Lake Meadows bis zur Borodino Street erinnerte das Leben in unserer Stadt immer mehr an den Alltag in Zeiten des Krieges. Wir kamen kaum dazu, einen Verlust zu verarbeiten, bevor der nächste einen traf und ein weiterer nicht lange auf sich warten ließ.

»Irgendwelche Morddrohungen?«, fragte ich.

»Machst du Witze? Ich kann schon nicht mehr zählen, wie viele Leute drohen, die Khans umzulegen. Ausgerechnet als Alice Stones Kinder sich die vielen Blumen ansahen, hat die BBC gezeigt, wie Mr Khan entlassen wurde.« Sie hielt inne, starrte den Busfahrer an und senkte die Stimme, obwohl bei Mrs Khan lautstarkem Geschimpfe niemand sie hören konnte. »Da draußen ist irrsinnig viel Wut, Max. Einiges davon ist bloß das Gebell der sozialen Netzwerke, aber manches ist so ernst, dass wir uns darüber Gedanken machen müssen.« Sie zückte ihr Handy und rief Twitter auf. »Bad Moses liegt voll im Trend.«

»Bad Moses?«

Sie reichte mir ihr Smartphone. »Halt dich mal auf dem Laufenden, Max. Bad Moses hat wieder was gepostet. Guck.«

Das Twitterkonto @BadMoses zeigte das kleine Farbfoto eines rechtschaffen erzürnten Mannes mit langen weißen Haaren und wallendem weißen Bart, der sich eine Steintafel über den Kopf hielt.

»Ist das der Weihnachtsmann?«, fragte ich.

»Fast«, sagte Edie. »Das ist Charlton Heston als Mose in *Die Zehn Gebote* von Cecil B. DeMille. Oscar für den besten Film 1956. Habe es gegoogelt. Von dem Zeug gibt es jede Menge, aber das hier verschafft dir den richtigen Eindruck. Zusätzliche Dialoge wurden der Bibel entnommen.«

Ich las den Tweet.

Rächt euch nicht selbst, meine Lieben, sondern gebt Raum dem Zorn Gottes, denn es steht geschrieben: DIE RACHE IST MEIN; ICH WILL VERGELTEN, spricht der HERR. #LakeMeadows #BorodinoStreet #AliceStoneRIP #BadMoses

An die Nachricht war ein Foto von Ahmed Khan beim Verlassen von Paddington Green angehängt. Sie hatte eine alarmierende Anzahl von Likes und Retweets.

Ich gab Edie das Handy zurück.

»Hast du ihn zurückverfolgt?«, fragte ich und dachte an das, was die Frau vom MI5 mir gesagt hatte.

Wir können sie nicht alle überwachen, DC Wolfe. Weil es zu viele von ihnen gibt.

»Colin versucht, die IP-Adresse von Bad Moses zu ermitteln«, sagte Edie.

Colin war Colin Cho von der PCeU – der Police Central e-crime Unit, die die Aufgabe hatte, auf die schlimmsten Verbrechen im Internet zu reagieren.

»Aber Bad Moses postet über einen Anonymisierungsdienst wie Tor oder I2P, so was wie im Deep Web. Die allerneusten Anonymisierer, die sie für Kinderpornografie benutzen. Realistisch betrachtet hat Colin keine große Chance, seine IP-Adresse zu finden.«

Sie blickte zu Ahmed Khan hinüber.

»In den sozialen Medien gibt es zahllose andere Nutzer, die Drohungen gegen die Khans ausstoßen und sich nicht hinter meterdicken digitalen Mauern verschanzen«, sagte sie. »Wir können Colin auf sie loslassen. Wir können sie finden, an ein paar Türen klopfen, sie ins Licht zerren und ihnen den Hosenboden versohlen, als Warnung an alle anderen.« Sie blickte mich an und zuckte mit den Schultern. »Aber dann jagen wir nutzlose kleine Trottel, deren ganzes Leben darin besteht, mit ihrer Maus zu spielen. Damit verschaffen wir der Familie Khan kein bisschen mehr Sicherheit, und unser Job wird dadurch auch nicht leichter. Also sollten wir Bad Moses vielleicht einfach online rasen und toben lassen und währenddessen an andere Türen klopfen.«

Wir gingen zu TDC Adams in die stille Ecke.

»Zeigen Sie ihm, was Sie mir gezeigt haben, Joy.«

Ich blickte über Adams' Schulter auf ihren Laptop. Der Computer spielte ein YouTube-Video von der Borodino Street ab. Gleich nachdem der Mann und die Kinder Alice Stones gegangen waren, hatte sich die Atmosphäre spürbar geändert. Trauer war dem Zorn gewichen.

Jemand hatte George Halfpenny inmitten einer Traube junger Männer gefilmt. Ihm brach vor Rührung fast die Stimme.

»Dies ist ein Land, in dem man die Frevler freilässt und die

Gerechten fünfzig Jahre vor ihrer Zeit sterben«, sagte er. »Ein Land, in dem wir der Immigration ohne Integration applaudieren und uns dann wundern, dass die Einwanderer keinen Respekt vor uns, unserer Geschichte und unseren Werten haben. So schaufeln wir uns selbst unsere Gräber – wie die Gräber, die wir in Lake Meadows und in der Borodino Street gegraben haben. So legen wir die Tapfersten und Besten unter uns auf den Altar. So verlieren Kinder ihre Mutter und opfert ein Mann seine Frau. Und wofür? Damit der Abschaum der Erde aus allem, was wir lieben, einen Scheiterhaufen errichtet? Hier auf dieser Straße müssen wir entscheiden – lassen wir uns von ihnen tyrannisieren, verraten und beerdigen? Was brauchen wir, damit wir uns endlich daran erinnern, *wer wir sind* – damit wir uns endlich wehren? Meine Freunde, ich bitte euch, daran zu denken und es nie zu vergessen: Das hier ist *immer noch unser Land.*«

Die Menge brüllte. Die Handykamera schwenkte zitternd über die Gesichter von hundert jungen Männern, denen die Galle hochkam.

»Immer noch unser Land!«

»Immer noch unser Land!«

»Immer noch unser Land!«

»George Halfpenny könnte seine Rhetorik ein bisschen zurücknehmen«, sagte ich, »aber kein Gericht der Welt wird zu dem Schluss kommen, dass seine Worte eine Morddrohung darstellen oder auch nur zur Gewalt anstacheln.«

»Um den Rikschafahrer machte ich mir keine Sorgen«, sagte Edie. »Aber um die vielen Leute, die ihm zuhören.«

Ich sah zu Ahmed Khan hinüber.

Er lächelte mich freundlich an, stand vom Tisch auf und gesellte sich uns.

»Wann kann ich nach Hause?«, fragte er.

»Mr Khan«, sagte ich.

»Arnold«, sagte er.

»Arnold, ich muss Ihnen eine Osman-Warnung überbringen. Das bedeutet, wir halten es für möglich, dass eine reelle und unmittelbare Gefahr für Ihr Leben besteht.« Ich nickte zu Sir Ludo Mount. »Ihr Anwalt kennt die Einzelheiten. Sie werden einen Brief von uns erhalten, in dem steht, dass Ihr Leben in unmittelbarer Gefahr schweben könnte und Sie alle notwendigen Maßnahmen ergreifen sollten, um sich und Ihre Familie zu schützen. Als absolutes Minimum rate ich Ihnen von jedem Versuch ab, in Ihr Haus zurückzukehren.«

Er schüttelte den Kopf. »Ich gehe nach Hause«, sagte er. »Und Sonntag gehe ich wieder auf die Arbeit.«

»Sie verstehen nicht, Arnold.«

»Nein«, erwiderte er. »*Sie* verstehen nicht. Ich hab nichts verbrochen. Ich will mein Leben zurück.«

Ich sah Edie an.

»Sie saßen in einer Zelle von Paddington Green«, sagte sie. »Ich glaube, Sie machen sich keine Vorstellung, was in der Borodino Street los ist.«

»Die Leute sind wütend«, sagte er. »Sie hassen meine Söhne für die furchtbaren Dinge, die sie getan haben. Und das verstehe ich. Aber ihre Sünde ist nicht meine Sünde.« Zur Betonung legte er mir leicht die Hand auf den Arm. »Am Ende verlieren alle Eltern ihre Kinder«, sagte er. »Ich weiß jetzt, dass ich meine Söhne schon vor langer Zeit verloren habe. Aber ich will mein Leben zurück. Und ich lasse nicht zu, dass meine Söhne – oder sonst jemand – es mir stehlen.«

Sir Ludo Mount trat zu uns. Mir nickte er knapp zu, Edie und Joy ignorierte er vollkommen.

Der geriebene alte Anwalt hatte eine seltsam kurz angebundene Art gegenüber Polizeibeamten aller Rangstufen, als wären wir geistig minderbemittelte Dienstboten, die auf ein Trinkgeld hofften.

»Ich halte eine Rückkehr Mr Khans in sein Haus für riskant«, sagte ich.

»Mr Khan kehrt in die Borodino Street zurück, sobald sein Haus nicht mehr als Tatort abgesperrt ist«, erklärte Sir Ludo mir, als hätte ich nichts gesagt. »Meinen Quellen zufolge wird dies innerhalb der nächsten vierundzwanzig Stunden geschehen.« Der Anwalt winkte mit einer frisch manikürten Hand ab. »Erteilen Sie Ihre Osman-Warnung, und lassen Sie uns in Ruhe.«

Ich holte kurz Luft.

»Sie wollen ernsthaft seine Familie einer Lebensgefahr aussetzen?«, fragte ich. »Denn genau das tun Sie, wenn Sie sie in die Borodino Street zurückbringen. Wollen Sie das wirklich?«

Eine leichte Röte erschien auf Sir Ludos feuchtigkeitscremegetränkten Backen.

»Was ich *will?* Das ist Ihre Frage?«

Er bedachte mich mit dem theatralischen Feuer seiner Empörung, das er schon in tausend Gerichtssälen entfesselt hatte.

»Ich will eine vollständige Untersuchung des Prinzips ›Schießen, um zu töten‹ bei der Metropolitan Police«, sagte er. »Das will ich. Und ich will eine offizielle Entschuldigung gegenüber der Familie Khan. Ich will eine Neubewertung der Art, wie Schusswaffen in diesem Land verwendet werden. All das will ich, und ich will, dass das so schnell wie möglich erledigt wird. Und ich will, dass Ihr Kollege SFO DC Raymond Vann für den Tod von Adnan Khan im Keller seines Elternhauses vor Gericht gestellt wird.«

»Ich versuche nur, das Leben Ihres Mandanten zu schützen, Sir«, sagte ich.

»Und ich verspreche Ihnen, dass Sie in ernsthafte Schwierigkeiten geraten, sollten Sie dabei versagen.«

Er ließ uns stehen, und Ahmed Khan schenkte uns ein entschuldigendes Lächeln und setzte sich zu Sir Ludo und seinen höflichen Helfern an den Esstisch. Sie waren jung, eifrig, fleißig und ihrem berühmten Herrn vollends verfallen.

Auf Joys Laptop lief noch immer das YouTube-Video.

Ich hörte die Wut des Mobs, und ich spürte seinen Blutdurst.

»Wie läuft das ab?«, fragte Edie. »Wenn jemand in ein Haus zurückkehren möchte, in dem ein Schwerverbrechen verübt worden ist? In ein Haus wie das in der Borodino Street?«

Ich schüttelte den Kopf. *Da gibt es kein festes Vorgehen*, hatte mir Whitestone an der Themse gesagt. Mit einem Mal war ich müde.

»Wenn es kein Tatort mehr ist und Mr Khan dorthin zurück will, können wir ihn warnen. Wir können ihm davon abraten, und wir können hoffen, dass er seinen gesunden Menschenverstand einsetzt«, sagte ich. »Aber ihn davon abhalten können wir nicht.«

»Dieser selbstsüchtige, starrsinnige alte Hurensohn«, sagte Edie. »Er geht schließlich nicht allein dorthin zurück, oder?«

Am anderen Ende des Raums im sicheren Haus schob sich Layla Khan die langen schwarzen Haare aus dem Gesicht, und als sie zu Edie herüberblickte, sah ich sie zum ersten Mal lächeln.

13

Der Lärm in einem Schießstand walzt einem die Sinne platt.

Die unmittelbare Nähe ständiger Schüsse ist das Gegenteil von ohrenbetäubend. Steht man in einer Schießbahn des Metropolitan Police Specialist Training Centre in Gravesend, Kent, und feuert scharfe Munition aus einer Glock 17 ab, verpasst das Innenohr kein bisschen. Jeden Schuss, der abgegeben wird, spürt man in seinen Nervenenden. Man hört alles. Man hört das Blut in seinen Adern.

Jeder einzelne abgefeuerte Schuss hallte irgendwo tief hinten in meinem Gehirn wider. Dabei wurde versucht, den mörderischen Lärm mit hohen dicken Trennwänden zwischen den Schießenden zu dämpfen. Ausnahmslos trugen wir Augen- und Ohrenschutz, die jeden Schützen in seiner oder ihrer kleinen Welt isolieren sollten, einer Welt, die sich auf einen selbst, die Waffe und das Ziel verengt.

Mein Augenschutz, der mich vor fliegenden Teilchen aus den abgefeuerten Patronen bewahrte, trübte sich alle paar Minuten und war von einem feinen Film bedeckt. Immer wieder musste ich – vorsichtig – die Glock 17 auf der Theke vor mir ablegen und die beschlagene Brille sauberwischen, ehe ich die Waffe wieder aufnahm und auf das fünfundzwanzig Meter entfernte Ziel richtete.

»Es ist erstaunlich, wie viele Schützenvereinsmitglieder auf ein Ziel schießen, das mehr als fünfundzwanzig Meter entfernt ist.« Jackson musste die Stimme erheben, damit er trotz der Ohrenschützer zu verstehen war. »Versuch mal einem Gericht klarzumachen, dass du jemanden in Selbstverteidigung erschossen hast, der fünfundzwanzig Meter von dir weg war. Viel Glück. Diese Entfernung ist ein gutes Training für deine

Hand und deine Augen. Aber wenn du Realismus möchtest, dann hol dir das Ziel auf zehn Meter oder weniger ran. Denn da wird dein Gegner sein, wenn du willst, dass er sich die Sache noch mal überlegt.«

Ich hatte schon oft erlebt, wie Schüsse in Tötungsabsicht abgegeben wurden. Aber immer waren es einzelne Schüsse gewesen, die aus dem Nichts zu kommen schienen. Obwohl sie die Luft zerfetzten, war es vorbei, ehe man überhaupt begriff, was geschehen war. Hier verhielt es sich anders. Hier bildeten die Schüsse das Universum. Ich lernte, den Verschluss nach hinten zu ziehen, um sicherzustellen, dass die Waffe ungeladen war, das Magazin zu füllen; ich lernte, die Waffe am Griff zu fassen, ohne den Finger an den Abzug zu legen, bevor ich schießen wollte. Und dabei musste ich auch lernen, meinen Herzschlag zu beherrschen.

Jackson hatte eine wunderbare Zeit.

Wie Brüder hatten wir uns immer aneinander gemessen. Er stand mit mir in der Box und fuhr mit den Händen über die kurze, dicke schwarze Pistole wie ein Virtuose, der seinem neuen Schüler das Instrument stimmt. Als er mir die korrekte Technik vorführte, ein Magazin zu laden oder auszuwerfen, als er mir seinen ruhigen, felsenfesten Griff zeigte und mir sagte, wie ich ihm eine geladene Glock zu reichen hatte, ohne damit auf seinen Kopf zu zielen – all das in dem nervenden Nebel, von dem meine Brille beschlug –, als er so in seinem Element war, sah ich ihn lächeln, dass die Zahnlücke deutlich sichtbar war.

»Das Massezentrum«, sagte er. »Denk immer an das Massezentrum, Max. Wir üben, auf den größten Teil des Körpers zu schießen – den Oberkörper. Wir lernen hier nicht zu töten. Wir lernen, unser Ziel zu treffen.«

Eine Stunde verbrachte ich damit, die Glock auf Papierziele zu leeren – eine Zielscheibe auf einem Schwarz-Weiß-Bild des Oberkörpers eines bewaffneten Mannes. Das eigentliche

Abfeuern der Waffe war nur ein winziger Teil der Lektion, Sekundenbruchteile von mörderischem Lärm zwischen den langen Minuten, in denen ich lernte, wie ich meine Pistole zu handhaben hatte. Jackson ließ mich schuften. Ich musste die Glock manuell laden, die Vollmantelgeschosse in das Magazin drücken, die Rückseite der Patronen zur Rückseite der Waffe. Dieser Handgriff wurde umso schwerer, je mehr Kugeln bereits im Magazin saßen, fast als sollte man gewarnt werden, wie ernst das war, was man vorhatte.

»Es gibt zwar ein Werkzeug dafür, eine Ladehilfe, aber du solltest wissen, wie es ohne geht«, sagte mein Lehrmeister.

Jackson war ein geduldiger, guter Ausbilder, völlig entspannt mit einer geladenen Waffe, aber immer aufmerksam, wenn ich es war, der diese geladene Waffe in den Händen hielt.

Nach einer Stunde sah ich ihm zu, wie er schoss – mit ruhiger Hand und großer Gelassenheit trieb er ein klaffendes schwarzes Loch ins Zentrum einer Zielscheibe –, und ich ging in den Umkleideraum. Ich war klebrig von dem nervösen Schweiß und dachte nur noch ans Duschen.

Das Ausbildungszentrum von Gravesend war riesig und erinnerte an das Zentrum einer verlassenen Kleinstadt oder einen ausgedehnten Filmset, umfasste lebensechte Straßen mit Geschäften, Pubs und Wohnhäusern, einen U-Bahn-Waggon und einen Flugzeugrumpf.

Die Schießstände unterteilten sich in Bereiche für Flinten, Gewehre und Faustfeuerwaffen wie die Pistole, die ich bei Jackson zurückgelassen hatte. Das Knallen und Krachen scharfer Munition füllte die Luft. Andere Beamte waren mit den Übungen fertig und begaben sich in die Vortragsräume.

Alles strotzte vor Leben, Tatkraft und Lärm.

Im Umkleideraum war es still, und bis auf Ray Vann war er leer.

Er lächelte mir müde zu, als ich hereinkam. Er sah aus, als hätte er seit dem Tag, an dem wir das Haus in der Borodino

Street stürmten, kein Auge zugetan. Ich setzte mich neben ihn auf die Bank und dachte daran, wie Alice Stone ihn persönlich angesprochen hatte an jenem Tag, an dem sie gestorben war.

Alles okay, Raymond?

»Haben Sie mit Jackson geschossen?«, fragte er.

»Er versucht, es mir beizubringen«, sagte ich. »Aber es ist schwierig. Ich kann mir überhaupt nicht vorstellen, wie das im Ernstfall wäre. Wenn jemand zurückschießt, die Sicht mies ist und der Blutdruck die Messskala sprengt.«

Er blickte mich wehmütig an.

»Ja«, sagte er. »Dann ist es noch schwerer.«

Wir saßen schweigend nebeneinander.

»Die IPCC hat mich wegen der Borodino Street vernommen«, sagte ich.

»Weiß ich«, sagte er.

»Ich wünschte, ich könnte Ihnen mehr helfen, Ray. Aber mehr ist nicht drin.«

Ich werde ihn nicht reinreiten, dachte ich.

Aber ich werde auch nicht für ihn lügen.

»Ich bin dankbar für das, was Sie getan haben«, sagte er, ohne mich anzusehen. Blickkontakt schien ihm schwerzufallen. Heute und an jedem anderen Tag. »Sie haben für mich genug getan, Max.«

Er sagte es ohne jede Bitterkeit oder Sarkasmus.

»Wie geht es?«, fragte ich.

»Gut«, antwortete er, obwohl das genaue Gegenteil der Fall sein musste. »Ich nehme an, Jackson hat es Ihnen erzählt: Er und ich, wir sind beide vorübergehend suspendiert, weil wir unsere Waffen abgefeuert haben. Wir waren beide vor dem Ausschuss.«

Er meinte damit, dass sie ihr Verhalten im obersten Stockwerk von New Scotland Yard vor einem Untersuchungsausschuss aus höheren Beamten hatten rechtfertigen müssen.

»Jackson geht in den aktiven Dienst zurück. Es heißt sogar, er bekommt vielleicht die QPM.«

Die Queen's Police Medal wird an aktive Polizeibeamte für Mut oder herausragende Pflichterfüllung verliehen.

»Und ich kriege keinen Orden«, sagte Ray Vann. »Aber vielleicht kriege ich für rechtswidrige Tötung eine schöne Zelle.«

»Ray«, sagte ich mit größerer Überzeugung, als ich empfand, »so weit kommt es nicht. Man wird Sie nicht wegen rechtswidriger Tötung verurteilen. Adnan Khan war ein Massenmörder. Ein eiskalter Killer. Er war ein Terrorist. Adnan und sein Bruder haben den Hubschrauber über Lake Meadows zum Absturz gebracht. Sein Bruder hat Alice Stone ermordet. Adnan Khan war kein Unschuldiger.«

»Ich bin aus dem operativen Dienst entfernt worden.« Er schien mich nicht zu hören, oder vielleicht konnte er mir nicht glauben. »Im Verlauf der SW findet sich ein Hinweis auf rechtswidriges Verhalten, verstehen Sie.«

Mit SW meinte Vann die Schusswunde.

»Sehen Sie, Max, sie haben mir nicht abgekauft, dass er nach einer Waffe griff – oder einer der Handgranaten, über die wir so viel gehört haben.« Er starrte auf den Boden. »Die IPCC wirft mir vor, dass ich Adnan Khan erschossen habe, als er auf dem Boden kniete und versuchte, sich zu ergeben. Und selbst wenn ich nicht wegen rechtswidriger Tötung dran bin, heißt es, dieser große Menschenrechtsanwalt – der mit dem ganzen silbernen Haar – strengt eine Zivilklage gegen mich an, falls die IPCC entscheidet, dass die Tötung rechtmäßig war. Und dann ist da noch das DPS.«

Das Department of Professional Standards – die interne Polizeiermittlungsstelle, die alle Schussabgaben durch Polizisten untersucht.

»Was also auch passiert, ich nehme, was immer sie entscheiden, mir zu geben.« Endlich sah er mir in die Augen. »Sie werden mich nicht damit davonkommen lassen, Max.«

Er war ein anständiger Kerl. Ich wünschte, ich hätte mehr für ihn tun können.

»Sie haben in Afghanistan gedient, nicht wahr, Ray?«

»Ja.«

»Kannten Sie Jackson schon da drüben?«

Er zeigte sein schüchternes Lächeln.

»Ich war in der regulären Army. Jackson war was anderes. Was Besseres. Jackson spielte mit den großen Jungs.«

Er schaute mich an, um herauszufinden, wie viel ich wusste.

»Ich weiß, dass Jackson bei den Spezialkräften gedient hat. Aber jede Wette, dass es in der regulären Army hart genug war.«

»Wir reden nicht darüber.« Er lachte. »Weil wir nicht wüssten, wo wir anfangen sollten.«

»Erzählen Sie einfach.«

Er starrte mich an, bis er mir glaubte, dass ich es wirklich hören wollte. Er holte Luft und versuchte sein Bestes.

»Zweimal am Tag gingen wir auf Patrouille, und ich hatte Kameraden – viel zu viele –, denen von den Sprengfallen Beine und Eier abgerissen worden waren. Wenn die Patrouillen erledigt waren, ging es nach Hause in ein Camp ohne fließendes Wasser, ohne Kühlschrank und ohne Dach – umso bequemer für die Taliban, wenn sie Handgranaten reinwarfen. Höhere Offiziere besuchten uns nicht, weil es zu gefährlich war. Und dann fuhren wir wieder auf Patrouille raus, und die Beine und Körperfetzen, die unsere Kameraden – egal, ob tot oder lebendig – zurückgelassen hatten, waren an die Bäume gebunden. Die Taliban wussten, dass wir niemanden zurückließen, egal, ob tot oder lebendig, also verminten sie die Leichen – und die Leichenteile. Sie waren sehr jung, diese Leichen. Sehr junge tote Männer, Max, und ihre Leichenteile hingen an den Bäumen. Schlimmer war es natürlich für die Jungs, die sie lebendig gefangen nehmen konnten. Sie wurden kastriert. Skalpiert. Lebendig gehäutet. Die übliche afghanische Gastfreundschaft.«

Ich sah weg, weil ihm die Tränen kamen und sein Gesicht sich trotz heftiger Bemühungen verzerrte, als er sie zurückzuhalten versuchte. Aus seiner Kehle drang ein erstickter Laut, der nicht von einem Gefühl herrührte, sondern dem Wunsch, das Gefühl zu unterdrücken.

Als der schreckliche Laut aufgehört hatte, sah ich Vann wieder an. Seine Augen waren trocken, und er lächelte mir auf seine sanfte, zurückhaltende Art zu.

Endlich begriff ich, wieso genau Alice Stone ihn gefragt hatte, wie es ihm gehe, bevor wir das Haus der Khans stürmten.

Noch immer waren nur wir beide in dem Umkleideraum.

Ich beugte mich näher zu ihm.

»Was ist in dem Keller passiert, Ray?«, fragte ich.

»Sie haben den Krieg in unsere Heimat gebracht, Max«, sagte er. »Und wir auch.«

14

Am nächsten Morgen kamen die Bulldozer und Absetzmulden vor dem ersten Morgenlicht in die Borodino Street, und hinter ihnen wurde ein Kordon errichtet, der die Öffentlichkeit auf eine Meile Abstand von der Aufräumaktion hielt.

Die Frühaufsteher unter den Anwohnern durften kommen und gehen, wie es ihnen beliebte, aber als die ersten Trauernden eintrafen, hielten Streifenbeamte sie an der Absperrung auf und nahmen ihnen höflich die Blumen ab.

Mit so viel Respekt und Würde, wie wir aufbringen konnten, wurde die Borodino Street von den Blumengaben geräumt. Unsere Presseabteilung gab eine Erklärung heraus, in der sie zusicherte, dass verwelkte Blumen kompostiert und frische Sträuße an Krankenhäuser der Umgebung gespendet wurden. Kondolenzkarten, Gedichte und Briefe las man sorgsam auf, um sie den Hinterbliebenen von Alice Stone zu übergeben, während Teddybären und anderes Spielzeug an Einrichtungen der Kinderwohlfahrt gingen.

Aber es war vorbei.

Auf den Straßen rings um die Borodino Street warteten Mannschaftstransporter voller Polizisten in Schutzausrüstung auf Tumulte, zu denen es nicht kam. Die Männer und Frauen befanden sich in ausgelassener, fast euphorischer Stimmung, Cops, die froh und erleichtert waren, dass man ihnen in den nächsten Stunden nichts an den Kopf werfen würde. Immer ein gutes Gefühl.

Noch immer kamen Bürgerinnen und Bürger, um ihren Respekt zu erweisen, ihre Blumen niederzulegen und am großen Festival der Trauer teilzunehmen, aber sie protestierten weder, noch wirkten sie überrascht, als ihnen der Zutritt in die Borodino Street verwehrt wurde. Sie zeigten sich dankbar, als junge Streifenpolizisten und -polizistinnen ihnen mit ungekünstelter, ungezwungener Sanftheit die Blumen abnahmen.

Wie die Bulldozer die Absetzmulden mit einer Ladung verwelkter Blumen nach der anderen füllten, interessierte keinen Fotografen. Als die Sonne über die Hausdächer stieg, fuhr die erste Lastwagenkolonne los. Die abgenutzten gelben Container waren hoch mit toten Blumen beladen, und Zellophan blitzte hektarweise im Sonnenschein. Die ersten Anwohner wachten auf und stierten aus ihren Fenstern, als könnten sie nicht glauben, was sie sahen. Die Borodino Street kehrte annähernd zum Normalzustand zurück.

Die Met ist gut in solchen Dingen. Dank Prinzessin Diana und dem einen oder anderen unvermittelt verstorbenen Rock- und Popstar hatten wir ausreichend Übung. Irgendwann kommt ein Moment, an dem eine städtische Straße nicht länger als Schrein herhalten darf.

»Wie soll irgendwer hier noch wohnen?«, fragte Edie. »Das ist doch keine Umgebung, in der ein Teenager aufwachsen kann.«

Wir standen vor dem Haus der Khans. Das Gebäude war eine Ruine. Die Suchteams hatten die Bodendielen herausgehebelt, die Wände aufgestemmt und die Decken eingerissen. Der ganze Schutt war im Vorgarten gelandet.

»Du hast Layla vor dem Heim bewahrt«, sagte ich. »Vor ihrem Zuhause retten kannst du sie nicht.«

Ich schlug vor, dass wir frühstückten. Wir hatten einen langen Tag vor uns.

Denn am Nachmittag war Alice Stones Beerdigung.

Am Abend veranstaltete die Polizei ihre eigene Trauerfeier.

The Fighting Temeraire ist ein altmodischer Pub auf der anderen Seite der Victoria Street und nahe genug am New Scotland Yard, um von der Met für wichtige Anlässe vereinnahmt zu werden.

Als ich kurz nach sechs mit Edie und Joy eintraf, war der Pub gerammelt voll. Hundert hungrige, vom Bier trübe Augen richteten sich auf die beiden Frauen.

»Oder ich gehe einfach nach Hause«, sagte Adams.

Edie lachte und nahm ihre Hand.

»Wir haben keine Angst vor dem Haufen«, sagte sie. »Kommen Sie mit.« Sie schoben sich durch die Menge und verschwanden aus meinem Blickfeld.

Das Fighting Temeraire gehört zu den Pubs, die sich rühmen, von der modernen Welt unberührt zu bleiben. Sie spielen dort keine Musik, es gibt keinen Restaurantbereich und keinen Firlefanz, aber sie haben riesige Fernseher für Sportübertragungen.

Heute Abend wurde kein Sport gezeigt.

Der ganze Pub sah auf, als sie ein Video von Alice Stones Beerdigung abspielten, das gleiche Video, das in den vergangenen Stunden in jeder Nachrichtensendung gelaufen war.

Alice' Mann stand am Sarg seiner Frau. Sein versteinertes Gesicht verriet ihn als jemand, der Unerträgliches erduldete; er trug ein kleines Kind auf dem Arm, das andere hielt er an der Hand. Die Trauernden hinter ihnen waren vollkommen still. Als das Video zu Ende war, wurde es wieder lauter. Ich entdeckte Edie und Joy an der Bar. Zwei junge DIs von New Scotland Yard standen links und rechts von ihnen und versuchten ihr Glück. Ich sah Edie an, dass sie kein Interesse für den Mann neben sich hatte, und ganz unvermittelt begriff ich, dass TDC Joy Adams sich jedenfalls in dieser Hinsicht für gar keinen Mann interessierte.

Edie bemerkte meinen Blick und grinste. Ich grinste zurück.

In diesem Moment rammte mich die Schulter.

Ich sah in das Gesicht des blassen jungen Burschen mit

dem Bartflaum, der beim Zugriff im Haus der Khans eine Benelli-Flinte mit sich geführt hatte, ohne sie zu brauchen. Ich wollte mich gerade entschuldigen, als ich sah, dass Jesse Tibbs auf meine Entschuldigung keinen Wert legte.

»Du hast dich bei der IPCC eingeschleimt«, sagte er. »Du hast Ray Vann verpfiffen. Wenn er wegen rechtswidriger Tötung drankommt, dann mach ich dich fertig, Wolfe.«

Ich sah seine Freunde an, eine stille Aufforderung, sich einzumischen, bevor es zu spät war.

»Lass es, Jesse«, sagte einer von ihnen ohne großen Enthusiasmus. Und das war alles. Sie ließen ihn von der Leine.

»Ich schleime mich nirgendwo ein«, sagte ich zu Tibbs. »Warum holen Sie sich nicht noch was zu trinken? Nicht dass Sie es nötig hätten.«

Ich wollte mich an ihm vorbeischieben, aber er legte mir die freie Hand auf die Brust. Mit der anderen hielt er eine Bierflasche am Hals.

»Ich habe gehört, dein Haufen macht den Babysitter für den mörderischen Paki-Drecksack«, sagte er.

Ich sah wieder seine Freunde an, aber sie würden mir den Gefallen nicht tun.

Mit einem Mal entdeckte ich Ray Vann. Er stierte mich an, als wären wir einander noch nie begegnet.

Ich glaubte, ein paar andere aus dem Mannschaftstransporter zu erkennen, aber ohne PASGT-Helme und Kevlarwesten ließ sich das nur schwer sagen.

»Ahmed Khan hat niemanden ermordet«, sagte ich mit Nachdruck.

»Komm schon, Jesse, trinken wir noch einen«, sagte einer seiner Begleiter. Mich starrten sie gleichmütig an. Ich hatte nicht das Gefühl, als ständen wir heute Abend auf der gleichen Seite.

Tibbs' Blick glitt von mir ab, und er verzog voller Wut den Mund.

»He«, sagte ich und lenkte seine Aufmerksamkeit wieder auf mich. »Haben Sie mich verstanden, Kollege? *Der alte Mann hat niemanden getötet.* Weder die Opfer beim Hubschrauberabsturz, noch hat er Alice Stone auf dem Gewissen. Verschwenden Sie Ihre Gefühle nicht an ihn. Sparen Sie sie sich für jemand auf, der sie verdient hat.«

Tibbs' Freunde ergriffen ihn an den Schultern.

Er schüttelte wütend ihre Hände ab.

Mit seiner Bierflasche klopfte er mir gegen die Brust.

»Pass bloß auf«, lallte er, und jetzt erst wurde mir klar, wie betrunken er wirklich war. »Du sagst mir jetzt, wo euer sicheres Haus ist ... Du sagst mir, wo West End Central den Drecksack unterbringt ... Denn da geh ich heute Nacht noch hin ...«

»Tibbs.« Jackson stand mit einem Mal neben ihm. »Jesse. Halten Sie den Mund.«

»Warum passen Sie denn immer auf den auf?«, wollte Tibbs wissen.

Ich schüttelte den Kopf. »Warum hassen Sie den alten Mann so sehr?«

»Willst du mich verarschen, du Scheißer?«, fuhr Tibbs auf. »Weil er diese üble Brut großgezogen hat! Warum gebt ihr auch bloß einen Furz auf ihn?«

»Weil er unschuldig ist.«

»Unschuldig? Glaubt ihr das wirklich?«

»Seine Söhne waren Gift. Er fährt einen Bus.«

Ich schob mich an ihm vorbei. Seine Freunde versuchten ihn halbherzig zurückzuhalten, aber Tibbs kam mir hinterher. Aus vollem Hals brüllte er Beschimpfungen.

Ich würde nichts unternehmen, solange er mich nicht anfasste.

Aber das tat er. Mit Händen, die glitschig von Schweiß und Bier waren, packte er mich bei den Schultern. In einer von ihnen hielt er noch immer die Flasche, als er an meinem T-Shirt zerrte.

Das war ziemlich albern.

Er hätte mich mit seiner Flasche von hinten niederschlagen sollen.

Mit den Händen an meinen Schultern hatte Tibbs keinerlei Deckung. Ich drehte mich halb um und setzte ihm einen kurzen linken Haken in die Rippen. Er sank auf ein Knie wie jemand, der noch nie einen Körpertreffer kassiert hatte.

Eine Welle von Ekel und Traurigkeit überfiel mich.

Ich wollte nicht gegen diesen Mann kämpfen, aber ich wusste, dass mir vielleicht keine andere Wahl blieb. Ich wartete, um zu sehen, ob er es noch weitertreiben wollte.

Doch während er langsam wieder aufstand, rieb er sich nur die schmerzenden Rippen.

»Nächstes Mal«, sagte er.

»Nächstes Mal«, sagte ich, »kommen Sie besser mit Ihrer Waffe.«

Ich ging zu Fuß zurück nach West End Central.

Am Ende der Savile Row standen Touristen und fotografierten die Fassade von Hausnummer 3, wo die Beatles 1969 auf dem Dach ihr allerletztes Konzert gegeben hatten. Sie grinsten und machten Peace-Zeichen und waren aufgeregt, weil sie den Geistern von John, Paul, George und Ringo so nah waren.

Ich sah zu, wie ein Tourist seinen Fahrradrikschafahrer bezahlte.

George Halfpenny bedankte sich auf Mandarin.

»Ich habe gehört, dass Sie die Borodino Street dichtgemacht haben«, sagte er.

Ich schüttelte den Kopf. »Wir haben sie geöffnet. Geöffnet für die Menschen, die dort wohnen. Ihre treuen Fans müssen Ihnen jetzt leider woanders zuhören.«

»Ich habe keine Fans. Nur ein paar Leute, die sich anhören, was ich zu sagen habe. Warum stört Sie das so sehr?«

»Ich fürchte, ein paar davon haben nicht so viele Bücher

gelesen wie Sie, George.« Ich deutete auf seine Rikscha. »Sind Sie frei?«

»Wollen Sie mich auf den Arm nehmen?«

»Nein.«

Er sah zu den chinesischen Touristen hinüber.

»Wohin wollen Sie?«

»Bar Italia. Auf der Frith Street.«

»Ich weiß, wo die Bar Italia ist«, sagte er.

Ich setzte mich auf den Rücksitz seiner Rikscha.

George Halfpenny legte sich ins Zeug. Stehend trat er in die Pedale und brachte mich mit echtem Berufsstolz nach Soho, als wolle er mir zeigen, dass er weit mehr sei als ein Rikschafahrer, weit mehr als ein Kuli für Touristen. Als wolle er mir beweisen, welche Muskeln und Sehnen und animalische Kraft sich in ihm im Laufe von tausend Jahren aufgebaut hatten.

15

Früh am Sonntagmorgen spazierten Stan und ich durch den Victoria Park. Bis auf die ernsthaften Läufer und die Hundebesitzer, die ungeachtet der Jahreszeit immer zur gleichen Stunde aufstehen, ist dann niemand unterwegs. Stan witterte interessiert, aber ein Hauch von Misstrauen umgab seine riesigen runden Augen. Das waren nicht die Gerüche seines gewohnten Sonntagmorgenspaziergangs in Hampstead Heath.

Vom Victoria Park ist es nur ein kurzer Weg zur Borodino Street, wo ein paar vereinzelte Blütenblätter die einzige Spur des Blumenmeers bildeten, das für Alice Stone ausgebreitet worden war. Ich sah keine Menschenmengen, keine Reporter, keine Fotografen und keine Polizei. Die Presse wartete vielleicht an der Bushaltestelle, wo Ahmed Khan seine Sonntagsschicht antrat. Ja, das war der Knüller fürs Frühstücksfernsehen.

Stan und ich folgten der schmalen Straße auf ganzer Länge. Mein Hund beschnüffelte sorgsam jeden Laternenpfahl und jede Gartentür, hob das rechte Hinterbein und hinterließ seine Markierung. Er hatte noch immer das Bein in der Luft, als Ahmed Khan in der Uniform eines Busfahrers von London Transport sein Haus verließ, in der Hand eine Brotdose. Seine Frau Azza und seine Enkeltochter Layla starrten mich über seine Schulter hinweg an.

Mrs Khan zupfte an ihrem Hidschab, stieß Layla nach hinten und schloss wortlos die Tür hinter ihrem Mann.

»Morgen, Arnold«, sagte ich.

»Sie zwingen Sie dazu?«, fragte er. »Sie zwingen Sie, mich zu bewachen?«

Ich wies auf Stan. »Sieht der für Sie nach einem Polizeihund aus? Ich habe heute frei. Ich sehe nur nach Ihnen. Schaue, wie es Ihnen geht.«

In Wirklichkeit hatte ich kaum glauben können, dass er das sichere Haus verließ und in die Borodino Street zurückkehrte. Ich konnte nicht fassen, dass jemand derart unbekümmert eine Osman-Warnung ignorierte. Wie konnte jemand so starrsinnig, dumm und tapfer sein. Mir ging es nicht in den Kopf.

»Das ist nicht nötig«, sagte er.

Ein Streifenwagen bog in die Straße. Langsam zog er an uns vorbei. Zwei Gesichter wandten sich uns ausdruckslos zu, ein weißes und ein schwarzes, schlaff vor Müdigkeit. Beide Beamte hatten eindeutig die Nachtschicht hinter sich. Im nächsten Moment beschleunigte der Wagen und schoss davon.

»Alle paar Stunden kommen sie«, sagte er. »Fahren einfach vorbei, ohne anzuhalten.«

»Ich bin überrascht, dass sie so oft kommen. Tut es gut, wieder zu Hause zu sein?«

Er zeigte auf den Schutt in dem kleinen Vorgarten, den zerschlagenen Putz, die Ziegelhaufen und herausgerissenen Bodendielen.

»Sie habe mein Haus zerstört.«

In mir verhärtete sich etwas. »Geben Sie Ihren Söhnen die Schuld«, sagte ich.

»Ich gebe niemandem die Schuld.«

Schweigend starrten wir einander an.

»Was wollen Sie von mir?«, fragte er.

»Ich wollte Sie zur Arbeit fahren. Victoria Bus Station, richtig?«

»Haben Sie keine Familie, die Sie sonntags braucht?«

»Ich habe eine siebenjährige Tochter, aber sie ist ein begehrtes kleines Mädchen. Sie wird auf viele Partys und dergleichen eingeladen. Sie macht ihr eigenes Ding. Ich bin nur hier, um mich als Taxi anzubieten.«

Scout hatte bei ihrer australischen Freundin Mia übernachtet, und Mias Mum nahm die beiden heute nach Hampstead mit auf eine Party zu einem achten Geburtstag ins Everyman Cinema. Ich merkte, dass ich vor Stolz grinste, weil sich die Leute derart um meine Tochter rissen.

»Kommen Sie, Arnold«, sagte ich. »Das Auto steht am Victoria Park.«

Er schüttelte den Kopf. »Ich brauche keinen, der mich mitnimmt. Ich fahre mit der U-Bahn. Ich danke Ihnen – ich weiß, Sie meinen es gut. Aber ich möchte einfach wieder ein normales Leben führen.« Er zögerte, als wäre es viel verlangt, das zu verstehen. »Meine Arbeitskollegen – ich möchte sie sehen. Wie ich Ihnen schon erzählt habe – ich musste mir ihre Anerkennung verdienen, als ich hierher ins Land kam.«

Ich nickte. »Ich erinnere mich. Sie arbeiten an den Tagen, an denen Ihre Kollegen nicht arbeiten wollen. An Weihnachten. An Sonntagen.«

»Und am Ende haben sie mich akzeptiert. *Alles klar, Arnold, Kumpel?* Sie nannten mich Kumpel. Sie nannten mich Arnold. Ich weiß, dass ich mir das alles jetzt wieder neu verdienen muss.«

»Eventuell ist diesmal noch mehr Anstrengung nötig.«

»Ich weiß.« Er ließ den Kopf hängen. »Nach allem, was auf dieser Straße passiert ist. Nach all dem Elend und dem Tod, die meine Söhne verursacht haben. Aber das waren sie, nicht ich. Ich muss meinen Kollegen zeigen, dass ich noch immer der Gleiche bin.«

Ich sagte nichts. Mir kam es unwahrscheinlich vor, dass er seine Kollegen mit Herz und Hirn gewinnen konnte, indem er die Linie 73 von der Victoria Bus Station nach Stoke Newington Common fuhr. Aber was blieb ihm anderes übrig, als es zu versuchen?

Ich sah, wie seine Hände an der Tupperware-Brotdose zitterten. »Sonst kann ich mich nur in Scham und Angst verstecken«, sagte er wie als Antwort auf meine Frage.

Er wollte nicht, dass ich auf ihn aufpasste. Er wollte nicht zur Arbeit gefahren werden. Er wollte nur in ein Leben zurückkehren, das er für immer verloren hatte – und vielleicht wusste er das auch.

Stan und ich begleiteten ihn zu Fuß zur U-Bahnstation.

Am Fahrkartendrehkreuz blieb er mit der Oyster-Karte in der Hand stehen.

»Wieso versuchen Sie, mir zu helfen?« Sein Blick glitt zur Seite und richtete sich schließlich auf meine Augen.

»Weil Sie nicht verdient haben zu sterben«, sagte ich.

Und dann ging Ahmed Khan zur Arbeit.

Am Nachmittag wartete ich vor dem Everyman Cinema in Hampstead auf Scout und schaute immer wieder in die Nachrichten, um zu erfahren, wie Ahmed Khans Bus vorankam.

Die Presse hatte ihn an der Victoria Bus Station erwartet, und am Morgen war seine Rückkehr zur Arbeit die erste Meldung in jeder Nachrichtensendung gewesen. Aber als Stan und ich darauf warteten, dass Scout aus der privaten Geburtstagsaufführung von *Mein Nachbar Toroto* kam, hatte das Interesse an Ahmed Khans Arbeitsantritt schon wieder nachgelassen.

Die 73 gehört zu den langen Londoner Buslinien, die von Westen her einen großen Teil der Stadt bedienen und einige Hauptattraktionen ansteuern: Hyde Park, Park Lane, Marble Arch, Oxford Street, die British Library. Danach biegt sie am King's Cross in nördlicher Richtung nach Angel und Islington ab, um ihre Fahrt in Stoke Newington zu beenden und auf gleicher Strecke zurückzufahren.

Bei Fahrtantritt war Ahmed Khans Bus voll besetzt gewesen mit Reportern und Fotografen. Sie hatten ihre Bilder von dem schmächtigen, ernsten, entsetzlich dünnen Mann hinter dem Lenkrad des großen roten Busses geschossen, ohne dass er etwas dagegen tun konnte, aber als sie ihm ihre Fragen zubellten, verweigerte er resolut jede Antwort.

Ahmed Khan hatte die halbe Sonntagsschicht hinter sich, als ich auf Scout wartete und auf meinem Handy die Nachrichten abrief. Die Reporter zerstreuten sich schon. Sie hatten noch andere Termine, und ein Mann, der bei seiner Arbeit in Ruhe gelassen werden wollte, fesselte ihre Aufmerksamkeit nicht lange.

Mit den normalen Leuten gab es keine Zwischenfälle.

Scout kam mit Mia aus dem Kino, atemlos vor Aufregung.

»Darf ich noch mit, auf dem Fluss rudern gehen? Darf ich da mit? Ist das in Ordnung? Ja, Daddy? Ich möchte das mit dem Rudern unbedingt machen!«

Mias Mutter bestätigte die Einladung. Die Familie wohnte unten an der Themse im Pimlico, und die sonnigen Sommersonntagnachmittage verbrachte sie auf dem Wasser. Deshalb suchten Stan und ich uns ein hundefreundliches Café – Hampstead war voll davon –, und er lagerte sich zu meinen Füßen und knabberte glücklich an Brocken von getoastetem Butterbagel.

Meine Exfrau rief an, als ich gerade die Rechnung bezahlte.

Ich starrte auf das Handy, auf dem ihr Anruf angezeigt wurde, überlegte, ob ich ihn annehmen sollte oder nicht, fragte mich, welche flüchtige Laune diesmal dahintersteckte, welche neue Störung des geregelten Lebens unserer Tochter sie nun wieder plante und wie viel ich noch hinnehmen sollte, ehe ich der Sache ein für alle Mal ein Ende machte.

Scout war ein glückliches Kind, aber ihr Glück war schwer erarbeitet, denn anders als durch harte Arbeit gelangen Kinder geschiedener Eltern nicht an Glück.

Trotzdem nahm ich Annes Anruf an. Eigentlich hätte ich ihre Nummer mittlerweile aus meinen Kontakten löschen sollen.

Ich hörte Schweigen, dann ein Kind im Hintergrund, ein Widerhall aus einem anderen Leben in einem anderen Zuhause. Endlich ergriff meine Exfrau das Wort.

»Ich finde, Scout sollte von nun an bei mir wohnen«, sagte sie.

Als ich an der U-Bahnstation auf Ahmed Khan wartete, hatte ich einen Knoten aus Übelkeit und Entsetzen im Bauch. Wir hatten mittlerweile frühen Abend, und der warme Tag war drückend geworden. Staub und Dämpfe am Stummel des heißen Wochenendes in der Stadt wischten die Erinnerung an den frischen frühen Sonntagmorgen weg.

Ich hörte die Schreie, bevor ich ihn sah.

Die Männer und Frauen in ihren Sommerkleidern eilten ihm voran wie Herolde. Sie flohen aus der U-Bahnstation, die Gesichter weiß vor ungläubigem Grauen. Sie sprangen über das Drehkreuz und drängten sich an dem Ticketkontrolleur vorbei, als flöhen sie vor einem Feuer.

Dann entdeckte ich ihn.

Ahmed Khan taumelte auf das Drehkreuz zu.

Ein freier Raum hatte sich um ihn geöffnet, als wäre ansteckend, was ihn befallen hatte, als hätte er eine Seuche, als brächte er den Tod.

Seine Miene wirkte erstaunt.

So geht es zu Ende?

Das Messer war ihm dort in den Hals gestoßen worden, wo er mit dem linken Schulterblatt zusammentraf. Genau an dieser Stelle pumpt die Schlüsselbeinschlagader das Blut in Arme und Hals. Die große Arterie ist kaum zu verfehlen, man braucht nur zu wissen, wohin man zielen muss. Man zerschneidet sie, wenn man töten will. Das stoßartig hervorsprudelnde arterielle Blut tränkte Ahmed Khans linken Ärmel und die Brust seiner Busfahreruniform.

Als ich ihn erreichte, sah ich das Messer.

Die Klinge war zwei Zoll tief in seinen Körper getrieben worden, aber die Inschrift auf dem Stahl konnte ich noch lesen. *Blut und Ehre!* stand da. Überdeutlich zu sehen waren der vernickelte Knauf und der schwarze Bakelitgriff mit dem goldumrandeten schwarzen Hakenkreuz auf der rot-weißen Raute.

Er öffnete den Mund, um zu sprechen, und ein dicker Schwall schwarzen Blutes brach ihm aus der Kehle hervor.

»Layla«, keuchte er. »Wer kümmert sich um Layla?«

Er sackte in meinen Armen zusammen, und gemeinsam sanken wir zu Boden, hielten einander fest. Durch die Schreie der Umstehenden hörte ich die Sirenen, die seinetwegen kamen.

Nach fünf Minuten trafen sie ein.

Aber da war Ahmed Khan schon in meinen Armen gestorben.

TDC Joy Adams war es, der die Graffiti auffielen.

Die U-Bahnstation hatte man als Mordschauplatz abgesperrt, und es wimmelte vor Kriminaltechnikern. Der Polizeiarzt hatte Ahmed Khan für tot erklärt, und der Leichenwagen hatte ihn abtransportiert. Ich bedeckte mein blutbeflecktes T-Shirt mit einer Fleecejacke, die mir ein Polizeibeamter geliehen hatte. Als Edie und Joy eintrafen, gab es bereits nichts mehr zu tun, als die nächsten Angehörigen zu verständigen. Zu dritt gingen wir zur Borodino Street.

Ich klingelte, und Layla öffnete. Die Angst stand ihr schon ins Gesicht geschrieben. Es ist immer das Gleiche, wenn jemand die Tür öffnet und die Polizei vor ihm steht. Sie sehen einen an und haben Angst. Und das sollten sie auch. Gute Nachrichten bringen wir nie.

»Ist deine Großmutter zu Hause?«, fragte ich.

»Was ist los?«, fragte sie, und ich war einen Moment lang sprachlos, wie anders sie klang im Vergleich zu ihren Großeltern. Ihre Stimme erzählte nur vom East End; ich hörte jemand, der keine andere Heimat kannte. »Ich hab die Sirenen gehört. Ist es mein Papa-Papa?«

»Bitte, Layla.« Edie sprach in sanftem Ton, das Gesicht bleich vor Kummer, und legte dem Mädchen die Hände auf die Oberarme. »Hol uns bitte deine Großmutter.«

Joy Adams war auf der Straße geblieben. Sie starrte auf den Schutt in dem winzigen Vorgarten.

»Das müssen Sie sich ansehen, Max«, rief sie mir zu.

Eine Bodendiele war abseits der anderen auf die Seite gelegt worden. Mit einem dicken schwarzen Stift waren Ziffern auf das zerschrammte Holz geschrieben worden. Neben dem wirren Haufen wirkte die Bohle geradezu präsentiert, als sollte die ganze Welt die Botschaft darauf sehen. Hatte ich die Ziffern am Morgen wahrgenommen, als ich Ahmed Khan auf dem Weg zur Arbeit abpasste? Waren sie da schon da gewesen? Hatte ich sie übersehen?

20:8-11

»Was heißt das?«, fragte ich.

Edie Wren, die aus der Londoner Gemeinde irischer Katholiken stammte, trat zu uns, während Layla ihre Großmutter holte. Sie blickte von den Ziffern zu Joy.

»Das ist ein Kapitel und ein Vers aus der Bibel«, sagte sie. »Aber aus welchem Buch?«

»Aus Exodus«, antwortete Joy, ohne zu zögern. »Dem Zweiten Buch Mose. Kapitel zwanzig, Vers acht bis elf.« Sie sah mich an. »Das ist das dritte Gebot.«

»Und was besagt das dritte Gebot?«, fragte ich.

Joy brauchte es nicht zu googeln. »Gedenke des Sabbattages, dass du ihn heiligst.«

Im Haus an der Borodino Street schrie eine Frau auf.

16

Meine Exfrau zog noch immer die Blicke auf sich.

Am frühen Montagmorgen betrat Anne das Café in der Fleet Street, gefolgt von ihrem Mann, der sich treu einen halben Schritt hinter ihr hielt, und mir war klar, dass Männer immer den Kopf nach ihr umdrehen würden.

Solange wir zusammen waren, hatte ich sie bei vielen Wutanfällen erlebt, weil irgendein Fotograf oder Stylist sie für zu alt, zu dick oder zu wenig mit der Eigenschaft des Monats bedacht hielt, als dass sie auf ihre Hochglanzseiten passte. Aber was wussten diese Leute schon über echte Schönheit? Annes Schönheit war von der Sorte, die niemals verblasste. Die Leute wandten jetzt den Kopf nach ihr um, und sie würden es auch in zehn, in zwanzig und in dreißig Jahren tun.

Ihr Mann – *Oliver*, dachte ich, der Kerl heißt Oliver, ich bin mir fast sicher – versuchte mich anzulächeln. Wie oft war ich ihm schon begegnet? Nur ein paar Mal. Und noch nie hatte ich ihn gesehen, wenn er für die Arbeit gekleidet war. Ich erkannte den Schneider von der Savile Row, der seinen leichten Sommeranzug gemacht hatte, denn ich blickte auf dem Weg zum West End Central oft in das Schaufenster. Ich sah auch, wieso ich, nachdem unsere kleine Familie einmal die ersten Risse bekommen hatte, nie eine Konkurrenz für Oliver gewesen war. Anne hatte nach einem Leben gesucht, das sie mit ihrer auslaufenden Modelkarriere und einem Mann, der junger Streifenpolizist war, niemals haben konnte.

»Aus folgenden Gründen wird Scout bei uns wohnen, Max«, sagte sie, als sie sich setzte. »Weil ein Kind bei seiner Mutter sein sollte. Weil wir ihr ein besseres Leben bieten können. Und weil Scout es selbst will.«

Ich umfasste meinen dreifachen Espresso mit beiden Händen und atmete tief ein.

»Wie kommst du darauf?«

»Weil sie es mir *gesagt* hat! Als sie zur *Party* kam! Ich fragte sie: ›Scout, möchtest du immer hier wohnen?‹, und sie sagte – sie zeigte diese ernste kleine Miene, wie sie es macht –, und sie sagte *ja*.«

»Das hat sie im Zuckerrausch gesagt. Geburtstagspartyhöflichkeit war das. Es gehört sich nicht, ein Kind so etwas zu fragen. Was sollte sie denn antworten? Sie war bei dir zu Hause. Da konnte sie kaum nein sagen, oder?«

Ein netter australischer Kellner kam an unseren Tisch, und wir unterbrachen unseren Streit, während wir bestellten: grünen Tee für Anne und einen komplizierten Milchkaffee für Oliver. Der Kellner ging, und Oliver rutschte auf seinem Stuhl herum. Beruhigend bedeckte er Annes Finger mit seiner Hand, die mit dem dünnen Ehering und dem fetten Diamantreif. Diese Vertrautheit zu beobachten hätte mich früher verletzt. Jetzt nicht mehr.

Ich begriff, wie egal mir das war. So ist es eben mit Narben. Sobald die Schmerzen aufhören, vergisst man, dass sie überhaupt da sind.

»Du hast uns verlassen«, sagte ich. »Scout und ich mussten zusehen, wie wir zurechtkamen. Und wir haben es geschafft. Scout und ich haben ein gemeinsames Leben. Ich begreife es wirklich nicht. Wieso jetzt?«

Sie betrachtete ihre Fingernägel.

»Manchmal werde ich gefragt, wie viele Kinder ich habe«, sagte sie. »Wenn ich im Kindergarten bin, weil die Nanny ihren freien Tag hat. Oder im Fitnessstudio bei meinem Pilates-Kurs. *Wie viele hast du, Anne?* Und das ist hart. Denn wir haben unsere kleinen Jungen. Aber ich habe drei Kinder.«

Ich lächelte sie an. »Also möchtest du Scout, weil du ... wie soll ich es nennen? Weil du dich sonst gesellschaftlich genierst?«

Ihre Augen blitzten. »Weil ich – wir – ihr ein besseres Leben bieten können. Du unternimmst ja gar nichts mit ihr! Soweit ich weiß, verbringt sie ihre ganze Freizeit mit diesem vergammelten alten Köter.«

Ich brauchte einen Moment, bis ich begriff, dass sie von Stan sprach.

»Stan gehört zu unserer Familie.«

Sie wieherte. Wiehern ist das einzig passende Wort für das verächtliche ungläubige Prusten. Definitiv ein Wiehern.

»Ach bitte! Scouts Brüder sind ihre Familie. Ihre Mutter ist ihre Familie. *Oliver* ist ihre Familie. Ihr Stiefvater.«

Ich sah Oliver an. Soweit ich wusste, bestand zwischen diesem Mann und meiner Tochter keinerlei Bindung. Er versuchte, Blickkontakt zu halten, aber seine Pupillen glitten zur Seite. Sein Handy piepte wichtigtuerisch.

»Scout sollte zum Ballett.« Ich sah Anne an, dass sie Scouts Zukunft schon komplett ausgearbeitet hatte. »Sie sollte reiten lernen. So etwas tun kleine Mädchen, Max. Sie sollte ein Instrument lernen.«

Wir schwiegen, solange der Kellner ihnen die Getränke servierte.

»Cello.« Oliver blickte misstrauisch auf seinen komplizierten Kaffee. »Bratsche.«

»Du kennst sie nicht«, sagte ich zu Anne und spürte die bittere Wahrheit meiner Worte wie einen Faustschlag aufs Herz. »Scout ist solch ein liebes Kind. Klug, lustig und freundlich.« Ich schluckte heftig und dachte an die Partyeinladungen, die an jedem Wochenende in ihrem Heft standen. »Aber wir haben ihr etwas angetan, Anne.«

»Überhaupt nichts habe ich ihr angetan!« Sie sah Oliver an, damit er ihr das bestätigte. »Ich habe mich verliebt. Ich habe mir ein neues Leben geschaffen. In meinem alten Leben war ich entsetzlich unglücklich. Aber ich habe *dich* verlassen – nicht Scout.«

»Auf der ganzen Welt gibt es nichts, was schwieriger zuzugeben ist«, sagte ich. »Kinder zahlen den Preis für die Scheidung, und sie zahlen ihn ihr ganzes Leben lang. Aber jetzt ist Scout glücklich. Sie hat eine beste Freundin. Sie hat einen Hund. Den vergammelten alten Köter, Stan. Ihr gefällt unser Zuhause. Und wenn ich ihr von der Geschichte Smithfields erzähle, dann weiß ich, dass sie mir zuhört. Sie malt gern. Wenn sie ein Bild sieht, das ihr gefällt, kauft sie mir die Postkarte.«

Ich dachte an die Postkarte mit Edward Hoppers *Nighthawks*, die wir an den Badezimmerspiegel geklemmt hatten. Scout hatte sie mir zu Weihnachten geschenkt, weil sie wusste, wie sehr ich das Gemälde mochte, und unerwartet schossen mir Tränen in die Augen. Ich blinzelte sie weg.

Nein, dachte ich. *Auf keinen Fall vor diesen beiden Fremden.*

Oliver blickte auf die Uhr. »Ich habe den Termin um zehn Uhr«, erinnerte er Anne in selbstgefälligem, schleppendem Ton. Was auf der Welt konnte auch wichtiger sein als Olivers Zehn-Uhr-Termin?

Anne nickte verständnisvoll. Auf welche Dauer hatte sie das Meeting angesetzt, in dem über die Zukunft meiner Tochter entschieden werden sollte? Eine Viertelstunde? So lange, wie man braucht, um eine Tasse grünen Tee zu trinken?

Oliver winkte nach der Rechnung.

»Ich werde nicht zulassen, dass du ihr Leben erneut auf den Kopf stellst«, sagte ich zu Anne.

Sie zog die Brauen hoch und lächelte. *»Erneut?«*

Mich durchfuhr es, als ich die Miene erkannte. Die einstudierte amüsierte Verachtung gehörte zu ihren Markenzeichen. Für mich war sie nun eine wildfremde Frau, aber dennoch erkannte ich einiges an ihr nur zu gut wieder. Das Schlimmste aus beiden Welten.

»Hör zu.« Sie gab sich als Stimme der Vernunft. »Ich weiß, dass es dir schwergefallen ist, dich mit dem Scheitern unserer Ehe abzufinden.«

Ich schüttelte den Kopf. »Die Ehe ist nicht gescheitert.«

Sie sah ihren Mann an und seufzte. Sie hielt mich für durchgedreht.

»Keine Ehe scheitert, wenn sie ein Kind wie unsere Tochter hervorbringt«, erklärte ich ihr. »Wir haben uns getrennt. Wir wurden geschieden. Aber als gescheitert kann ich unsere Ehe nicht ansehen, Anne.« Ich beugte mich vor. Mir war es wirklich wichtig, dass sie begriff, was ich sagte. »Du kennst Scout nicht, wie ich sie kenne. Unsere Tochter wird ein besserer Mensch sein als wir beide. Sie wird nicht so unbeherrscht sein wie ich. Sie wird nicht so selbstsüchtig sein wie du.«

Das gefiel ihr kein bisschen.

»Selbstsüchtig? Du kennst mich ja gar nicht.«

»Und du kennst Scout nicht«, sagte ich so ruhig und vernünftig ich konnte. »Du kannst nicht einfach daherkommen und alles zerstören. Ich werde nicht zulassen, dass du ihr Leben erneut auf den Kopf stellst. Scout bleibt bei mir.«

Anne sah ihren Mann an.

Er verstand sich auf harte Verhandlungstechniken. Er war vertraut mit *the art of the deal*. Er wusste, wann man auf den Tisch haute und das männliche Kinn vorstreckte.

»Wir werden sehen, was unser Anwalt davon hält«, sagte er.

Etwas Falscheres hätte er zu mir nicht sagen können. Unversehens war ich auf den Beinen, hielt die Aufschläge seines 3000-Pfund-Anzugs aus der Savile Row in den Händen, zerrte ihn hoch, kämpfte gegen den Drang an, ihm die Ohren abzureißen, und genoss das nackte Entsetzen in seinen Augen.

Anne sprang auf und rief meinen Namen.

Ich ließ Oliver rasch los. Irgendwie war eine Teetasse am Boden zerschellt.

Doch es war nichts passiert.

Er hatte auf den falschen Knopf gedrückt, aber ich hatte ihn nicht angerührt. Na ja, ein bisschen vielleicht.

»Glaubst du, du kannst uns einschüchtern, Max?« Annes Stimme bebte. »Hast du dir das so vorgestellt? Dass du uns Angst machen kannst, damit wir weggehen? Du willst mich bestrafen, darum geht es dir, habe ich recht?«

»Du kannst dir vormachen, was du willst«, sagte ich. »Ich wette, jeder nichterziehende Elternteil, der je gelebt hat, musste sich so etwas vormachen. Aber so läuft das nicht, Anne. Du kannst Scout nicht einfach im Stich lassen und dann so tun, als würdest du sie noch kennen.«

Alles beobachtete uns und genoss die Show.

Der australische Kellner war wieder da. Er war blass vor Angst.

»Gehen Sie, oder ich rufe die Polizei«, sagte er zu mir.

Anne lachte spöttisch. Das war noch so eine Sache, an die ich mich aus jenem anderen Leben erinnerte.

»Scout bleibt bei mir«, sagte ich.

17

DCI Pat Whitestone hob die Asservatentasche, in der das Messer lag, mit dem Ahmed Khan getötet worden war. Auf der dicken, silbrigen Klinge, dem vernickelten Knauf und dem goldumrandeten schwarzen Hakenkreuz auf der rot-weißen Raute schimmerte der helle Sommersonnenschein, der in den Major Incident Room 1 fiel.

»Offenbar echt«, sagte ich. »Ein Fahrtenmesser der Hitlerjugend, etwa 1937; 26,6 Zentimeter lang, 300 Gramm schwer. Die Klinge ist vor Kurzem geschärft worden, aber es handelt sich um keine Replik.«

Durch meine Arbeit hatte ich Hunderte Messer zu Gesicht bekommen. In der Nacht im Haus in der Bishop's Avenue war ich mit einem Messer niedergestochen worden. Als unsere Ermittlungsleiterin das Messer in der Asservatentasche anstarrte, pochte die alte Narbe an meinem Bauch.

Whitestones Blick klebte auf der Inschrift.

»*Blut und Ehre*«, sagte ich. »Blood and honour.«

»Wie schwer ist es gewesen, Ahmed Khan mit dieser Waffe zu töten?«, fragte Whitestone.

»Wenn es so scharf ist?«, fragte ich. »Damit die Schlüsselbeinschlagader zu durchstoßen kostet ungefähr so viel Anstrengung wie das Öffnen einer Weinflasche. Vorausgesetzt, man weiß, was man tut.«

»Forensik?«, fragte Whitestone.

»Keine Fingerabdrücke am Griff.« Edie blickte von dem Bericht auf ihrem Bildschirm auf. »Wäre auch ein bisschen viel verlangt.«

»Spuren von den Handschuhen, die der Mörder getragen hat?«

»Die Suchteams suchen noch nach Handschuhen, Ma'am.«

Whitestone blickte TDC Adams an.

»Eine Lektion für Sie, Joy. Im Allgemeinen nehmen Mörder ihre Handschuhe nicht mit nach Hause, um sie in die Waschmaschine zu atecken. Sie werfen sie so schnell wie möglich weg, wenn sie den Tatort verlassen. Und zu unserem Glück finden sich Fingerabdrücke auch an der Innenseite von Handschuhen, aber die meisten Verbrecher sind zu dumm, um das zu wissen. Wenn wir die weggeworfenen Handschuhe finden, dann finden wir darin vermutlich auch Fingerdrücke, und wenn wir richtig Glück haben, sind die Fingerabdrücke wo gespeichert, TDC Adams?«

Joy ließ sich nicht aus der Fassung bringen.

»In IDENT1. Das ist eine Datenbank mit den Fingerabdrücken von ungefähr zehn Millionen Personen, die mit dem Gesetz in Konflikt geraten sind. Wenn Ahmed Khans Mörder jemals festgenommen wurde, sind seine Fingerabdrücke dort abgelegt, auch wenn man ihn nie verurteilt hat.«

Whitestone nickte. Sie war zufrieden mit dem Ergebnis ihrer kleinen Zwischenprüfung. »Wer hätte Zugang zu einer Waffe wie diesem Fahrtenmesser?«, fragte die Ermittlungsleiterin.

»Ein ernsthafter Sammler«, sagte ich. »Auf eBay kann man so was nicht kaufen. Kein echtes Exemplar.«

Whitestone musterte die Klinge noch immer, als könnte sie ihr ihre Geheimnisse offenbaren. In der Asservatentasche befand sich das Messer in einem Waffenrohr aus transparentem Hartplastik, das mit Biogefährdungsband verschlossen war, damit das Blut auf der Klinge nicht kontaminiert wurde.

Im MIR-1 war es still, als Whitestone mit zusammengekniffenen Augen das CJA-Etikett an der Asservatentasche betrachtete. Wie gesetzlich durch den Criminal Justice Act vorgeschrieben, verlieh es der Asservatentasche eine eindeutige Identifikationsnummer, verzeichnete den Fundort, nannte den Kriminaltechniker, der das Asservat kategorisiert und verpackt hatte, und – von allem am wichtigsten – listete die Beweismittelkette auf, die den Werdegang des Asservats von dem Moment an dokumentierte, in dem es entdeckt worden war.

»Wie viele Überwachungskameras gibt es in der Londoner U-Bahn, Max?«

»Über zwölftausend«, sagte ich. »Aber wir haben nicht viel Material zu den letzten Minuten in Ahmed Khans Leben.«

Ich drückte eine Taste, und der große HDTV-Bildschirm an der Wand des MIR-1 gab das schwarz-weiße Kamerabild einer U-Bahn wieder, die in eine Station einfuhr.

Der Zeitstempel in der rechten unteren Ecke zeigte das Datum von Sonntag und die genaue Uhrzeit, zu der ich die Station erreicht hatte. Die Türen des U-Bahn-Zuges öffneten sich, und die Fahrgäste strömten heraus. Ich hielt die Wiedergabe an. In der Mitte des Bildes war Ahmed Khan klar zu erkennen.

»Und das ist vom Eingang«, sagte ich.

Ein anderes Überwachungsvideo erschien. Es war schärfer, und am Rand des Bildes strahlte Sonnenlicht. Die Kamera zeigte ins Innere der Station und zeichnete die Menschenmengen auf, die herausströmten.

Und jetzt rannten sie.

Das Video war ohne Ton, aber einige Münder waren zum Schrei geöffnet. Ich sah im Vordergrund meinen Rücken, sah, wie ich einen zögernden Schritt vortrat und wieder stehen blieb. Männer und Frauen rannten an mir vorbei, einige blickten entsetzt nach hinten. Ahmed Khan tauchte auf, taumelte auf den Ausgang zu, den er niemals erreichen sollte, und das Messer ragte ihm zwischen Hals und Schulterblatt aus dem Körper.

»Ich nehme an, er wurde auf der Rolltreppe angegriffen«, sagte ich. »Vermutlich stand er rechts, müde nach einer langen Schicht, freute sich auf sein Zuhause, und der Mörder war links, ging hoch und stieß im Vorbeigehen mit dem Messer zu.«

»Zeugen?«, fragte Whitestone.

»Wir haben Dutzende von Zeugen, die ihn gesehen haben, nachdem er angegriffen wurde«, antwortete Edie. »Aber niemand hat gesehen, wie zugestochen wurde.«

»Schwer zu glauben«, sagte Whitestone.

»Wenn es auf der Rolltreppe passiert ist ... na ja, da haben die Handys wieder Empfang«, sagte Edie. »Niemand hat den Mord beobachtet, weil alle auf ihre Smartphones guckten.«

Whitestone legte die Asservatentasche sanft auf ihren Arbeitstisch zurück. Der Verkehrslärm der Savile Row drang durch die offenen Fenster herein.

»Lassen Sie mich das Graffito noch einmal sehen«, sagte Whitestone.

TDC Adams rief ein Foto der Planken auf, die sich vor dem Haus in der Borodino Street stapelten. In einer Nahaufnahme waren die Ziffern deutlich zu erkennen.

20:8-11

»Wer versteht diesen Bezug denn?«, fragte Whitestone.

Edie zuckte mit den Schultern. »Ich wusste, es sind Kapitel- und Versnummern aus der Bibel. Ich hätte aber auch nicht sagen können, dass es eines der Zehn Gebote ist.«

Ich schüttelte den Kopf. »Ich erst recht nicht.«

Whitestone sah Adams an.

Das silberne Kruzifix an ihrem Hals hob sich von ihrer dunklen Haut ab. »Sicher«, sagte die junge TDC. »Das dritte Gebot – die Version aus dem Zweiten Buch Mose, nicht dem Fünften. Die Gesetze, die Gott auf dem Berg Sinai an Mose übergab. Wie viele Menschen begreifen diesen Bezug? Auf der Welt gibt es zwei Milliarden Christen, dreißig Millionen in diesem Land.«

»Es könnte auch eine falsche Spur sein«, sagte ich. »Ich bin mir nicht ganz sicher, ob ich glauben soll, dass irgendein Bibelfritze der Täter sein soll. Ahmed Khan war nicht verhasst, weil er an Sonntagen gearbeitet hat, sondern weil seine Söhne Massenmörder waren.«

»Was ist mit dem Großmaul mit dem komischen Haarschnitt, der in der Borodino Street die Menge aufgestachelt hat?«, fragte Whitestone.

»George Halfpenny«, sagte ich. »Keine Vorstrafen. Ich habe nie erlebt, dass er zu Gewalt aufgerufen hätte. Das heißt aber noch lange nicht, dass er nicht indirekt dazu angestiftet hätte.«

»Tragen Sie Mr Halfpenny als TIE-Subjekt ein«, sagte Whitestone.

TIE steht für *Trace, Interview and Eliminate* – das Ermitteln, Vernehmen und Ausschließen jeder Person, die die untersuchte Tat realistischerweise begangen haben kann.

Whitestone dachte laut. »In den Medien Aufrufe an Zeugen, sich zu melden. Ein paar Streifenbeamte von unten sollen beim Klinkenputzen helfen. Joy, Sie vernehmen Mr Khans Kollegen an der Victoria Bus Station. Schauen Sie, ob er über irgendwelche unmittelbaren Drohungen gesprochen hat. Edie, erkundigen Sie sich bei den ansässigen Taxifirmen, ob einer ihrer Fahrer am Sonntagabend einen Fahrgast mit blutigen Händen hatte.« Sie nahm die Brille ab und polierte sie. Unvermittelt zeigte ihr Gesicht den verletzlichen Ausdruck, den es ohne Brille besaß. Sie setzte sie auf und war wieder der erfahrenste Cop in der Mordkommission von West End Central.

Whitestone sah mich an. »Sind die Cetinka-Handgranaten, die in dem Haus sein sollten, je gefunden worden?«

»Entweder haben sie nie existiert, oder sie wurden aus dem Gebäude entfernt, ehe wir hineingegangen sind«, sagte ich.

»Und Ahmed Khans Frau haben wir noch immer nicht vernommen?«

»Wir warten auf das Okay vom Arzt«, sagte Edie. »Mrs Khan steht seit dem Mord unter starken Beruhigungsmitteln.«

Adams räusperte sich. »Ma'am?«

»Bitte, Joy.«

»Es ist vielleicht etwas weit hergeholt, aber es könnte Aufnahmen geben, die zeigen, wer mit dem Opfer im gleichen Zug war«, sagte sie. »Es gibt viele Websites, Twitterkonten und Fotogalerien, die sich mit den Passagieren befassen.«

Wir alle starrten sie an.

Wir begriffen es nicht. Unter ihrer Ebenholzhaut stieg Adams die Röte ins Gesicht.

»Die Leute machen Fotos von anderen Passagieren«, erklärte sie uns. »Bei U-Bahn-Unfällen und so was.«

»Aber wozu?«, fragte Whitestone.

Adams errötete noch stärker.

Edie lachte. »Weil sie auf so was abfahren, richtig?«

Adams nickte und grinste schüchtern.

»Niemand macht ein Foto von einem geschlauchten alten Busfahrer«, sagte Whitestone.

»Nein«, stimmte Adams ihr zu. »Aber vielleicht hat jemand ein Foto von seinem Mörder gemacht.«

Whitestones Telefon klingelte. Sie hörte eine Weile zu. »Er ist beschäftigt«, sagte sie und lächelte mir zu. »Bei der Arbeit.« Ihr Lächeln schwand. »Kann das nicht warten?« Ein Herzschlag. »Verstehe.« Sie legte auf und nickte mir zu. »Die IPCC ist wieder da«, sagte sie. »Man erwartet Sie unten.«

Der gleiche Vertreter der Polizeigewerkschaft stand im dritten Stock am Aufzug, der teakholzharte alte Cockney, der solchen Wert auf seine Kleidung legte.

Diesmal wirkte Andy Baker von der PFEW besorgt.

»Neue Informationen zur Razzia in der Borodino Street«, sagte er. »Mehr weiß ich auch nicht. Tut mir leid, ich hatte keine Chance, Sie vorzuwarnen.«

Mich erwarteten die gleichen beiden IPCC-Ermittler, die junge Blondine und der verschrumpelte Alte. Wir schüttelten einander ohne Wärme oder Begeisterung die Hände. Diesmal war es der alte Knabe, der den Ton angab.

»Ich bin Gordon Hunt von der Independent Police Complaints Commission«, erzählte er der Aufnahme. »Außer mir anwesend sind meine Kollegin Marylin Flynn von der IPCC und DC Max Wolfe von West End Central. DC Wolfe, würden Sie bitte bestätigen, dass Ihr Vertreter der Polizeigewerkschaft zugegen ist?«

»Das bestätige ich.«

Hunt schlug die Akte auf.

»Dies ist eine Folgevernehmung zu den beiden schussabgebenden Beamten bei der Operation Tolstoy in der Borodino Street. DC Wolfe, möchten Sie an Ihrer vorherigen Aussage etwas ergänzen, richtigstellen oder zurücknehmen?«

Im Raum herrschte Schweigen.

Mein Vertreter rutsche unruhig auf dem Stuhl hin und her.

»Nein«, sagte ich.

»Ist das Ihre endgültige Antwort?«

Ich starrte ihn an. Was ist das jetzt?, dachte ich. Ein Quiz?

»Ich habe Ihre Frage beantwortet, Sir.«

»DC Wolfe, ich möchte Sie daran erinnern, dass Sie Ms Flynn und mich informiert haben, nicht im Keller gewesen zu sein und infolgedessen nicht gesehen zu haben, wie Adnan Khan eine plötzliche Bewegung machte, um nach einer Waffe zu greifen, und deshalb auch nicht beobachtet zu haben, wie C3 – SFO DC Vann – seine Schusswaffe abfeuerte.«

Ich werde ihn nicht reinreiten.

Aber ich werde auch nicht für ihn lügen.

»Richtig.«

»Und dabei bleiben Sie, ja?«, fragte Flynn.

Mein Gewerkschaftsvertreter legte mir die Hand auf den Arm.

Verlier nicht die Beherrschung, dachte ich.

»DC Wolfe hat Ihre Frage beantwortet«, sagte Baker.

»Wie Sie wissen, hat C3 – Specialist Firearms Officer DC Vann – ursprünglich ausgesagt, Sie seien im Keller gewesen und hätten gesehen, wie er von der Dienstwaffe Gebrauch machte, als Adnan Khan nach einer Waffe greifen wollte«, sagte Hunt.

Ursprünglich? Was meint er mit *ursprünglich?*

Das Wort hing zwischen uns in der Luft.

Alles okay, Raymond? Alles okay?

»Vann hat es sich anders überlegt.« Hunt nahm ihm mit einem Mal alles, seinen Status als Specialist Firearms Officer, seinen Rang bei der Met und sogar seinen Code im Rahmen der IPCC-Ermittlung.

»Vann hat gestanden«, sagte Flynn. »Er hat uns die Wahrheit gesagt.«

»Vann gibt nun zu, dass er Adnan Khan hingerichtet hat«, sagte Hunt. »Mr Khan war auf den Knien, als er schoss.«

»Er hatte sich ergeben«, sagte Flynn.

Wir starrten einander an und ließen die gewichtige Enthüllung auf uns wirken.

Trotzdem hatte ich nicht vor, vor diesen Leuten meine Aussage zu ändern. Wenn Vann sich stellte, musste ich nicht mitmachen.

Die Mistkerle hatten schon genug, um ihn lebenslang einzusperren.

»Das erklärt die Geschossbahn der tödlichen Schusswunde, an der Mr Khan gestorben ist.« Hunt lächelte fast. Er genoss es außerordentlich. »Mr Khan war auf den Knien. Vann hat ihn erschossen. Er macht keine Ausflüchte mehr. Er behauptet nicht, dass Mr Khan nach einer Waffe griff. Er führt nicht einmal an, dass er wegen des Todes von SFO DS Alice Stone außer sich gewesen wäre.«

»Raymond Vann sagt nun aus, dass er den Mann kaltblütig

erschossen hat«, ergänzte Flynn. »Alles an seiner Darstellung der Ereignisse hat sich geändert.«

»Bis auf eines«, sagte Hunt. »Er behauptet nach wie vor, dass Sie im Keller mit dabei waren.«

18

Nach der Vernehmung durch die IPCC fuhr ich ins East End.

Unter der blauen Lampe über dem Eingang zum Polizeirevier Leman Street, Whitechapel, erwartete mich ein kleiner Schrein für Alice Stone. Die große Blumenflut auf der Borodino Street war schon eine verblassende Erinnerung, aber hier, an ihrer Arbeitsstätte, würde man sie niemals vergessen.

Beileidskarten, an ihren Mann adressiert, lagen auf einem ordentlichen Stapel von Blumensträußen, von denen einige schon in der Zellophanhülle verwelkten und andere erst am Morgen frisch hingelegt worden waren. Aus einer Zeitung ausgeschnitten war ein Foto, das einen der glücklichsten Momente in ihrem kurzen Leben bewahrte.

Alice auf dem Tennisplatz eines Hotels unter der Sonne, ein Baby unter einem Arm. Das Baby zahnte offensichtlich und drückte das rosa Zahnfleisch in den Tennisball, während Alice vor Lebensfreude und Entzücken über ihr Glück ein strahlendes Lächeln zeigte.

»Die Leute haben das Gefühl, sie hätten sie gekannt«, sagte Jackson Rose. »Leute, die ihr nie begegnet sind. Und ich vermute, dass das Gefühl echt ist.«

Er musste aus dem Revier gekommen sein, aber ich hatte ihn nicht bemerkt, bevor er etwas sagte. Am Ärmel seiner Uniformjacke prangten drei funkelnagelneue Sergeantstreifen.

»Ist Ray Vann drinnen?«

Jackson nickte, den Blick noch auf dem Foto von Alice Stone.

»Was ist mit ihm passiert?«, fragte ich.

Nun sah er mich an. »Ray hat gestanden.«

»Und warum, Jackson?«

Er zuckte mit den Schultern. »Frag ihn das lieber selbst.«

Mit dem Aufzug fuhren wir in den Keller, wo der Schießstand untergebracht war. Jackson zog seine Karte durch den Scanner, und die Sicherheitstür öffnete sich. Der Peitschenknall scharfer Munition schlug uns entgegen.

Rechts war ein Tisch, an dem die Waffen ausgegeben und zurückgegeben wurden, links eine Reihe von Schießbahnen, alle besetzt mit Beamten, die Ohrenschutz und Schießbrillen trugen. Sie gaben Schüsse auf Papierzielscheiben ab, einige ganze fünfundzwanzig Meter entfernt, andere nur zehn.

Ray Vann stand in der letzten Bahn. Sein Schießarm blieb ruhig wie ein Billardqueue, als er auf der Papierscheibe mit dem Umriss eines bewaffneten Mannes genau ins Schwarze traf. Seine Treffer lagen so perfekt beieinander, dass das Loch in der Zielscheibe auch von einem Schrotschuss hätte stammen können. Jemand war bei ihm in der Box.

Jesse Tibbs.

»Du wurdest befördert«, sagte ich zu Jackson, während wir zusahen, wie Vann schoss.

»Stimmt«, sagte er. »Wenn wir einen umlegen, bekommen wir immer entweder einen Orden oder eine Gefängnisstrafe. Das eine oder das andere.«

An der Wand hinter dem Ausgabetisch hing ein Fernseher. Sir Ludo Mount gab eine Pressekonferenz.

»Im Lichte der jüngsten Enthüllungen kann ich ankündigen, dass die IPCC dem Strafverfolgungsdienst der Krone empfehlen wird, den Tod von Adnan Khan als Mord zu verfolgen«, sagte der Anwalt in einen Wald aus Mikrofonen. »Meine Mandantin, Mrs Azza Khan, die Mutter des Opfers, wird außerdem zivilrechtliche Schritte gegen die Metropolitan Police und bestimmte Einzelpersonen anstrengen.«

Jackson nickte zum TV, und der Sergeant am Ausgabetisch schaltete das Gerät stumm.

Jesse Tibbs kam aus der hintersten Bahn, die zerfetzten

Überreste der Zielscheibe in der Hand. Sein Gesicht war schweißbedeckt von der Kombination aus Klaustrophobie in der engen Schießbahn und Anspannung.

Hinter ihm kam Ray Vann aus der Box. Er wirkte gelassen und entspannt. Er trug seine Schießbrille, aber der Ohrenschützer hing ihm um den Hals. In der Hand hielt er seine Waffe.

»Ich hab Sie da reingezogen«, sagte Vann zu mir. »Tut mir leid.«

»Zerbrechen Sie sich nicht meinetwegen den Kopf«, sagte ich.

Ich war schon in tausend Vernehmungen gewesen und wusste, wie wichtig es war, bei seiner Geschichte zu bleiben. Was immer in dem Keller vorgefallen war, ich würde weiterhin behaupten, ich hätte nicht gesehen, wie er es tat.

Ich hätte ihn niemals reingeritten.

Aber jetzt hatte er es selbst getan.

Vann hob den Blick zum stummgeschalteten Fernseher und ließ ihn weiter schweifen. Ihm schien nicht klar zu sein, dass Sir Ludo gerade über sein Schicksal sprach.

»Was ist passiert, Ray?«, fragte ich.

Er starrte auf den Fußboden, als müsste er sich darüber selbst noch klarwerden.

»Die IPCC war wie ein Hund mit einem Knochen«, sagte er. »Der alte Typ und die Blonde. Hunt und Flynn. Sie wollten einfach nicht lockerlassen. Immer wieder haben sie mich nach der Geschossbahn gefragt. Von Anfang an wussten sie, dass sie mich am Haken hatten. Sie legten den Autopsiebericht mit den Zeichnungen der Geschossbahn auf den Tisch und ließen sie da liegen. Bei jeder meiner Vernehmungen lagen sie da, als hätte ich keine glaubwürdige Erklärung für den Schusswinkel geliefert. Und der kleine Mann auf der Zeichnung hatte immer eine Linie, die in seine Brust eindrang und am Kreuz wieder rauskam. So ist er gestorben. Ein einzelner

Schuss drang Adnan Khan ins Herz und trat am Kreuz wieder aus. Die IPCC ist nicht davon abzubringen, dass ich ihn kaltblütig ermordet habe. Und am Ende habe ich zugestimmt. Am Ende wusste ich nicht mehr, was ich noch sagen sollte.«

»Sie hätten seine Geschichte von Anfang an bestätigen können«, fauchte Tibbs mich an.

Vann sah ihn milde an. »Das hätte nichts geändert, Jesse. Meine Geschichte hat nie einen Sinn ergeben.«

Ich schielte auf den stummen Fernseher. Sir Ludo Mount redete noch immer.

»Hören Sie mir gut zu, Ray«, sagte ich. »Der Anwalt da macht Sie fertig. Er wird dafür sorgen, dass Sie hinter Gitter kommen. Er wird Ihre Familie zerstören. Sie müssen Ihren Gewerkschaftsvertreter dazu bringen, Beweise vorzulegen, dass Sie an einer Anpassungsstörung leiden, die auf Ihren Einsatz in Afghanistan zurückzuführen ist. Das ist eine legitime Verteidigung.«

Ich sah Jackson an, damit er meinen Vorschlag unterstützte, und er nickte.

»Seelenklempner reden gern von den Stressoren – den Belastungen, bedeutet das –, die zu Bewusstseinsstörungen führen«, sagte Jackson. »Das stimmt, Ray. Posttraumatisches Belastungssyndrom ist keine Ausrede. Es ist ein Grund.«

Ray Vann straffte stolz den Rücken. »Ich soll denen sagen, dass ich irre bin? Weil ich meinem Land gedient habe? Das nennt ihr eine Verteidigung? Dass ich den Mistkerl erledigt habe, weil ich komplett durchgedreht bin?« Er schüttelte den Kopf. »Niemals, Max. Ich weiß, Sie meinen es gut, aber so wird das auf keinen Fall laufen. Wollen Sie wissen, weshalb ich ihn getötet habe? *Weil er den Tod verdient hatte*. Weil er absichtlich einen Rettungshubschrauber auf die unschuldigen Menschen in Lake Meadows abstürzen ließ. Deshalb hatte er den Tod verdient. Weil er und sein Bruder auf den Gräbern unserer Kinder tanzen würden, wenn wir das zuließen – und sein Vater und seine Mutter und die ganze verdorbene Mischpoke, nach allem, was ich weiß «

»Wir sind im Krieg.« Jesse Tibbs brachte sein Gesicht dicht vor meines. »Und sie haben angefangen.«

Ich legte die Hand an seine Brust und schob ihn von mir weg.

»Fahren Sie wegen Mordes ein, Tibbs?«, fragte ich. »Nein? Dann halten Sie Ihr Maul.«

Er näherte sich mir wieder. Jackson trat zwischen uns und packte Tibbs beim Genick.

Ray Vann lächelte wie ein nachsichtiger Vater.

Nach seinem Geständnis vor der IPCC war er eigenartig gelassen. Auch das hatte ich bei tausend Vernehmungen erlebt: Die Erleichterung, die sich einstellt, wenn die Wahrheit endlich ans Licht gelangt ist, ganz egal, wie schrecklich sie sein mag.

»Alles okay, Raymond?«, fragte Jackson, ein Widerhall des Tages, als wir in der Borodino Street den Zugriff durchführten. Ich dachte an mein Gespräch mit Vann im Umkleideraum von Gravesend. Das Land, dem er gedient hatte, würde nie erfahren, was ihm vor Augen gekommen war, welche Schrecken er erduldet hatte, wie es war zu sehen, dass die Leichenteile seiner gefallenen Freunde zur Verhöhnung an den Bäumen hingen.

»Ich bleib vielleicht noch ein bisschen«, sagte Ray Vann.

»Gute Idee«, sagte Jackson.

Vann blickte sehnsüchtig zur Schießbahn. Wie lange noch, bis man ihn wegen Mordes festnahm? Er würde nie wieder in den Schießkeller kommen, und das schien er zu wissen.

Jesse Tibbs schlang den Arm um Ray Vann. Jackson und ich sahen ihnen nach, als sie wieder in die Box gingen.

»Er wird nicht auf Belastungsstörung plädieren, Max. Dafür ist er nicht der Typ«, sagte Jackson. »Er käme sich vor, als würde er sich dahinter verstecken.«

»Aber das würde er nicht. Denn genau das ist mit ihm passiert. Vann ist geschädigt, Jackson. Sie haben ihn in ihren schmutzigen Krieg geschickt, diese Politiker, die Schüsse nur fallen hören, wenn sie zur Jagd eingeladen sind, und es hat etwas in ihm zerbrochen.«

Jackson schüttelte den Kopf. »Mag sein. Er wird trotzdem nicht behaupten, ein Opfer zu sein, Max. Eher geht er unter.«

»Aber was meinst du, stellen sie mit ihm an, wenn er ihnen sagt, dass Adnan Khan den Tod verdient hat? Sie sperren ihn für den Rest seines Lebens ein. Hast du eine Ahnung, wie es einem Exbullen im Knast ergeht? Und dann gibt es noch einen Zivilprozess gegen die Met und gegen seine Familie. Sie werden ihn kreuzigen, Jackson.«

Und alles, was dann kam, war ein einziger ununterbrochener Augenblick.

Tibbs brüllte: »Raymond!«, und ich sah, wie Vann seinem Freund in der hintersten Kabine den Rücken zuwandte und Tibbs mit der Schulter wegdrängte, sich die Glock an den geöffneten Mund setzte, den Kopf in den Nacken legte und abdrückte. In einer Wolke aus Blut und Knochen flog seine Schädeldecke weg.

Ray Vann brach zusammen, als wäre das Leben aus ihm gewichen gleich einem Licht, das verlischt, während Tibbs erstarrte. Aus aufgerissenen Augen blickte er auf die Spritzer an den Wänden der Kabine und an seiner Uniformbrust, auf die Leiche seines Freundes vor seinen Füßen.

19

Am nächsten Tag saßen Edie und ich bei Sonnenuntergang in meinem alten BMW X5 vor den Toren des Victoria Parks und betrachteten die aufstrahlenden Lichter, die dazu aufrufen wollten, dem Töten ein Ende zu machen.

Frieden im Park nannten sie die Veranstaltung.

Hunderte von Lichtflecken waren zu sehen, vielleicht tausend, und die ganze Zeit über wuchs ihre Zahl noch weiter an. In der weichen sommerlichen Dunkelheit des Victoria Parks bildeten sie ein Universum aus kleinen Sternen. Sie sahen nicht aus wie der gelbe Flackerschein von Kerzen; diese Lichter machten nicht den Eindruck, sie ließen sich leicht auslöschen. Grell und durchdringend strahlten sie von tausend in die Höhe gehaltenen Smartphones, ein hartes weißes Licht in der tiefer werdenden Dämmerung, das einen glauben ließ, die Sterne seien der Erde heute Abend sehr nahe. Sie wirkten wie Leuchtfeuer, die noch brennen würden, lange nachdem wir verschwunden wären.

»Wunderschön.« Edie schaute mich an. »Ist das nicht wunderschön, Max?«

»Ja«, sagte ich, obwohl mich Friedenskundgebungen immer ein wenig nervös machen. Ich hatte noch keine Friedenskundgebung erlebt, bei der nicht irgendjemandem der Schädel eingeschlagen wurde. Trotzdem hatte Edie recht.

Die vielen Lichter in der Dunkelheit sahen wunderschön aus. Ich schaute Edie von der Seite an. Als sie sich im Beifahrersitz vorbeugte, ein verträumtes Lächeln im Gesicht, zeichnete sich ihr Profil scharf ab, und einen langen Augenblick betrachtete ich sie nur, wie sie den Lichtern im Park beim Leuchten zusah.

Und ich musste fragen.

»War es das?«

Sie warf mir einen Blick zu und schaute wieder zu den Lichtern. Sie lächelte, seufzte, packte eine Handvoll Muskeln an meinem linken Bein und drückte sie.

Ich war erstaunt, dass ich so lange gebraucht hatte, um die Frage zu stellen. Sie schwebte zwischen uns seit der Nacht vor Monaten, als Kälte und Dunkelheit gerade dem ersten Frühlingshauch gewichen waren, der Nacht, in der ich zu Edies Wohnung ging, klingelte und bis zum Morgen blieb.

Eine Nacht.

Beide waren wir in jener Nacht in unbekanntes Terrain vorgestoßen. Wir hatten eine grauenerregende Ermittlung gegen Menschenhändler hinter uns. Ihren Anfang genommen hatte sie mit der Entdeckung von dreizehn Pässen und zwölf toten jungen Frauen im Laderaum eines Kühllasters in Chinatown. Sie endete damit, dass uns die dreizehnte junge Frau in einem Penthousebordell unter den Händen starb. Ich hatte nicht gewusst, wohin. Ich hatte mich einer Einsamkeit ergeben, in der ich zu viel Zeit auf den Seitenstraßen von Chinatown verbrachte und die Einladungen aus den Türeingängen mich in Versuchung führten, die ein Mann erhält, der dort nach Einbruch der Dunkelheit allein unterwegs ist.

Edie hatte sich in einem der regelmäßigen Beziehungsabbrüche zu ihrem verheirateten Mr Big befunden.

Deshalb war ich an jenem Samstagabend – dem einsamsten Abend der Woche, hat mal jemand gesungen – zu Edies Wohnung auf der falschen Seite der Highbury Corner gefahren und hatte geklingelt, bereit, alle Chancen zu nutzen. Und sie hatte mich hereingelassen.

Oft wartet man so lange auf etwas, dass man, wenn – falls – es dann eintritt, enttäuscht ist. Manchmal aber übertrifft es alle Erwartungen. Wenn es dazu kommt, weiß man plötzlich, weshalb man lebt, und man möchte dieses Gefühl wieder erleben, immer wieder. Das ist ganz natürlich. Man wünscht es sich mehr als alles andere, auch wenn man insgeheim befürchtet, dass es nie wieder geschehen wird.

»Du warst wunderbar«, sagte Edie. Ihre grünen Augen tanzten zwischen den Lichtern und mir hin und her. Sie versuchte die Stimmung aufzuheitern. »Das war kein One-Night-Stand. Es war ein All-Night-Stand.«

»Ist das eine Fünf-Sterne-Bewertung?«, fragte ich. »Toll. Aber danach habe ich nicht gefragt.«

»Weiß ich. Aber – vielleicht hast du es bemerkt – ich bin wieder mit ihm zusammen, Max. Er sagt, diesmal ist es ihm ernst – er will seine Frau verlassen und bei mir einziehen, und mit der ganzen Heimlichtuerei, die mich einfach nur noch ankotzt, ist es vorbei.« Sie warf mir einen Blick voller Verzweiflung zu. »Ich muss es doch versuchen, oder?«

»Okay.« Ich kam mir wie ein Idiot vor, weil ich so dumm gewesen war, eine Frage zu stellen, auf die ich die Antwort bereits kannte.

War es das? Ja, sicher, Max, das war's. Natürlich war es das.

»Dir geht's doch gut«, sagte Edie. »Du musst dir bestimmt die Mädchen mit dem Knüppel vom Leib halten. Frauen lieben einen Mann, der ganz allein ein Kind aufzieht. Ich hab doch gesehen, wie sie dich anschauen, wenn du mit Scout unterwegs bist.«

Einen Augenblick lang war ich versucht, Edie zu erzählen, dass Scouts Mutter beschlossen hatte, unsere Tochter zu sich zu nehmen, aber mein Herz schottete sich ab, und ich empfand keinen Drang, es wieder zu öffnen.

»Stimmt. Wenn man jemanden kennenlernen will, ist ein süßes kleines Kind noch besser als ein Hund. Und ich habe beides. Also, Welt, nimm dich in Acht.«

Wir lachten, aber darin lag Traurigkeit, weil wir unterschiedliche Dinge wollten und daran nichts zu ändern war;

das schaffte nicht einmal ein schöner Abend in einem Park voller Feenlichter.

Wir hatten darüber gesprochen, und jetzt war es Zeit, an die Arbeit zu gehen.

»Was wollen die überhaupt?«, fragte Edie. »Diese Frieden-im-Park-Marschierer?«

»Ich nehme an, sie wollen einfach, dass das Töten aufhört. Dieses niemals endende Gemetzel, das wir mittlerweile als normalen Teil des Lebens ansehen. Vielleicht wollen sie nur, dass wir es nicht mehr als normal ansehen. Kein schlechter Wunsch.«

»Wann schließt der Park?«

»Zur Abenddämmerung«, sagte ich. »An dreihundertvierundsechzig Tagen im Jahr. Nur nicht heute.«

Immer mehr Menschen strömten in den Park, der einzigen großen Grünfläche zwischen den belebten East-End-Straßen.

Schweigend betrachteten wir die Menge. Ich dachte an die vielen anderen, die sich in diesem Park schon eingefunden hatten, um berühmte Leute zu sehen, George Bernard Shaw und Sylvia Pankhurst und The Clash, auch wenn es natürlich nicht jedes Mal die gleichen Menschen gewesen waren.

Die Marschierenden stammten aus allen Altersstufen, Rassen und Glaubensrichtungen. Aber einige der jungen Männer, die in den Victoria Park kamen, hatten sich die Haare an den Seiten und im Nacken rasiert und nur auf dem Scheitel etwas stehen lassen, die Frisur aus der Zeit der Großen Depression, die George Halfpenny in der Borodino Street populär gemacht hatte. Ich sah jedoch keine Spur von George oder seinem Bruder Richard. Noch mehr Leute trafen ein. Noch mehr Handylichter gingen an. Eine Milchstraße aus weißen Lichtern im Victoria Park.

Und dann sahen wir ihn endlich: George Halfpenny.

»Ladys and Gentlemen«, sagte Edie. »Bitte einen herzlichen Applaus für unseren Propheten aus dem Ein-Pfund-Laden.«

Die Menge vor dem Eingang zum Victoria Park teilte sich, damit eine Rikscha einfahren konnte. George Halfpenny, das Gesicht schweißnass, quittierte den spontanen Applaus mit einem knappen Nicken und achtete nicht auf die Handykameras, die auf ihn gerichtet waren. Junge Männer mit dem gleichen Haarschnitt berührten die Seiten seiner Rikscha, als hätte das Dreirad irgendwelche Heilkräfte. Wie üblich saß sein Bruder Richard wie ein stämmiger, überfütterter kleiner Pharao auf dem Rücksitz.

Ein Styroporbecher prallte von der Rikscha ab.

Nicht alle waren Fans von ihm, wie es schien.

Eine kleine Gruppe junger Leute buhte und pfiff und zeigte George Halfpenny den Stinkefinger.

Sie waren vielleicht ein Dutzend; die Jungen – und es waren vor allem Jungen – trugen alle flaumige Bärte und Baseballmützen der New York Yankees, gefangen im Niemandsland zwischen dem Glauben ihrer Väter und dem Sportkommerz des Westens.

Nur zwei Mädchen gehörten der kleinen Gruppe an, und eine von ihnen war Layla Khan.

Sie sah bereits älter aus, größer, mit längeren schwarzen Haaren. Im Gesicht trug sie einen spöttischen Ausdruck.

»Was macht denn Layla da?« Edie klang wie eine irritierte größere Schwester. »Wenn einer von denen begreift, wer sie ist ...«

Die Gruppe lachte, als Halfpenny seine Rikscha in den Park lenkte. Sie folgten ihr, eine lautstarke kleine Bande, Layla mittendrin. Sie schien sich prächtig zu amüsieren. Edie sah ihr hinterher und biss sich auf die Unterlippe.

»Wollen wir George Halfpenny hochnehmen?«, fragte sie. »Wir müssen wissen, wo er war, als Ahmed Khan getötet wurde.«

»Aber nicht hier«, sagte ich. »Wir unterziehen George dem TIE, wenn ein paar Leute weniger dabei sind.«

Wir ließen den BMW X5 vor dem Tor stehen und folgten der Menge in den Victoria Park. Die Dunkelheit hatte sich endgültig über den Park gesenkt, aber die weißen Lichter der zahllosen Smartphones und das orangefarbene Leuchten, das bei Nacht über der Stadt schwebt, beleuchteten ihn. Je tiefer wir in den Park vorstießen, desto dichter wurde das Gewühl. Edie und ich versuchten beieinanderzubleiben, aber der Strom der Menschen trennte sie allmählich von mir, als wäre sie in einen Strudel geraten.

Dann, als wir fast so nahe beieinander waren, dass ich sie hätte berühren können, wenn ich den Arm ausgestreckt hätte – vorausgesetzt, es wäre genügend Raum gewesen, um den Arm auszustrecken –, entdeckte ich den Priester.

Und erkannte ihn.

Auf der Borodino Street war immer derselbe Priester gewesen.

Der große schwarze Priester, der vor einer schwindenden Zuhörerschaft niedergekniet war, um zu beten, als ich George Halfpenny zum ersten Mal sah. Der Priester, der neben Joy Adams gepredigt hatte, als sie ihre Blumen zu Alice Stones Schrein brachte.

Der Priester, der ins Krankenhaus gekommen war, um seinen Bruder, Detective Inspector Curtis Gane, in den letzten Tagen seines Lebens zu besuchen.

Father Marvin Gane von der St. Anthony's Church in Brixton.

Er sah mich direkt an, als der große Ansturm von Menschen immer tiefer in den Park strömte, aber wenn er mich als Kollegen seines toten Bruders erkannte, so ließ er es sich nicht anmerken.

Mir wurde klar, dass Father Marvin Gane, der Priester von der Borodino Street, nicht mehr predigte.

Er wartete.

Die Menge hatte vor der Bühne haltgemacht. Die Rikscha

parkte daneben. Bei »Frieden im Park« sollten mehrere Redner sprechen, aber ich sah nur einen.

George Halfpenny war bereits die paar Stufen hochgestiegen und blickte auf die Menge. Sein Bruder Richard stand hinter ihm, so reglos wie ein Rottweiler auf einer Postkarte, und George Halfpenny ergriff das Wort.

»Bevor die anderen Redner aufkreuzen und euch ihre eigene Tugendhaftigkeit mit den üblichen bedeutungslosen Plattitüden darüber beweisen, wie geeint wir alle sind und wie mühelos sich eine mittelalterliche Religion in eine Demokratie des 21. Jahrhunderts einfügt, möchte ich euch bitten, dass wir gemeinsam eines Polizeibeamten namens Raymond Vann gedenken«, sagte er.

Irgendwo in der Dunkelheit schrie jemand eine Obszönität. Köpfe drehten sich in die Richtung, aus der das harsche Wort gekommen war, und wandten sich wieder dem jungen Mann auf der Bühne zu.

»Raymond Vann wurde von der Polizei im Stich gelassen, vom Rechtssystem im Stich gelassen und von der Regierung unseres Landes im Stich gelassen – all jenen viertklassigen Männern mit erstklassiger Ausbildung.«

»Geh doch zurück nach Soho!«, rief eine Ostlondoner Stimme in der Dunkelheit.

»Sobald du wieder nach Pakistan gehst!«, brüllte eine andere.

Lachen. Applaus. Gejohle. Schimpfwörter fielen, Köpfe drehten sich, die Bereitschaft stieg, es auf die nächste Stufe hochschaukeln zu lassen. Ich spürte, wie der Frieden sich in die Dunkelheit zurückzog, und sah mich um nach Edie Wrens zerzausten roten Locken.

Ich entdeckte sie nirgends.

Die Zwischenrufe kamen von der rechten Seite der Bühne. Die Gruppe der Jugendlichen aus der Gegend, die wir am Tor des Parks gesehen hatten, war größer geworden. Sie waren jetzt wenigstens zwanzig, vielleicht dreißig. Layla Khan stand noch immer mittendrin, ein breites Grinsen im Gesicht.

»Diese Führungspersönlichkeiten haben Raymond Vann nicht verstanden, und euch verstehen sie auch nicht.« George Halfpenny sah auf die Menge. »Ihr seid die Erben von tausend Jahren Freiheit, einer Freiheit, die von Männern wie Raymond Vann errungen wurde. Ihr ...«

Eine andere Art von Licht zerriss die Dunkelheit.

Flackernde Flammenzungen, als ein benzingetränkter Lappen in Brand gesetzt wurde.

In dem kurzen Aufblitzen sah ich lachende junge Gesichter, in deren Augen der Hass glänzte. Die brennende Flasche flog im hohen Bogen durch die Nacht. Sie traf den Stahlzaun, der die Bühne umgab, und zerbarst in einem fauchenden Feuerball.

George Halfpenny stolperte nach hinten.

Richard starrte ihn wie benommen an.

Und dann brach die Hölle los.

»Bringt sie um!«, brüllte jemand. »Bringt die Dreckschweine um!«

Von einem Moment auf den anderen war die Luft voller Wurfgeschosse. Die Menge warf alles, was sie finden konnte, vage in die Richtung der Jugendlichen: Flaschen, Steine, Getränkedosen. Die meisten lagen zu kurz, aber im kurzen Aufflackern des Feuers sah ich Layla in der Mitte der Gruppe. Sie lachte nicht mehr.

»Layla!«, rief Edie.

Endlich entdeckte ich sie vor mir. Sie war näher an der Bühne als ich und versuchte, sich zu Layla durchzudrängen.

»Edie!«, rief ich. Etwas Hartes, Metallisches knallte mir in den Nacken und jagte mir einen eiskalten Schauder den Rücken hinunter. Als ich wieder hochsah, hatte ich Edie aus den Augen verloren.

Schreie, Flüche und Hiebe flogen wild umher. Die einen wollten nur weg aus der Zone der Gewalt, die anderen wollten näher heran. Junge Männer mit Halfpenny-Frisuren und wutverzerrten Gesichtern prügelten und traten mit Fäusten und Stiefeln auf die Jugendlichen ein. Völlig in der Unterzahl, wehrten sie sich. Layla stand gleich hinter der vordersten Linie und wich vor der Gewalt zurück, während sie der Menge mit der ganzen Wut eines englischen Bogenschützen bei Azincourt zwei Stinkefinger zeigte.

Polizei mit Helmen und Schilden bahnte sich einen Weg zu dem Tumult, aber sie waren von Anfang an zu weit weg gewesen.

Ich hielt Ausschau nach Edie, sah sie nirgendwo und fluchte.

Jemand schlug Layla Khan, und sie stürzte zu Boden. Ich drängte mich heftiger durch die Menge, die unbedingt in die genau entgegengesetzte Richtung wollte. Als ich Layla fand, kroch sie auf allen vieren durch die Massenschlägerei.

Ich hob sie mit beiden Armen auf. Unversehens stand Edie neben mir. Sie legte Layla die Hand auf die Stirn, und als sie sie wieder wegnahm, glänzten ihre Fingerspitzen feucht und dunkel. Blut.

»Bringen wir sie hier weg«, sagte sie.

Ein Jugendlicher mit missglücktem Vollbart und dem Arsenal-T-Shirt der vergangenen Saison wollte mich packen. Ich drückte Layla fester an mich und versetzte ihm einen Kopfstoß auf die Nasenwurzel. Edie trat ihm die Beine unter dem Leib weg, und er knallte zu Boden.

Wir schlossen uns der Menge an, die sich von dem Kampf entfernte, und wir blickten nicht zurück.

Layla wand sich in meinen Armen und sah mich benommen an.

»Willst du, dass sie dich umbringen?«, brüllte Edie sie an. »Warum zum Teufel bist du hier?«

»Weil *ihr* hier seid«, brüllte Layla zurück, und in das »ihr« schloss sie die Polizei, die Menge und jeden mit einem Halfpenny-Haarschnitt ein.

Während die Menge um uns herum sich auflöste, strich Edie dem jungen Mädchen die Haare aus der Stirn und verzog gequält das Gesicht, als sie die hühnereigroße Beule gleich am Haaransatz entdeckte.

»Krankenhaus«, sagte Edie zu mir.

»Nein«, widersprach Layla. »Nicht ins Krankenhaus.« Sie entwand sich meinen Armen und schwankte unsicher, als sie stand. »Bringen Sie mich nach Hause.« Unvermittelt klang sie wieder wie ein Kind. »Bitte, Edie.«

Layla stützte sich auf sie, und wir verließen den Park und gingen in Richtung Borodino Street.

»Es tut mir leid, was mit deinem Großvater passiert ist, Layla«, sagte ich. »Er war ein anständiger Mann.«

Sie starrte mich reglos an und wartete.

»Ich hielt ihn, als er starb, und das werde ich niemals vergessen«, sagte ich. »Ich werde mich immer daran erinnern, dass er deinen Namen sagte, als er starb. Er hat sich Sorgen um dich gemacht, und er hat dich sehr geliebt.«

Layla verzog den Mund. Sie sah zu Boden und ließ sich die langen schwarzen Haare vors Gesicht fallen. Edie streichelte ihr sanft den Rücken.

»Deshalb weiß ich, dass dein Großvater das für dich nicht gewollt hätte«, sagte ich. »Was immer du glaubst, was du heute Abend tust. Was immer du trinkst. Was immer du rauchst. Wer immer die Jungen sind. Dein Großvater hätte für dich etwas Besseres gewollt.«

Es war eine hübsche Ansprache. Ich war ganz stolz auf mich.

Aber Layla Khan lachte nur.

»Mein Papa-Papa wollte, dass ich ein Teil dieses Landes werde«, sagte sie. »Seine Generation wollte sich *integrieren*.«

Sie sprach das Wort aus, als wäre es anstößig. »Rauchen, trinken, ficken.«

»He!« Edie wirkte gekränkt. »Gib mal auf deine Sprache acht, junge Dame.«

»Wie sollen wir uns integrieren, wenn ihr nicht mal neben uns wohnen wollt?«, fragte mich Layla, und ich hatte keine Antwort für sie.

Mit einem Mal lachte Edie auf.

»Was hast du denn mit deinen Haaren gemacht, Mädchen?«, fragte sie und strich Layla über den Kopf. Layla zupfte an ihrem Pony, und jetzt erst sah ich, dass ihr pechschwarzes Haar einen schrillen blutroten Farbton zeigte.

»Das ist Neon-Rot, Hausmarke von Boots«, sagte Layla. »So steht es auf der Flasche. Gefällt es dir nicht?«

Edie strahlte sie an. »Du siehst immer hübsch aus. Ob mit Neon-Rot oder ohne.«

Wir standen nun vor dem Haus. Im Vorgarten türmte sich nach wie vor der Schutt, den die Suchteams hinterlassen hatten. Ich blieb auf dem Gehsteig zurück, während Edie Layla an die Tür begleitete. Layla hielt sich noch immer an ihr fest, und fast schien es, als hätte sie Edie am liebsten gar nicht mehr losgelassen.

Ihre Großmutter öffnete. An Azza Khan vorbei sah ich, dass im Flur Boden und Decke noch immer aufgerissen waren.

»Layla war im Park«, sagte Edie. »Da gab es Ärger. Sie sollten sie zu Hause behalten, bis es vorbei ist.«

Edie verstummte. Mir fiel ein, dass ich die Frau noch nie ein Wort Englisch hatte sprechen hören.

»Mrs Khan«, sagte Edie. »Verstehen Sie, was ich sage?«

Azza Khan blickte ihre Enkeltochter gleichmütig an.

Sie nahm das hübsche Gesicht des Mädchens in eine raue Hand.

Zuerst glaubte ich, die alte Frau untersuche die Verletzung des Mädchens.

Dann aber sah ich, dass sie die Spur von Lippenstift an Laylas Mund betrachtete, die billigen roten Strähnen in ihrem glatten schwarzen Haar, und dass sie schnüffelte, ob das Mädchen getrunken oder geraucht hatte.

»Ich verstehe sehr gut«, sagte Azza Khan zu Edie.

Die offene Hand der alten Frau klatschte laut in Laylas Gesicht.

»*Hure*«, sagte sie. »Genau wie alle anderen jungen kleinen Huren in diesem Land.«

Layla schossen die Tränen in die Augen, und es waren die heißen, bitteren Tränen, die nicht vom Schmerz kamen, sondern von der Demütigung. Schluchzend floh sie die Treppe hinauf.

Edie setzte an, ihr zu folgen, aber Azza Khan verstellte ihr den Weg. Die alte Frau wandte den Kopf nach hinten um.

»Denk daran, wer du bist!«, rief sie ihrer Enkelin in den dunklen Treppenaufgang hinterher. »Denk an deinen Vater! Denk an deine Onkel! Denk an deine Familie! *Denk immer daran, wo du hingehörst, Layla!*«

Sie blickte Edie an und lächelte entschuldigend, fast als sei ihr das perfekte Englisch peinlich.

20

Dieses Jahr neigte sich dem Ende zu.

Die Tage wurden länger, und in der Schule freuten sich die Kinder auf die großen Ferien. Im Unterricht schauten sie sich Filme an und räumten die Tische und Schränke auf. An diesen sonnigen Tagen kam Scout mit Bündeln aus Gemälden, Gedichten und Geschichten nach Hause. »Meine Arbeit dieses Jahr«, sagte sie, wenn sie mir in die Arme legte, was sie stolz in ihrem schlichten schwarzen Kipling City Pack, kleine Ausführung, herangeschafft hatte. In dem Rucksack eines großen Mädchens.

Scouts Schuluniform, das blau-weiß karierte Kleid, das die Mädchen ab Ostern trugen, passte ihr noch, aber es war übersät mit Rückständen von Farbe, Gras, Ketchup und Eis, die nicht richtig herausgingen, und konnte bald aussortiert werden. Im nächsten Jahr brauchte sie ein neues, größeres Kleid.

Wenn ich sie zur Schule brachte und wir am Tor standen und über den Tag sprachen, während Stan, der bei Abschieden immer durchdrehte, zwischen uns hin und her sprang, kam mir jedes Mal der gleiche süße Sommergedanke.

Wir haben wieder ein Jahr geschafft.

»Was steht für heute auf dem Plan?«, fragte ich, obwohl ich wusste, dass sie es auswendig konnte.

»Mrs Murphy holt mich mit Stan von der Schule ab«, sagte sie. »Ich darf heute nicht mit zu Mia, aber am Wochenende. Du kommst spät von der Arbeit, aber nicht zu spät.« Sie sah mich mit ihren ernsten braunen Augen an. »Nach dem Abendessen, aber vor der Bettzeit, richtig?«

»Richtig.«

»Du liest mir aus *Gedichte für Achtjährige* vor?«

Ich breitete die Hände aus. »Aber ich kenne gar keine Achtjährigen, Scout.«

Sie war empört. »Ich bin *fast* acht!«

Ich beugte mich zu ihr herunter, und sie drückte leicht den Mund auf die Seite meines Gesichts.

All die Eltern, die sich von ihren Kindern verabschiedeten, all die Kinder, die schnell groß werden wollten, ihre Kindheit fortwünschten, und trotzdem gab meine Tochter mir noch immer ein Abschiedsküsschen. Ich wusste, eines Tages wäre es damit zu Ende. Aber hoffentlich noch eine ganze Weile nicht.

Ich sah Scout hinterher, bis sie im Schulgebäude verschwunden war. Eltern in Bürokleidung und Fitnessklamotten strömten zu ihren Wagen zurück. Eine Glocke erklang tief im Schulhaus, und das war der Moment, in dem ich sie entdeckte.

Anne saß in irgendetwas Großem und Teurem auf der anderen Straßenseite gegenüber vom Schultor. Dem neuesten Modell eines Range Rovers. Ihre Augen verbargen sich hinter einer Sonnenbrille, aber die Rundungen ihres Gesichts konnten niemand anderem auf diesem Planeten gehören – mit einer Ausnahme: unserer gemeinsamen Tochter.

Wenn Anne mich sah, ließ sie es nicht anmerken.

Wenn sie irgendetwas empfand, zeigte sie es nicht.

Aber während ich zusah, wie Anne den Range Rover in Gang setzte und ein wenig zu schnell für eine Straße voller Kinder davonfuhr, wusste ich in der Tiefe meines Herzens, dass ich mich über den Grund geirrt hatte, aus dem sie Scout wieder in ihrem Leben haben wollte.

Nicht nur aus Schuldgefühl, dachte ich.

Da steckt viel mehr dahinter als Schuldgefühl.

In der Horseferry Road wartete eine Polizeireporterin, die ich kannte, vor der Westminster Public Mortuary.

»Max«, sagte sie. »Scarlet Bush von der *Daily Post*. Lange nicht gesehen. Lange nicht zitiert. Für Sie vielleicht nicht lange genug, haha.«

Ein ungekämmter junger Mann war bei mir. An seinem Hals hing eine Kamera. Ich machte ein finsteres Gesicht, als er mich fotografierte.

»Lassen Sie das«, sagte ich.

Er knipste mich wieder. Ich starrte ihn an.

»'tschuldigung«, sagte er und senkte den Fotoapparat.

»Hallo, Scarlet«, sagte ich. »Die *Daily Post*? Ich dachte, das Schmierblatt hätte dichtgemacht.«

Sie erstarrte vor gekränktem Berufsstolz. »Die *Post* ist heutzutage digital, Max. Es gibt keine Druckausgabe, aber online finden Sie uns noch immer. Schwere Zeiten für die Zeitungsbranche. Die Werbeeinkünfte sind im immerwährenden Sturzflug. Deshalb müssen Sie mir helfen. Ich schreibe einen Artikel über das, was diesen Sommer in dieser Stadt passiert ist. Über alles. Die Drohne, die den Rettungshubschrauber auf Lake Meadows abstürzen ließ. Die Razzia in der Borodino Street. Den Tod der Khan-Brüder und den Mord an Alice Stone. Jetzt der Mord am Vater – dem alten Busfahrer. Wann hört das alles auf?«

Warte mal fünfhundert Jahre oder so, dachte ich.

»Dieser Special Firearms Officer, der im Revier Leman Street gestorben ist – Raymond Vann? War das Selbstmord oder ein Unfall?«

»Da müssen wir den Bericht des Leichenbeschauers abwarten.«

»Geben Sie mir doch irgendwas, Max. Bitte, werfen Sie mir einen Knochen hin. Ich habe gehört, Sie haben sich mit dem Vater der Borodino-Street-Brüder angefreundet – stimmt das?«

»Ahmed Khan war unschuldig. Er ist genauso ein Opfer seiner Söhne wie alle anderen.«

Scarlet lächelte beinahe. Das war gut. Das gefiel ihr.

Sie machte sich Notizen, kritzelte seltsame krumme Hieroglyphen, bei denen es sich um Steno handeln musste, in ihr schwarzes Büchlein. Scarlet Bush besaß viele altmodische Kenntnisse, die allmählich im Nebel der Geschichte verschwanden. Zu Beginn des 21. Jahrhunderts musste sich ein Journalist ähnlich fühlen wie ein Hufschmied, als der erste Ford T am Horizont erschien.

»Finden Sie nicht, dass Ahmed Khan eine gewisse Verantwortung für das trägt, was seine Söhne verbrochen haben?«, fragte Scarlet. Ich sah erst jetzt, dass sie ein himmelblaues Stoffband trug. »Trifft ein Teil der Schuld an Lake Meadows nicht auch ihn? An Alice Stones Tod vor seinem Haus in der Borodino Street?« Sie sah von ihrem Notizbuch auf. »Und am Selbstmord Raymond Vanns?«

»Ich gebe seinen Söhnen die Schuld«, sagte ich. »Und ich gebe den Generationen von Politikern die Schuld, die zugelassen haben, dass sich Gettos bilden konnten. Aber auch den Internetfirmen – die, die Ihrer Zeitung die Werbeeinkünfte abspenstig machen – gebe ich die Schuld, wenn sie die Enthauptungen von Aufbauhelfern zeigen, als wäre es Unterhaltung für die ganze Familie. Und ich gebe den Hasspredigern die Schuld, die minderbemittelte Gehirne mit Gift füllen. Ich gebe ihnen allen die Schuld. Aber Ahmed Khan? Ihm gebe ich nicht die Schuld. Arnold war ein guter Mensch.«

»Arnold? Sie nennen ihn Arnold? Wow. Sie waren wirklich Freunde, was? Kann ich Sie mit all dem zitieren?«

»Tun Sie, was Sie wollen. Bringen Sie alles in Ihrer digitalen Ausgabe. Niemand wird es lesen.«

Als ich zur Eingangstür hochstieg, rief sie mir nach:

»Was ist mit diesem Bad Moses? Er ist überall in den sozialen Netzwerken unterwegs und behauptet, Ihren alten Kumpel getötet zu haben – *Arnold*. Nehmen Sie Bad Moses ernst? Oder ist er auch nur ein Irrer aus den sozialen Medien?«

Ich dachte an das dritte Gebot auf einem Bodenbrett vor dem Haus der Khans. Ich dachte an das Twitterkonto, das Edie mir im sicheren Haus gezeigt hatte; sein Avatar war Mose in Cecil B. DeMilles *Die Zehn Gebote*.

Aber ich ging weiter.

»Tun Sie doch mal was für mich, Max! Um der alten Zeiten willen! War der Mord an Ahmed Khan ein Verbrechen aus Hass, Max?«

Am oberen Ende der Treppe drehte ich mich um und sah sie an.

»Jeder Mord ist ein Verbrechen aus Hass«, sagte ich.

Dann ging ich hinein, um die Toten zu sehen.

»Die Toten sprechen zu uns«, sagte Elsa Olsen. »Aber sie erzählen uns nicht alles.«

Wir waren in der Iain West Forensic Suite, Pat Whitestone, Edie Wren und ich. In unseren blauen Kitteln und den Haarnetzen zitterten wir, denn im Haus der Toten herrschen stets Temperaturen knapp über dem Gefrierpunkt.

Ahmed Khan lag auf einem Tisch aus Edelstahl.

Auf seinem schmächtigen Brustkorb war ein bläulicher Y-förmiger Einschnitt, wo Elsa ihn mit der Gartenschere mit den grünen Griffen, die sie für ihre Arbeit bevorzugte, geöffnet hatte.

An seiner Halsbeuge war die dunkle Stichwunde.

Elsa, eine dieser großen, dunkelhaarigen Norwegerinnen, die nationalen Stereotypen trotzte wie die Frau von Abba, die nicht blond war, zeigte mit einem langen Edelstahlinstrument, das wie ein Taktstock aussah, auf die Beine des Toten.

Wir warteten darauf, dass unsere bevorzugte Rechtsmedizinerin uns offenbarte, was Ahmed Khan ihr nach seinem plötzlichen Tod erzählt hatte.

»In den Beinen war Totenstarre, aber nur in den Beinen«, sagte sie. »Was bedeutet, dass in den Beinen unmittelbar vor seinem Tod eine starke Muskelaktivität erfolgt sein muss.« Sie schwieg kurz. »Mr Khan ist gerannt.«

Ich dachte an die Bilder der Überwachungskameras von Khans letzten Momenten.

Er war aus dem U-Bahn-Waggon gerannt, aber ich hatte angenommen, seine Eile rührte von der Ungeduld eines Werktätigen her, der nach einer langen Sonntagsschicht nur noch nach Hause wollte.

Doch Elsa sagte uns, dass da mehr dran war.

»Er ist um sein Leben gerannt«, sagte ich. »Er war verängstigt.«

»Khan muss in dem U-Bahn-Waggon jemand gesehen haben«, sagte Whitestone. »Jemand, von dem er wusste, dass er sein Leben bedrohte.«

»Aber wir haben Zeugenaussagen von einem Dutzend Personen aus diesem Zug«, sagte Edie. »Keiner von ihnen hat gehört, dass Ahmed Khan bedroht worden wäre. Niemand hat eine Gewaltandrohung gesehen.«

»Dann war es jemand, den er kannte«, sagte ich. »Jemand, der kein Wort auszusprechen brauchte, weil allein sein Anblick Ahmed Khan Todesangst einflößte.«

»Abwehrverletzungen?«, fragte Whitestone.

Elsa schüttelte den Kopf. »Als das Ende kam, kam es sehr schnell. Er hatte nicht die Zeit, sich zu verteidigen.«

»Also hat er seinen Mörder im Zug gesehen«, sagte ich. »Er ist um sein Leben gerannt. Der Mörder holte ihn ein – ich vermute, irgendwo am oberen Ende der Rolltreppen – und stieß ihm das Messer in den Hals.«

Elsa zeigte mit dem Edelstahlstab auf die Wunde in Ahmed Khans Halsbeuge.

»Die Todesursache ist eine einzelne Wunde in der Schlüsselbeinschlagader, bei der es sich, wie Sie wissen, um die Arterie handelt, die Arme und Hals mit Blut versorgt. Wird eine Schlagader dieser Größe verletzt, ist es möglich, dass sie kontrahiert und die Blutung stoppt. Aber ein sauberer Schnitt durch die Schlüsselbeinschlagader mit einer Klinge, die eine nadelfeine Spitze und eine scharfe Schneide aufweist, tötet Sie in etwa fünf Minuten.«

Die alte Narbe an meinem Bauch pochte übel. Der Schmerz mochte psychosomatisch sein, aber für mich fühlte er sich real genug an.

»Wenn ich richtig verstanden habe, konnten Sie am Tatort ein jüngst geschärftes 26,6-Zentimeter-Messer sicherstellen«, sagte Elsa. »Das wäre ein geeignetes Tatwerkzeug.«

»Wir haben es daran gemerkt, dass es in seinem Hals steckte«, sagte Edie.

Whitestone bedachte sie mit einem vernichtenden Blick und wandte sich mir zu. »Da hat jemand gewusst, was er tat.«

»Vielleicht hatten sie nur Glück«, sagte ich.

»Nein«, widersprach Whitestone. »Sie wussten ganz genau, was sie taten. Durch Zufall sticht einem niemand ein Messer in die Schlüsselbeinschlagader. Jemand wollte ihn töten.«

»Den Todeszeitpunkt kennen Sie, da er in Ihren Armen starb, Max«, fuhr Elsa fort. Nachdenklich betrachtete sie Ahmed Khan und fügte hinzu, als falle es ihr erst jetzt ein: »Es war Tod durch Fremdeinwirkung.«

Doch an Ahmad Khan fanden sich noch andere, viel ältere Narben. An seinem Arm etwas, das nach einer nicht allzu tiefen Stichwunde aussah. Narben marmorierten seine Schulter, wo Glasscherben eingedrungen waren. Dunkle Stellen an den Armen zeigten, wo Knochen gebrochen gewesen und nie wieder richtig verheilt waren.

»Er hat viele alte Narben«, sagte ich.

»Richtig«, sagte Elsa. »Wann ist Mr Khan aus Pakistan nach England gekommen?«

»In den Siebzigern, glaube ich.«

Elsa nickte. »Souvenirs eines harten Lebens«, sagte sie.

Der Weg von der Westminster Public Mortuary in der Horseferry Road zum Revier West End Central in 27 Savile Row ist kurz. Wir nahmen die Route durch den St. James's Park, ein prächtiger Anblick unter der Sommersonne.

TDC Joy Adams war allein im MIR-1.

Sie blickte entschuldigend drein.

»Ich weiß nicht, ob etwas dran ist«, sagte sie.

»Zeigen Sie es mir«, sagte Whitestone.

»Es könnte unwichtig sein«, sagte Adams. »Nur Gewäsch aus den sozialen Medien.«

Whitestone sah sie scharf an, und Joy Adams hörte auf, sich im Vorfeld zu rechtfertigen.

»Ich habe etwas auf Tubecrush gefunden«, sagte sie.

Wir scharten uns um ihren Platz, während sie durch Dutzende von Fotos junger Männer scrollte, die in der Londoner U-Bahn fuhren, aber für den Strand angezogen waren.

»Sehen Sie«, sagte Adams.

Der junge Mann trug Cargoshorts und ein ärmelloses T-Shirt. Er hatte sich von der Kamera abgewandt, aber man sah, dass er kräftig war. Der breite Rücken, die aufgepumpten Arme, die dicken Muskeln an den Beinen. Seine Haare waren an der Seite und im Nacken komplett abrasiert, wuchsen aber in einem üppigen Schopf auf der Schädeldecke. Im Hintergrund, in einem halbleeren Waggon, starrten die meisten anderen Fahrgäste auf ihre Handys.

Aber ein Mann schlief.

Er trug die Uniform eines Londoner Busfahrers.

Es war Ahmed Khan auf dem Heimweg, erschöpft von der Hitze, ausgelaugt von einem Tag Arbeit. Er war auf dem Weg nach Hause und wusste nicht, dass er niemals dort ankommen sollte.

»Gute Arbeit, Joy«, sagte Whitestone. »Das beweist, dass Ahmed Khan und George Halfpenny kurz vor dem Mord im gleichen U-Bahn-Waggon waren.«

»Moment«, wandte ich ein. »Sind wir sicher? Der schlafende Mann ist Ahmed Khan, ganz klar. Aber der junge Kerl mit dem Rücken zur Kamera? Ich weiß nicht, ob das George Halfpenny ist oder ein anderer Bursche mit der gleichen Frisur. Eine Menge Leute haben sich diesen Sommer ihre Haare so schneiden lassen. Was hältst du davon, Edie?«

»Ich weiß es nicht, Max. Er *könnte* es sein.«

»Es passt«, sagte Whitestone. »Ahmed Khan lief um sein Leben, als er sah, dass George Halfpenny ihm folgte. Wieso? Weil Khan ihn aus dem Fernsehen kannte. Er wusste, wie verhasst er war.«

»Fünf Millionen Menschen fahren jeden Tag mit der U-Bahn«, sagte ich. »In fünfhundert Zügen. Verhaften wir wirklich jemanden aufgrund seines Haarschnitts wegen Mordes?«

Aber Whitestone hatte sich entschieden.

Und ich sah ihr an, wie sehr sie sich wünschte, sie läge richtig.

21

»*Mit dem Bauch nach oben liege ich in der Sonne*«, las ich vor, »*und bin froher, als du je sein wirst. Heute habe ich viele Hundepopos beschnüffelt – das feiere ich und küsse dich ins Gesicht.*«

Scout saß aufrecht im Bett, strich ihre Decke glatt und lächelte verstohlen in sich hinein. Sie mochte das Gedicht.

»Noch ein Hundegedicht«, stellte sie fest.

»*Ich schlage Alarm!*

Der Briefträger – uns alle will er umbringen –

Seht! Seht! Seht! Seht! Seht!

Ich schlage Alarm!

Der Müllmann – uns alle will er umbringen –

Seht! Seht! Seht! Seht! Seht!«

Sie betrachtete Stan, der zu ihren Füßen schlief, als könnte ihm ein Gedicht über einen Hund gefallen. Und ich betrachtete sie. Meine Tochter mit sieben Jahren – ein rosa Gesicht vom Bad saß mit nach Shampoo riechenden Haaren aufrecht im Bett und ließ sich von mir als Gutenachtritual etwas vorlesen.

»*Sieh mir in die Augen und streite es ab*«, las ich.

Scout grinste mich an und wartete auf die letzte Zeile mit der Pointe.

»*Kein Mensch könnte dich so sehr lieben wie ich.*«

»Wer hat das geschrieben, Daddy?«

»Das ist von Anonymus, Engel.«

»Er hat schon gute Sachen geschrieben«, sagte Scout. »Der alte Anonymus.«

Ich küsste sie auf den Scheitel und nahm Stan mit, als ich das Licht ausschaltete. Scouts Augen schlossen sich schon, als sie sich in die Decke kuschelte. Ich würde heute Nacht nicht so gut einschlafen, das wusste ich schon jetzt.

Auf dem Wohnzimmerboden breitete ich eine Turnmatte aus und machte hundert Liegestütze und dann hundert Sit-ups in vier Sets zu fünfundzwanzig. Aber so müde mein Körper auch sein mochte, mein Kopf war voll. Schlafen lag für mich noch in weiter Ferne. Daher ging ich zu einem der großen Fenster des Lofts und beobachtete die Männer im Fleischmarkt und die jungen Tanzlustigen, die fröhlich ins Fabric strömten.

Als Mitternacht verstrichen war und der Mond hinter der großen leuchtenden Kuppel von St. Paul's vorbeizog, schienen sich die Straßen unter unserem Fenster zu beleben. Smithfield ist die ideale Wohngegend für Insomniker.

Die Sommernacht verging langsam. In den frühen Morgenstunden lag ich eine Weile auf dem Bett, aber mir ging noch immer zu viel durch den Kopf, als dass ich schlafen konnte. Also stand ich auf, duschte und rasierte mich und kochte mir eine Kanne schwarzen Kaffee. Pünktlich um vier Uhr morgens kam Mrs Murphy mit schlaftrunkenen Augen. Sie schauderte in der Kälte der Stunde, die der Morgendämmerung voranging.

»Ziehen Sie sich lieber eine Jacke an«, riet sie mir.

Ich nickte, sah nach meiner schlafenden Tochter und streichelte meinen schnarchenden Hund.

Dann fuhr ich zur Arbeit.

Um fünf Uhr ging die Sonne auf, aber als ich auf den Parkplatz von West End Central fuhr, war es noch stockdunkel. Trotzdem war hier schon eine Menge los. Whitestone in Schutzweste und PASGT-Helm wies zwei Streifenbeamte in ihre Aufgaben ein.

Jackson Rose stand am Heck eines Mannschaftstransporters und sprach leise mit seinen SFOs.

Sanitäter in den offenen Türen eines Krankenwagens stürzten Kaffee hinunter, den sie vermutlich gar nicht brauchten.

Jedes Gesicht auf dem Parkplatz zeigte einen angespannten Ausdruck. Der Geruch von Adrenalin hing in der Luft.

Jacksons Schützen sahen überhaupt nicht nach Polizeibeamten aus. Mit ihren Helmen, Schutzbrillen, Panzerwesten, die über Knie und Ellbogen reichten, und Sturmgewehren von Heckler & Koch wirkten sie eher wie eine Privatarmee aus dem kommenden Jahrhundert. Jesse Tibbs zuckte mit den Schultern, packte seine Benelli-Flinte fester und sah durch mich hindurch.

Ich ging zu Whitestone und ihren Streifenbeamten. Sie waren jung, ein Mann und eine Frau, der Mann dunkel, bärtig und lächelnd, die Frau jünger, stämmig und todernst. SYKES stand auf dem Namensschild des Mannes, THOMPSON auf dem der Frau.

»Wir suchen nach Schuhen«, sagte Whitestone ihnen. »Wenn Sie blutbefleckte Kleidungsstücke finden, umso besser. Aber Halfpenny wird ein blutiges T-Shirt oder blutige Shorts weggeworfen haben. Das tun sie immer. Auf seiner Kleidung wäre eine Menge Blut. Arteriellen Spritzern kann man nicht ausweichen. Aber die Sportschuhe, die er getragen hat, hat er vielleicht behalten. So schlau, sie auch loszuwerden, war er fast mit Sicherheit nicht. Denn das sind sie nie.«

Edie Wren und Joy Adams hatten bereits ihre Schutzausrüstung angelegt und kamen auf den Parkplatz. Edie reichte mir Schutzweste, PASGT-Helm und einen dreifachen Espresso aus der Bar Italia.

»Brauchen wir wirklich die schweren Geschütze?«, fragte ich mit einer Kopfbewegung zu den Schützen und den Sanitätern.

»Tja«, sagte Edie. »Hoffen wir auf das Gegenteil.«

Mein Handy vibrierte. RUFNUMMER UNTERDRÜCKT, stand auf dem Display. Und dann folgte die SMS.

Du wirst noch vor mir kriechen.

Ich schob mein Handy wieder in die Tische und sah zu Jesse Tibbs hinüber. Ich dachte an seine Drohung im Fighting Temeraire an dem Tag von Alice Stones Beerdigung.

Er stierte auf sein Handy und kratzte sich mit der freien Hand den blonden Bartflaum, dann sah er auf und schenkte Jackson seine volle Aufmerksamkeit. Tibbs zuckte mit den Schultern, ein nervöser Tick, der seine Schutzkleidung und Waffengurte anhob.

Eine ungewöhnliche Warnung, überlegte ich.

Menschen drohen einem damit, einen zu töten. Einem das Gesicht zu Brei zu schlagen. Und das tun sie immer, wenn sie wütend sind.

Aber noch nie hatte mir jemand angedroht, mich zum Kriechen zu bringen.

Ich beobachtete Tibbs weiter. Er sah unbeirrt Jackson an.

Whitestone trat neben mich.

»Fertig?«, fragte sie.

Und als der erste Vorbote von Sonnenschein über die Dächer der Stadt kroch, fuhren wir los, um einen Mann wegen Mordes festzunehmen.

Die Halfpenny-Brüder wohnten über einer aufgegebenen Zoohandlung in Camden Town.

Am Ladeneingang hing ein verwittertes ZU-VERKAUFEN-Schild. Wie es aussah, war das Geschäft schon eine ganze Weile auf dem Markt, und noch länger schien es her zu sein, dass dort die letzten Tiere verkauft worden waren. SPRECHENDE PAPAGEIEN, stand über dem Schaufenster. ABGERICHTETE SCHIMPANSEN.

Ein verschlossenes Stahlgitter sperrte das untere Ende der Treppe ab, die zu den Wohnungen über den Läden führte. Unsere Leute fluchten leise. Offenbar hatte niemand mit dem Gittertor gerechnet, und wir kauerten uns hinter Wertstofftonnen, während Whitestone und Jackson sich rasch berieten.

Ein paar Flüchtende, die mit trüben Augen dem pulsierenden Nachtleben von Camden entronnen waren und nach Hause torkelten, blieben stehen und gafften uns mit offenem Mund an, wie wir hinter den Mülleimern hockten. Whitestone und Jackson wandten sich ihnen zu. Jacksons Sturmgewehr zuckte in dem 45-Grad-Winkel, in dem er es hielt, und die Betrunkenen sahen zu, dass sie rasch weiterkamen.

Jackson nickte seinem Team zu, und Tibbs ging vor. Er hob die Benelli-Flinte an die Schulter und zielte auf das Schloss am Tor.

Ich fuhr meinen Atemrhythmus herunter und sagte mir, dass uns am oberen Ende der Treppe nichts Besonderes erwartete und auch nicht hinter der nächsten verschlossenen Tür, die wir öffneten. Aber die Wahrheit ist, dass man es nie weiß, dass man es nie wissen kann, und dieses große Unbekannte ist es, was einen innerlich angespannt macht und beten lässt, heute möge nicht der Tag sein, an dem man stirbt.

Für einen langen Augenblick schien die Zeit stillzustehen.

Ich betrachtete die SFOs, die sich um Jackson scharten, ich beobachtete Edie und Joy und die beiden Uniformierten, Sykes und Thompson. Und ich musterte Whitestone. Auf ihrer Brille glänzte das Licht des neuen Tages. Dann nickte sie.

»Los«, sagte Jackson ruhig, und Tibbs feuerte die Flinte auf das große Schloss am Tor ab.

Das Hatton-Geschoss zerriss es, als hätte es dort nie ein Schloss gegeben, und es zerstob dabei zu ungefährlichem Staub. Hatton-Geschosse verursachen keine Querschläger.

In Einzelreihe rannten wir die Treppe hoch, während der Knall des Schusses mir noch in den Ohren klingelte. Jackson und sein SFO-Team gingen an der Spitze und blieben vor der ersten Wohnungstür stehen. Mit einer flüssigen Bewegung richtete Tibbs die Flinte auf das Schloss und schoss es auf.

Jacksons Team strömte hinein. Die Waffen im Schulteranschlag, brüllten seine Leute ihre Warnungen. Ihre lauten

Stimmen sollten uns Mut machen und die anderen verängstigen.

»Bewaffnete Polizei! Bewaffnete Polizei!«

Die Wohnung war winzig.

Durch den Flur gelangten wir in ein kastenförmiges Wohnzimmer, in dem ein Junge im Teenageralter in einem Rollstuhl vor einem alten Röhrenfernseher aus dem Schlaf hochgeschreckt war. Auf einem kleinen Couchtisch häuften sich Bibliotheksbücher über Militärgeschichte. A. J. P. Taylor, Antony Beevor, Max Hastings. Dicke Bücher kluger Männer über die großen Kriege des vergangenen Jahrhunderts.

Der Junge sank im Rollstuhl zusammen und sah die bewaffneten Männer mit erschrockenen Augen an. Er trug nur ein T-Shirt und Boxershorts. Seine Beine waren verkrümmt und verkümmert.

Als ich Whitestone anschaute, sah ich, dass sie das Gleiche dachte wie ich.

Falsche Wohnung.

Es wäre nicht das erste Mal.

Aber der Junge im Rollstuhl trug den Haarschnitt, der diesen Sommer in Mode war: an den Seiten und im Nacken kahlgeschoren, Haare nur auf dem Scheitel. Außerdem hatte er etwas an sich, in seinem schmalen Gesicht, das von einem Foto aus der Zeit der Großen Depression hätte stammen können. Da begriff ich, dass es nicht nur zwei Halfpenny-Brüder gab.

Sie waren zu dritt.

Im nächsten Moment wankte George Halfpenny in T-Shirt und Boxershorts in den Raum. Sein schmales Gesicht war schlaftrunken, und ihm folgte sein Bruder Richard nur in Unterhose. Er sah aus wie ein überentwickelter starker Mann aus einer altmodischen Anzeige zu dem Thema, sich keinen Sand ins Gesicht kicken zu lassen, wenn man an den Strand ging. Nur ihre Frisuren waren gleich, und sie standen da, starrten die Männer an, die in ihr Zuhause eingedrungen waren, und die Sturmgewehre, die auf ihre Brust zielten. Der Teenager im Rollstuhl war zwischen uns.

»Bewaffnete Polizei!«

»Hände hoch!«

»Runter auf die Knie! Sofort! Na los!«

Die Brüder bewegten sich nicht.

Jesse Tibbs packte George Halfpenny im Genick und zwang ihn in die Knie. Richard folgte ihm, ohne dass man ihn auffordern musste. Der Junge im Rollstuhl fing an zu weinen.

»Edward«, sagte George Halfpenny zu ihm. »Bitte lass das.«

George, Richard und Edward, dachte ich.

Arme Burschen mit den Namen von Königen.

»Sag ihnen, dass du es nicht warst!«, schrie der Junge im Rollstuhl – Edward Halfpenny – seinen Bruder an, den Mund verzerrt vor Anstrengung. Seine Stimme klang, als spreche er unter Wasser. »Sag ihnen, dass du niemand umgebracht hast!«

»George Halfpenny«, sagte Whitestone, »ich verhafte Sie wegen Mordes an Ahmed Khan.«

Die beiden Streifenbeamten, Sykes und Thompson, traten auf den Jungen im Rollstuhl zu. Thompson kauerte sich neben ihn und versuchte ihn zu beruhigen, während Sykes die Griffe an der Rückenlehne umfasste und sich bereithielt, ihn gegebenenfalls außer Gefahr zu schaffen.

Und das war der Moment, in dem George Halfpenny durchdrehte.

Er sprang auf und stürzte sich mit fliegenden Fäusten auf Sykes. Einer seiner Hiebe traf den Constable auf die Kinnspitze, und der junge Beamte ging zu Boden und schlug mit der Schläfe gegen die Couchtischkante, bevor er auf dem abgewetzten Teppichboden liegenblieb.

Einen entsetzlichen Sekundenbruchteil lang starrten wir alle Sykes an. Der Beamte bewegte sich nicht. Aus einer Ader an seiner Stirn lief ein schmales Blutrinnsal.

Jemand schrie in sein Funkgerät nach den Sanitätern.

Sie kamen beinahe auf der Stelle.

Jackson trat vor und schlug George Halfpenny den Kolben seines Sturmgewehrs fast beiläufig an die Stirn. Hände packten ihn, als er zu Boden sackte.

Er wurde fortgeschleift.

»Sag es ihnen! Sag es ihnen doch!«, schrie Edward seinen verbleibenden Bruder an. Seine dünnen Arme und verkümmerten Beine wanden sich vor Qual.

Richard Halfpenny kniete noch, die Hände hoch in die Luft gestreckt, ein kräftiger junger Mann, dessen Stärke bedeutungslos geworden war. Er warf einen ängstlichen Blick zur Tür. Ohne seinen großen Bruder war er verloren.

Rasch wurde die Wohnung geräumt, und ich blieb allein mit den beiden Brüdern zurück.

Richard Halfpenny versuchte zu begreifen, was geschehen war. Edward weinte. Er war auf eine Lehne des Rollstuhls gesackt.

»Sag es ihnen doch!«, stöhnte er. »Sag es ihnen.«

»Sie können jetzt aufstehen«, sagte ich zu Richard.

Er erhob sich langsam und sah zur Tür.

»Nach vierundzwanzig Stunden müssen Sie ihn doch freilassen, oder?«

»Nicht wenn er wegen Mordes angeklagt wird«, erklärte ich. »Dann können wir ihn sechsundneunzig Stunden lang festhalten.«

»Edward«, sagte Richard sanft und legte seinem Bruder eine dicke Hand auf die Schulter. »Bitte hör auf zu weinen.«

Mit einiger Anstrengung lenkte Edward Halfpenny seinen Rollstuhl näher an den Couchtisch. Mit eckigen Bewegungen hob er etwas auf. Ich sah, dass er an einem Handy herumnestelte.

»Zeig es ihm, Richard! Zeig es ihm. Zeig es ihm doch endlich!«

»Was willst du mir denn zeigen, Junge?«, fragte ich.

Richard nahm seinem Bruder das Handy ab.

Er drückte ein paar Tasten und gab es mir.

»Das will er Ihnen zeigen«, sagte Richard.

Ich sah einen Filmclip mit dem lachenden George Halfpenny in einem Schwimmbecken, wo er seinen verkrüppelten Bruder auf dem Rücken aus dem Wasser hob. Es war ein öffentliches Schwimmbad, unglaublich überfüllt im Sommer. Beide lachten sie.

Auch ohne den gleichen Haarschnitt hätte jeder sofort gesehen, dass sie Brüder waren.

»Wann haben sie Ahmed Khan abgemurkst?«, fragte Richard. »Sonntagnachmittag, oder?«

Ich nickte.

Er lachte bitter. »Ihr Cops seid echt zu blöd.«

Rechts unten in der Ecke des Bildschirms standen Datum und Uhrzeit.

Das Datum war von Sonntag.

Und zu der Uhrzeit hatte ich vor der U-Bahn-Station auf Ahmed Khan gewartet.

Ich schloss das Handy.

George Halfpenny hatte das perfekte Alibi.

Er konnte Ahmed Khan nicht getötet haben.

»George geht jeden Sonntagnachmittag mit Edward schwimmen«, sagte Richard. »Das ist ihre gemeinsame Zeit.« Er sah seinen Bruder im Rollstuhl an. »Die Ärzte und die Physios sagen, dass Schwimmen für ihn am besten ist.«

Ich sah Edward Halfpenny an. Sein Mund mühte sich, die Worte zu bilden, und sein Kopf zuckte nach hinten, von Kräften gerissen, die ich mir nicht vorzustellen vermochte. Er kämpfte darum, in seiner Haut zu existieren. Und er würde immer kämpfen müssen. Ich kniete mich neben ihn, das Handy in meiner Faust.

»Wir gehen schwimmen ... *zusammen*«, sagte Edward.

»Mein Bruder George arbeitet sechs Tage die Woche. Aber er arbeitet *nie* am Sonntag.«

Unten auf der Straße heulten die Sirenen los, so grell und leer wie Lachen aus der Konserve.

22

Als ich West End Central erreichte, fand ich im MIR-1 nur Whitestone vor.

»Ich muss Ihnen etwas zeigen«, sagte ich.

Ich hatte das Handy in eine Asservatentasche gelegt. Auf ihrem Etikett standen nach den Vorschriften des Criminal Justice Act eine individuelle Identifikationsnummer, mein Name und Dienstgrad und die Örtlichkeit, wo das Handy entdeckt worden war. Ich zog mir zwei blaue Nitrilhandschuhe über, nahm das Mobiltelefon heraus und rief den Filmclip von George Halfpenny mit seinem Bruder Edward im Schwimmbad auf.

Noch bevor der Clip zu Ende war, wandte sich Whitestone unbeeindruckt ab und rückte die Brille auf ihrer Nase zurecht.

»Das soll sein Alibi sein?«, fragte sie.

»Finden Sie es nicht ziemlich gut?«, fragte ich.

»Sie haben immer ein Alibi«, entgegnete Whitestone. »Jeder einzelne Täter, mit dem ich es je zu tun hatte. Keiner war schuldig. Kein einziger Dealer, Straßenräuber, gewalttätiger Ehemann, Zuhälter – kein einziger Mörder, Max. Sie waren alle irgendwo anders.« Sie nickte knapp zu dem Handy. »Gut, dass Sie es eingetütet und etikettiert haben, aber schauen wir doch bitte erst mal, ob es einer Überprüfung auch nur fünf Minuten standhält, bevor wir ihn deshalb zum freien Mann erklären.«

Ich legte das Handy wieder in die Asservatentasche und verschloss sie.

»Sie halten das Video für gefälscht?«, fragte ich.

Whitestone zuckte mit den Schultern. »Das Video wird schon echt sein, so viel nehme ich ihm ab. Ich vermute aber, Zeit und Datum werden sich als manipuliert erweisen.«

Ich schüttelte den Kopf. »Das Alibi ist perfekt, und das wissen Sie auch.«

Ihre Wut flammte auf.

»Hat er auch ein Alibi für den Widerstand gegen die Staatsgewalt und die Körperverletzung an einem Polizeibeamten, Max? PC Sykes hat ein Blutgerinnsel im Gehirn und liegt auf der Intensivstation im künstlichen Koma. Hat Halfpenny dafür ein Alibi?«

Edie und Joy Adams standen in der Tür.

Beide hatten sie ihr Frühstück dabei.

»Sind Sie so weit?«, fragte Whitestone.

»Ma'am.« Edie nickte und trat ein. Einen Moment lang musterte sie argwöhnisch ihre Vorgesetzte, dann nickte sie Joy zu. Beide setzten sich und machten sich an ihr Frühstück aus der Bar Italia.

In West End Central würde eine Weile lang nichts geschehen.

George Halfpenny wurde gerade erkennungsdienstlich behandelt. Er erhielt Verhaltensmaßregeln, musste seine Taschen ausleeren und wurde durchsucht. Seine Rechte wurden ihm verlesen, man nahm ihm die Fingerabdrücke ab, fotografierte ihn, machte einen Gaumenabstrich und nahm eine Haarprobe zur DNA-Analyse. Er bekam ein Mal Besuch vom Revierjuristen, und nach der anfangs überbordenden Aktivität, nach der peniblen Bürokratie und wohlgeölten Maschinerie der Festnahme ließ man ihn in seiner Zelle schmoren, bis wir es für angebracht hielten, ihn zu vernehmen.

»Ist das Schützenteam noch da?«, fragte ich.

»In der Tiefgarage«, sagte Edie.

Ich machte mich auf den Weg.

In der Tiefgarage unter dem Revier entspannte sich Jacksons Team aus Special Firearms Officers hinter dem Heck ihres Transporters. Sie fühlten sich alle ziemlich gut. Sie tranken Kaffee, zogen einander auf, aßen Schinkensandwiches und grinsten vor Erleichterung, dass der Einsatz so und nicht anders verlaufen war.

Ein Mordverdächtiger saß in Haft, eine Schussabgabe war nicht erforderlich gewesen, der einzige Verletzte war ein Streifenbeamter, der sich übel den Schädel angestoßen hatte, als George Halfpenny ihn niederschlug. Aber sie hatten den Einsatz hinter sich, die Schinkensandwiches waren warm, die Sonne schien, und niemand war tot.

Jesse Tibbs hatte ein breites verpeiltes Grinsen im Gesicht, das verschwand, als ich meinen PASGT-Helm nach ihm schleuderte und der Aufprall ihm den Pappbecher mit Tee aus der Hand schlug. Er wandte sich fluchend ab, und sein PG Tips lief ihm an der Schutzweste herunter.

»Na, Meisterschütze?«, sagte ich. »Sieh mich an, Meisterschütze, ja? Du willst mich also kriechen lassen, ja? Na komm schon, Meisterschütze – zeig mir doch mal, wie du mich kriechen lässt.«

Ich hatte die Hände an seiner Kehle, als ich von hinten gepackt und mir die Arme an die Seiten gedrückt wurden. Wenn einem so etwas passiert, sollte man immer die Füße vom Boden heben und sich fallen lassen. Dann wirft man den Kopf nach hinten in den Nacken, und wenn man ein bisschen Glück hat, schlägt man damit seinem Angreifer ein paar Schneidezähne aus und nimmt ihm den Wind aus den Segeln. Sie lassen einen dann immer los.

Ich wusste aber, wer mich zurückhielt. Deshalb widerstand ich dem Drang.

»Was ist denn mit dir los?«, knurrte Jackson mir ins Ohr, und ich hörte in seiner Stimme den Groll von Jahren, von Jahrzehnten, den gereiften Zorn zwischen Brüdern.

Er zog mich von Tibbs weg, ohne mich loszulassen. Er drückte mir noch immer die Arme an die Seiten.

»Frag ihn doch«, sagte ich. »Frag deinen Kumpel Tibbs. Er glaubt, er lässt mich kriechen, weil er mir die Schuld gibt, dass

Ray Vann sich erschossen hat – stimmt doch, Meisterschütze, oder?«

Tibbs schüttelte geziert den Arm, dass der englische Frühstückstee nur so spritzte.

»Sie wissen, was Sie getan haben«, sagte er finster.

»Er denkt, er bringt mich zum Kriechen, Jackson«, sagte ich, und plötzlich war ich es leid, dass er mich festhielt.

Ich hob die Füße vom Boden, ließ mich fallen und warf mich hin und her wie eine sterbende Ratte im Maul eines Hundes, bis Jackson mich freigab.

Er legte mir die Hand vor die Brust und sah Tibbs an.

»Bedrohen Sie diesen Mann, Jesse?«, fragte Jackson ihn.

Tibbs schnaubte. »Was ich ihm sagen will, das weiß er schon, denn eines Tages stehe ich bei ihm vor der Tür.«

Und das zu mir zu sagen war ein echter Fehler.

Ich bin sehr wählerisch, wen ich vor der Tür der Wohnung, in der ich mit meiner Tochter und meinem Hund lebe, sehen will.

Das war noch eine Drohung, und die schlimmste, die man sich vorstellen kann.

»Das bringen wir jetzt hinter uns«, sagte ich. »Ich ramme dir deine Hattonflinte in den ...«

Jackson stieß mir auf die Brust, und ich stolperte nach hinten. Und er tat es noch mal und stieß mich wieder einen Schritt zurück. Dort blieb ich stehen und schüttelte den Kopf, und da waren nur noch mein ältester Freund und ich, und ich würde mich von ihm nicht weiter wegschubsen lassen.

»Hör auf«, sagte ich.

Er hörte auf.

Wir starrten uns an, die Fäuste geballt, aber gesenkt.

Ich wandte mich um, ging die Rampe zum Ausgang hoch, zu frischer Luft und Tageslicht, das grell vor mir schien. Es wurde wieder ein wunderschöner Tag. Am oberen Ende der Rampe drehte ich mich wieder um.

»Er hat es nicht getan«, sagte ich. »George Halfpenny. Sie werden ihn gehen lassen müssen. Er war nicht mal in der Nähe von Ahmed Khan, als der Mord geschah.«

»Na und?«, rief Tibbs. »Wen interessiert schon der alte Paki? Nur Sie!«

Es gab durchaus noch jemanden, der sich für Ahmed Khan interessierte.

Ich ging um das Gebäude herum, und auf der Vorderseite saß Layla Khan unter der großen blauen Lampe am Eingang zum Revier West End Central.

Noch immer war es absurd früh. Die Streifenbeamten der Nachtschicht waren im Gehen begriffen, die vielgerühmten Schneidereien der Savile Row hatten noch geschlossen. Ein paar ehrgeizige Büroangestellte hielten mit einem Kaffee in der Hand auf ihre Glaspaläste in Mayfair zu, aber es waren noch die Stunden, in denen das Reinigungspersonal seine Arbeit zum Mindestlohn machte, ehe der Tag begann.

»Ist er das da drin?«, fragte Layla. »Der Mörder?«

»Was machst du überhaupt hier?«, fragte ich.

»Ist das der Mann, der meinen Großvater ermordet hat? Der, den Sie eingesperrt haben?«

»Hat dich so ein Journalist angerufen?«

»Edie.« Sie sah auf die Türen. »Edie hat mir gesimst. Edie sagt, Sie haben ihn.« Tränen glänzten in ihren Augen. »Sie dachte, das macht mich froh.«

Ich seufzte, schüttelte den Kopf und setzte mich neben sie auf die Stufen. Ich trug noch immer meine stichfeste Schutzweste. Ich löste die Schnallen und stieß die Luft aus, als hätte ich die ganze Nacht hindurch nicht geatmet.

»Edie sollte dich wegen so was nicht anrufen.«

»Sie versucht, nett zu mir zu sein.«

»Das weiß ich. Du bist ihr wichtig. Trotzdem sollte sie das sein lassen.«

Und dann war Edie bei uns.

»Hallo«, sagte sie leise, beugte sich über Layla und strich ihr die langen schwarzen Haare aus dem Gesicht. Hoch oben an einem Jochbein war noch ein verblasster roter Abdruck, wo ihre Großmutter sie geohrfeigt hatte, nachdem wir sie vom Park nach Hause gebracht hatten.

Edie setzte sich auf die andere Seite neben Layla und nahm ihre Hände.

»Und ist er es?«, fragte Layla.

Edie blickte mich an, und ich schüttelte über all das nur den Kopf. Dass sie diesem Mädchen simste. Über den jungen Mann, den wir in der Zelle hatten. Die verbohrte Sicherheit Whitestones.

»Sie *glauben*, er war es«, sagte Edie vorsichtig. »Die Ermittlungsleiterin – unsere Chefin – glaubt, dass er es war.«

Ohne Edies Hand loszulassen, schaute Layla mir ins Gesicht.

»Und was? Sie glauben nicht, dass er es war? Wieso nicht?«

»Wir werden sehen, okay? Der Mann, der festgenommen wurde, wird behaupten, dass er woanders war, als dein Großvater starb. Und wir müssen überprüfen, ob das stimmt oder nicht.«

»Und wenn er es nicht gewesen sein sollte, dann suchen wir weiter, bis wir den Mann gefunden haben, der deinen Großvater wirklich ermordet hat«, sagte Edie. »Das verspreche ich dir. Okay?«

»Okay, Edie.«

»Aber jetzt geh nach Hause, Layla«, sagte ich. »Heute wird nichts weiter mehr geschehen.«

»Es ist der Mann, der immer vor unserem Haus stand, oder?«, fragte sie Edie, und ich begriff, wie beängstigend es für ein sechzehnjähriges Mädchen gewesen sein musste, aus dem Fenster zu schauen und die Menschenmenge zu sehen, die sich jeden Abend auf der Borodino Street zusammenscharte.

»Der mit der Frisur«, fuhr sie fort. »Bis sie die Blumen weggeräumt haben, hat er jeden Abend eine Rede gehalten. Er kam ins Fernsehen und auf YouTube und alles, und dann gab es immer mehr wie ihn.«

Sie ließ Edies Hände los und fuhr sich durchs Haar. Die rotgefärbten Strähnen erinnerten mich an die Fingerfarben, mit denen sich kleine Kinder das Gesicht bemalen, so spielerisch unschuldig waren sie. Dann entdeckte ich die Male an ihren Handgelenken, die feinen weißen Schnitte, die verheilt und erneut geöffnet worden waren, immer wieder, die verräterischen Armbänder der Selbstverletzung. Und Edie sah sie ebenfalls.

Sie ergriff Laylas Hände und erlaubte ihr nicht, sie wieder wegzuziehen. Sie schob die Ärmel der billigen Lederjacke bis unter die Ellbogen hoch.

»Das«, sagte Edie, »hätte dein Großvater sich nicht für dich gewünscht, Layla. Zu sehen, dass du dich ritzt, hätte ihm das Herz gebrochen. Und das weißt du auch, oder?«

Ein großer Sergeant kam aus dem Gebäude und gähnte ausgiebig in den strahlenden neuen Tag. Er blickte auf uns drei, wie wir auf den Stufen saßen, und ging langsam weg, wollte nur noch ins Bett. Layla Khan ließ den Kopf hängen. Tränen liefen ihr die Wangen hinunter.

»Hat er am Ende wirklich meinen Namen gesagt? Ist das wahr?«

»Das ist wahr«, sagte ich.

»Du warst das Beste in seinem Leben, Layla«, sagte Edie. »Seine Söhne – deine Onkel und dein Dad – haben ihm nichts als Kummer, Schmerz und Sorgen bereitet. Aber du, du hast ihn glücklich gemacht, Layla. Also putz dir die Nase. Du warst das Gute in seinem Leben, okay?«

»Okay.«

Sie lächelten einander an.

Ich betrachtete das rote Mal in Laylas Gesicht und fragte mich, was zum Teufel aus diesem Mädchen werden sollte.

23

Bevor Scout aufwachte, war ich zu Hause.

Im Fleischmarkt war man die Nacht über fleißig gewesen, und nun hatte er geschlossen. Die Tänzer aus dem Fabric lagen in ihren Betten. Im Smiths of Smithfield legten die ersten Büroangestellten eine Grundlage für den neuen Tag. Und vielleicht spielte mir nur meine Phantasie einen Streich, aber bei den Ansässigen spürte ich eine greifbare Erregung.

Wir hatten den letzten Schultag.

Ich holte unsere Post aus dem Kasten – *Boxing Monthly, Your Dog*, Angebote kostenloser Pizza und einen amtlich aussehenden Brief von einer Firma, von der ich noch nie gehört hatte – und nahm auf der Treppe zum Loft zwei Stufen auf einmal.

Mrs Murphy und Stan hatten trübe Augen. Der Cavalier Spaniel reckte sich wie ein kleiner pelziger vierbeiniger Lord und schmatzte träge, während Mrs Murphy ihm Frühstück machte.

»Alles in Ordnung?«, fragte sie. »Alle noch in einem Stück?«

Ich dachte an den jungen bärtigen Cop mit dem Blutgerinnsel im Gehirn. PC Sykes.

»Keine Verluste«, sagte ich, und damit gab sie sich zufrieden.

Scout war noch nicht aufgestanden, und nachdem Stan sein Frühstück von Nature's Menu verschlungen hatte, führte Mrs Murphy ihn aus, während ich mir eine Kanne starken Kaffee aufsetzte.

Anthony Joshua war auf dem Titelbild von *Boxing Monthly*.

»Der missverstandene Staffie« zierte das Titelbild von *Your Dog*.

Und ich vergewisserte mich, dass tatsächlich mein Name und meine Adresse auf dem Briefumschlag standen, der mit *Butterfield, Hunt & West – Rechtsanwälte* bedruckt war.

Scout stürzte ins Zimmer. Sie war barfuß und trug noch ihren Schlafanzug. Ihr langes braunes Haar flog. Sie grinste von einem Ohr zum anderen, und mit einem Mal erinnerte ich mich, wie sich der letzte Schultag angefühlt hatte, als ich noch in ihrem Alter war.

»Also ist heute besser als Weihnachten?«, fragte ich sie, hob sie hoch und roch den Scout-Geruch nach Süßigkeiten und Shampoo.

Sie lachte. »Auf jeden Fall dicht dran!«

Sie entwand sich mir, und ich setzte sie vorsichtig wieder ab.

»Wir machen uns alle die Haare!«, rief sie. »Weil heute ein besonderer Tag ist! Wir machen uns alle die Haare wie ... du weißt schon ... die zornige Prinzessin.«

»Ich dachte, die zornige Prinzessin ist was für Babys.«

»Stimmt ja auch. Finden wir alle. Aber trotzdem fanden wir, dass es lustig wäre, wenn wir uns alle am letzten Schultag die Haare machen wie die Zornige Prinzessin. Können wir das? Kann ich?«

Die Nostalgie siebenjähriger Mädchen. Auch sie spürten, dass die Welt sich veränderte. Selbst in diesem Alter spürten sie, wie die Jahreszeiten dahinzogen. Für mich war es nur fünf Minuten her, dass wir uns in einem bis auf den letzten Platz besetzten Kino *Die zornige Prinzessin* angeschaut hatten. Trotzdem betrachteten Scout und ihre Freundinnen den Film schon als einen Teil ihrer Kindheit, den sie längst hinter sich gelassen hatten.

»Na klar, Scout.«

Ich griff nach Frühstücksflocken, Milch und Besteck. Scout sah mich erwartungsvoll an. Eine kleine Wolke zog über ihr Gesicht.

»Daddy?«

»Engel?«

»Du musst es machen. Du musst mir die Haare machen. Wie ... du weißt schon ... wie die zornige Prinzessin.«

Verzweiflung überkam mich. Die zornige Prinzessin war eine animierte Angehörige des Königshauses. Wenn ich mich richtig erinnerte, trug Königliche Hoheit die Haare hochgesteckt – ein unglaublicher Turm aus goldenen Locken auf ihrem Scheitel, deren Spitzen dann gestattet wurde, ihr als sorgsam verstrubbelte Strähnen vor die Augen zu fallen.

Also kamen sie zuerst irgendwie hoch und fielen dann wieder herunter. Ich musterte Scouts wirren Schopf aus braunen Haaren, die einen Anflug von Naturkrause zeigten. Und ich wusste nicht einmal, wo ich anfangen sollte.

»Okay«, sagte ich.

Scout strahlte.

»Ich hol die Haarclips, den Kamm, die Bürste und das ganze andere Zeug«, rief sie und verschwand in ihrem Zimmer.

Als Mrs Murphy zurückkehrte, war meine Tochter vor Schock weiß im Gesicht. Sie saß vor dem Spiegel und starrte auf etwas auf ihrem Kopf, das an eine plattgewalzte Hecke erinnerte. Mein Versuch, die Frisur einer animierten Prinzessin nachzuahmen, war kläglich gescheitert.

Mrs Murphy lachte. »Lassen Sie mich mal ran.«

Scout und ich lächelten dankbar. Mrs Murphy kämmte Scouts Strähnen wieder glatt, türmte sie mit geschickten Fingern auf ihrem Scheitel auf und fixierte sie wie von Zauberhand mit Haarnadeln. Scout glich der Zornigen Prinzessin wie aus dem Gesicht geschnitten.

Lächelnd öffnete ich den Brief von Butterfield, Hunt & West.

Sehr geehrter Mr Wolfe,

unsere Mandantin, Mrs Anne Lewis (geschiedene Wolfe), hat uns angewiesen, ein Sorgerechtsverfahren anzustrengen, in dem über den Wohnort ihrer Tochter, Scout Wolfe, entschieden werden soll. Das Gericht wird einen Termin für eine Anhörung festsetzen, an der teilzunehmen Sie verpflichtet sind. Sie werden in Kürze vom Children and Family Court Advisory and Support Service (Cafcass) zu einer mündlichen Befragung noch vor dem Gerichtstermin bestellt …

Ich verstand nicht, was ich da vor mir sah.

Ich verstand nicht, was in dem Schreiben stand.

Nichts davon. Kein Wort. Wer waren diese Leute? Was hatten sie mit unserem Leben zu tun?

Mrs Murphy verlieh Scouts Frisur den letzten Schliff.

Scout lächelte mich an, und ich lächelte zurück.

»Mir gefällt deine Frisur«, sagte ich.

»Danke.«

Wir frühstückten, dann putzte Scout sich die Zähne und zog ihr grasfleckiges Sommerkleid an, ohne dass sich auch nur ein Haar auf ihrem Kopf bewegte. Wir bedankten uns beide bei Mrs Murphy für ihre Meisterleistung als Friseurin, dann brachte ich Scout zur Schule.

Man hat mir schon gesagt, dass ich meiner Tochter Mutter wie Vater sei. In Wahrheit jedoch musste ich an jedem Tag meines Lebens der Tatsache ins Gesicht sehen, dass ich ihr niemals eine Mutter sein konnte.

Zu versuchen, ein Vater zu sein, war schon schwierig genug.

Ich ging hoch zum Raum 101 in New Scotland Yard, dem Crime Museum der Metropolitan Police, auch bekannt als Black Museum.

Raum 101 soll man nur mit Termin besuchen dürfen – die glücklichen Zeiten, als Sir Arthur Conan Doyle noch seinen eigenen Schlüssel zum Kriminalmuseum besaß, sind lange vorbei. Im Laufe der Jahre hatte ich es jedoch schon oft aufgesucht, wenn ich nicht wusste, wohin ich mich sonst wenden sollte.

Das Crime Museum ist kalt, dunkel und voller Geheimnisse, die von der Fallarbeit der Jack-the-Ripper-Ermittlungen bis zu den Überresten der Drohne reichen, die den Rettungshubschrauber auf Lake Meadows abstürzen ließ. Die Gesichter der Toten schauten mich aus der Dunkelheit an. Einige von ihnen waren mir vertraut – die alten Londoner Gangs, die Krays, die Richardsons und die Warboys –, andere waren die lächelnden Gesichter von Opfern, an die sich die Welt kaum jemals so gut erinnert wie an die Täter.

Ein lebendes Gesicht tauchte aus dem Halbdunkel in Raum 101 auf. Detective Sergeant John Caine, Kurator des Crime Museums, war ein Kriminalbeamter mit dreißig Jahren Polizeidienst im Gesicht und keinem Gramm Speck am Körper.

»Setzen Sie den Kessel schon mal auf, Sohn«, sagte er. »Ich komme hier gerade zum Ende.«

John machte eine Führung für ein Dutzend junge Polizeischüler von der Polizeiakademie in Hendon. Sie standen kurz vor dem Abschluss ihrer Ausbildung, und das Crime Museum – das die Met gleichermaßen als Museum wie als Instruktionsstätte schätzte – eignete sich besser als jeder andere Ort, um ihnen begreiflich zu machen, dass jeder einzelne Arbeitstag sie in Lebensgefahr bringen konnte.

»Wir nennen es den Job, aber es ist kein Job«, sagte John, während sie mit ernsten jungen Gesichtern zuhörten. »Sie werden Gefahren entgegentreten, vor denen andere weglaufen, und das werden Ihnen Ihre Ausbildung und Ihr Vertrauen in Ihre Kollegen ermöglichen. Sie werden sich der Gefahr in den Weg stellen, um Menschen zu schützen, die Sie niemals kennenlernen, und das werden Sie an jedem einzelnen Tag Ihres Lebens tun. Wir nennen es den Job, aber wenn einer von uns fällt, trauern wir wie eine Familie.« Er schwieg und lächelte ihnen zu. »Passen Sie auf sich und all die anderen da draußen auf. Ich danke Ihnen, und auf Wiedersehen.«

Sie schenkten ihm eine Runde Applaus.

Als sie den Raum verlassen hatten, kam er in das kleine Büro, das als Foyer des eigentlichen Crime Museums dient.

»Ich habe ein paar Schokokekse«, sagte er. »Was haben Sie auf dem Herzen – diesen bekloppten Bad Moses?«

Ich schüttelte den Kopf und zeigte ihm den Brief von Butterfield, Hunt & West. John hatte erwachsene Kinder, und nicht allen von ihnen war es gelungen, ihre Ehen zusammenzuhalten. Ich wusste nicht, wen ich sonst fragen sollte.

»Was bedeutet das, John?«

Er las den Brief und gab ihn mir zurück.

Der Wasserkessel pfiff.

»Ihre Exfrau will Ihre Tochter«, sagte er. »Und sie wird Ihnen die Hölle heißmachen, um sie zu bekommen.«

»Danke für Ihr Kommen«, sagte Whitestone zu mir, als ich den MIR-1 betrat. »Wir klagen George Halfpenny an, und ich hätte gern, dass Sie es ihm eröffnen, Max.«

Whitestone und ich fuhren mit dem Aufzug in den Zellentrakt.

Sie sagte nicht viel.

Aber sie sagte genug.

George Halfpenny saß auf dem kleinen Bett, das niedrig angebracht war, damit er nicht hinausfallen und sich verletzen konnte. Mir kam es wie bittere Ironie vor, als der Watch Sergeant die Tür hinter uns abschloss.

»George Halfpenny«, sagte ich.

Er stand auf und schüttelte den Kopf.

»Nein«, sagte er. »Ich habe Ahmed Khan nicht ermordet. Bitte glauben Sie mir. Ich war mit meinem Bruder schwimmen.« Er ließ sich auf das niedrige Bett zurücksinken, und sein Gesicht erschlaffte. »Ich bin unschuldig«, sagte er.

Whitestone lachte auf, ein kurzer, bitterer Laut der Verachtung.

»Ich verhafte Sie nicht wegen des Mordes an Ahmed Khan«, sagte ich. »Ich verhafte Sie wegen des tätlichen Angriffs auf PC Simon Sykes.«

»Erinnern Sie sich an ihn?«, fragte Whitestone. »Der Polizeibeamte, den Sie niedergeschlagen haben?«

»Der Schädelbruch führte zu einem Blutgerinnsel im Gehirn«, sagte ich. »PC Sykes liegt noch immer im Koma. Er wacht vielleicht nie wieder auf. Und wenn doch, kann er womöglich nie wieder gehen.«

»Pech für ihn«, sagte Whitestone zu Halfpenny. »Und Pech für Sie.«

Ich trat einen Schritt auf den Mann auf dem Bett zu.

»George Halfpenny, ich beschuldige Sie der vorsätzlichen schweren Körperverletzung an einem Polizeibeamten in Ausübung seiner Pflicht im Rahmen von Paragraph fünf des Criminal Justice Act.« Ich rasselte den üblichen Nachsatz herunter: »Sie haben das Recht, die Aussage zu verweigern, aber es kann Ihrer Verteidigung schaden, wenn Sie sich vor Gericht auf etwas berufen wollen, das Sie bei Ihrer Vernehmung nicht erwähnt haben.«

Er sah mit halboffenem Mund zu uns hoch, aber er sagte nichts, und er brauchte auch kein Wort zu sagen, denn es war der Moment, in dem sie alle das Gleiche denken.

Was werden sie mit mir machen?

Wie lange bekomme ich?

»Lebenslänglich«, sagte Whitestone zu ihm, so leise, dass es beinahe ein Seufzen war.

24

Stan liebte es, neue Menschen kennenzulernen.

Unser kleiner roter Hund verteilte seine Zuneigung ganz wahllos, allerdings zeigte er an diesen heißen Sommertagen eine eindeutige Vorliebe für die Bauarbeiter in der City, weil sie oft Shorts trugen und ein entblößtes Beinpaar bei Stan vor Interesse das Näschen zucken ließ.

Er hob den Kopf, kaum dass die Frau vom Children and Family Court Advisory and Support Service vor unserer Tür stand.

»Mr Wolfe? Ms Vine.«

Die Frau vom Jugendamt trug keine Shorts, sondern einen langen, wallenden Rock über derben Wandersandalen, aber das reichte, um Stans Aufmerksamkeit zu wecken. Schwanzwedelnd kam er aus Scouts Zimmer gewatschelt, wo er ein Nickerchen gemacht hatte, durchquerte den Raum und schob die Nase vorsichtig gerade unter den Rocksaum. Alles, was ich von ihm sah, waren seine rubinfarbenen Hinterbeine und der fedrige Schweif, der sich hin und her bewegte wie ein Scheibenwischer.

Ich sagte, was ich immer sagte, wenn Stan jemandem seine Aufmerksamkeit aufdrängte.

»Ich hoffe, Sie mögen Hunde.«

Sie erstarrte und senkte den Blick auf den kecken kleinen Kerl, der sich halb unter ihren Rock geschoben hatte.

»Das nicht gerade«, sagte sie.

Sie war eine große Frau in andeutungsweise Ethno-Kleidung – bauschiges Halstuch, Bluse mit weitem Ausschnitt und Puffärmeln und langer Hippierock, unter dem Stan fast verschwand. Er rückte noch ein Stückchen weiter nach innen vor, und sie rückte weg.

Stan blinzelte überrascht in den Sonnenschein.

»Würde es Ihnen etwas ausmachen?«, fragte sie. »Leichte Allergie.«

»Sicher«, sagte ich. »Entschuldigen Sie.«

Ich hob Stan auf, trug ihn in Scouts Zimmer, schloss die Tür und kehrte ins Loft zurück.

Die Frau von Cafcass starrte aus einem der großen Fenster.

»Kaffee?«, fragte ich.

»Nein, danke.«

Als wir uns befangen auf das Sofa setzten, halb einander gegenüber, wurde mir klar, wie einsilbig unser Gespräch verlief.

Dann jedoch ergriff Ms Vine das Wort.

»Wie Sie wahrscheinlich bereits wissen, behält mein Amt die Interessen der Kinder im Auge, die in familiengerichtliche Verfahren verwickelt sind«, sagte sie. »Wie befragen die betroffenen Seiten und beraten das Gericht daraufhin hinsichtlich dessen, was wir für das Beste des jeweiligen Kindes oder der jeweiligen Kinder halten.«

Sie hielt eine dünne grüne Aktenmappe in der Hand.

Ich starrte die Mappe an.

Das war es? Diese dünne grüne Mappe? Da drin war unser Leben?

Scout. Ich. Anne.

Das alte Leben. Das neue Leben. Das zukünftige Leben.

Konnte etwas so Großes wirklich in solch eine kleine dünne grüne Aktenmappe passen?

Ms Vine schien meine ausbleibende Reaktion als Zeichen von Unverständnis aufzufassen. Vielleicht hatte sie recht. Der Mann vor ihr hatte nicht die leiseste Ahnung, was mit seiner Familie geschah.

»Meine Rolle«, sagte sie betont langsam, damit ich endlich kapierte, »besteht darin, auf die Interessen des Kindes zu achten, was Fragen des Sorgerechts, der Aufsicht und der Unterbringung angeht.«

Fragen der Unterbringung – darum ging es hier?

Ich dachte, wir redeten über Scouts Leben.

»Also sind Sie Sozialarbeiterin?«, fragte ich.

Sie bäumte sich auf gegen solch eine prosaische Beschreibung. »In Sorgerechtsfällen werden wir als ›Kindesbetreuer‹ bezeichnet. Meine Rolle – als Kindesbetreuerin – besteht darin, die unabhängige Stimme des Kindes vor Gericht zu sein. Haben Sie irgendwelche Fragen, Mr Wolfe?«

»Ich verstehe überhaupt nicht, was hier vor sich geht«, gestand ich. »Was genau Sie herauszufinden versuchen. Was als Nächstes geschehen könnte. Ich weiß, dass es irgendeine Art von gerichtlicher Anhörung geben wird ...«

Sie unterbrach mich mit vor Ungeduld gespitztem Mund.

»Sie sind nicht anwaltlich beraten worden?«

Ich schüttelte den Kopf.

»Ich bin hier, um sicherzustellen, dass das Gericht eine Entscheidung trifft, die im besten Interesse des Kindes ist.«

Den Namen meiner Tochter hatte sie noch immer nicht ausgesprochen.

Ich wartete.

Sie blinzelte in die dünne grüne Akte.

»Scout.« Sie lächelte, als sie den Namen erkannte. »Wie das kleine Mädchen in *Wer die Nachtigall stört*. Als Betreuerin ist es meine Aufgabe, vor Gericht Scouts Stimme zu sein. Ich stehe auf *ihrer* Seite.« Sie klopfte auf die dünne grüne Aktenmappe. »Scouts Seite. Normalerweise findet in einem Fall wie diesem ein Schlichtungsverfahren statt, ehe es vor das Familiengericht geht, aber wegen der besonderen Umstände wird auf die Schlichtung verzichtet.«

»Moment mal. Welche besonderen Umstände?«

Sie begegnete ruhig meinem Blick. »Wegen der Gewalt.«

»*Wie bitte?* Es ist nie zu Gewalt gekommen! Ich würde Anne niemals wehtun! Ich würde keiner Frau jemals wehtun! Ich bin anders erzogen worden. So jemand bin ich nicht.«

»Sie haben Oliver Lewis nicht angegriffen?«

Der Ehemann.

Der verfluchte Ehemann.

Ich lachte.

Sie setzte sich gerader hin. Ihr Mund arbeitete.

»Finden Sie mich komisch, Mr Wolfe?«

»Ich finde Sie uninformiert, Ms Vine. Zwischen mir und ...« – *dem neuen Mann,* dachte ich – »Mr Lewis ist nichts vorgefallen, was Gewalt auch nur nahekommt. Vielleicht sind wir etwas laut geworden. Vielleicht ist auch ein Stuhl umgefallen. Aber es war ein Duell mit Handtaschen – Männerhandtaschen – auf zehn Schritt Entfernung.« Ich schüttelte den Kopf. »Ich wurde nie festgenommen, nie angeklagt und niemals schuldig befunden, dem Gentleman auch nur eines seiner moisturizergetränkten Haare gekrümmt zu haben.«

Wir starrten uns eine Weile in die Augen.

»Das Gesetz«, sagte ich. »Ist irgendwie mein Beruf.«

»Ja, Mr Wolfe«, sagte sie. »Meiner auch.«

Endlich ging sie in medias res.

»Für eine Tochter, die noch so klein ist wie Scout, ist es ungewöhnlich, allein mit ihrem Vater zu leben.«

Ich wartete. Mir war nicht danach, ihr meine Lebensgeschichte zu erzählen.

Sie wartete ebenfalls.

»Familien gibt es in allen Formen und Größen«, sagte ich.

»Hmm«, machte sie, als müssten wir darauf noch einmal zu sprechen kommen. »Vielleicht möchten Sie mir etwas über die gegenwärtigen häuslichen Arrangements für Scout erzählen? Kinderbetreuung und solche Dinge. Ihr Unterstützungsnetzwerk. Das ist eine Frage, Mr Wolfe.«

»Eine Dame namens Mrs Murphy hilft mir. Sie wohnt auf der anderen Seite des Fleischmarkts. Ganz in der Nähe also. Mrs Murphy hat Scout sehr lieb.«

Sie hielt ein Notizbuch in der Hand.

»Diese Mrs Murphy ist eine Verwandte?«

»Nein.«

»Sie bezahlen sie?«

Ich zuckte mit den Schultern. Mrs Murphy war so viel mehr als jemand, den ich bezahlte. »Ja, schon«, sagte ich, »aber das beschreibt es nicht vollständig. Sehen Sie, Mrs Murphy hat eine große Familie, und sie …«

»Ihre Eltern? Helfen sie Ihnen mit Scout?«

»Meine Eltern sind tot.«

»Geschwister? Haben Sie Brüder und Schwestern, Onkel und Tanten für Scout, die Ihnen helfen?«

»Ich bin Einzelkind«, sagte ich.

Sie machte sich Notizen. Eine ganze Weile. Sie zog die Brauen hoch über diesen seltsamen Mann, der so wenige Menschen auf der Welt hatte. Während sie die Einzelheiten aufschrieb, überlegte ich, ob ich unterstreichen sollte, wie gut es uns ging, Scout und mir, wie verteufelt schwierig es in der ersten Zeit gewesen war und wie prächtig wir jetzt zurechtkamen. Aber ich schwieg. Ich fürchtete mich vor dem, was als Nächstes kam.

»Und wie ist es – Ihrer Meinung nach – zu den augenblicklichen Umständen gekommen, Mr Wolfe? Wie kommt es – Ihrer Meinung nach –, dass Scout bei Ihnen wohnt und nicht bei ihrer Mutter?«

»Meine Meinung brauchen Sie nicht. Ich sage Ihnen, was passiert ist. Meine Exfrau hat uns verlassen. Sie hatte ein neues Leben mit einem neuen Mann, mit dem sie jetzt verheiratet ist.«

»Dem Mann, den Sie nicht angegriffen haben.«

Wir starrten uns an. Der Mann, den ich nicht angegriffen hatte. Das war ein guter Spruch.

»Den meine ich«, sagte ich. »Meine Frau – meine Exfrau, Anne – war mit ihrem neuen Leben beschäftigt. Ich weiß nicht, wie ich es sonst erklären soll – es entschuldigen. Ich glaube, wenn Menschen ein neues Leben anfangen – neues Haus, neuer Partner, neue Kinder –, dann gibt es in ihrem neuen Leben nicht genug *Raum* für das alte. Das Leben, das sie hinter sich gelassen haben.«

Ich sah auf die großen Fenster des Lofts, auf den Julisonnenschein, der geradewegs aus dem Himmel herunterzustrahlen schien.

»In den vergangenen Jahren habe ich viel darüber nachgedacht«, sagte ich. »Um es zu verstehen. Um mir zu erklären, was geschehen war. Und das ist das Beste, was mir einfallen wollte. Im Leben eines Menschen ist nur so und so viel Platz. Und ich weiß, dass Männer so etwas andauernd tun. Ihre Familien verlassen.« Ich sah die Frau von Cafcass wieder an. »Aber auch Frauen tun so etwas. Meine Tochter und ich blieben zurück und mussten damit zurechtkommen. Und das ist uns gelungen.«

»Ihre Exfrau führt an, Sie hätten sie ausgegrenzt.«

Ich zügelte meine Wut. »Seitdem meine Exfrau uns verließ, hat meine Tochter von ihrer Mutter keine einzige Geburtstagskarte bekommen. So beschäftigt war meine Exfrau. So grausam war sie. Meine Exfrau wurde nicht ausgegrenzt. Sie hat sich entschlossen, die Familie zu verlassen. Scout und ich mussten ohne sie weitermachen.«

Wie immer lag bei uns eine Menge Spielzeug auf dem Boden herum, das meiner Tochter und unserem Hund gehörte. Ein Gummiknochen. Eine alte Zornige-Prinzessinnen-Puppe. Und ein extrakleiner Boxhandschuh.

Ms Vine starrte ihn an, als könnte sie nicht fassen, was sie entdeckt hatte, und hob ihn auf.

»Er gehört Scout«, sagte ich.

»Sie boxt?«

Ich lächelte.

»Meine Tochter schlägt gern auf die Pads ein.«

Einen Moment lang war Ms Vine sprachlos.

»Finden Sie nicht, dass Sie damit zu Gewalttätigkeit ermutigen?«

»Ich glaube, ich ermutige meine Tochter damit, zu glauben, dass sie in dieser verdorbenen Welt selbst für sich einstehen kann. Ich will, dass sie ein selbstbewusstes kleines Mädchen ist. Ich will, dass sie eine starke junge Frau wird. Ich will, dass sie gegen alles gewappnet ist, was das Leben für sie bereithält.«

»Also prügelt sie auf Gegenstände ein?«

»Oft und kräftig.« Ich ging in die Falle. Sehenden Auges.

Sie schrieb es sich auf.

Verlier nicht die Beherrschung.

»Es ist – schauen wir einmal – neunmal vorgekommen, dass Sie Ihre Tochter zu spät von der Schule abgeholt haben, Mr Wolfe?«

»Wer zählt das?«

Sie schenkte mir ein Lächeln, das so dünn war wie ihre kleine grüne Akte.

»Die Schule hatte großes Verständnis«, sagte ich. »Sie waren ganz ...«

»Hier geht es nicht darum, wie *verständnisvoll* die Schule ist, Mr Wolfe. Es geht um das Wohlergehen Ihrer Tochter! Es geht darum, wie gut Sie Ihren Elternpflichten nachkommen können. Ich versuche herauszufinden, ob Ihr Job mit Scouts bestem Interesse vereinbar ist.«

»Das ist kein Job. Es ist ein Beruf. Und mein Beruf hat keine festgelegten Zeiten. Ich bin rund um die Uhr in Bereitschaft, sieben Tage in der Woche.«

Ich wusste nicht, wie ich es ihr erklären sollte. So vieles fand ich schwierig zu erklären.

»Haben Sie jemals Fotos von Nine-Eleven gesehen?«, fragte ich sie.

Sie sah mich an, als redete ich eine Sprache, die sie nicht verstand.

»Eines der berühmtesten Fotos vom 11. September 2001 zeigt einen New Yorker Feuerwehrmann namens Mike Kehoe, wie er in einen der Türme rennt, während alle anderen Menschen versuchen, aus ihnen zu entkommen«, sagte ich. »Hinterher nahm jedermann an, Mike Kehoe müsse gestorben sein, als die Türme zusammenstürzten. Weil an jenem Tag so viele seiner Kollegen ums Leben kamen. Dreihundertdreiundvierzig Feuerwehrleute des NYFD. Sechzig Polizisten und acht Rettungssanitäter. Aber Mike Kehoe kam wieder heraus.«

Sie kämpfte gegen ein Seufzen an.

»Worauf wollen Sie hinaus, Mr Wolfe?«

»Ich will darauf hinaus, dass die Welt in die Menschen unterteilt ist, die vor lebensbedrohlichen Schwierigkeiten davonlaufen, und die Menschen, deren Job es ist, in solche Situationen hineinzulaufen. Das war Mike Kehoes Job – sich in die Gefahr zu stürzen. Und ich denke gern, dass ich wie Mike bin. Zumindest strebe ich danach, ein Mann wie Mike Kehoe zu sein. Und Sie brauchen Menschen wie uns. Denn wenn bei Ihnen jemand mitten in der Nacht die Haustür eintritt, dann wollen Sie zum Telefon greifen und einen von uns rufen können – von den Menschen, die sich in die gefährlichen Situationen stürzen –, damit er kommt und sich, ohne nachzudenken und ohne Fragen zu stellen, zwischen Sie und den stellt, der da gerade Ihre Haustür eintritt. Aber – und darauf will ich hinaus – es ist ganz schön schwierig, das immer im Terminkalender unterzubringen, und deshalb verspäten Menschen wie ich uns manchmal, wenn wir unsere Töchter von der Schule abholen. Manchmal kommen wir auch gar nicht mehr nach Hause.«

Sie war nicht beeindruckt.

Sie sah mich an, als wäre all das nur ein Haufen – wie würde sie es nennen? – patriarchalischer Macho-Bullshit.

Sie blickte auf ihre Uhr, als verschwendete ich ihre kostbare Zeit.

»Und was wird aus Ihrer Tochter, wenn Sie nie wieder nach Hause kommen?«

»Ich hoffe, sie wird stolz auf mich sein.«

Sie hob die ungezupften Augenbrauen.

»Was geschieht jetzt als Nächstes?«, fragte ich.

Scout kam bald nach Hause. Und wenn es so weit war, wollte ich allein sein.

»Was aus Ihrem Kind wird, entscheidet das Gericht«, sagte Ms Vine. »Der Richter oder die Richterin wird jeden anhören, der mit dem Fall zu tun hat, ehe sie oder er seine oder ihre Entscheidung fällt.«

»Aber Sie *kennen* Scout überhaupt nicht«, wandte ich ein. »Keiner von Ihnen kennt sie.«

Sie schlug die kleine grüne Akte zu, als wäre das irrelevant.

»Nun, ich denke, wir haben alles«, sagte sie und stand auf.

»Nicht ganz«, sagte ich.

»Ich bitte um Verzeihung?«

»Ms Vine«, sagte ich. »Bitte – ich möchte nichts von alldem für meine Tochter.«

»Wie bitte?«

»Ich möchte nicht, dass Scout von Ihnen befragt wird – oder jemandem wie Ihnen. Bitte nehmen Sie mir das nicht übel. Das ist nichts Persönliches. Ich weiß, dass Sie nur Ihre Arbeit tun. Und ich verstehe, dass Ihr Job darin besteht, für das Kind einzutreten. Aber bitte – bitte, Ms Vine –, ich möchte nicht, dass Scouts Glück sondiert und getestet und hin und her geschoben wird. Ich möchte nicht, dass ihr Leben in einem Gerichtssaal ausgebreitet wird. Ich möchte nicht, dass sie befragt wird.«

Sie lachte bellend.

»Warum um alles in der Welt nicht?«

Weil wir – meine schöne Exfrau und ich – ihr bereits zu viel von ihrer Unschuld geraubt haben, dachte ich.

Weil Scout für die Fehler, die zwei Erwachsene begangen haben, schon einen zu hohen Preis zahlen musste.

Weil es sie verletzen und verwirren und verstören würde.

Aber ich sagte nichts von alldem.

»Weil ich meine Tochter liebhabe«, sagte ich.

Wir waren auf dem Weg zur Wohnungstür. Stan kratzte an der Tür, weil er aus Scouts Zimmer herauswollte. Er wusste, dass nackte Beine im Loft herumliefen. Er wollte zu ihnen. Er wollte mit dem Kopf unter den Hippierock. Er wollte mal richtig gut schnüffeln.

»Ich habe keine Kontaktdaten zu Ihrem Rechtsbeistand, Mr Wolfe.«

»Ich habe keinen«, sagte ich.

»Kümmern Sie sich um einen«, sagte sie.

Als Scout von dem verlängerten Nachmittag bei ihrer Freundin Mia zurückkam, war sie erschöpft.

Rudern bedeutete für sie mehr als eine flüchtige Laune. Rudern war in diesem Sommer ihr Ding. Rudern auf der Themse. Rudern auf dem Serpentine. Und das laugte sie aus.

Stan und ich warteten an ihrem Bett, während sich Scout müde die Zähne putzte, den Schlafanzug anzog und unter ihr Plumeau kroch.

Ihre Augen schlossen sich, bevor ich das Buch mit den Gedichten an einer zufälligen Stelle aufschlug.

Auf der Waterloo Bridge, den Wind im Haar,
möchte ich hüpfen. Du bist verrückt! *Ist mir egal.*
Der Kopf tut seines Bestes, aber das Herz hat's verlangt,
das gebe ich zu, bevor ich halb hinübergelangt.

Ich klappte das Buch zu und küsste sie auf den Scheitel.

»Schlaf gut, Scout.«

Doch sie schlief schon.

Mein Handy vibrierte, als Stan und ich aus Scouts Zimmer gingen. Die SMS kam von einer unbekannten Nummer.

Du wirst vor mir kriechen.

Ich schoss ans Fenster, als könnte ich ihn sehen, wie er auf der Straße auf mich wartete.

Und da war er.

Er war groß und schlank, fit und hart, in Sportkleidung. Wenn man ihn nicht kommen sah, war es vorüber, ehe es begann. Und selbst wenn man ihn kommen sah, machte er den Eindruck, als könnte er einen schwerer treffen, als man verkraftete. Er trug Laufschuhe. Vor seinen Füßen stand eine Sporttasche, in der sich alles Mögliche verbergen konnte. Seine Kapuze war hochgezogen und verdeckte sein Gesicht. Er lungerte an der Stelle herum, wo die Grant Avenue begann, die große zentrale Passage durch den Fleischmarkt von Smithfield.

Und er blickte zu unserem Loft hoch.

Ich starrte auf die Tür von Scouts Zimmer.

Alle meine Instinkte verlangten, dass ich bei ihr blieb.

Ich wusste aber, dass wir so nie in Sicherheit wären.

Beende es jetzt.

Ich stellte Stan Futter und Wasser hin und drehte den Schlüssel dreimal in der Wohnungstür, als ich sie leise hinter mir schloss. Ich dachte an die Sozialarbeiterin.

Du bist nicht die Beschützerin meiner Tochter, dachte ich.

Ich bin ihr Beschützer.

Ich konnte das Haus nicht durch die Vordertür an der Charterhouse Street verlassen, sonst hätte er mich gesehen, also stieg ich aufs Dach. Die Aussicht raubte mir den Atem. Vor mir machte sich der Fleischmarkt bereit für die Nacht. Das Mondlicht schimmerte auf Wrens großer weißer Kathedrale, den hohen alten Türmen des Barbican und den neueren, weit höheren Türmen aus Glas und Stahl, die überall die Stadt überragten.

Vom Dach aus sah ich, dass der Mann in den Schatten noch immer da war und noch immer zum Loft hochstarrte. In der Grand Avenue fand er gute Deckung.

Eine Kolonne von Kühllastern und weißen Lieferwagen säumte die Straße. Überall sah ich Männer in weißen Kitteln, die ihre Last an Fleisch in den Markt trugen. In dieser Menge konnte man superleicht untertauchen.

Ich überquerte das Dach zur Rückseite des Gebäudes und stieg die alte eiserne Feuertreppe hinab. Sie klirrte unter meinen Füßen. Der Notausgang hinten war nie abgeschlossen, und durch ihn gelangte ich hinaus auf die Cowcross Street, eine der alten gewundenen Nebenstraßen von Smithfield. Ich folgte ihr rasch und blieb am Anfang der Charterhouse Street stehen.

Er war noch da. Natürlich war er noch da.

Ich ging nach rechts, weg von meinem Zuhause, weg vom Haupteingang, wo die dunkle Gestalt wartete, und betrat den Central Market am anderen Ende.

Der Fleischmarkt war erfüllt von Rufen und Pfiffen, Drohungen und Gelächter. Das Gebäude ist innen lang und schmal, und ich ging die ganze Länge ab, vierhundert Meter, und auf beiden Seiten von mir arbeiteten die Männer in weißen Kitteln fachmännisch an riesigen Klötzen aus blutigem Fleisch.

Und überall waren potenzielle Waffen.

Ich ging rasch, ohne Pause, ohne von einer Seite zur anderen zu schauen. Meine Augen waren immer geradeaus gerichtet, auf den Ausgang fixiert, der mich auf die Grand Avenue brachte und zu dem Mann, der sich in den Schatten verbarg.

Und während ich ging, suchte ich mir eine Waffe.

Zuerst nahm ich ein Ausbeinmesser mit fünfzölliger

schmaler Klinge, aber ein paar Stände weiter legte ich es wieder hin, umfasste ein zehn Zoll langes Kochmesser mit der rechten Hand und lief weiter, die Arme locker an der Seite, das Kochmesser in der rechten Hand.

Dann, kurz bevor ich den Hauptgang verließ, entdeckte ich, was ich wirklich suchte.

Ein Fleischerbeil und Schnittschutzhandschuhe, wie Metzger sie benutzen, damit sie bei ihrer Arbeit keine Finger verlieren.

Ich ließ das Kochmesser liegen, nahm das Beil und die Handschuhe, die ich mir überzog, ohne im Schritt innezuhalten. Das Fleischerbeil hielt ich gesenkt an der rechten Seite, den Blick nach vorn gerichtet. Die Schnittschutzhandschuhe waren feucht vom Blut eines frischgeschlachteten Tieres.

Ich trat hinaus in die Nacht.

Er war noch da und beobachtete das Loft, aber er bemerkte mich hinter sich und drehte sich um, als ich gerade das Fleischerbeil hob, um ihn damit an der Stelle zu treffen, wo die Schulter in den Hals übergeht.

»Jackson!«, rief ich und ließ langsam das Fleischerbeil sinken. »Was zum Teufel soll das?«

Er antwortete mir nicht, und er brauchte auch nicht zu antworten, denn ich wusste, dass er genau das tat, was er immer getan hatte, seit wir Kinder gewesen waren.

Jackson Rose deckte mir den Rücken.

»Jemand hat es auf dich abgesehen«, sagte er.

25

In den Stunden vor der Morgendämmerung setzten wir uns mit einer Kanne voll schwarzem Kaffee an meinen Küchentisch.

Jackson zog ein gefaltetes DIN-A4-Blatt aus seiner Jacke und breitete es auf der Tischplatte aus. Ich sah die digitale Titelseite der *Daily Post*; das Foto war an dem Tag, an dem ich mir die Leiche Ahmed Khans angesehen hatte, vor der Westminster Public Mortuary in der Horseferry Road aufgenommen worden. Es zeigte mein Gesicht in dem Moment, in dem ich mich von Scarlet Bush abwandte. Jeder Mord sei ein Hassverbrechen, hatte ich zu ihr gesagt, und das hatten sie als Schlagzeile benutzt.

Auf dem Foto fehlten meine Augen.

Weil jemand sie ausgeschossen hatte.

Ich grinste Jackson an. »Sind das eure neuen Zielscheiben im Schießstand?«

Jackson blieb ernst.

»Das habe ich in meinem Spind gefunden«, sagte er. »In meinem abgeschlossenen Spind, Max. Jemand hat dich ganz schön auf der Latte. Und ich glaube nicht, dass man das mit einem Witz abtun kann.«

»Tibbs?«

Jackson schüttelte den Kopf. »Das wäre nicht Jesses Stil. Er ist ein Hitzkopf und ein Großmaul, aber was er dir zu sagen hat, das sagt er dir ins Gesicht. Hast du ja selbst erlebt. Viele von denen da haben was gegen dich.« Er zögerte. »Sie geben dir die Schuld an Ray Vanns Tod. Weil du seine Geschichte nicht bestätigt hast. Weil du vor der IPCC nicht das Gleiche erzählt hast wie er.«

»Sie werfen mir vor, nicht gelogen zu haben«, sagte ich.

Er zuckte mit den Schultern.

»Und was ist mit dir, Jackson?«

»Ich bin auf deiner Seite. Auch wenn du ein halsstarriger Mistkerl bist, der unrecht hat.«

»Herzlichen Dank. Nach allem, was ich von Ray Vann mitbekommen habe, war er ein anständiger, aber schwer geschädigter Mann. Mir tut es leid, dass er tot ist. Aber: Er hat einen Fehler begangen. Er hat einen Mann erschossen, dem er Handschellen hätte anlegen können. Er hat einen Mann hingerichtet, den er hätte verhaften müssen.«

Jackson verzog gequält das Gesicht. Er trug noch immer sein himmelblaues Band zum Gedenken an die Opfer von Lake Meadows. Die Farbe verblasste schon.

»Ray Vann hat einen Terroristen erschossen, Max. Möglich, dass Adnan Khan sich wirklich ergeben wollte, aber vielleicht hat er es auch nur vorgetäuscht. So oder so war er ein Massenmörder. Wer weiß schon, was in diesem winzigen Hirn vorging. Auf jeden Fall war er genau die Sorte von mordlustigem Tyrann, die da draußen in dieser verdorbenen Welt kleinen Mädchen eine Kugel durch den Kopf jagen darf, weil sie die Sünde begangen haben, zur Schule gehen zu wollen. Oder die mit einer Drohne einen Hubschrauber auf Menschen abstürzen lässt, denen sie nie begegnet sind, die ihnen nichts getan haben und die vielleicht sogar zum gleichen Gott beten wie sie. Was immer wir tun, allzu sentimental werden sollten wir nicht wegen dieses Drecksacks. Ray Vann hat einen tollwütigen Hund zur Strecke gebracht.« Stan rührte sich zwischen seinen Füßen, und Jackson kraulte ihn hinter den Ohren. »Nicht böse gemeint, Stan.«

Ich wollte nicht mit ihm streiten.

»Du wusstest aber, dass ich für Ray nicht lügen würde, oder?«, fragte ich.

Jackson nickte. »Natürlich. Wenn sie dir eine Lüge nachgewiesen hätten, wärst du deinen Job losgewesen.« Er wies auf die geschlossene Zimmertür. »Und dann hättest du vermutlich auch Scout verloren.«

Und jetzt würde ich Scout vielleicht trotzdem verlieren.

Ich schob das Foto weg, auf dem mir die Augen ausgeschossen worden waren.

»Zu spät, um Ray Vann zu retten«, sagte ich.

»Aber nicht zu spät, um dich zu verteidigen.«

Jackson hob seinen Seesack auf den Tisch, öffnete den Reißverschluss und nahm ein verwaschenes Lonsdale-T-Shirt heraus, das einmal mir gehört hatte. In das T-Shirt war eine Pistole eingewickelt.

Behutsam legte er die Waffe auf den Küchentisch.

»Eine Glock 19«, sagte er. »Eine Selbstladepistole Kaliber neun Millimeter. Polymerkonstruktion, Rückstoßlader. Safe-Action-Abzugsystem.«

Ich sagte nichts.

»Keine Sorge«, sagte er. »Sie ist nicht von der Met.«

Ich nahm den Blick nicht von der kurzen, dicken Schusswaffe.

»Das erleichtert mich«, sagte ich. »Im ersten Moment dachte ich schon, du bringst mich in Schwierigkeiten. Ist das ein Souvenir aus deiner Militärzeit?«

Er zuckte mit den Schultern.

»Wie viel Zeug hast du denn mit nach Hause genommen?«, fragte ich.

»Nichts, was die British Army vermissen wird.« Er machte eine Kopfbewegung zu der Glock. »Du weißt ja, wie man damit umgeht.«

Ich fasste sie nicht an. Ich dachte, wenn ich sie je in meinem Leben anfasste, dann nur mit einem brandneuen Paar blauer Einmalhandschuhe aus Nitrilkautschuk.

»Kann sie zurückverfolgt werden?«

»Nur wenn sie dich mit ihr erwischen.«

Wir schauten beide auf die Glock.

»Die Seriennummer wurde entfernt«, sagte Jackson. »Ich zeige dir noch mal, wie man sie reinigt. Waffenreinigen ist simpel, aber wichtig. Deine Glock hat nur vier Teile. Griffstück, Lauf, Verschluss und Rückholfeder. Das ist alles. Und das Magazin natürlich. Wichtiger Sicherheitshinweis, wenn du deine Glock reinigst: Pass auf, dass keine Patrone in der Kammer ist. So bringen sich die Leute beim Waffenreinigen um. Das Magazin ziehen sie raus, aber sie denken nicht daran, dass in der Kammer noch eine Patrone ist. Und diese Patrone ist dann tödlich. Hast du das alles verstanden? Max?«

Ich sagte nichts.

Er sah aus dem Fenster. Die Sonne ging auf. Ein neuer wunderschöner Tag brach an. Jackson reckte sich und gähnte.

»Ich will bloß nicht, dass du stirbst, Max.«

»Ich auch nicht.« Ich starrte die Glock an, die zwischen uns auf dem Tisch lag. »Das ist kein Army-Modell«, sagte ich. »Die hast du nicht beim Militär mitgehen lassen. Du hast sie woanders geklaut, aber nicht bei der Army.«

»Woher willst du das wissen?«

Das war es, was ich wusste.

Das war es, woran ich mich erinnerte aus der Zeit, als wir zwei Jungen waren, die einander näherstanden als Brüder.

Mein Freund Jackson Rose war ein Dieb.

Als wir Kinder waren, hatte ich seine Diebstähle für ein äußeres Zeichen seiner Wildheit gehalten. Zwanghaft ließ er in jedem Geschäft etwas mitgehen, ob im Zeitschriftenladen um die Ecke oder in einem riesigen Kaufhaus im West End.

Jetzt erkannte ich mit einem Mal, dass ein Dieb immer ein Dieb bleibt.

»Wem hast du sie geklaut, Jackson?«

»Jemandem, der sie nicht mehr braucht.«

Ich glaubte ihm.

Trotzdem rührte ich die Waffe nicht an.

Mit gesenktem Kopf saß George Halfpenny in einem Vernehmungsraum von West End Central.

Der Berufsverbrecher schaltet auf Autopilot, wenn er im Vernehmungsraum schmort, der Rekorder läuft und der Anwalt gelangweilt neben ihm sitzt. Eine beinahe zenmäßige Ruhe senkt sich über den Gewohnheitstäter. Er weiß, dass wir hier sind, um das Fundament seiner Gefängnismauern zu errichten. Er weiß, dass das seine Zeit erfordert. Er weiß, dass er Geduld und List braucht.

George Halfpenny war anders.

Er wirkte wie ein Mann, der bereits gebrochen worden war.

»Sie haben PC Sykes mit Vorsatz körperlichen Schaden zugefügt«, sagte Whitestone zu ihm. »Sehen Sie mich an, wenn ich mit Ihnen rede, haben Sie verstanden?«

Halfpennys Blick glitt zu Whitestones Gesicht, aber er konnte sie nicht länger als einen Moment ansehen. Er wusste, was er in ihrem Gesicht finden würde: dass sie ihn lebenslang hinter Gitter bringen wollte.

Sie nickte zu der Akte vor mir. Ich schob sie zu ihr hinüber. Sie nahm sie auf und blätterte darin.

»Bevor Sie als Rikschafahrer arbeiteten, waren Sie fünf Jahre lang bei der Territorial Army. Offenbar haben Sie Ihre Ausbildung ernst genommen. Gute Beurteilungen für unbewaffneten Kampf, sehe ich hier. Ein großer starker Junge, der die Beherrschung verliert – beschreibt Sie das, George?«

Halfpenny sah sie endlich an, und als er sprach, klang seine Stimme rau und gebrochen.

»Das ging alles so schnell. Ich wollte ihn nicht verletzen. Ich bin kein gewalttätiger Mensch.«

»Sie haben den Beamten gehasst, der Ihretwegen im Koma liegt«, erwiderte sie. »So wie Sie alle Cops hassen.«

»Ich hasse überhaupt niemand.«

»Na, na, George.« Whitestone lachte leichthin. »Sie hassen niemanden? Wirklich? Wir haben stundenlange Videos von Ihnen, wie Sie vor Ahmed Khans Haus in der Borodino Street predigen. Die Menge aufputschen. Abend für Abend. Sie haben eigenhändig dafür gesorgt, dass eine Friedenskundgebung im Victoria Park in einen Aufruhr umschlug. Sie sind voller Hass. Sie sind voller Wut.«

»Ich habe Ahmed Khans Söhne gehasst – nein, selbst das stimmt nicht. Ihre Taten habe ich gehasst. Ich habe gehasst, was sie den Menschen in dem Hubschrauber angetan haben. Und den Leuten am Boden, wo er abstürzte. Und ich habe gehasst, was sie Alice Stone angetan haben.«

Whitestone explodierte. »Wagen Sie es nicht, ihren Namen in meiner Gegenwart zu missbrauchen, Sie Dreckschwein! Nicht nach dem, was Sie PC Sykes angetan haben!«

Sein Anwalt merkte auf. »Mein Mandant ...«

Whitestone winkte ab. »Ihr Mandant wird sagen, dass er niemals jemand verletzen wollte. Das ist mir klar. Ich wette, das ist PC Sykes' zweijähriger Tochter und seiner schwangeren Frau ein großer Trost. Alles ein schrecklicher Unfall. Na und? Na und? *Na und, verdammte Scheiße?*« Sie schüttelte den Kopf über George Halfpenny. »Glauben Sie bloß nicht, dass Sie für den Mord an Ahmed Khan schon vom Haken sind.« Sie tippte auf die Akte, die vor ihr lag. »Ich habe hier gelesen, dass Sie die Sanitäterausbildung für Fortgeschrittene gemacht haben, während Sie bei der Territorial Army waren. Mit der menschlichen Anatomie kennen Sie sich also genügend aus, um genau zu wissen, wo Sie mit dem Messer zustechen müssen, wenn Sie jemanden umbringen wollen.«

Halfpenny sah mich an. »Sie haben gesehen, dass ich an dem Tag, als Ahmed Khan starb, nicht mal in seiner Nähe war«, sagte er. »Sie haben doch mein Handy gesehen. Sie wissen, dass ich mit meinem Bruder schwimmen war.«

»Unsere Techniker kaufen Ihnen das nicht ab«, sagte ich.

Ich wandte mich an seinen Anwalt. »Colin Cho von der PCeU – der Police Central e-crime Unit, unserer Einheit gegen Computerkriminalität –, sagt mir, dass Datum und Uhrzeit solch einer Aufnahme extrem leicht zu fälschen sind. Sie führen gerade Tests durch. Die PCeU wird feststellen, ob die Angaben korrekt sind oder nicht.«

»Aber *Sie* glauben mir doch?«, flehte George.

»Was ich glaube, spielt keine Rolle«, sagte ich.

Whitestone stand vom Tisch auf. »Selbst wenn Datum und Uhrzeit nicht gefälscht sind und wir Sie nicht des Mordes an Ahmed Khan beschuldigen, sehen Sie dafür, dass Sie meinen jungen Kollegen ins Koma geprügelt haben, immer noch einer lebenslangen Haftstrafe entgegen. Und einer Menge rauem Gefängnissex.«

»Ich muss doch wirklich sehr bitten«, sagte der Anwalt.

»Ihr Mandant hat einen jungen Polizeibeamten angegriffen, der jetzt ein Blutgerinnsel im Gehirn hat.« Whitestone war mit einem Mal ganz ruhig. »Davon erholt man sich nicht ohne Weiteres. Ihr Mandant hat das Leben eines unserer Kollegen zerstört. Mit der Frage des Vorsatzes können sich der Richter und die Geschworenen beschäftigen. Aber Sie – und das ist ein Rat, den Sie wirklich beherzigen sollten –, Sie täten gut daran, sich Ihre professionelle Empörung für jemanden aufzusparen, dem sie nicht völlig scheißegal ist.«

Whitestone und ich fuhren mit dem Aufzug ins oberste Stockwerk.

»Sie wissen, dass er Ahmed Khan nicht ermordet hat«, sagte ich.

»Ich will ihn lebenslang hinter Gitter bringen«, sagte sie. »Mit welchem Etikett, das ist mir egal.«

Ich widersprach ihr nicht. Denn wessen wir George Halfpenny auch beschuldigten und zu welchem Urteil Richter und Geschworene eines Tages auch gelangten, Whitestone hatte recht.

Sykes' kleine Tochter war des Vaters beraubt worden, den sie kannte, und seiner Frau war der Mann genommen, den sie geheiratet hatte. Ich hatte schon solche Verletzungen wie die des jungen Polizisten erlebt. Ich wusste, dass sie ausnahmslos mehr als nur ein Leben veränderten.

Eine junge Frau mit einem Baby stieg in den Lift. Wir sehen in West End Central nicht viele Kleinkinder, und Whitestone und ich grinsten es beide dämlich an, ein dickes kleines glatzköpfiges Ding von vielleicht sechs Monaten, und erinnerten uns an unsere eigenen Kinder in diesem Alter.

Die Frau war fürs Fitnessstudio angezogen und hatte einen Milchfleck vorn auf ihrem Sweaty-Betty-Top, eine gutaussehende junge Frau, die versuchte, in Form zu bleiben, aber eindeutig unter den Anforderungen des Lebens litt.

Sie stieg auf unserer Etage aus, und das Baby schlief in ihren Armen ein. Sie wiegte es sanft und sah sich um, während wir an ihr vorbeigingen. Schließlich folgte sie uns auf dem Korridor zum MIR-1. Ich nahm an, sie hatte sich verlaufen, aber wie sich erwies, wusste sie ganz genau, wohin sie ging.

Als wir in den Raum kamen, sahen Edie Wren und Joy Adams an ihren Arbeitstischen auf.

Und Edie wich das Blut aus dem Gesicht.

Die junge Frau mit dem Milchfleck auf der Brust starrte sie an und bebte so heftig, dass das Baby aufwachte.

»Du beschissene Hure, lass die Finger von meinem Mann!«, brüllte die Frau.

Sie stand in der Tür. Das Baby weinte, aber ihr Gesicht war verzerrt von Wut und Kummer. Ihre Augen funkelten.

»Er ist *verheiratet. Mit mir.* Du machst unsere Ehe kaputt. Warum kannst du einfach nicht die Finger von ihm lassen!«

Und dann war sie fort.

Edie senkte den Blick auf ihren Arbeitstisch. Sie schien nicht mehr zu atmen. Sie ließ den Kopf hängen, und eine Träne fiel auf ihre Tastatur. Ich wollte die Arme um sie legen und sie an mich drücken. Ich wollte sie aus diesem Raum schaffen. Aber ich machte keine Anstalten, sie auch nur zu berühren.

Abgesehen von den Nachrichten auf dem großen Fernseher herrschte absolutes Schweigen im MIR-1.

»Joy?«, fragte Whitestone.

»Ma'am?«

»Versuchen Sie, von Halfpennys ehemaligem kommandierendem Offizier eine Aussage über seine Zeit bei der Territorial Army zu bekommen. Ich interessiere mich für aktenkundige Besessenheit mit Messern, Fechtwaffen und Bajonetten. Alles, was nach einem ungesunden Interesse an Waffen aussieht, wäre gut, aber uns kommt es vor allem auf krankhafte Fixierung auf scharfe Gegenstände an. Wenn sich Datum und Uhrzeit des Videoclips aus dem Schwimmbad als manipuliert erweisen, bringen wir ihn wegen Mordes vor Gericht.«

»Jawohl, Ma'am.« Adams griff nach dem Telefon.

»Edie?«

Edie sah zu ihr hoch. Auf den Wangen in ihrem blassen irischen Gesicht waren rote Flecken, als wäre sie geohrfeigt worden.

»Ma'am?«

»Niemanden kümmert Ihr gebrochenes Herz, Edie«, sagte Whitestone leise. »Heben Sie sich das Melodram für nach der Arbeitszeit auf. Pflegen Sie Ihr wundes Innerstes in Ihrer Freizeit. Okay?«

Edie nickte und wischte sich mit dem Handrücken das Gesicht ab.

»Jawohl, Ma'am.«

Whitestone wandte sich mir zu, um mir eine Anweisung zu erteilen, aber ich achtete schon nicht mehr auf sie.

Ich betrachtete die neueste Meldung auf dem großen Fernsehschirm.

»Schauen Sie«, sagte ich.

Das Haus in der Borodino Street stand in Flammen.

26

Ein Feuer dieser Art sieht man, wenn ein Brandbeschleuniger wie Petroleum ins Spiel kommt und Kerosin, Benzin oder Diesel durch einen Briefschlitz gegossen oder gesprüht und dann entzündet wird.

Feuer dieser Art sieht die Polizei andauernd.

Der Notruf musste schnell erfolgt sein, denn der Brand war zwar heftig, beschränkte sich aber auf das Erdgeschoss. Aus den Resten der Haustür und den Parterrefenstern züngelten Flammen und hüllten das Haus der Khans in dicke schwarze Wolken aus erstickendem Rauch.

Als wir in der Borodino Street ankamen, parkte ein halbes Dutzend Feuerwehrwagen auf der Fahrbahn vor dem Haus.

Layla Khan stand mit ihrer Großmutter und einer jungen Anwältin aus Ludo Mounts Kanzlei zusammen. Schweigend sahen sie zu, wie ihr Haus brannte. Zum ersten Mal erlebte ich sogar Azza Khan sprachlos. Die stämmige alte Frau zupfte an ihrem Kopftuch, und wenn sie den spöttischen Jubel der Gaffer bemerkte, die von der Polizei am Ende der Straße zurückgehalten wurden, so ließ sie es sich durch nichts anmerken.

»Wenn das nachts passiert wäre«, sagte Whitestone, »hätten sie in ihren Betten verbrennen können.«

Fire Officer Mark Truman stand mit der DCI und mir zusammen und beaufsichtigte die Männer, die geschlängelte, hundert Meter lange Schläuche von den riesigen Dreiachsern abrollten, zur Brandstelle dirigierten und tausende Liter Wasser ins Feuer schossen.

»Möglich, dass es ein Unfall war?«, fragte ich. »Ein schadhafter Boiler? Kabelbrand? Eine vergessene Pfanne auf dem Herd?«

Truman lächelte grimmig.

»Immer möglich.« Er wischte sich die Stirn. »Das habe ich nicht festzustellen.«

Kleine Gruppen von Spezialisten warteten schon. Ihre Aufgabe würde es sein, meine Frage zu beantworten. Ein höherer Feuerwehrbeamter vom Fire Investigation Team war eingetroffen, und Tatortermittler stiegen in die Schutzanzüge und Stiefel, unter ihnen auch ein Chemiker, der Identifikationsproben des Brandschutts zur Laboranalyse einsammeln sollte. Alle mussten sie jedoch warten, bis Mike Truman und seine Leute das Feuer gelöscht hatten.

An den Überresten der Haustür wütete die Feuersbrunst am wildesten. Noch während wir zusahen, löste sich das brennende Türblatt von seinen Angeln und schien zu nichts zusammenzuschmelzen.

»Das ist der Brandherd«, sagte Whitestone.

Mike nickte. »Wir müssen den Bericht des FITs abwarten, aber für mich sieht es danach aus, als hätte das Feuer an der Haustür begonnen.«

»Und Brände beginnen nicht zufällig auf der Fußmatte«, sagte ich.

Joy Adams trat auf uns zu. »Die meisten Anwohner haben ihre Häuser verlassen«, meldete sie. »Sie sind für die Nacht in Kirchen, Synagogen und Moscheen untergebracht. Edie und ein paar Streifenbeamte nehmen Zeugenaussagen auf. Bisher haben wir niemand gefunden, der etwas gesehen hat.«

Whitestone zeigte auf die Menge am Ende der Straße. »Und wer redet mit denen?«

Diese Menge war eine andere. Als das Blumenmeer zu Alice Stones Andenken ausgelegt wurde, schienen die Menschen, die die Borodino Street besuchten, aus allen Schichten der Gesellschaft zu kommen. Männer aus der City. Rentner aus dem East End. Junge Frauen mit Sonnenstudiobräune. Schulkinder und ihre Eltern.

Jetzt war die Menge vor allem jung, männlich und wütend. Bei jedem neuen Schwall von Rauch und Flammen aus den Fenstern und der Vordertür des Hauses in der Borodino Street zogen die Feuerwehrleute die Köpfe ein und wappneten sich gegen das Schlimmste, bevor sie sofort wieder an die Arbeit gingen, aber die Menge jubelte dann. Die meisten, stellte ich fest, hatten die Köpfe wie George Halfpenny an den Seiten und im Nacken kahlgeschoren und nur auf dem Scheitel einen Schopf stehen lassen.

Aber nicht alle von ihnen.

Father Marvin Gane stand am Rand der Menge und beobachtete den Brand vom Ende der Straße aus. Joy Adams bemerkte, wie ich ihn anstarrte.

»Father Gane bietet jedem, der es braucht, ein Feldbett in St. Anthony an«, sagte sie.

Ich wandte mich ihr zu.

»Sie kennen Father Gane?«

»Er hat meinen Vater begraben«, sagte Adams. »Und meine Schwester getraut. Mich hat er getauft. Meinen Brüdern hat er das Boxen beigebracht. Ich gehe jeden Sonntag, an dem ich keinen Dienst habe, zu ihm in die Messe.« Ihr Gesicht war reglos. »Ja, ich kenne ihn.«

»Sie wissen, dass Father Gane der Bruder eines unserer Kollegen ist, der in Ausübung seiner Pflicht den Tod fand?«

»Sein Bruder Curtis. Ich habe Curtis nicht gekannt.« Sie lächelte. »Er war kein großer Kirchgänger. Ich kannte Mrs Gane, ihre Mutter. Sie war mit meiner Mutter befreundet.«

»Weshalb kommt Father Gane immer wieder hierher, Joy?«, fragte ich. »Er ist weit weg von Brixton.«

Sie sah mich aufrichtig schockiert an.

»Er betet hier für die, die sich von Gott abgewandt haben«, sagte sie.

Adams ließ mich stehen, um Edie zu helfen.

Und plötzlich stand Scarlet Bush neben mir.

Gemeinsam sahen wir uns das Feuer an.

»Die Khan-Brüder haben echt was losgetreten, was?«, fragte sie.

Ich antwortete ihr nicht. Ich beobachtete das Mädchen. Layla Khan stand steif neben ihrer Großmutter, und gemeinsam starrten sie in das Feuer, versuchten einen Sinn zu finden in etwas, das überhaupt keinen Sinn hatte. Die junge Anwältin aus Sir Ludo Mounts Kanzlei stand noch bei ihnen, aber sie redete jetzt in zwei Smartphones auf einmal.

Scarlet Bush redete ebenfalls.

»Fragen Sie sich nicht, woher das kommt? Die mittelalterliche Gewalt, die den ganzen Hass und die ganze Gewalt ausgelöst hat? Möchten Sie nicht wissen, woher dieser Nihilismus kommt? Das Gift, das die Khan-Brüder in die Welt brachten? Jemand hat ihnen diese Essenz des Bösen in die Köpfe gesetzt. Irgendwo muss es ja beginnen, oder? In einem Internet-Chatroom. Bei einem Imam mit Schaum vor dem Mund. Ich kaufe niemandem ab, dass das bloß ein kumulativer Effekt ist. Von irgendwo muss es herkommen, Max. Genauso wie das Feuer da von jemandem angezündet worden sein muss. Wer hat die Gedanken der Khan-Brüder vergiftet? Irgendjemand muss es getan haben.«

»Das ist Ihre nächste Story, Scarlet. Vielleicht rettet sie Ihre Zeitung. Vielleicht rettet sie sogar Ihre Branche.«

Ich schaute auf die Uhr. In einer halben Stunde hatte ich einen Anwaltstermin in der Chancery Lane. Mir wurde klar, dass ich mit Sirene und Blaulicht fahren musste, wenn ich rechtzeitig dort eintreffen wollte.

»Es ist nicht meine Aufgabe, mir den Kopf zu zerbrechen, woher der Mist kommt«, sagte ich zu ihr. Der Gestank des Feuers stach mir in die Nase. »Meine Aufgabe ist es, hinterher aufzuräumen.«

Scarlet nickte unbeeindruckt.

»Und wie klappt das so?«, fragte sie.

Für ihren Job sah meine Anwältin viel zu jung aus. Sie war mir von Sergeant John Caine aus dem Black Museum empfohlen worden – sie hatte zwei von Johns erwachsenen Kindern vertreten, als ihre Familien zerbrachen –, und das hätte mir eigentlich genügen müssen. John Caine hatte mir stets fundierte Ratschläge gegeben.

Trotzdem sank mir der Mut, als sie mich in ihren Schuhkarton von Büro führte und auf einen der beiden Stühle vor ihrem unordentlichen Schreibtisch wies.

Maria Maldini, Fachanwältin für Familienrecht, sah aus wie Ende zwanzig. Höchstens. Ihr Name war italienisch, aber ihre ruhige, souveräne Art deutete auf eine Londoner Privatschule von der Sorte hin, für die man achtzehntausend Pfund im Jahr zahlte und die einem garantierte, dass man sie mit einem Selbstbewusstsein aus Panzerstahl verließ. Auf solch einer Schule konnte auch mein Hund Stan einen Spitzenabschluss machen. Maria Maldini wirkte jedoch weder alt noch erfahren genug, um meine Familie zusammenhalten zu können.

Aber dann ergriff sie das Wort. Und ich überdachte meinen ersten Eindruck.

»Ich glaube nicht, dass Ihre Exfrau eine realistische Chance auf das Sorgerecht hat«, sagte sie. »In unserem Land gibt es mittlerweile vierhunderttausend alleinerziehende Väter. Richtig, alleinerziehende Väter sind noch immer eine Minderheit – als ich das letzte Mal nachlas, etwa dreizehn Prozent im gesamten Vereinigten Königreich. Dennoch werden eine Million Kinder von alleinerziehenden Vätern aufgezogen.« Sie warf mir ein Lächeln zu, dem man ansah, dass es irgendeinen Kieferorthopäden zum reichen Mann gemacht hatte. »Und ich war eines davon.«

Ihr Assistent trat in die Tür.

»Kaffee?«, fragte sie mich.

»Espresso?«

»Sicher.«

»Dreifach?«

Sie grinste. »Zwei dreifache Espresso, Matthew«, sagte sie und lehnte sich zurück.

Dann erzählte mir Maria Maldini ihre Geschichte.

»Mein Vater hat mich aufgezogen, nachdem meine Mutter unser Haus verließ, als ich dreizehn war«, sagte sie. »Und falls Sie *das* für ein Klischee halten – die Mutter, kurz vor den Wechseljahren, gerät in eine Midlifecrisis, die ihre pubertierende Tochter verursacht –, dann sagen Sie mir mal, mit wem Mutter Ihrer Meinung nach durchgebrannt ist?«

Ich hatte keine Ahnung.

»Ihrem Tennislehrer.« Ihr Kopfschütteln verriet Verachtung und eine Verletzung, die nach fast zwei Jahrzehnten noch immer eine offene Wunde darstellte. Die Tür öffnete sich, und sie schwieg, während Matthew uns sorgsam unsere dreifachen Espressi servierte.

Ich nippte an meiner Tasse.

Maria Maldini kippte ihren Espresso in einem Zug herunter wie einen Shot Wodka.

»Danach habe ich nicht mehr viel von meiner Mutter gesehen«, sagte sie. »Fast wie Scout.«

Den Namen meiner Tochter kannte sie, ohne erst einen Blick in die Akte werfen zu müssen.

»Meine Mutter war sehr beschäftigt. Sie konzentrierte sich zu sehr auf die Verbesserung ihrer Grundschläge mit ihrem Tennislehrer, als dass sie mir oder meinem Bruder viel Zeit widmen konnte. Die älteste und traurigste Geschichte auf der ganzen Welt. Der abwesende Elternteil, der nicht genug Zeit für die Kinder hat, die er zurücklässt. Normalerweise sind es die Männer, die solche ...« – sie suchte nach dem passenden Ausdruck – »... selbstsüchtige Grausamkeit an den Tag legen. Aber nicht immer. Wie Sie wissen.«

Nun erst blickte sie in meine Akte.

»Sie haben Ihr Gespräch mit Cafcass hinter sich?«

»Eine Sozialarbeiterin kam vorbei …«

»Sagen Sie nichts. Ich kann es mir vorstellen. Irgendein schlechtgelauntes altes Flintenweib, das alle Männer für Vergewaltiger hält. Machen Sie sich um die Frau keine Gedanken. Ich bin in einem Zuhause aufgewachsen, in dem der Vater die Hauptbezugsperson war, Max. Wir werden nicht zulassen, dass sich jemand in die Erziehung Ihrer Tochter einmischt. Erzählen Sie mir jetzt bitte Ihre Geschichte.«

Mir schien, da gab es nicht viel zu erzählen.

»Meine Exfrau hat sich in einen anderen Mann verliebt und mit ihm eine neue Familie gegründet. Scout und ich blieben zurück und mussten sehen, wie wir zurechtkamen. Und wir kommen zurecht.«

»Probleme in der Schule? Verhaltensauffälligkeiten? Weint sie ihrer fehlenden Mutter hinterher?«

Ich schüttelte den Kopf. Fast musste ich lachen über die Vorstellung.

»Scout ist ein glückliches, intelligentes, liebevolles kleines Mädchen.« Ich zuckte mit den Schultern. »Sie ist einfach ein tolles Kind.«

Dann zögerte ich. Ich konnte nicht so tun, als hätte die Scheidung Scout völlig unberührt gelassen. Wir tun gern so, als würden Kinder von einer Scheidung nicht beeinträchtigt. Wir alle machen der Welt und uns selbst etwas vor, weil es so wehtut, die Wahrheit einzugestehen.

»Fahren Sie nur fort«, warf meine Anwältin leise ein.

»Scout umgibt ein gewisser Ernst«, sagte ich. »Ich weiß nicht, wie ich es sonst beschreiben soll. Ich habe das Gefühl, dass wir – meine Exfrau und ich, denn es war auch mein Fehler, denn zu einer Ehe gehören zwei … dass wir Scout etwas genommen haben. Sie ist anders als das kleine Mädchen, das sie geworden wäre, wenn meine Exfrau und ich zusammengeblieben wären. Man kann das nur schwer zugeben – dass man seinem Kind eine Wunde zugefügt hat, die es sein Leben lang begleiten wird. Aber wahr ist es trotzdem.«

»Und was sagt sie zu dem, was zwischen Ihnen und Ihrer Exfrau vorgegangen ist? Was hat Scout dazu zu sagen, dass sie von ihrem Vater aufgezogen wird? Was sagt sie über die Mutter, zu der sie nur sporadischen Kontakt hatte, seit die ihre Familie verließ?«

»Darüber sprechen wir nicht. Über diese Dinge.«

Maria Maldini war nicht im Entferntesten überrascht. Sie nickte forsch.

»Sorgerecht und Wohnortregelungen sollten immer dem Interesse des Kindes dienen. Die Wirklichkeit sieht so aus, dass sie fünfzig Jahre lang allein den Interessen der Mutter gedient haben. Aber das ändert sich nun endlich.«

»Sehen Sie, ich möchte deswegen keinen Krieg anzetteln«, sagte ich. »Ich möchte, dass Scout bei mir bleibt. Ich möchte aber nicht, dass es zu einem hässlichen Sorgerechtsstreit kommt. Scout soll nicht noch mehr verletzt werden, als sie es schon ist. Ich möchte sie beschützen.«

Maldini seufzte.

»Wir spielen kein kooperatives Spiel, Max. Das kommt daher, dass das gemeinsame Sorgerecht nicht funktioniert. Das gemeinsame Sorgerecht ist ein Mythos. So etwas wie geteilte Elternschaft gibt es nicht. Schon aus praktischen Gründen kann das nicht funktionieren – ein Kind muss irgendwo in die Schule gehen. Und es funktioniert aus emotionalen Gründen nicht – die meisten Geschiedenen wären sehr froh, wenn sie einander niemals wiedersehen müssten. Aber man muss darum kämpfen, Max. Und die meisten Väter kämpfen nicht. Zweifelsohne gibt es Männer, die zu sehr mit ihrem neuen Leben beschäftigt sind, um jeden Morgen ihr Kind zur Schule bringen zu wollen – aber es gibt andere Väter, gute Väter, die das Gefühl haben, überhaupt keine Chance zu haben. Und deshalb kämpfen sie gar nicht erst.«

Sie beugte sich vor.

»Noch einen dreifachen Espresso?«

»Ich habe noch, danke.«

Sie nickte.

»Sie haben das alleinige Sorgerecht verdient. Mit harter Arbeit. Ihre Tochter ist bei Ihnen glücklich. Es *ist* in ihrem Interesse, bei Ihnen zu bleiben – und nicht von ... wie nennt sie sich heute? *Mrs Anne Lewis.* Von Mrs Anne Lewis in irgendein furchtbares Haus in der Vorstadt verschleppt zu werden.«

Sie sprach den Namen aus wie ein Pseudonym und ließ ihn klingen, als hätte meine Exfrau nicht den Hauch einer Chance, mir Scout wegzunehmen.

»Wer weiß überhaupt, ob Ihre Exfrau bei ihrem jüngsten Ehemann bleibt«, sagte meine Anwältin.

»Sie wirken ziemlich fest verheiratet«, sagte ich.

»Okay – vielleicht leben sie glücklich bis an ihr Ende. Aber der Tennislehrer meiner Mutter hatte nur eine sehr kurze Mindesthaltbarkeit. Nach all den Einschnitten in so vielen Leben – mein Bruder ist nie wirklich über die Scheidung hinweggekommen – fand sich der Tennislehrer ganz schnell ungesetzt wieder. Und ich vermute, Ihre Exfrau – Anne – könnte durchaus irgendwann feststellen, dass die Wirklichkeit dazu tendiert, jedem Happyend in die Quere zu kommen. Wissen Sie, ob sie arbeitet?«

»Ich glaube nicht, dass sie gearbeitet hat, seit wir geheiratet haben. Mit ihrem Neuen hat sie zwei Kinder.«

Durfte ich ihn überhaupt noch den Neuen nennen?

In diesem Zimmer durfte ich es.

In der Kanzlei von Maria Maldini, Fachanwältin für Familienrecht, durfte ich ihn nennen, wie ich wollte.

»Anne war Model«, sagte ich.

Meine Anwältin grinste. »Und konnte sie vom Modeln leben?«

Ich zuckte mit den Schultern. »Manchmal das Ritz, manchmal das Hungertuch.«

»Und ihr aktueller Ehemann ist so ein Banker in der City?«

Ihr *aktueller* Ehemann! Ich musste grinsen. Und *Banker* sprach sie aus wie eine Beleidigung.

»Ja. Er ist im Finanzsektor. Ein reicher Mann. Oliver.«

»Wir werden sie beerdigen, Max. Kein Wunder, dass sie zu fiesen Tricks greifen.«

»Inwiefern tun sie das?«

Sie zog vorsichtig einen Brief aus der Akte.

»Sie wissen, wie oft Sie Scout zu spät abgeholt haben. Immer wieder kommen ihnen die Tränen, weil Sie Oliver gegenüber laut geworden sind.« Sie sah mich ruhig an. »Und sie sagen, Sie eigneten sich nicht als Sorgerechtsinhaber, obwohl jeder vernünftige Richter sagen würde, dass Sie bereits bewiesen haben, ein verantwortungsbewusster, liebevoller Vater zu sein.«

Sie erhob sich langsam.

Mein Termin war fast vorüber.

»Aber wenn sie zu fiesen Tricks greifen, können wir das auch«, sagte sie.

Ich stand ebenfalls auf, und wir schüttelten uns die Hände.

»Ich habe nichts gegen fiese Tricks einzuwenden«, sagte ich, »aber ich will meine Tochter nicht als Waffe missbrauchen.«

Maria Maldini wartete, ob ich noch mehr zu sagen hatte.

»Ich will nicht, dass Scout da hineingezogen wird. Ich möchte nur, dass sie eine glückliche Kindheit verlebt. Eine normale Kindheit.«

»Dazu ist es zu spät«, sagte meine Anwältin mit einem Blick auf die Uhr.

27

Hochsommer in Hampstead Heath.

Die Jahreszeit, in der die Stammbesucher – die Hundehalter und die ambitionierten Läufer, die zu jeder Jahreszeit hier anzutreffen sind – die wilden weiten achthundert Morgen Wald, Wiese und Hügelland sich mit dem Rest der Stadt teilen müssen.

Scout und ich kamen aus den langen Schatten der Linden in den strahlenden Sonnenschein auf dem Parliament Hill. Stan trottete uns hinterher. Seine Nase zuckte unablässig, denn ständig witterte er die Picknicks, die überall auf dem steilen grünen Hügel stattfanden. Als er Wurstpastete roch, bog er von unserem Weg ab, und Scout rief ihn zurück.

»Stan«, sagte sie, so ernst sie konnte. »Das ist nicht für dich.«

»Kommt eine Wurstpastete in eine Bar«, sagte ich.

»Sagt der Barkeeper: ›Tut mir leid, kein Essen hier‹«, erwiderte Scout. »Ach du lieber Gott, Daddy, der ist doch echt Steinzeit.«

Wir stiegen den Parliament Hill hinauf. Unser Tempo wurde langsamer, und wir waren hoch über der Stadt, selbst am Ende des langen Sommertages war die Luft so frisch wie in den Alpen.

Als wir die Kuppe erreichten, blieben wir stehen, und ganz London breitete sich unter uns aus, von den North Downs am Südrand der City zum Shard und zum Canary Wharf im Osten und zur St. Paul's Cathedral, die unser Zuhause in Smithfield markierte.

Gewöhnlich bogen wir an der höchsten Stelle nach rechts und gingen hinunter zu den Teichen, die uns aus dem Heath hinausführten, aber heute zeigte ich auf die einsame Holzbank, die den müden Wanderer auf der Kuppe des Parliament Hill erwartet.

»Setz dich einen Augenblick, Scout.«

Sie sah mich fragend an, aber ließ sich auf der Bank nieder. Stan kaute das Gras zwischen ihren Füßen, um seiner Verdauung auf die Sprünge zu helfen, oder vielleicht auch nur, weil er den Geschmack mochte.

Wir blickten auf unsere schöne Stadt, die in den Dunst eines strahlenden Sommers gebadet dalag, und sie sah aus wie ein süßer Traum, der sich verflüchtigte, sobald man aufwachte.

»Wir setzen uns aber nie hin, wenn wir spazieren gehen.« Scout schlenkerte mit den Beinen und hob das Kinn in Richtung des Stadtviertels, das ans Heath grenzt. »Erst, wenn wir auf der Hampstead High Street sind. So machen wir das immer.«

»Das stimmt«, sagte ich. »Aber weißt du, ich habe nachgedacht, Scout.«

»Okay«, sagte sie, als gäbe es für alles ein erstes Mal.

»Wir reden nie über das, was passiert ist, nicht wahr? Mit unserer Familie. Mit deiner Mutter.« Ich blickte weg von der Stadt, die sich unter uns ausbreitete, und konzentrierte mich auf meine Tochter. »Davon reden wir nie, Scout.«

»Meistens reden wir über Stan.«

Ich lächelte sie an. Sie hatte recht.

Wir sprachen nicht über die Schule. Wir sprachen nicht über meine Arbeit. Ganz bestimmt aber sprachen wir nicht über das, was unserer Familie zugestoßen war. Fast alle unsere Gespräche drehten sich um unseren Hund.

»Und dafür gibt es einige gute Gründe, Scout.«

»Ich bin noch klein.« Sie ließ die Beine baumeln.

»Das ist das eine, Engel. Da hast du recht. Es gibt noch andere Gründe, weißt du. Wir reden nicht darüber, weil wir gut zurechtkommen, du und ich. Aber wir reden davon wohl auch deshalb nicht, weil wir gar nicht wissen, wo wir anfangen sollen. Und vor allem, glaube ich, und das ist meine Meinung, Scout – reden wir nicht darüber, weil es noch immer wehtut. Es ist für uns noch immer schmerzhaft, Scout. Alles. Dass unsere Familie wie aus heiterem Himmel zerfällt. Die lange Zeit, in der du deine Mum nicht mehr gesehen hast.«

»Sie war sehr beschäftigt.«

»Das stimmt. Aber trotzdem müssen wir jetzt ein wenig darüber sprechen, okay?«

Sie nickte.

»Deine Mutter hat nicht dich verlassen. Sie hat mich verlassen.«

»Aber du bist nett.«

»Danke, Scout. Das ist mir wichtig. Es bedeutet mir viel, dass du das sagst. Es bedeutet mir alles. Die Sache ist nur die, Scout: Ich weiß, dass du deine Mutter vermisst.«

»Nein«, sagte sie. »Oh nein, nein, nein.«

Ich ließ mich nicht beirren. »Ich weiß, dass du gern bei deiner Mutter wärst. Und ich glaube, dass du die Chance verdienst, von ihr liebgehabt zu werden. Deshalb glaube ich, dass du es gern ausprobieren würdest, aber meine Gefühle nicht verletzen möchtest.«

Scout dachte eine Weile darüber nach.

Stan seufzte, hob den Kopf, schnüffelte an ihren Sportschuhen und schlief ein.

»Ich *vergesse* sie immer mehr«, sagte Scout. »Meine Mum. Ich erinnere mich kaum noch an die Zeit, als wir noch alle zusammen waren. Nicht so richtig. Manchmal weiß ich nicht, ob ich mich wirklich an die Zeit erinnere oder ob ich nur ein Foto aus der Zeit gesehen habe.« Sie bückte sich und kraulte dem schlafenden Hund das Fell. »Oder ob ich mir alles nur einbilde. Verstehst du, was ich meine?«

Mir tat das Herz weh wegen dieses wunderbaren Mädchens, das mich nicht verraten wollte.

Aber die Kräfte, die Scout von mir wegzerrten, erschienen mir unwiderstehlich.

»Ich verstehe ganz genau, was du meinst. Ich glaube, du vermisst deine Mum. Ich glaube, du vermisst sie mehr, als wir beide zugeben wollen.«

Wir schwiegen.

Ich musste die Worte finden.

Und ich kannte die Worte.

Das Schwierige war, sie auszusprechen.

»Deine Mum wünscht sich, dass du bei ihr wohnst«, sagte ich. »Und sie wünscht sich das sehr.«

»Ich weiß.«

»Das weißt du?«

»Sie hat es mir gesagt. Sie hat mir auch gezeigt, wo mein Bett wäre und wo ich meine Sachen hintun kann, und sie sagt, dass es nicht so wäre wie vorher. Sie sagt, dass ich dich immer noch sehen kann. Und dass ich die ganzen Sommerferien Zeit habe, bevor ich auf eine neue Schule gehen muss. Und dass alles ganz wunderbar klappen wird.«

Ich schluckte etwas Hartes und Bitteres hinunter.

»Ich werde immer für dich da sein«, sagte ich. »Egal was passiert, Scout. Ob du bei mir wohnst oder bei deiner Mutter. Wenn du größer wirst. Und auch, wenn du ganz erwachsen bist.« Ich grinste sie an, und sie lächelte zurück. »Ich werde immer für dich da sein. Mein ganzes Leben lang. Und auch noch, wenn mein Leben vorüber ist. Wenn danach etwas kommt, ein Himmel oder so etwas, dann werde ich da sein und von dort auf dich aufpassen. Denn für mich ist nichts wichtiger als du, Scout. Aber das hast du bestimmt schon gewusst, oder?«

»Klar.« Sie kaute auf der Lippe und kraulte ihren schlafenden Hund. »Aber was ist mit *dir?* Was wird denn aus dir, wenn ich weggehe? Und wann soll ich dann zu Mia? Und was ist mit Stan? Und was ist mit meinen ganzen *Sachen?*«

Sie war sieben. Sie machte sich Gedanken um mich. Aber sie machte sich auch Gedanken um ihre Sachen. Und um ihre Freundin Mia.

Und ihren Hund.

Ich schluckte heftig und zeigte auf die Stadt vor uns, die wunderschöne silberne Stadt, die in der träumerischen Sommersonne schimmerte.

»Alles, was du hier in London hast, ist weiter für dich da. Deine Freundin Mia. Und Stan, dein Hund.« Ich rang um Worte und merkte, wie sie mir in den Augen brannten. Ich wusste nicht, wie ich es sonst sagen sollte. »Und meine Liebe, Scout.«

Wir blickten auf London.

»Also okay«, sagte sie, und in diesem Moment war es irgendwie beschlossene Sache.

Scout würde zu ihrer Mutter ziehen. Das war nicht die Entscheidung der Anwälte und der Sozialarbeiter und des Richters. Es war nicht einmal eine Entscheidung meiner Exfrau und von mir.

Scout hatte selbst entschieden.

Und so würde es sein.

»Sollen wir weitergehen?«, fragte ich.

»Setzen wir uns vor das Café und essen Pfannkuchen?«

Ich grinste sie an.

»Klingt gut. Ach ja, Scout?«

»Ja?«

»Zwischen uns ändert sich nichts. Nicht jetzt und später auch nicht. Und weißt du noch was?«

»Was?«

Ich berührte sie leicht an der Schulter.

»Ich bin stolz, dass du meine Tochter bist«, sagte ich.

28

Stan mochte es nicht, wenn jemand aufbrach.

Selbst wenn ich nur nach unten ging, um ein paar Bagels und Milch zu kaufen, oder Scout bei einer Freundin absetzte, stöhnte unser Hund, als zerbreche es sein Herz in eine Milliarde winzige Stücke, mit ansehen zu müssen, wie ein Teil des Rudels eigene Wege ging. Deshalb lächelten Scout und ich uns an, als er zu wimmern begann, kaum dass wir in der Straße hielten, in der es aussah, als wäre dort noch nie etwas Schlimmes geschehen.

Denn nur eine Woche, nachdem wir auf dem Parliament Hill miteinander geredet hatten und der Sommer, unsere Stadt und ihr ganzes Leben vor uns lagen, brach Scout schon auf.

»Hunde ändern sich doch nicht, oder?«, fragte sie.

»Stimmt«, sagte ich.

Hunde ändern sich nicht, dachte ich. Auch wenn sich alles andere ändert. Hunde bleiben immer gleich.

»Ach, Stan«, sagte Scout. »Du bist der Beste, du kleiner roter Spitzbube. Aber wir sehen uns ja bald wieder.«

Wir ließen ihn im Wagen und trugen ihre Sachen den Weg hoch. Ein paar von ihren Sachen: genug, damit sie sich einrichten konnte, genug, um sich zu erinnern, dass das Loft in Smithfield immer auf sie warten würde.

Anne und Oliver öffneten die Haustür, als wir den Gartenweg entlangkamen. Ihre beiden kleinen Kinder wimmelten um ihre Füße herum.

Oliver trat vor, um mir zu helfen, nahm mir die Koffer ab und stellte sie in den Flur. Dann schüttelte er mir die Hand. Wie konnte ich von ihm noch immer als dem Neuen denken?

Das war jetzt Scouts Leben.

Scout hörte ihrer Mutter zu, die ihr von den tollen Zeiten erzählte, die vor ihnen lägen. Ich bekam nicht alles davon mit.

Pizza zum Mittagessen. Eine Fahrt ins Kino, um sich die *Die zornige Prinzessin II* anzusehen. Alles tolle Dinge. Zwischen den Beinen ihrer Mutter lugten die beiden Kleinen scheu zu Scout hoch.

Ich sah Oliver an, und zum ersten Mal in meinem Leben empfand ich eine gewisse Sympathie für ihn. Mich berührte, dass er zu Scouts Ankunft hier war. »Wie läuft die Arbeit?«, fragte ich, weil ich fand, dass ich etwas zu ihm sagen sollte.

Er verzog den Mund zu etwas zwischen einem Grinsen und einem gequälten Ausdruck. »Die Bank hat mir gekündigt.«

»Oh.« Das war das Ende des Gesprächs.

Für mich fühlte sich die Übergabe an, als lieferte ich Scout nur zu einer Pyjamaparty ab. Sie kam mir unwirklich vor. Nicht *endgültig*. Erst als sie alle ins Haus gingen und die Tür sich hinter meiner Tochter schloss, empfand ich einen so scharfen Verlust, als hätte man mir etwas amputiert.

Scout war fort, und dennoch fühlte es sich an, als wäre sie weiterhin bei mir.

Als würde sie immer bei mir sein.

Stan schlief, als ich den Wagen am Richmond Park anhielt. Ein riesiger roter Hirsch beobachtete mich vom Waldrand. Ich hatte immer gedacht, nichts könnte Hampstead Heath als grüne Lunge ersetzen.

Aber vielleicht irrte ich mich. Es gibt überall naturbelassene Grünflächen.

Ohne den Blick von dem Hirsch zu nehmen, erwiderte ich die Nachricht, die meine brillante junge Anwältin, Maria Maldini, mir auf den Anrufbeantworter gesprochen hatte.

Sie war nicht wütend auf mich, und dafür war ich dankbar.

»Sie können sich vorstellen, dass ich von Mrs Lewis' Anwalt

bei Butterfield, Hunt and West einen recht triumphierenden Anruf erhalten habe«, sagte sie.

Mrs Lewis. Die Mutter meines Kindes. Was für einen Schlamassel wir aus unserem Leben machen, dachte ich. Und immer sind es die Kinder, die die Zeche zahlen.

»Ich habe es nicht für meine Exfrau getan«, sagte ich. »Und nicht für mich selbst. Ich tat es für meine Tochter.«

»Tja«, sagte meine Anwältin fröhlich, als hätte sie einen Aspekt der Welt bereits begriffen, mit dem ich erst noch Bekanntschaft schließen musste. »Dann wollen wir mal hoffen, dass es funktioniert, was?«

Als Stan und ich nach Hause kamen, wartete Edie Wren mit dem Handy in der Hand vor meiner Haustür und versuchte, mich anzurufen. Und Layla Khan saß auf der Treppe.

Edie und ich traten zur Seite, während sich Layla begeistert auf den Hund stürzte.

»Layla ist von zu Hause weggelaufen«, sagte Edie. »Sie kreuzte in West End Central auf. Sie will nichts erzählen, aber ihre Großmutter scheint ein Albtraum zu sein. Sie kann so nicht weitermachen, Max, das Jugendamt wird sie in Obhut nehmen.« Sie kaute auf ihrer Unterlippe und betrachtete Layla und Stan. »Deshalb habe ich sie hergebracht. Wenn sie im Revier herumhängt, ruft jemand das Jugendamt, nur um sie loszuwerden. Was sollen wir mit ihr machen?«

»Was können wir denn tun, Edie?«, fragte ich. »Wir müssen sie nach Hause bringen. Wenn sie in ein Heim kommt, wird sie auch nicht gerade begeistert sein.«

Edie beugte sich zu mir und senkte die Stimme.

»Aber ihre Großmutter prügelt sie, Max. Nennt sie eine Hure, weil sie ihr Haar zurechtmacht und Make-up trägt. Sie ist ein sechzehnjähriges Mädchen, das in London aufwächst, Himmelherrgott noch mal.« Edie sah Layla fürsorglich an. »Ich mache mir richtig Sorgen um sie, Max. Da läuft noch mehr, aber sie will nicht darüber sprechen. Anscheinend ist irgendein Cousin aus Islamabad aufgekreuzt. Die ganze Familie macht ihr Vorschriften.«

»Edie, es ist gut, dass du dir Gedanken um das Mädchen machst. Aber du kannst ihre Welt nicht ändern. Was bleibt uns denn anderes übrig, als sie wieder nach Hause zu bringen? Willst du sie wirklich dem Jugendamt übergeben? Glaubst du, damit bringst du ihr Leben in Ordnung? Zwei Jahre lang schlechte Behandlung im Heim oder bei Pflegeeltern, um dann mit achtzehn auf die Straße gesetzt zu werden, damit sie selbst für sich sorgt? Ist es da nicht doch besser, sie bei ihrer Familie zu lassen?«

»Aber wie kann ich sie denn zurückschicken, Max? Sie vertraut mir. Ich habe schon überlegt, sie mit zu mir zu nehmen. Nur so lange, bis uns etwas Besseres eingefallen ist.«

»Dann geratet ihr beide in Schwierigkeiten«, sagte ich. »Es gibt nichts Besseres, Edie. Es gibt nur die am wenigsten schlimme Möglichkeit.«

Wir gingen zusammen hinauf ins Loft.

Layla nahm eine Frisbeescheibe und schleuderte sie zu hoch und zu heftig durch den Raum, als wäre Stan ein Labrador.

Aber er war kein Spielverderber und hetzte ihr dennoch hinterher.

»Layla?«, fragte ich. »Wir müssen dich zu deiner Großmutter zurückbringen. Die einzige andere Möglichkeit wäre, dich dem Jugendamt zu übergeben. Nach dem Gesetz bist du immer noch minderjährig.«

Layla funkelte Edie mit Tränen in den Augen an. »Du hast gesagt, ihm würde etwas einfallen.«

»Ich habe gesagt, er würde es versuchen.«

»Ich dachte, du wärst meine *Freundin*. Jede Wette, dass du für Frauenrechte eintrittst, stimmt's? Na, was ist denn mit *meinen* Frauenrechten? Oder hast du zu große Angst, als Rassistin dazustehen, wenn du dich für *meine* Rechte einsetzt?«

»Ich bin deine Freundin«, erwiderte Edie. »Und ich werde dich im Auge behalten. Ich werde nicht zulassen, dass irgendjemand …«

Aber Layla interessierte sich gar nicht dafür.

»Du sagst, ich soll mich anpassen!«, rief sie. »Du sagst, ich soll mich integrieren! Du sagst, ich soll mich einfügen! Aber dann schickst du mich wieder in ein Haus, wo ich die Uhr ein halbes Jahrtausend zurückdrehen muss.«

Darauf hatten wir keine Antwort.

»Vielleicht hat meine Familie recht mit dem, was sie über euch sagt.« Layla sah uns beide an. »Ihr hasst uns. Wir zerstören eure Häuser, weil ihr unsere Länder zerstört. Und wir erwidern euren Hass.«

»Wer da redet, das bist nicht du«, sagte Edie. »Das ist dein Vater, oder das sind deine Onkel. Ein Arsch mit Bart auf YouTube. Aber nicht du, Layla.«

»Du weißt gar nichts über mich!«, schrie Layla und stürmte ins Badezimmer.

Wir sahen ihr hinterher. Stan kehrte mit der Frisbeescheibe zurück und guckte enttäuscht, weil das Spiel schon vorüber war, kaum dass es begonnen hatte.

»Ich hatte ihr versprochen, dass wir uns etwas überlegen würden«, sagte Edie.

»Und das hast du«, sagte ich. »Layla geht nach Hause, und du behältst sie im Auge. Erklär der guten alten Oma – und allen anderen, die da herumhängen –, dass es in unserem Land verboten ist, Kinder zu schlagen.«

Edie fuhr sich mit beiden Händen durchs Haar.

»Layla hasst mich nicht wirklich, oder?«, fragte sie. »Sie ist ein Teenager. Im Hormonsturm. Erinnert mich sehr an mich selbst in dem Alter.« Sie lächelte mich wehmütig an. »Darauf kannst du dich schon freuen, Max.« Sie schaute sich im Loft um. »Schläft Scout bei einer Freundin?«

Ich atmete durch. »Scout wohnt jetzt bei ihrer Mutter.«

Edie schwieg einen Moment lang. »Das tut mir leid, Max. Das muss schwer gewesen sein.«

»Es ist immer noch schwer, aber es musste so kommen. Und wie geht es dir, Edie?«

»Alles bestens. Mir geht's gut.« Sie zögerte. »Ich hab die Sache mit Mr Big beendet, nachdem seine Frau ins Revier kam.« Bei der Erinnerung daran schauderte ihr. »Das hätte ich schon vor Jahren tun sollen. Sie hatte recht. Ich hätte es besser wissen müssen. Und er hätte seine Frau niemals verlassen. Aber es ist okay. Die meisten Beziehungen enden nicht zu früh. Die meisten gehen zu lange.«

Sie fuhr sich wieder durchs Haar, während wir auf die Badezimmertür blickten und warteten, dass Layla wieder herauskam.

»Ich wünschte nur, ich könnte schlafen«, sagte Edie.

Ich nickte. »Geht mir genauso.«

Wir fuhren Layla nach Hause.

Am anderen Ende der Borodino Street scharte sich hinter dem Absperrband und einer kurzen Reihe von Streifenpolizisten eine Menge zusammen. An dem Ende, wo wir einem stämmigen Sergeant in Uniform unsere Dienstausweise vorzeigten, standen drei Mannschaftstransporter. Zwei von ihnen waren vollbesetzt mit noch mehr Streifenbeamten, die Tee tranken und lachten, als rechneten sie nicht damit, dass vor dem Ende ihrer Schicht noch etwas geschehen könnte, das ihnen den Schweiß auf die Stirn trieb.

Die meisten Häuser an der Straße waren vernagelt. Die Anwohner zogen aus. Die Immobilienhaie fielen ein. Überall sahen wir Baustellen. Auf halber Höhe der Straße stand ein Lkw mit Gerüstmaterial. In ein, zwei Jahren würde die Borodino Street vor Luxusapartments für junge Großverdiener strotzen.

Ich musterte die Menge auf der anderen Seite des Absperrbands.

Ein paar George-Halfpenny-Frisuren sah ich noch immer, aber sie gingen in den Jugendlichen aus der Gegend und vielleicht von weiter weg unter. Sie waren weiß, schwarz und aus dem Nahen Osten und hatten bis auf ihr Alter und ihre Langeweile wenig gemeinsam.

The Boys of Summer, dachte ich und roch Aufstand in der warmen Luft.

»Wie viele haben Sie hier, Skipper?«, fragte ich den Sergeant.

»Eine ganze PSU.«

Ein vollständige Police Support Unit besteht aus einem Inspector, drei Sergeants, achtzehn Constables und drei Fahrern für die drei Transporter, auf die eine PSU aufgeteilt wird. Wir hatten also zwei Dutzend Beamte, die eine vielleicht hundertköpfige Menge im Zaum halten sollten.

»Das könnte zu wenig sein«, sagte ich.

»Ach, das reicht schon, solange die kleinen Stricher Ruhe geben«, sagte der Sergeant zuversichtlich. »Und wenn nicht, dann klingeln wir nach Verstärkung.« Er zeigte auf die Menge. »Die halten sich für eine große Gang?« Der Sergeant lachte. »Wir sind die größte Gang der Stadt.«

Wir gingen die leere Straße entlang zum Haus.

Aus der Menge kamen Rufe, als sie Layla erkannten.

»Die hassen uns wirklich, oder?«, fragte sie. »Uns alle. Die wollen nur, dass wir wieder verschwinden.«

Edie legte ihr den Arm um die Schultern. »Niemand wird dir was tun, okay?«

Layla schnaubte ungläubig, aber sie machte keinen Versuch, Edies Arm abzuschütteln.

Das Erdgeschoss des Hauses der Khans war eine ausgebrannte Ruine. Um die mit Brettern vernagelten Fenster war das Mauerwerk rußgeschwärzt. Die alte Holztür war durch etwas ersetzt worden, das wie eine Panzerplatte hinter einem abschließbaren Stahlgitter aussah.

Oben brannten ein paar schwache Lichter. Direkt vor der Tür parkte ein Porsche 911.

»Mich überrascht es, dass sie euch kein anderes Haus gegeben haben«, sagte ich zu Layla.

»Meine Großmutter will nicht umziehen.«

»Ich dachte, die Stadt würde es vielleicht anordnen.«

Layla lachte mit etwas wie Stolz auf. »Die sagen ihr nicht, was sie tun soll. Sie sagt *denen*, was sie zu tun haben.«

Ein Mann öffnete die Tür. Er war jung und dick, und an seinem schimmernden Schädel klebten die spärlichen Reste seines Kopfhaars. Er sprach Layla auf Urdu an.

Ohne zu antworten, schob sie sich an ihm vorbei und ging nach oben.

Wir zeigten ihm unsere Ausweise. Er blickte sie verständnislos an. Schließlich klopfte er sich auf die Brust.

»Ehemann«, sagte er. »Ehemann.«

Edie und ich tauschten einen Blick.

Die Großmutter schlurfte die Treppe herunter.

»Ehemann.« Der Mann zeigte auf die Treppe. »Neuer Ehemann.«

»Sie heiraten wieder?«, fragte Edie.

Mrs Khan zeigte uns ihre Zähne. »Ja, ja, ja«, lachte sie. »Nehme einen neuen Mann, jetzt, wo der alte tot ist. Ha, ha, ja!«

Aus der Menge hinter der Absperrung erhob sich Gebrüll. Die Leute drangen vor, versuchten, die Reihe der Polizeibeamten zu durchdringen. Das Absperrband war schon zerfetzt. Ein Polizeihelm kullerte über die Fahrbahn wie ein Kegel. Die Cops aus den Transportern eilten die Straße hinunter, um ihren Kollegen beizustehen.

»Nach drinnen«, sagte ich.

Der dicke junge Mann schloss die Stahltür hinter uns und verriegelte sie.

Ich ging ins Wohnzimmer. Darin stank es noch nach Feuer,

nassem Holz und geschwärztem Mauerwerk, obwohl der schlimmste Schaden im Flur an der Haustür entstanden war. Bretter verschlossen die drei Erkerfenster an der vorderen Hauswand, aber durch Lücken im Holz fielen Lichtstrahlen herein. Ich drückte das Gesicht an den größten Spalt und erhielt einen guten Blick über die ganze Länge der Borodino Street.

Ein paar dunkle Gestalten, deren Gesichter von Sturmhauben und Kapuzen verdeckt wurden, drangen bereits zu den verwaisten Polizeifahrzeugen vor.

Noch während ich zusah, ging einer der leeren Mannschaftstransporter in Flammen auf. Jemand musste etwas auf die Seitenwand des brennenden Fahrzeugs gesprayt haben, bevor es in Brand gesteckt wurde, denn es stand plötzlich in ungeschlachten schwarzen Lettern da; das einzelne Wort und die vier Ziffern hoben sich von den hellen Flammen ab wie der Gedanke zum Tage.

EXODUS 20:13

Edie forderte telefonisch Verstärkung an, als Sir Ludo Mount ins Zimmer trat.

»Diese fortgesetzte Einschüchterungskampagne gegen meine Mandanten ist unerhört«, sagte er. »Der institutionalisierte Rassismus der Metropolitan Police muss …«

»Glauben Sie an Bad Moses, Sir Ludo?«, fragte ich ihn.

Er starrte mich an. »Ich bitte um Verzeihung?«

»Glauben Sie, dieser Bad Moses ist echt? Denn wenn Bad Moses existiert, dann ist er heute Abend da draußen.« Ich zeigte auf das vernagelte Fenster. »Sehen Sie selbst.«

Er drückte das glatte rosige Gesicht an den Spalt zwischen den Brettern und versteifte sich. Als er sich vom Fenster abwandte, merkte ich ihm sein Entsetzen an.

»Ich werde das Haus verlassen«, sagte er.

»Davon rate ich nachdrücklich ab«, entgegnete ich.

»Dieser Bad Moses wird mich lynchen, wenn er Gelegenheit dazu erhält. Am nächsten Laternenpfahl hängt er mich auf!«

»Deshalb wären Sie besser beraten hierzubleiben. Verstärkung ist unterwegs.«

Aber Mount hörte mir gar nicht zu. Er brüllte den dicken jungen Mann an, der noch immer die Schlüssel in der Hand hielt.

»Aufmachen! Sofort aufmachen!«

Der dicke junge Mann schloss die Stahltür auf, und Sir Ludo drängte sich rüde an ihm vorbei. Die Tür wurde rasch wieder geschlossen und verriegelt. Aus dem vernagelten Fenster beobachteten Edie und ich, wie Mount in seinen Porsche stieg und den Motor anließ.

»Ist das eine gute Idee?«, fragte Edie.

»Wenn er es schafft«, sagte ich. »Wenn er es nicht schafft, war die Idee lausig.«

Die Polizei drängte am Ende der Borodino Street die Menge zurück, und der Porsche mit Mount brauste in die andere Richtung davon, auf die verlassenen Mannschaftstransporter zu. Er schlitterte über den Bürgersteig, um dem lodernden Wagen mit dem Wort und den Ziffern auf der Seitenwand auszuweichen.

Doch mit einem Mal tauchten an diesem Ende der Straße noch mehr dunkle Gestalten auf, als hätte das Feuer sie angezogen; vermummte Gestalten, die ihre Gesichter hinter Strumpfmasken und Schals verbargen. Erst waren sie ein Dutzend, dann zwanzig und schließlich zu viele, um sie zu zählen.

Mit einem kehligen Motordröhnen schoss der Porsche auf sie zu, aber sie versperrten ihm die Ausfahrt, und Sir Ludo fehlten die Nerven, um einfach durch die Gruppe hindurchzupflügen.

Er trat auf die Bremsen und setzte im Rückwärtsgang die Straße entlang zurück. Dann hielt er an und fiel aus dem Wagen, kroch auf Händen und Knien weg, rappelte sich auf und rannte los, als hätten sie es auf den Wagen abgesehen und nicht seine heile Haut, nicht seinen Kopf, nicht sein Leben.

Und vielleicht hatte er sogar recht, denn die Menge jubelte, als Sir Ludo floh, aber sie verfolgte ihn nicht, als er zum Haus zurücklief.

Die Polizei hatte, obwohl in der Unterzahl, das Vorrücken der Menge zum Stillstand gebracht. Am anderen Ende der Straße schüttelten gesichtslose Gestalten die Fäuste, tanzten und jubelten, während andere den stehengelassenen Porsche hin und her schaukelten, um ihn umzuwerfen.

Aus der Ferne näherten sich Sirenen, lauter mit jeder Sekunde, und an beiden Enden der Straße lösten sich die Mengen auf, als hätten alle den gleichen Gedanken. Fluchend nahm die angeschlagene Police Support Unit die Verfolgung auf.

Mit einem Mal war die Borodino Street menschenleer.

Sir Ludo stand verdutzt mitten auf der freien Fahrbahn, als Edie und ich aus dem Haus kamen.

»Ist es sicher?«, fragte er. »Kommt Hilfe?« Er quietschte vor Pein. »Mein Auto!« Er stapfte darauf zu. »Diese Schweine!«

Der Porsche war aufs Dach geworfen worden.

Ich sah Edie an, und sie lächelte mich mit der Erleichterung an, die sich einstellt, wenn man weiß, dass man endlich unversehrt in Sicherheit ist.

Mein Handy vibrierte.

RUFNUMMER UNTERDRÜCKT, stand auf dem Display.

Dann kam das Versprechen.

Du wirst vor mir kriechen.

Am Ende der Straße strahlten die Scheinwerfer eines Gerüstbaulasters auf.

»Das ist eine Falle«, sagte ich, als der Lkw-Motor ansprang.

Er fuhr in unsere Richtung los, beschleunigte auf der menschenleeren Straße, legte mit jeder Sekunde an Tempo zu. Seine Scheinwerfer blendeten, der große Dieselmotor brüllte.

Sir Ludo Mount stand neben seinem umgeworfenen Porsche und schaute auf sein Smartphone.

Der Lastwagen streifte ihn, erwischte ihn tief im Rücken, und es reichte, um ihn herumzuwirbeln und in die Luft zu schleudern. Schreiend krallte er mit den Händen nach seinem gebrochenen Rückgrat, bevor er am Boden aufprallte.

Und der Laster fuhr weiter.

»Weg!«, stieß ich hervor, aber Edie rührte sich keinen Zentimeter. Und einen langen, Übelkeit erregenden Moment lang rührte ich mich auch nicht.

Dann rammte ich sie mit einem Schulterstoß vom Bürgersteig über einen niedrigen Busch in einen Garten, in dem das Gras schon lange durch Beton ersetzt worden war. Als ich ihre Füße in der Luft sah, wusste ich, dass sie nicht mehr in Gefahr schwebte, und rannte los. Ich rannte um mein Leben.

Mein Ziel war mein Auto, der große Panzer aus Bayern, denn er bildete meine einzige Chance, mit heiler Haut davonzukommen. Der Gerüstbau-Lkw holte auf, der Fahrer drückte auf die Hupe, und sie entließ einen langgezogenen Schrei blanker Mordlust, aber ich warf mich hinter meinen alten BMW. Der Laster schoss an mir vorbei und verließ mit quietschenden Reifen die Borodino Street.

Ich erhob mich langsam auf die Knie. Dieselgestank brannte mir im Rachen.

Mit einem Mal war die Straße voller Fahrzeuge und Menschen. Die Welt hatte sich mit Blaulichtern gefüllt. Edie befreite sich aus dem Busch und starrte wie betäubt auf Sir Ludo Mount.

Zuerst glaubte ich, er wäre totgefahren worden. Aber da kniete Edie neben ihm, drückte ihm auf die Brust, presste dreißigmal, ehe sie sein Kinn hob und seine Stirn zurückschob und ihren Mund auf seinen Mund legte und ihm Luft in die Lunge blies.

Das Feuer im Polizeitransporter war erloschen, als es keine Nahrung mehr fand. Der weiße Anstrich hatte sich gekräuselt und aufgelöst und das blanke Eisen darunter freigelegt. Trotzdem konnte man die Botschaft gerade noch lesen.

EXODUS 20:13

»Was heißt das?«, fragte eine Frauenstimme neben mir.

Als ich mir ihr zuwandte, erkannte ich Scarlet Bush.

»Das ist das fünfte Gebot«, sagte ich der Reporterin. Ich kannte sie mittlerweile auswendig. »Du sollst nicht töten.«

Edie kam zu mir. Um Sir Ludo Mount kümmerten sich Rettungssanitäter. Sie hoben ihn auf eine Trage und luden sie in einen Krankenwagen.

Edie umarmte mich. Ich sah ihr ins Gesicht. Ihr wunderbares Gesicht. Wir lösten uns voneinander.

Scarlet Bush war an die Hecktüren des Krankenwagens getreten und machte Fotos von dem zerschmetterten Mount, wie er zum Transport ins Krankenhaus gesichert wurde. Einer der Sanitäter verfluchte sie wütend, und sie wich zurück, vergewisserte sich dabei aber auf dem Handydisplay, dass sie alles im Kasten hatte.

»Irgendwas Brauchbares dabei?« Edies Stimme triefte vor Verachtung.

»Das eine oder andere.« Scarlet senkte ihr Handy und sah uns an. »Sir Ludo ist ziemlich verhasst, oder? Weil er für die Khan-Familie einstand, nachdem die Brüder die vielen unschuldigen Menschen ermordet hatten. Weil er der Met Dampf gemacht hat nach Alice Stones Tod.«

»Ja«, sagte ich. »Sir Ludo Mount ist verhasst.«

Sie hielt ihr Handy näher zu mir hin. Ich sah ein kleines rotes Licht, das mir verriet, dass sie aufzeichnete.

»Und würden Sie sagen, dass er der verhassteste Mann von ganz England war?«

Ich nickte. »Da haben Sie Ihre Geschichte, Scarlet«, sagte ich, und sie eilte davon, um sie zu schreiben.

Edie starrte mich an. »Aber sie haben gar nicht versucht, Mount zu töten, oder? Sie haben versucht, *dich* zu töten. Er war nur im Weg. *Exodus 20, Vers 13*. Was glauben sie, wen du getötet hast, Max?«

Ray Vann, dachte ich. Jemand findet, ich muss mich für Ray Vann verantworten.

Aber ich sagte nichts.

»Schau«, sagte Edie, und wir sahen zum Haus der Khans.

Mrs Khan und der Dicke, der sich *Ehemann* nannte, beobachteten aus dem obersten Stockwerk die Straße.

Von einem unbeleuchteten Fenster auf der anderen Seite des Hauses sah auch Layla Khan auf die Straße. Ich hätte sie fast nicht erkannt, weil Kopf und Gesicht des Mädchens jetzt von Kopftuch und Nikab verdeckt wurden. Und ich begriff, dass der kahle junge Mann aus Islamabad nicht hier war, um Mrs Khan zu heiraten.

Er sollte Layla zur Frau nehmen.

Layla Khan drehte den Kopf, als riefe jemand ihren Namen. Sie trat vom Fenster zurück, und Edie und ich sahen sie nicht mehr.

29

Wir hatten nun Hochsommer, und an einem heißen Augusttag waren Stan und ich in Hampstead Heath und wanderten den Parliament Hill hoch. Vor uns lag das letzte steile Stück vor einem der höchsten Punkte der Stadt, bei dem man vor sich nur Hügel und Himmel sieht. Man empfindet einen Kitzel im Blut, weil man weiß, dass in dem Moment, in dem man die Kuppe erreicht, plötzlich ganz London vor einem ausgebreitet liegt.

Und dann bemerkte ich, dass Stan nicht mehr an meiner Seite war.

Ich eilte den Hügel hinunter in den Wald, rief seinen Namen, wedelte mit einem Beutel voller Leckerbissen von Nature's Menu und empfand wachsende Panik. Plötzlich erhaschte ich einen Flecken roten Hundes, tief in den satten Grüntönen des Sommers, von den Büschen verdeckt, und dann die glänzenden schwarzen Augen.

Mir verging das Lächeln, als ich tiefer ins Gebüsch vordrang.

Stan bewegte sich nicht.

Ich holte Leckerbissen heraus, rief seinen Namen, aber der verfressenste Hund der Welt rührte sich kein bisschen. Er war am Fressen nicht interessiert.

»Anaphylaktischer Schock«, diagnostizierte ein vorbeigehender Hundebesitzer, während sein ältlicher Retriever den Parliament Hill hinauftollte. »Irgendwas hat sie gestochen oder gebissen.«

Fremde hielten Stan immer für ein Weibchen. Irgendetwas an den extravaganten Locken seiner Ohren ließ ihn wohl wie ein Mädchen aussehen. Ich hob ihn aus dem Gebüsch und drückte ihn mir an die Brust. Er regte sich nicht, er lag als totes Gewicht in meinen Armen.

Der Hundebesitzer sah mich voll Ungeduld an. »Bringen Sie sie zu einem Tierarzt«, sagte er. »Aber sofort!«

Mit Stan in den Armen stolperte ich aus dem Gebüsch.

Und dann rannte ich los.

Christian, unser Tierarzt, bestätigte die Anamnese des Hundebesitzers.

»Anaphylaktischer Schock ist allerdings ein weitgefasster Begriff«, sagte er, als Stan die Augen schloss und sich auf dem Untersuchungstisch zusammenrollte. Er wollte nur schlafen, er wollte nur, dass die Welt ihn in Ruhe ließ. »Mit Sicherheit hat er eine extreme und schnell einsetzende allergische Reaktion erlitten.« Christian suchte im roten Fell nach Hinweisen. »Ich tippe auf den Stich einer Biene oder Wespe.«

Ich krampfte die Finger um Stans abgewetztes ledernes Halsband, als wäre es ein Rosenkranz.

»Anaphylaxie ist bei Hunden genauso ernst wie bei Menschen«, sagte Christian. »Lassen Sie ihn achtundvierzig Stunden bei uns. Wir geben ihm Adrenalin, das seine Herzfrequenz erhöht, Antibiotika, um einer Infektion vorzubeugen, und ein bisschen Flüssigkeit, damit der Blutdruck in die Höhe geht.«

Stan musterte uns aus traurigen Augen. Sie waren nicht komplett schwarz, sah ich, sondern von einem schmalen Ring aus tiefstem Braun umgeben. Diese Augen waren so rund wie Murmeln und so riesig wie die Augen eines Helden aus einem japanischen Comic. Ich merkte, wie sich meine Augen mit Tränen füllten, und berührte leicht sein rotes Fell.

Zu sagen gab es nichts.

»Er ist ein fitter junger Hund mit einer dünnen Fettschicht«, sagte Christian. Er blickte mich mit klaren Augen an, in denen das Mitgefühl stand. »Aber Sie wissen selbst, Cavaliers sind eine empfindliche Rasse.«

Ich nickte. Stan rührte sich nicht. Ich konnte nichts weiter tun. Ich ließ ihn bei Christian. Und dieser Hund, der es hasste, wenn jemand wegging, den er mochte, schaute nicht einmal auf.

Als ich mich an der Tür des Untersuchungsraums noch einmal umdrehte, war er genauso reglos wie in dem Moment, in dem ich ihn auf dem Hügel zwischen Stadt und Himmel im Gebüsch gefunden hatte, wie ein Tier, das mit einem Mal genug hat und sich verkriecht, um zu sterben.

Punkt neun Uhr rief ich Scout an.

Sie ging selbst ans Telefon. Ich war erleichtert, dass ich mit niemandem sonst reden musste. Und ohne Zweifel waren sie alle froh, dass sie nicht mit mir sprechen mussten.

»Und? Bist du so weit?«, fragte ich sie.

»Das bin ich«, sagte sie.

»Sitzt du bequem?«

»Ich sitze auf der Treppe am Telefon.«

»Dann fange ich jetzt an. ›High Flight‹ von John Gillespie Magee. Er war im Krieg ein Pilot.

Oh! Ich bin den grämlichen Banden der Erde entschlüpft
und tanzte am Himmel auf Schwingen, silbrig von Lachen;
sonnwärts bin ich gestiegen und trat in den Taumel der Freude
sonnengeteilter Wolken – und habe hundert Dinge getan,
die du dir nicht träumen ließest – bin gerollt und aufgestiegen,
habe mich emporgeschwungen,
hinauf in die sonnenhelle Stille …«

Am anderen Ende nichts als Schweigen.

»Alles gut bei dir, Scout?«

»Ich höre dir sehr genau zu.«

Also las ich weiter vor.

»Schwebend habe ich den brüllenden Wind verjagt und schoss in meiner eifrigen Maschine durch bodenlose Säle aus Luft.«

»Wow«, sagte Scout.

»Scout?«, rief ihre Mutter aus einem anderen Zimmer.

Aber ich fuhr fort.

»Hoch, hoch hinauf ins weite, unfassliche, brennende Blau
habe ich mit müheloser Anmut die windgepeitschten Höhen überwunden,
wo niemals Lerche oder jemals Adler flog –
und während ich mit still erleuchtendem Geist vordrang
ins hohe, ungestörte Heiligtum des Alls,
streckte ich die Hand aus und berührte das Antlitz Gottes.«

Scout seufzte. »Das ist toll«, sagte sie. »Was ist aus John, dem Dichter, geworden?«

»John starb im Krieg, Engel. Gleich nachdem er das Gedicht vollendet hatte.«

Sie dachte darüber nach.

Und dann hatte sie keine Lust mehr, darüber nachzudenken.

»Ich muss mir jetzt die Zähne putzen.«

»Tu das, und morgen Abend rufe ich wieder an.«

»Wie geht es Stan?«

Das wurde nun schwer.

Das wurde das Schwerste von allem.

»Stan schläft gerade. Er ruht sich aus.«

»Gut. Mummy will dich sprechen.«

Ich hörte, wie meine Exfrau den Hörer nahm, und merkte, dass sie wartete, bis Scout die Treppe hochgeflitzt war, um sich die Zähne zu putzen. Ich hörte Lärm im Hintergrund. Familienlärm. Kinder, die sich bettfertig machten, von irgendwoher Musik, abendlicher, entspannter Cocktailjazz, der nicht so ganz zu einem Haus voller kleiner Kinder passen wollte.

Diese häuslichen Geräusche faszinierten mich. Ich hatte nie über das häusliche Leben meiner Exfrau nachgedacht. Jetzt, da Scout bei ihr wohnte, dachte ich ständig daran.

Dann war Anne am Apparat. »Musst du ihr denn *jeden* Abend ein Gedicht vorlesen?«, fragte sie.

Ich war wie vor den Kopf geschlagen.

»Das ist unser Gutenachtgedicht«, sagte ich, als erklärte das alles. »Scout bekommt immer ein Gedicht vor dem Einschlafen.« Ich überlegte, suchte angestrengt nach einem Kompromiss. »Ich könnte Scout ein Handy kaufen, damit wir nicht ...«

Aber die wildfremde Frau am anderen Ende der Leitung seufzte mit endlosem Überdruss und legte langsam auf.

Ich starrte das Telefon eine Weile an, dann ging ich auf den Fußboden und machte fünfundzwanzig schnelle Liegestütze. Danach noch einmal fünfundzwanzig, und diesmal dachte ich an meine Form und führte sie langsamer aus. Im großen Zimmer unseres Lofts hörte ich Mrs Murphy, ganz verloren, weil sie sich weder um Scout noch um Stan kümmern konnte. Ich beugte das rechte Knie. Es fühlte sich fast so gut an wie das linke. Freds intensive Reha hatte bei meiner Verletzung aus Lake Meadows wahre Wunder gewirkt. Die Pausen zwischen dem Aufflammen des Schmerzes wurden länger. Ich machte einen dritten Satz aus fünfundzwanzig Liegestützen. Nun baute sich schön die Milchsäure in meinen Armen und Schultern auf und brannte mit ziehendem Schmerz in den Muskeln. Als ich wieder bei Atem war, führte ich die letzten fünfundzwanzig aus und zwang mich weiterzumachen, obwohl ich unterbrechen und eine Pause einlegen wollte.

Danach sah ich nach meiner Waffe.

Ich stellte mich aufs Bett und schob ein Brett in der Decke zur Seite, der einzigen Stelle im Loft, wo Mrs Murphy niemals putzte. Ich nahm Jacksons alte Tasche heraus, öffnete den

Reißverschluss und roch das Waffenöl. Ich schlug das T-Shirt, das darin lag, auseinander und starrte auf die Glock 19, die im Abendlicht glänzte. Ich wickelte sie wieder in das T-Shirt ein, legte sie in Jacksons Tasche zurück und verstaute sie erneut in der Decke.

Als ich mit meiner eigenen Sporttasche aus dem Schlafzimmer kam, sah Mrs Murphy zu mir hoch.

»Gehen Sie trainieren?«

»Ja.« Ich hätte es dabei belassen können, aber ich wollte sie nicht belügen. »Aber nicht zu Freds Boxclub. Heute Abend bin ich woanders.«

»Und wie geht es ihnen?«, fragte sie. »Wie geht es meiner Scout? Und was macht mein Stan?«

»Keine echte Veränderung.« Ich hoffte, das sagte alles.

Sie nickte.

»Sie führen so ein schnelles Leben, nicht wahr? Ihr Leben rauscht einfach an uns vorbei.«

»Hunde oder Kinder?«

»Beide«, sagte sie traurig.

Im Muhammad Ali Youth & Leisure Centre war ganz schön was los.

Jungen und Mädchen im Teenageralter betrieben Schattenboxen, prügelten die Sandsäcke, machten Sit-ups, Liegestütze und Unterarmstütze. Mitten in dem kleinen Boxring mit durchhängenden Seilen stand Father Marvin Gane mit einem Paar abgewetzter Lonsdale-Pads an den Händen. Kinder unterschiedlichen Alters und unterschiedlicher Größe standen Schlange, um Dreierkombinationen auf seine Schlagpolster zu setzen.

Als er mich erkannte, nickte er mir zu.

Im Boxclub sah ich ihn zum ersten Mal. Selbst in Soutane war er ein Riese. Aber in schweißfleckigem T-Shirt und Trainingshose, Anweisungen brüllend – »Doppel-Jab! Rechter

Cross! Die linke Hand da nicht verkümmern lassen! Wieder hoch damit zum Kinn!« –, wirkte er wie jemand ganz anderes.

Heute Abend wirkte Father Marvin Gane wie ein Kämpfer.

Ich setzte mich auf eine leere Bank und blieb aus dem Weg, bis er Zeit für mich hatte. Als sämtliche Kinder im Ring ihre Kombinationen geschlagen hatten, tauchte er zwischen den Seilen durch.

»Schattenboxen!«, befahl er ihnen. »Drei Runden von drei Minuten! Zwischen den Runden zehn Liegestützsprünge und zehn Liegestützen! Macht es richtig! Denkt an eure Form! Hart arbeiten und darin aufgehen! Achtet immer auf eure Deckung!«

Die Kinder sprangen durch den Ring, die Gesichter todernst, tänzelten vor ihren imaginären Gegnern.

Father Gane schüttelte mir die Hand und ließ seinen gewaltigen Leib neben mich auf die Bank sinken. Sein gutaussehendes schwarzes Gesicht glänzte vor Schweiß. Jemand hatte ihm einmal gesagt, dass er ein wenig aussehe wie Marvin Gaye auf dem Cover von *What's Going On?*, und er hatte sich einen sauber gestutzten Bart stehen lassen, um die Ähnlichkeit zu vergrößern.

»Entschuldigen Sie, dass ich nicht zur Beisetzung Ihrer Mutter kommen konnte«, sagte ich. »Sie war eine wunderbare Frau.«

Er nickte knapp, eine Geste, mit der er vorschlug, den Smalltalk zu überspringen. »Wie kann ich Ihnen helfen, Detective?«

»Gestern Abend wurde Sir Ludo Mount in der Borodino Street von einem Lastwagen angefahren«, sagte ich. »Er wird überleben, aber er wird nie wieder gehen können.«

»Ich habe es in den Nachrichten gesehen. Sehr traurig für seine Familie. Aber er hat sich wohl viele Feinde gemacht.«

»Ich war dabei, als es passierte. Es gab wieder eine Botschaft – ein Bibelzitat. Diesmal stand es auf die Seitenwand eines Mannschaftstransporters gesprüht. Exodus Kapitel 20, Vers 13: Du sollst nicht töten. Das fünfte Gebot.«

»Ja, habe ich schon mal gehört.«

Er starrte mich abwartend an.

»Ich weiß, dass Sie sich für die Borodino Street interessieren«, sagte ich. »Ich habe Sie mehrmals dort gesehen.«

Und jetzt wartete ich ab.

Er blickte in seinen Boxclub. »Ich interessiere mich für jeden, der sich von Gott abgewendet hat. Ich habe für die Familie Khan gebetet.« Er sah mich ruhig an. »Wollen Sie mich nach meiner theologischen Meinung fragen, weshalb der Mörder aus den Zehn Geboten zitiert?«

»Ich versuche herauszufinden, ob es eine falsche Spur darstellt«, sagte ich. »Ob der Gebrauch der Zehn Gebote unsere Ermittlungen in eine Sackgasse locken soll.«

»Ich verstehe – Sie fragen sich, ob Sie nach einem religiösen Fanatiker suchen sollen oder ob die Zehn Gebote Sie nur ablenken sollen?«

»Genau.«

»Die Zehn Gebote sind die Grundlage des göttlichen Gesetzes und legen zeitlose, universelle und unmissverständliche Standards für Richtig und Falsch fest.« Er sah zu, wie die Kinder mit dem Schattenboxen aufhörten und ihre Liegestützsprünge begannen. »Sie sind aber nicht, wie viele glauben, dem Christentum eigentümlich. Ethische Grundsätze gibt es in jeder Religion. Sie finden etwas wie die Zehn Gebote – in Fachkreisen nennen wir sie den Dekalog, vom griechischen Ausdruck für ›zehn Wörter‹ – auch im Judentum und im Islam. Als Christ glaube ich daran, dass die Zehn Gebote insofern etwas Einzigartiges sind, als Gott sie mit eigener Hand niedergelegt hat.«

Er starrte mich ernst an.

»Würden Sie mich einen Moment entschuldigen?«, fragte er.

Ein hochaufgeschossener, schlaksiger junger Kerl hatte das Muhammad Ali Youth & Leisure Centre mit einer kleinen Sporttasche in der Hand und einem großen Joint im Mundwinkel betreten. Er holte ein Paar abgenutzte rote Cleto-Reyes-Boxhandschuhe aus der Tasche, als Father Gane ihn umdrehte und ihm mit der flachen Hand ins Gesicht schlug.

Der Joint fiel auf den Boden.

Father Gane zertrat ihn unter dem Fuß.

»Aufheben«, befahl er dem jungen Mann.

Der junge Mann hob den Joint kleinlaut auf.

»Jetzt verzieh dich aus meiner Halle. Und deinen Müll nimmst du mit.«

Der junge Mann bewegte sich nicht, und mit einer blitzartigen Bewegung packte Gane ihn im Nacken und trug ihn zur Tür. Er zerrte ihn nicht, er trug ihn.

Die Füße des jungen Burschen berührten den Boden nicht.

»Komm wieder, wenn du klar bist«, sagte Father Gane und stieß ihn hinaus in die Dunkelheit, als wäre er eine Lumpenpuppe, aus der man die Füllung rausgeprügelt hatte.

Gane kam zu der Bank zurück. Jedes einzelne Kind beobachtete ihn aus dem Augenwinkel.

Er klatschte in die Hände. »Macht weiter!«

Als wäre nichts geschehen, setzte er sich neben mich.

»Aber ich dachte, Sie hätten diesen – wie nennen Sie ihn? – diesen Bad Moses gefasst?«, sagte er.

»Das glaubte meine Chefin auch«, sagte ich. »Sie erinnern sich an DCI Pat Whitestone, meine Ermittlungsleiterin?«

»Natürlich.«

Whitestone und Ganes Bruder Curtis waren beide DIs gewesen, als ich zur Mordkommission von West End Central stieß.

»Sie hielt George Halfpenny für den Mörder Ahmed Khans«, sagte ich. »Sie werden ihn auf der Borodino Street gesehen haben.«

»Ich habe ihn reden gehört, aber zugehört habe ich nicht«, sagte er. »Weil ich gebetet habe. Unsere Wege haben sich nicht gekreuzt.«

»Aber – unter uns gesagt – es war Wunschdenken anzunehmen, dass Halfpenny Bad Moses wäre. Er hat einen Polizeibeamten schwer verletzt, als er sich der Festnahme widersetzte, deshalb besteht ein gewisses Verlangen, ihn hinter Gitter zu bringen. Viele meiner Kollegen *wollten*, dass George Halfpenny hinter Bad Moses steckt, darunter auch meine Chefin. Aber Halfpenny saß in Belmarsh, als Ludo Mount überfahren wurde. Und ich habe mit George Halfpenny gesprochen. Der Mann ist ein Atheist.«

»Dann will ich auch für ihn beten.«

Wir beobachteten das Training der Kinder.

»In den Siebzigerjahren gab es einen berühmten Mordfall«, sagte ich. »Die Presse nannte den Mörder Black Moses. Eine verheiratete Weiße, die fremdging, war erwürgt worden, und man verhaftete ihren schwarzen Ehemann. Er war ein Laienprediger von Trinidad, und das passte sehr gut, weil der Mörder Kapitel und Vers des Gebots, das den Ehebruch untersagt, auf die Schlafzimmerwand schrieb. Mit ihrem Blut. Haben Sie je von dem Fall gehört, Father?«

»Den Jab gleich doppelt, Lewis!«, brüllte Gane.

»Der Ehemann saß zehn Jahre ab«, fuhr ich fort, »aber als Mörder entpuppte sich der Vater der Frau, ein Weißer, der wütend war, dass seine Tochter einen Schwarzen geheiratet hatte. Heute würden wir so etwas einen Ehrenmord nennen, auch wenn diese Taten mit Ehre nichts zu tun haben. Der wirkliche Mörder, der Vater des Opfers, verplapperte sich zehn Jahre später gegenüber einem Arbeitskollegen. Am Ende müssen sie gewöhnlich mit irgendjemandem darüber reden. Es muss einen wahnsinnig machen, so etwas geheim halten zu wollen. Aber die Polizei übersah den wahren Mörder, weil er das Gebot, nicht die Ehe zu brechen, an die Wand geschrieben hatte.«

»Fünftes Buch Mose«, sagte Gane. »Deuteronomium, Kapitel 5, Vers 21.«

»Der Mörder schrieb allerdings, es wäre Exodus 20, Vers 14. Er nahm das Zweite anstelle des Fünften Buches Mose. Wie unser Täter – wie Bad Moses. Er nimmt Exodus, nicht wahr?«

»Tut er das?«

Gane sah mich nicht an. Ich wusste aber, dass er mir zuhörte.

»Und das verstehe ich nicht«, sagte ich. »Wieso soll man einen Satz Gebote benutzen und den anderen nicht? Warum sollte man sich zwischen Deuteronomium und Exodus entscheiden? Wo ist der Unterschied?«

»Es gibt keinen. Persönliche Vorliebe.«

»Aber wenn Sie von den Zehn Geboten sprechen, dann beziehen Sie sich auf das Fünfte Buch Mose, oder, Father Gane? Bad Moses zitiert das Zweite Buch. Aber Sie sehen mir in die Augen und zitieren das Fünfte.«

Er wandte sich mir zu. »Und Sie halten das für eine falsche Spur, Detective? Dass ich das Deuteronomium verwende, während der Mann, den Sie suchen, Exodus zitiert?«

Ich roch jetzt seinen Schweiß.

Vorher hatte ich ihn nicht bemerkt.

»Halten Sie mich für fähig, jemandem das Leben zu nehmen?«, fragte er.

Ich glaubte nicht, dass Father Marvin Gane fähig war, jemandem das Leben zu nehmen.

Ich wusste es.

»Wir haben uns nie über Ihren Bruder unterhalten«, sagte ich. »Wir haben nie richtig besprochen, was Curtis zugestoßen ist, nicht wahr?«

In den letzten Tagen meines Kollegen hatte ich Father Gane oft getroffen. In Wahrheit waren sein Bruder Curtis und ich niemals enge Freunde gewesen. Curtis stand zu hoch über mir, als ich zum Homicide and Serious Crime Command kam, als dass zwischen uns sogleich eine echte Freundschaft entstehen konnte, und als wir einander näherkamen, nachdem er sich das Rückgrat gebrochen hatte, lief die Zeit schon ab.

Aber ich war in der Nacht bei ihm gewesen, als wir in einem verlassenen Herrenhaus in der Bishop's Avenue einen Kinderschänderring aushoben. Ich hatte zusehen müssen, wie DI Curtis Gane einen Schritt vor einem Mann zurückwich, der ein schwarzes Klappmesser aus Karbonstahl mit zehn Zentimeter langer Klinge führte, und wie er zwei Stockwerke tief fiel und sich die Wirbel brach, die seinen Kopf mit dem Rückgrat verbanden.

Vor meinen Augen hatte sich Curtis Ganes Leben sich geändert, und wenn ich in langen Krankenhausnächten bei ihm war, bat er mich, seinem Leben ein Ende zu setzen.

Das hatte ich nicht über mich gebracht.

Aber ich hatte immer gewusst, dass Father Marvin Gane so etwas tun konnte – er besaß die nötige körperliche Kraft und die erforderliche seelische Stärke, um seinem Bruder ein Kissen aufs Gesicht zu drücken, bis Schmerz und Leid vorüber waren.

»Mein Bruder litt unvorstellbare Qualen«, sagte er. »Am Ende war sein Tod eine Erlösung. Für ihn. Und für meine Mutter. Gott hat ihn zu sich genommen.«

»Ich habe Sie – und Ihre Mutter – an dem Tag gesehen, als wir Curtis' Asche vom Dach des West End Central verstreuten. Aber danach bin ich Ihnen nicht mehr begegnet. Erst wieder in der Borodino Street. Und ich verstehe nach wie vor nicht, was Sie dort getan haben. Ich konnte allerdings verstehen, wieso so viele Menschen den Wunsch hatten, Alice Stone ihren Respekt zu erweisen und die Blumen dort zu hinterlassen. Einige zog es immer wieder dorthin. Und Sie waren einer davon, stimmt's?«

Er sah den Kindern zu, die im Ring umhersprangen und Hiebe gegen ihre unsichtbaren Gegner führten.

»Eure Untugenden scheiden euch und euren Gott voneinander, und eure Sünden verbergen das Angesicht vor euch, dass ihr nicht gehört werdet«, sagte er. »Jesaja Kapitel 59, Vers 2. *Deshalb* bin ich zum Haus der Khans gegangen, Detective. Weil es ein Haus ohne Gott war. Ihnen wird das vollkommen absurd vorkommen, das ist mir klar. In einer gottlosen Gesellschaft erscheint der Glaube immer als Unsinn. Die Vorstellung, von Gott verlassen zu sein, wirkt auf den, der nicht an Gott glaubt, wie der schiere Irrsinn. Natürlich ist das so. Aber Sie sind kaum zu mir gekommen, um mit mir über Theologie zu diskutieren, oder? Sie haben mich aufgesucht, weil Sie fälschlicherweise annehmen, dass ich meinen Bruder ermordet hätte, und Sie fragen sich, wen ich noch getötet haben könnte.«

Einen langen Moment war nichts zu hören bis auf das Geräusch von Leder, das auf Leder trifft, angestrengtes Keuchen und erschöpfter Atem.

»Wo waren Sie gestern Abend, Father Gane?«

Kurz glaubte ich, er würde mir an die Kehle gehen.

Ich glaubte, er würde mich genauso aus dem Muhammad Ali Youth & Leisure Centre werfen wie den zugedröhnten jungen Burschen. Ich hatte keine Zweifel, ob er dazu in der Lage war. Von uns beiden war er der weitaus Kräftigere. Aber er rang die großen Hände, als bete er – oder als beherrsche er sich mühsam.

»Ich war allein zu Hause«, sagte er.

»Also sollte ich in den Aufnahmen der Überwachungskameras rings um die Borodino Street nicht nach Ihnen suchen?«

Sein Mund zuckte. »Ich war nicht einmal in der Nähe der Borodino Street. Ich habe diesen Anwalt nicht überfahren. Und ich habe den Vater der beiden Massenmörder nicht auf dem Gewissen.«

Ich wartete darauf, dass er von seinem Bruder sprach.

Ich wartete darauf, dass er mir sagte, er habe Curtis Gane kein Kissen aufs Gesicht gedrückt.

Doch er stand auf. »Sind wir fertig?«

Ich erhob mich ebenfalls und reichte ihm die Hand. »Vorerst.«

Er nahm meine Hand und ließ sie nicht los; mit einer fast unmerklichen Bewegung zog er mich zu sich heran.

Erneut spürte ich die Stärke dieses Mannes.

»Seien Sie vorsichtig da draußen«, sagte er zu mir.

Als ich nach Smithfield zurückkehrte, herrschte Hochbetrieb im Fleischmarkt. Die Clubkids kamen zum Spielen heraus, und mein Lieblingsinformant wartete auf mich. Er sah zu, wie der Abend verstrich, und gab seinem bleichen klapprigen Körper, wonach er verlangte.

Nils stand im Dunkeln und aß einen Biskuitkuchen aus der Hand. Ein Marmeladenrinnsal lief ihm an der Lederhose hinunter, aber er genoss den plötzlichen Zuckerschock auf eine Art und Weise, wie dies nur Leute mit einer Heroinkarriere können.

»Suchen Sie noch immer diese Handgranaten?«, fragte er und leckte sich die Finger ab.

30

»Schnell eindringen, ausgraben und die Lage beherrschen«, sagte Jackson Rose zu seinem Team aus Specialist Firearms Officers.

Die jungen Männer und Frauen vom SC&O19 saßen in den vorderen beiden Reihen des Besprechungsraums der Leman Street Police Station in Whitechapel. Sie trugen graue Schutzwesten und angespannte Mienen.

»Und pünktlich zu Tee, Plätzchen und Ordensverleihung sind wir wieder hier.« Jackson grinste. »Klingt das gut?«

Sie grinsten zu ihm zurück.

Man hörte gemurmelte Belustigung und Zustimmung.

Es klang ziemlich gut.

Wir waren wieder am legendären Ort. Von diesem Polizeirevier aus hatten Mordermittler einst Jack the Ripper gejagt. Von diesem Polizeirevier aus hatte DS Alice Stone den Zugriff in der Borodino Street angeführt, der mit der Vernichtung der Khan-Terrorzelle und ihrem eigenen Tod endete. Jetzt stand Jackson Rose auf dem niedrigen Podium im Saal, erklärte seinen jungen Schützen, wie es ablaufen würde, und versuchte sie mit seiner stillen Zuversicht anzustecken.

Weil irgendjemand immer hineingehen musste.

Und weil man nie wissen konnte.

Man konnte nie wissen, was einen hinter der Tür erwartete.

Mein Haufen saß am Rand der vordersten Reihe. Whitestone, Joy, Edie und ich gleich am Gang. Ich wartete, dass Jackson mich mit einem Nicken aufs Podium holte. Wir alle versuchten, es uns bequem zu machen im stichfesten Kevlar. Unsere PASGT-Helme ruhten auf unserem Schoß, nur Edie hatte ihren schon aufgesetzt.

Sie beugte sich zu mir.

»Wie hast du geschlafen?«, flüsterte sie.

»Gut«, sagte ich. »Ja. Gut.«

Sie lehnte sich mit wissendem Lächeln zurück. Unter dem Rand ihres Helms funkelten ihre grünen Augen belustigt. Sie hatte Sommersprossen auf der Nase, die immer dort sein würden.

»So schlimm?«, fragte sie.

Jackson sah mich an und nickte mir knapp zu.

Ich stand auf und ging auf das Podium.

»DC Wolfe von West End Central«, sagte Jackson.

Ich sah in den Besprechungsraum. Hinter den vorderen Reihen mit den SFOs sah ich ein Specialist Search Team von SO2, dem Protective Security Command, Hundeführer mit Waffen- und Sprengstoffspürhunden von der Dog Support Unit und Rettungssanitäterteams. Und ganz hinten lehnte DCI Flashman vom Counter Terrorism Command seinen massigen Leib gegen die Wand, neben sich sein Team.

Früher einmal hatten wir sie das Entschärfungskommando genannt.

Womöglich brauchten wir sie heute.

Auf dem Rednerpult stand ein Laptop. Ich drückte eine Taste, und auf dem großen Bildschirm hinter mir erschien ein Gesicht. Ein erkennungsdienstliches Foto, Porträt und Profilbild eines männlichen Weißen Ende zwanzig.

»Das ist Peter Fenn«, sagte ich. »Alias Ozymandias. Er verkauft Waffen, vor allem Kleinwaffen an Gangmitglieder und Rauschgiftdealer südlich der Themse, aber in letzter Zeit expandiert er. Wir glauben, er hat eine Verbindung in den Balkan aufgetan. Ozymandias soll zwei zwanzig Jahre alte kroatische Handgranaten an Asad und Adnan Khan verkauft haben. Das war die Erkenntnislage, die uns ursprünglich in die Borodino Street geführt hat. Wie Sie wissen, haben wir die Brüder gefunden, aber nicht die Handgranaten.«

Ich drückte eine andere Taste.

Zwei Handgranaten erschienen auf dem Bildschirm, schwarze Eier mit geriffelter Oberfläche, einem goldfarbenen Schalthebel und einem Zugring am Sicherungsstift, der an einen Schlüsselring erinnerte. Auf der Seite konnte man deutlich den Namen des Herstellers lesen: *Cetinka*.

»Aber nun konnten wir endlich unseren Mr Fenn lokalisieren. Ozymandias war eine Weile vom Radar verschwunden. Unser Informant – ein Stammkunde in einem Crackhaus auf dem Grundstück, wo Fenn wohnt – meldet uns, dass er nach einem ausgedehnten Sexurlaub in Pattaya, Thailand, wieder in der Stadt ist.«

Noch ein Knopfdruck, und eine heruntergekommene Sozialbausiedlung aus fünf Stockwerke hohen Fertigteilhäusern trat auf den Schirm. Dunkle Stahlbleche verschlossen viele Fenster und Treppenhäuser.

»Das Elphinstone Estate«, sagte ich. »Eine Kloake voller Drogengangs, Cracksüchtiger und Ratten von der Größe unkastrierter Kater. Seit zehn Jahren versuchen Investoren, es abzureißen und dort Luxuswohnungen zu bauen, aber ein paar Ansässige weigern sich auszuziehen.« Ich sah auf den verkommenen Wohnblock. »Wenn London so etwas wie eine No-go-Area hat, dann das Elphinstone Estate. Und Peter Fenn ist dort zu Hause.«

Jackson trat vor.

»Mit Schusswaffen auf dem Gelände muss gerechnet werden«, sagte er. »Ozymandias handelt damit. Ebenso besteht eine große Gefahr für Explosivstoffe. Achten Sie auf sich und die anderen, aber ich weiß, dass ich mich bei Ihnen darauf verlassen kann. Gebäudepläne haben Sie bereits erhalten. Noch Fragen?«

Jesse Tibbs hob die Hand.

»Wie gehen wir rein, Skipper?«

»Nach unseren Informationen hat Fenn eine stärkere Haustür als die Bank von England«, sagte Jackson. »Wir gehen also rein, indem Sie die Türangeln mit Ihrer Benelli-Flinte zerschießen. Aber vielleicht müssen Sie mehr als einmal anklopfen. Geht das in Ordnung, Jesse?«

Tibbs nickte.

Jackson lächelte nicht mehr.

»Also Waffen fassen«, sagte er. »Machen wir uns an die Arbeit.«

Beim ersten Morgenlicht trafen wir am Elphinstone Estate ein.

Aber für einige Menschen war die Nacht noch nicht vorüber.

Als unser ziviler Mannschaftstransporter in den Hof fuhr, vier Wohnblocks, die auf ein Niemandsland blickten, auf das jemand ein Sofa gezerrt und dann angezündet hatte, hörte ich fernes Gelächter, Schreie, Weinen – und Musik. Viel Musik. Die Sounds von Detroit und Jamaika und Ibiza hüllten die baufällige Siedlung ein wie der Nachhall einer Party, die in einem anderen Leben zu Ende gegangen ist.

Wir hatten das Revier Leman Street als kleine Kolonne verlassen, aber die übrigen Fahrzeuge – die Krankenwagen, die Hundeführer, Flashman und seine Leute – warteten im Leerlauf in den Nachbarstraßen, während Jacksons Schützen und mein Haufen aus dem Transporter stiegen.

Angeführt von Jackson gingen wir zum gegenüberliegenden Haus und sprinteten im Treppenhaus drei Etagen hoch, dann hob er die Hand, und wir nahmen Deckung. Der Wind pfiff durch die trostlosen Korridore und das schmutzige Treppenhaus. In ihnen pfiff immer der Wind.

Und dann wurden wir plötzlich beobachtet.

Der kleine Junge musste aus einer Wohnung gekommen sein. Das Kind trug nur seine Unterhose und ein schmutziges T-Shirt. Er war vielleicht zwei Jahre alt und zeigte die pummelige Rundlichkeit dieses Alters. In der Hand hielt er eine Dose mit einem Sprudelgetränk und starrte mit großen Augen auf die Schützen mit ihren Glock 17, Black-Mamba-Sturmgewehren, M26-Tasern, den Schutzwesten, den schwarzen Sturmhauben, die ihre Gesichter bedeckten und nur drei Löcher für Mund und Augen freiließen.

Edie drängelte sich nach vorn durch.

»Geh nach Hause«, flüsterte sie dem Jungen zu.

Er rührte sich nicht.

Ich wartete auf die Stimme eines Erwachsenen, der seinen Namen rief und verzweifelt versuchte, ihn zu finden. Nichts dergleichen. Im Elphinstone Estate waren die Kinder sich selbst überlassen. Der Junge trank aus seiner Dose und machte keine Anstalten wegzugehen.

Also hob Edie ihn auf und trug ihn davon.

Jackson besprach sich leise mit Tibbs.

»Los«, sagte Jackson.

Tibbs ging den langen gewundenen Korridor mit der Benelli M3 Super 90 entlang. Sein jungenhaftes Gesicht zeigte keine Regung. Wir folgten ihm, und ich war der Blicke gewahr, die uns aus den anderen Häusern beobachteten. Schließlich stand Tibbs direkt vor Peter Fenns Wohnungstür.

Sie bestand aus Maschendraht über einer Stahlplatte.

Tibbs musterte die Tür einen Augenblick lang, legte die Flinte an und schoss. Der Knall zerriss den jungen Tag, immer wieder. Patronenhülsen flogen.

Die Tür war stark, aber die halbautomatische Flinte arbeitete sich hindurch wie eine Machete durch Margarine.

Die Schützen stürmten in die Wohnung. Wir folgten ihnen.

»Bewaffnete Polizei! Keine Bewegung!«

»Zeigen Sie mir Ihre Hände!«

»Halt! Bewaffnete Polizei! Keine Bewegung!«

»Halt! Bewaffnete ...«

Und dann folgte jener Moment völliger Stille, in dem wir im

Zielgebäude waren und niemand versuchte, uns zu töten. Im Flur standen zwei große Samsonite-Koffer. *BKK-LHR* stand auf den Gepäckanhängern: Bangkok nach London.

Die Schützen drangen in die Wohnung vor, riefen weiter ihre Befehle, bis sie stehen blieben und jemand angewidert eine Verwünschung murmelte.

Sie hatten Ozymandias gefunden.

Der Waffenschieber war gekreuzigt worden.

Nackt und reglos lag er auf dem Wohnzimmerboden, festgehalten von Messer oder kurzen Schwertern, die ihm in Hände und Füße getrieben worden waren. Beide Hände waren hoch über seinen Kopf gezogen, eine Gebärde der Kapitulation, seine Füße übereinandergelegt.

Er sah aus, als hätte er sich gewehrt, denn seine Hände und Arme wiesen Stichverletzungen von mehreren erfolglosen Versuchen auf, ihn an den Boden zu nageln. Viel Blut war zu sehen, aber das meiste stammte aus seinem rechten Handgelenk, wo das Schwert – nein, ein Bajonett war es –, das ihn am Boden hielt, seine Speichenschlagader geöffnet haben musste.

»Kein Puls«, sagte ein Schütze. »Kein Herzschlag.«

Jackson kniete neben dem Mann nieder und pumpte die Brust des gekreuzigten Mannes.

»Max«, sagte Whitestone, während sie sich ein Paar blauer Nitrilhandschuhe überzog.

Mit einer Kopfbewegung zeigte sie auf die Schrift an der Wand.

Die Buchstaben waren gut dreißig Zentimeter hoch und mit dem Blut des Waffenschiebers gemalt.

Das Blut war schon so lange trocken, dass es sich schwarz verfärbt hatte.

EXODUS 20:16

Ich schaute Joy Adams an.

»Das achte Gebot.« Sie zog weiße Fußhüllen über ihre Schuhe. »*Du sollst kein falsch Zeugnis reden wider deinen Nächsten*. Jemand denkt, er hat ihn verpfiffen.«

Die Schützen durchsuchten einen Raum nach dem anderen. Sie standen noch unter Adrenalin.

»Bewaffnete Polizei! Keine Bewegung!«

»Zeigen Sie mir Ihre Hände!«

»Halt! Bewaffnete Polizei! Keine Bewegung!«

»Halt! Bewaffnete ...«

Aber hier gab es nur den Toten.

Erst jetzt nahm ich den Raum richtig wahr. In Kontrast zur Ärmlichkeit des Elphinstone Estate hatte die Wohnung eine geradezu vorstädtische Behaglichkeit an sich. Sie roch muffig, nachdem sie eine Weile nicht bewohnt worden war, aber die Kissen auf den Ledersofas waren fast pedantisch genau arrangiert. Peter Fenn alias Ozymandias war stolz auf sein Zuhause gewesen.

Auf dem Schreibtisch mit dem großen iMac standen gerahmte Fotos. Ich trat näher und sah sie mir an.

Sie standen angeordnet wie die Porträts von Familienmitgliedern.

Aber das waren sie nicht.

Pfadfinder, die schon lange tot waren, in kurzen Hosen und Khakihemden lächelten in die Kameras. Nein, keine Pfadfinder. *Hitlerjugend (HJ)* war die Bildunterschrift.

Das nächste Foto zeigte einen Mann in einer schwarzen Uniform. Er lächelte nicht.

Schutzstaffel der NSDAP (SS).

Und das größte Foto schließlich zeigte ein Meer aus Stahlhelmen, so weit das Auge reichte, und alle starrten zu einer fernen Bühne hoch.

Blick über den Massenappell von SA, SA und NSKK, Nürnberg, 9. November 1935.

Ich trat zurück. Ich hatte mich gefragt, welche innere Einstellung man haben musste, um berufsmäßig mit Waffen zu handeln.

Jetzt wusste ich es.

»Das ist ein Schrein.« Whitestone stand neben mir und nahm den PASGT-Helm ab.

»Also wurde Ozymandias von Bad Moses ermordet«, sagte Adams. »Bad Moses hat außerdem Ahmed Khan erstochen und Sir Ludo zum Krüppel gefahren.«

Whitestone blickte unsicher drein. »Das hier könnte das Werk eines Fans von Bad Moses sein«, sagte sie. »Die Zehn Gebote sind momentan groß im Trend. Bad Moses hat noch nie etwas mit Blut an die Wand geschrieben.«

»Nein«, sagte ich. »Das ist keine Nachahmungstat. Es ist nicht nur das Alte Testament, was Bad Moses mag.«

Ich dachte daran, wie Ahmed Khan in meinen Armen gestorben war, wie ihm mit dem letzten Atemhauch der Name seiner Enkelin entfuhr. Ich erinnerte mich an das Messer, das Ahmed Khan in die Schlüsselbeinschlagader gestoßen worden war, und das Motto auf der Klinge.

»Bad Moses mag Messer«, sagte ich. »Und er mag *diese* Sorte Messer. Messer aus dem Dritten Reich. Das Messer, mit dem Ahmed Khan ermordet wurde, hat er bei Ozymandias gekauft. Und wer immer es gekauft hat, glaubte, dass Ozymandias – Peter Fenn – ihn verraten hatte.«

Wir starrten auf den nackten Mann auf dem Boden.

Ich kniete mich neben ihn und sah jetzt deutlich die Klingen, die ihm durch Hände und Füße getrieben worden waren.

Ein langes rostiges Bajonett ragte ihm aus den Füßen, und das Kurzschwert, das seine linke Hand an den Boden heftete, wirkte mittelalterlich. Der Dolch, der die rechte Hand durchbohrte, hatte einen schwarzen Holzgriff mit den SS-Runen und einem Adler über einem Hakenkreuz. Auf der Klinge standen verblasste Worte.

»Das Motto der Waffen-SS«, sagte ich. »Momentan in allen europäischen Staaten verboten, die sich noch daran erinnern.«

Die Stichwaffen sahen aus, als stammten sie alle aus der gleichen Sammlung wie das Messer, mit dem Ahmed Khan getötet worden war, dem HJ-Dolch mit der Aufschrift *Blut und Ehre!* auf der Klinge.

»Wie lange ist er schon tot?«, fragte jemand.

Jackson schüttelte den Kopf. Er kniete noch immer und presste noch immer Fenns Brust, aber nun langsamer. Er hörte auf und erhob sich.

Für einen langen Moment hörte man nichts anderes als das Stimmengewirr aus den Airwave-Funkgeräten.

Dann schrie der gekreuzigte Mann auf.

Ich kauerte mich neben ihn, während sie per Funk die Sanitäter riefen.

»Hören Sie mir zu, Fenn«, sagte ich. »Hören Sie mir gut zu. Was ist mit den beiden kroatischen Handgranaten passiert? Was ist aus ihnen geworden?«

»Die Brüder ...«

»Ist es wahr? Sie haben sie den Khans verkauft?«

»Helfen Sie mir!«

Jackson zerrte mich von ihm fort.

»Himmel, Max. Du kannst mit ihm sprechen, wenn er im Krankenhaus liegt.«

»Der schafft es nicht bis ins Krankenhaus.«

Jackson stieß mir gegen die Brust. Seine Schützen knieten neben Fenn und versuchten, ihm die Klingen aus Händen und Füßen zu ziehen.

»Bleib weg von ihm, Max!«

Ich ging ins Schlafzimmer und versuchte meine Atmung zu beruhigen.

Hinter mir hörte ich Schritte.

Jesse Tibbs war mir gefolgt. Er hielt noch immer die Flinte.

»Also hat jemand diesen Fenn abgemurkst, weil er ein Informant war, was? Eine Lektion an uns alle. Wie heißt es in der Bibel? *Du sollst kein falsch Zeugnis reden wider deinen Nächsten.*«

»Jemand hat ihn umgebracht, weil er ein Drecksack war, der davon gelebt hat, anderen Drecksäcken Waffen zu verkaufen. Das ist passiert, nichts anderes. Es ist nicht schwer zu begreifen, Tibbs. Selbst Ihnen sollte es einleuchten.«

»Nein«, widersprach Tibbs. »Fenn hat seine Freunde verleumdet.« Er lehnte sich an den Türrahmen und hielt seine Benelli in diesem typischen 45-Grad-Winkel. »So wie Sie es mit Ray Vann getan haben.«

Plötzlich hatte ich die Nase voll von ihm.

»Reißen Sie immer nur das Maul auf, Jesse, oder handeln Sie auch mal? Sie sind wie einer dieser kleinen Wichser in den sozialen Netzwerken – großes Mundwerk und Apple-Maus, aber nichts dahinter. Seien Sie mal ein Mann, Jesse. Wenn Sie etwas tun wollen, dann gehen Sie es auch an.«

Er lächelte, und wir nickten beide, als wäre etwas endlich entschieden worden, das wir lange vor uns hergeschoben hatten.

Langsam hob er die Flinte.

Und dann stand Jackson Rose hinter ihm.

Tibbs kehrte mir den Rücken zu.

»Waffen?« Jackson sprach zu Tibbs, aber mich sah er dabei an.

»Unter den Bodenbrettern in der Küche liegt genug Feuerkraft, um einen kleinen Krieg anzufangen«, sagte Tibbs. »Aber keine Spur von irgendeiner Handgranate, kroatisch oder sonst was. Vielleicht gräbt das Suchteam sie noch aus.«

Jackson nickte und trat beiseite, damit Tibbs das Zimmer verlassen konnte.

»Du kannst mit Fenn reden, sobald sie ihn im Krankenhaus stabilisiert haben, Max.«

»Das wird zu spät sein, Jackson.«

Er zuckte mit den Schultern.

»Mehr kann ich nicht tun. Du kannst niemand vernehmen, der gekreuzigt wurde.«

Ich drängte mich an ihm vorbei. Als ich die Wohnung verließ, beatmeten die Rettungssanitäter Fenn mit Sauerstoff. Edie wartete auf dem schmutzigen Hof. Sie saß auf dem Sofa, das jemand angezündet hatte. Sie trug ihren PASGT-Helm noch, hatte ihn aber in den Nacken geschoben.

Sie hielt eine Dose mit einem Sprudelgetränk in der Hand. Offenbar hatte sie die Eltern des Jungen gefunden, oder wenigstens den Elternteil, der noch da war.

»Ein Kind in diesem Alter sollte diesen Mist nicht trinken.« Sie goss es auf den Boden und versetzte der Dose einen Tritt. Zum ersten Mal an diesem Tag lächelte ich.

Die Schützen fuhren zurück in die Leman Street.

Wir gingen wieder ins West End Central.

Peter Fenn starb auf der Fahrt ins Krankenhaus.

Das Suchteam zerlegte seinen hübschen kleinen Drei-Zimmer-Schrein für Nazideutschland in die Einzelteile.

Und trotzdem fand niemand die Handgranaten.

31

»Also muss Stan sterben?«, fragte Scout.

Sie war übers Wochenende zu Hause. Und ich glaube, uns beiden kam das Loft in Smithfield noch immer wie Scouts Zuhause vor.

Wir standen in der Tür meines Schlafzimmers und sahen Stan zu, der zusammengekauert im Körbchen lag, das ich neben das Bett gestellt hatte. Er regte sich nicht, aber seine Augen standen offen und glänzten, und er schien abzuwarten, was als Nächstes geschehen würde.

»Ich weiß es nicht«, sagte ich. »Ihn hat etwas gestochen, als wir im Heath waren, und darauf hat er schlecht reagiert.«

»Anaphylaktischer Schock«, sagte Scout. »Hab ich im Internet gelesen. Was meint Christian?«

Scout und ich vertrauten Christian. Unser Tierarzt kümmerte sich um Stan, seit unser Hund ein umhertollender Welpe gewesen war, völlig von der Rolle aus Freude und Staunen über die Welt, gebannt von den Gerüchen des Fleischmarkts, und sich mit fröhlicher Unbekümmertheit in jede Ecke unseres Lofts erleichtert hatte. An solche Dinge erinnert man sich, wenn man fürchtet, dass die Zeit mit einem Hund zu Ende geht.

»Christian sagt Ruhe, Wasser und eine strenge Diät«, antwortete ich. »Nur dass er im Moment gar nichts fressen will. Wir sollen ihm Zeit lassen, sagt Christian.«

Scout setzte sich zu ihrem Hund auf den Boden und strich ihm durch das Fell. Stan hob den Kopf, als wollte er bestätigen, dass er ihre Anwesenheit bemerkt hatte. Der Blick seiner schwarzen Augen blieb an ihrem Gesicht hängen, dann rollte er sich wieder zusammen.

»Kannst du ihn nicht mit in dein Bett nehmen?«, fragte Scout.

»Das Bett ist zu hoch, wenn er etwas trinken will.« Aus der Ferne hörte ich die Geräusche eines Sommertags in der Stadt. »Ich wollte heute mit dir auf dem Serpentine rudern gehen. Aber so, wie es ihm geht, möchte ich ihn nicht allein lassen.«

»Ich aber auch nicht«, sagte Scout.

Also blieben wir den ganzen Tag zu Hause, Scout und Stan und ich.

Die Sonne zog über den Himmel, und wir rührten uns nicht aus dem Loft. Als der heiße, träge Tag vorbeizog, besserte sich Stans Zustand nicht, aber unsere Traurigkeit schien sich ein wenig zu heben.

Wir bekamen Besuch.

Mia, Scouts Freundin, wurde von ihrer Mutter bei uns abgeliefert, und die beiden Mädchen saßen stundenlang nebeneinander auf dem Fußboden und malten. Mrs Murphy kam vorbei, um Scout zu begrüßen und nach Stan zu sehen. Smiths of Smithfield schickte uns Sandwiches hoch.

Am Nachmittag legte Stan einen Gastauftritt im großen Raum des Lofts ein, als ich ihn in eine Decke gehüllt zu seinem Lieblingssofa trug. Er bewegte sich noch immer nicht, aber er schien froh zu sein, dass ihn so viele vertraute Gesichter umgaben. Stans Liebe für Menschen, besonders Kinder, glänzte in seinen Augen.

Und dann kam meine Exfrau, um Scout abzuholen, und der Tag zerbrach in Scherben.

Anne war fürs Fitnessstudio gekleidet und hatte es eilig. Immer wieder warf sie besorgte Blicke auf ihr iPhone.

»Wie war das Rudern?«, fragte sie. »Im Hyde Park war es bestimmt voll, oder? Na los, Scout. Hol deine Sachen.«

»Wir sind zu Hause geblieben«, sagte Scout. »Wir haben uns um Stan gekümmert.«

»Den ganzen Tag lang? An so einem schönen Tag wie heute seid ihr mit einem kranken Hund im Loft geblieben?«

Bei ihr klang es wie ein Verbrechen wider die Natur.

»Ja.« Scout klang kleinlaut.

Anne sah mich an und kämpfte um ihre Beherrschung.

»Unglaublich«, sagte sie. »Da hast du sie an einem Tag in der Woche, und sie verbringt ihn hier eingesperrt mit einem verlausten Köter.«

Sie warf einen verächtlichen Blick auf Stan, der zusammengeringelt auf dem Sofa lag.

Der Hund blinzelte und schien sich seiner selbst zu schämen.

Scout gab ihm einen raschen Kuss auf die Stirn. Nie war ich stolzer auf sie gewesen.

»Küss das blöde Vieh nicht auch noch«, sagte Anne.

Scout fand ihre Stimme wieder. »Er ist kein blödes Vieh. Er heißt Stan, und er ist ein lebendes, menschliches Wesen.«

Menschlich war er zwar nicht, aber ich begriff, worauf es ihr ankam.

Annes iPhone erwachte in ihrer Hand. Sie hörte zu, seufzte und hielt das Handy auf Abstand.

»Steck es einfach in die verdammte Mikrowelle, Oliver!«, keifte sie.

Ich war froh, dass Mrs Murphy und Mia sich schon verabschiedet hatten. Mir wäre es peinlich gewesen, wenn sie diese verärgerte Frau in Trainingskleidung gesehen hätten, die nicht begreifen wollte, wie sehr es einem das Herz brechen konnte, einen Hund liebzuhaben.

»Du verstehst nicht«, sagte ich. »Stan ist sehr krank.«

Aber wieso sollte sie es verstehen? Stan war in unser Leben getreten, nachdem Anne es verlassen hatte. Während sie mit einem neuen Mann und einem neuen Haus und einem neuen Baby, das in ihr heranwuchs, in ihre schattige Vorstadtstraße zog, in der nie etwas Schlimmes geschah, hatte ich versucht, das Loch in Scouts – und meinem – Leben mit einem jungen Hund zu füllen.

Etwas, das Scout und ich geliebt hatten, war uns für immer verloren gegangen, und wir taten unser Bestes, um es mit einem Wesen zu ersetzen, das uns die bedingungslose, unabänderliche Liebe entgegenbrachte, die wir beide vermissten und nach der wir uns sehnten.

Es hatte funktioniert. Wir waren eine gerettete Familie.

Und gerettet hatte uns der Hund.

Anne strich ihrer Tochter über die Haare.

»Sei nicht traurig, Schatz. Sie leben eben nicht ewig, weißt du? Wir kaufen dir einen Hamster oder – was weiß ich? – einen Goldfisch. Ich bin mir sicher, wir bekommen so etwas im Internet.«

»Ich will aber keinen Hamster.«

Scout kämpfte mit dem neuen Rucksack, den ich ihr gekauft hatte, und Anne half ihr instinktiv, das Verhalten einer Frau, die an viel kleinere Kinder gewöhnt war.

Ich wollte ihr erklären, was hier vor sich ging. Ich wollte Anne sagen, dass Liebe, Krankheit und Tod niemals Kleinigkeiten sind und niemals mit Verachtung und Herablassung abgetan werden können. Nicht einmal bei einem Hamster. Und ganz sicher nicht bei einem Hund.

Ich wollte ihr etwas verraten, das sie anscheinend noch lernen musste – dass es immer einen Preis hatte, wenn man jemanden oder etwas liebte.

Aber mir fehlten die Worte dazu.

Ich wusste gar nicht, wo ich anfangen sollte.

Weil ich begriff, dass ich die Frau, die meine Tochter abholte, überhaupt nicht kannte. Wir waren einander fremd geworden.

Nein, es war sogar noch schlimmer.

Wir mochten einander nicht einmal.

Eine Weile verheiratet, dachte ich. Für immer geschieden.

»Du musst das verstehen«, sagte ich. »Stan ist Teil unserer Familie.«

»Nein«, widersprach meine Exfrau. »Scout hat jetzt eine neue Familie.«

Dann waren sie fort, aber ich fühlte mich meiner Tochter näher denn je.

Wir entscheiden uns zu lieben, dachte ich. Wir entscheiden uns, unser Herz zu öffnen, und zahlen dafür den Preis, dass es in Stücke zerschmettert wird.

Und das ist es wert, dachte ich.

Den Preis ist es immer wert, auch wenn es uns niederschmettert, wenn es Narben hinterlässt; sogar wenn es uns umbringt.

Ich saß mit der neuen Ausgabe von *Boxing Monthly* und meinem kranken schlafenden Hund auf dem Sofa, als es an der Tür klingelte.

Wir hatten kurz vor Mitternacht. Im Viertel ging es hoch her. Aber um diese Uhrzeit hätte niemand bei mir klingeln sollen.

Ich ging zur Wohnungstür und sah auf den Bildschirm, der die Straße zeigte.

Edie Wren stand unten vor dem Haus.

Und irgendwie war ich nicht überrascht.

Mir kam es vor, als hätte ich jahrelang auf diesen Moment gewartet.

Ich drückte auf den Türöffner, und sie kam die Treppe hoch.

Wir standen einander gegenüber, und es war, als hätten wir uns genau gleichzeitig entschieden.

Sie überschritt die Schwelle, kam in meine Arme, und unsere Münder fanden sich und passten, passten auf eine Art, auf die während eines ganzen Lebens nur wenige Münder zueinander passen.

Ich drückte sie an mich, von Staunen erfüllt, und sie war

warm vom Tag. Die Hitze stieg in mir auf, und ich wollte sie auf der Stelle wieder küssen.

Mein grünäugiges Mädchen.

»Max?«

»Was?«

»Ich weiß, wie wir heute Nacht schlafen können«, sagte Edie.

32

Als wir den MIR-1 betraten, saß TDC Joy Adams auf einem Arbeitstisch und sah zu Scarlet Bush hoch.

Edie zeigte mit dem Finger auf die Journalistin.

»Sie hat hier nichts verloren«, sagte sie. »Spinnen Sie, Joy? Wir sind hier bei einer laufenden Mordermittlung.«

Joy sprang von dem Tisch.

»Das müssen Sie sich anhören«, sagte sie.

Wir starrten Scarlet Bush an. Sie sah älter aus, als ich sie in Erinnerung hatte. Der Druck, der Stress, in einer Branche zu arbeiten, mit der es zu Ende geht, dachte ich.

»Ich weiß, woher das Gift kommt«, sagte sie.

Und wir ließen sie reden.

»Die Khan-Brüder waren Rabauken«, sagte Scarlet. »Alle drei. Adnan, Assad und Aakil, Laylas Vater, der in Syrien umkam. Rabauken und Verlierer. Ihre digitalen Fußabdrücke in den sozialen Netzwerken zeigen sie als ewige Partylöwen und Kleinkriminelle. Und plötzlich schließen sich alle drei dem globalen Dschihad an. Sie bringen einen Hubschrauber über London zum Absturz. Sie sterben bei einer Schießerei mit der Polizei im East End. Und Aakil – dem wir nie begegnet sind – liegt irgendwo im syrischen Sand verscharrt. Das passt nicht zusammen, oder? Gerade noch ziehen sie in Ilford an einem Joint, kippen sich den Wodka rein und überlegen, ob ihre Sozialhilfe für noch einen Lapdance reicht. Dann auf einmal sind alle drei bereit, für den Dschihad zu töten und zu sterben? Das ergibt einfach keinen Sinn.«

»Von wegen, es ergibt durchaus Sinn«, erwiderte ich. »Es ist sogar schockierend verbreitet. Dass sich Verlierer einer Sache verschreiben, die größer ist als sie selbst – das passiert die ganze Zeit, Scarlet, besonders, wenn eine Vorgeschichte von Gewalttätigkeit, Drogenmissbrauch oder Geisteskrankheit im Spiel ist.«

»Stimmt. Aber trotzdem bleibe ich bei meiner ersten Annahme – irgendwoher muss das Gift gekommen sein, oder?«

Ich zuckte mit den Schultern. »Sitzen Sie jeden Tag lange genug vor Ihrem Computer, und Sie gelangen zu jeder beliebigen Überzeugung.«

Sie schüttelte den Kopf. »Da steckt mehr dahinter. Und ich kann es beweisen.«

Auf dem Schreibtisch lag ein brauner Umschlag.

Sie nahm ein Foto mit drei Männern heraus.

Das Bild zeigte einen Mann aus der westlichen Welt in einem Anzug und zwei Männer im Salwar Kamiz, dem traditionellen langen Hemd und der weiten Hose der Nordwestgrenze Pakistans. Der eine Pakistaner war über sechzig, der andere um die dreißig. Er hielt ein Sturmgewehr in den Armen.

»Diese Aufnahme entstand 1981 im Services Bureau in Peschawar, etwa ein Jahr, nachdem die Sowjetunion in Afghanistan einmarschiert war«, sagte Scarlet. »Es erschien neben einer Kolumne in der *New York Times*, in der prophezeit wurde, dass Afghanistan das russische Vietnam sein würde. Der Mann im Anzug gehört zur US-Botschaft in Islamabad und, nehme ich an, arbeitet für die CIA. Der ältere Pakistaner ist vom ISI, dem pakistanischen Geheimdienst, der die Rebellen beim Widerstand gegen die sowjetische Invasion und Besatzung unterstützt hat. Der jüngere Mann ist einer dieser Rebellen.«

»Die Mudschahedin«, sagte ich.

»Die Mudschahedin – Mudschahed ist arabisch für ›jemand, der sich anstrengt‹. Jemand, der für ein lobenswertes Ziel kämpft. Den Heiligen Krieg führt. Denn damals waren sie *keine* Terroristen. Sie waren gefeierte Freiheitskämpfer, die den bösen Roten Widerstand leisteten. Unsere tapferen muslimischen Verbündeten. Deshalb lächeln diese drei Männer in die Kamera. Der Westen konnte ihnen gar nicht genug helfen.«

Sie berührte das alte Foto.

»All das wird heute natürlich entschieden bestritten«, sagte sie. »Weil einer der Mudschahedin, die geholfen haben, dieses Services Bureau einzurichten, ein Saudi namens Osama bin Laden war. Aber ISI und CIA versorgten jeden, der sich den russischen Invasoren in den Weg stellte, mit Waffen, Geld und Ausbildung. Jeden. Sie fragten nicht nach einem Leumundszeugnis. Radikale Muslime waren damals keine Bedrohung für den Westen – sie standen auf der gleichen Seite wie wir.«

Sie legte die Fingerspitze auf das Bild des Mannes mit dem Sturmgewehr. »Das ist ein AK-74, erbeutet von *Speznas* – den russischen Spezialkräften. Wer sich nicht auskennt, hält es für ein AK-47, eine Kalaschnikow, wie sie zu Millionen im Umlauf ist. Aber das AK-74 wurde erst dreißig Jahre später entwickelt und war ein hohes Statussymbol. Bin Laden besaß ein AK-74. Er ließ sich bei jeder Gelegenheit mit der Waffe fotografieren.«

»Und wer ist der Mann mit der Prestigewaffe?«, fragte ich.

»Er hieß Hamid Jat. Er hatte eine Schwester, die nach London kam, um zu heiraten, als sie noch ein Teenager war. Und sie heißt Azza.«

»Azza Khan?«, fragte ich. »Der Mann mit dem Sturmgewehr ist ihr Bruder?«

Wir starrten das Foto an.

»Sie wollen damit sagen, dass die Khan-Brüder zu Terroristen wurden, weil ihr lieber alter Onkel Hamid in Afghanistan gegen die Russen gekämpft hat?«, fragte ich. »Tut mir leid, Scarlet. Das kaufe ich Ihnen nicht ab.«

»Ich sage nur, dass es eine ununterbrochene Linie ist«, erwiderte sie. »Ich sage, dass dieser Familie der bewaffnete

Widerstand im Blut liegt, Max. Ich sage, dass das Gift von Anfang an in ihnen steckte. Aber sie betrachteten es gar nicht als Gift. Sie betrachteten es als … Ich weiß es nicht. Als Verteidigung ihres Glaubens. Den Ungläubigen Paroli bieten. Ein Ziel, für das es sich zu sterben lohnt. Sehen Sie, der moderne Terror hat seinen Anfangspunkt im Kampf gegen die Sowjets in Afghanistan. Aber jetzt warten sie nicht mehr darauf, dass ihr kommandierender Offizier ihnen den Befehl erteilt, einen russischen Panzer zu knacken. Sie kaufen sich im Internet eine Drohne, steuern sie über ein Einkaufszentrum, das in der Einflugschneise von Heathrow liegt, und drücken die Daumen. Die Mudschahedin sind die Vorhut des modernen Terrors, die Wurzel des Dschihad ohne Grenzen. Die Khan-Brüder wussten genau über Onkel Hamid Bescheid – für ihre Familie war er ein Kriegsheld. Ihre Mutter – Hamids Schwester – wird ihnen alles über ihn erzählt haben. Und sie werden stolz auf ihn gewesen sein.«

»Wissen Sie, wem ich die Schuld an all dem Tod und der Vernichtung gebe, all den zerstörten Leben und Leibern?«, fragte Edie. »*Ihnen*. Den Mistkerlen, die Alice Stone ermordet haben. Den Drecksäcken, die die Drohne starteten.« Sie nickte auf das Foto. »Nicht einem bärtigen alten Typen, der 1981 ein Kleid getragen hat.«

Scarlet schüttelte den Kopf, und ich fragte mich, ob sie ihre Story schon geschrieben hatte. Ich fragte mich auch, weshalb sie zu uns kam, bevor sie sie brachte.

»Dieser Hamid Jat – und alle Männer wie er – waren den Khan-Brüdern und ihresgleichen eine Inspiration«, sagte Scarlet. »Weil sie glaubten, die Mudschahedin hätten der UdSSR die Wunde zugefügt, an der die Sowjetunion zugrunde ging, glaubten sie auch, wenn sie die USA in einen anderen, ähnlichen Krieg ziehen könnten, würden die USA genauso untergehen – und mit ihnen die ganze westliche Welt.«

Schweigend dachten wir darüber nach.

»Das ist nicht kompliziert«, fuhr Scarlet fort. »Die Khan-Brüder glaubten, das Ende des verderbten Westens sei nahe. Sie glaubten, wir brechen genauso zusammen, wie die UdSSR zusammengebrochen ist. Ihre Weltsicht ist ein Virus, der schon seit Jahrzehnten umgeht. Wir halten es für ein modernes Phänomen, aber daran ist auch nicht im Entferntesten etwas Modernes. Die Natur der Bestie hat sich verändert, das ist alles. In den Achtzigerjahren war es eine Freischärlerarmee, die konventionell gegen die Russen kämpfte. Heute ist es ein führerloser Widerstand gegen den Westen, aufrechterhalten von einer Idee. Und die Mutter der Khan-Brüder ist das Bindeglied zwischen jetzt und damals.«

»Mal langsam«, sagte ich. »Azza Khan ist die Witwe eines Londoner Busfahrers. Ich kannte den Mann. Die Verbrechen der Söhne hatten nichts mit dem Vater zu tun. Warum sollten sie irgendwie mit der Mutter zusammenhängen?«

»Weil Azza Khan die Schwester eines Mudschaheds ist, der in Afghanistan gegen die Russen gekämpft hat. Und die Mutter der Terroristen, die den Rettungshubschrauber über Lake Meadows zum Absturz brachten. Die Mutter des Mannes, der Alice Stone tötete. Es mag kein Verbrechen sein, diese Schwester zu sein, diese Mutter, aber verzeihen Sie – zumindest ist es eine tolle Geschichte. Und wissen Sie, was ich denke, Max? Die Brüder sind nicht durch das Internet radikalisiert worden. Und es war auch kein Hassprediger, der ihnen das Gift eingeflößt hat. Sondern ihre Mutter. Azza Khan gehört zum Hochadel der Dschihadisten. Und sie hat die Fackel an ihre Söhne weitergereicht.«

Unversehens stand Pat Whitestone im Eingang des MIR-1.

»Diese Frau hat hier nichts zu suchen«, sagte sie.

»Das müssen Sie sich anhören«, erwiderte ich.

DCI Whitestone lauschte schweigend.

»Was ist aus Hamid Jat geworden?«, fragte sie.

»Als die Sowjets 1989 endlich abrückten, begannen die Mudschahedin damit, einander gegenseitig abzuschlachten. Hamid Jat verschwindet für eine Weile vom Radar, aber wir wissen, dass er die Bürgerkriege überlebt und sich in den Neunzigerjahren der 055 Brigade angeschlossen hat, auch bekannt als 55. Arabische Brigade. Sie waren die Elite von Al-Qaida – hundert von ihnen bildeten bin Ladens Leibwache. Sie flohen in den künstlichen Höhlenkomplex Tora Bora in den weißen Bergen im Osten Afghanistans, den die Amerikaner in den Achtzigerjahren angelegt hatten und 2001 bombardierten. Hamid Jat ist in der Schlacht von Tora Bora ums Leben gekommen.«

»Und haben Sie einen Beweis, dass Azza Khans Familienname Jat war, ehe sie geheiratet hat?«, fragte Whitestone.

»Ich habe alle Praktikanten bei meiner Zeitung wochenlang recherchieren lassen. Ich habe eine Kopie der Heiratsurkunde. Ich habe Einwanderungs- und Naturalisierungsdokumente aus dem Innenministerium. Ich habe Kopien von Azza Khans britischem und pakistanischem Pass. Und ich habe eine Quelle, die ich nicht offenlegen kann.«

»Und ist diese Quelle, die Sie nicht offenlegen können, bei der Polizei oder bei den Nachrichtendiensten?«, fragte Whitestone.

»Mir steht es nicht frei, diese Frage zu beantworten.«

»Vielleicht sind Sie von jemandem an der Nase herumgeführt worden, Miss Bush. Haben Sie das schon einmal überlegt?«

»Meine Story hat keine Lücken. Sogar die Anwälte meiner Zeitung sind glücklich.«

»Aber vielleicht war Azza Khan nur eine junge Frau, die von den Gezeiten der Geschichte hin und her gespült wurde«, wandte Whitestone ein. »Eine Frau, die zufällig in einer Zeit lebte, in der die Männer ihrer Familie einem fatalistischen Todeskult anhingen. Wie ist es mit dieser Theorie?«

»Das ist weit hergeholt, oder?«, entgegnete Scarlet. »Denken Sie an ihren Bruder. Denken Sie an ihre Söhne.«

Ich blickte Edie an und sah, dass sie mit mir einer Meinung war.

Wir glaubten ihr.

Whitestone seufzte. »Aber was soll's?«, fragte sie. »Was immer sie glaubt, was immer ihre Brüder oder ihre Söhne getan haben, Azza Khan hat kein Verbrechen begangen. Wir haben keine Gedankenpolizei. Unser Land ist immer noch ein freies Land. Sie können hier glauben, was Sie möchten – egal, wie verrückt es ist. Wir können niemanden einsperren, weil er davon träumt, dass über dem Buckingham Palace und der Downing Street schwarze Flaggen wehen.« Whitestone wies auf das Foto. »Das genügt nicht, um sie zu beschuldigen«, sagte sie.

Scarlet Bush sah überrascht drein.

»Das habe ich auch nicht vorgeschlagen«, sagte sie. »Aber was wird Ihrer Meinung nach wohl geschehen, wenn ich meine Story bringe?«

»Bad Moses wird sich rühren«, sagte ich. »Bad Moses wird sich Azza Khan ansehen, und er wird den Feind erblicken.« Ich sah meine Chefin an. »Und er wird sie sich holen.«

»Sie bitten mich, eine unschuldige Frau als Köder zu verwenden, um einen Mörder zu fassen?«, fragte Whitestone. »Auf gar keinen Fall tun wir das.«

Scarlets Miene wurde hart.

»Ich bitte Sie um gar nichts. Außer um einen kleinen Gefallen, weil ich Ihnen die Information gebracht habe: Ich möchte Ihre Beamten begleiten, nachdem meine Story veröffentlicht wurde.«

»Aber vielleicht hält Bad Moses sich fern«, sagte Whitestone. »Möglicherweise riecht er die Falle. Eventuell ist sein Blutdurst ja gestillt.«

Sie blickte mich an.

»Nein«, sagte ich. »Ich glaube, er wird sich auf sie stürzen.«

»Sehen Sie denn nicht, was das bedeutet?«, fragte Scarlet Bush, als hätten wir ihren Kernpunkt noch immer nicht begriffen. »Das Gift stammt nicht von irgendeinem Imam mit Schaum vor dem Mund oder aus den dunklen Ecken des Internets. Die Khan-Brüder brauchten gar nichts davon.«

Sie klopfte auf das alte Foto, und Hamid Jat lächelte uns über die Jahre an, stolz sein AK-74 in den Armen.

»Sie hatten es schon im Haus«, sagte Scarlet.

In der Nähe des Victoria Parks gibt es einen kleinen Supermarkt, dessen Fassade fast ganz von den Satellitenschüsseln der Wohnungen darüber bedeckt ist. *Lebensmittel – Obst & Gemüse – internationale Geldüberweisungen* steht auf der vom Alter bleichen blauen Markise.

Layla Khan saß an der Kasse des Geschäfts. Ihr Hidschab verbarg ihre Haare, ließ das Gesicht aber frei. An einem Auge hatte sie eine rote Abschürfung. Die Wunde war frisch.

Sie trug kein Make-up. Ihre Make-up-Tage waren vorbei.

Sie starrte müde Edie und mich an, als wir hereinkamen.

»Was ist denn jetzt wieder los?«, fragte sie.

»Wir wollen dich warnen«, sagte Edie. »Bei euch wird es vielleicht Ärger geben.«

Layla lachte bitter. »Jetzt passt ihr auf mich auf, oder was? Jetzt gebt ihr auf mich Acht? Dafür ist es ein bisschen spät. Ihr habt mich *zurückgeschickt*.«

»Das tut mir leid ...«, begann Edie, aber ich schnitt ihr das Wort ab.

»Wir sind keine Sozialarbeiter, Layla. Und wir sind nicht deine Eltern. Wir haben dich zurück nach Hause geschickt, weil uns keine andere Wahl blieb. Wir konnten dich nur zu deiner Familie zurückbringen oder ins Pflegesystem geben.«

»Aber ich dachte, du wärst meine *Freundin*«, sagte sie zu Edie, und ich merkte, wie Edie zusammenzuckte. »Du hättest für mich da sein müssen. Du hättest mich nicht wieder zurückschicken dürfen.«

»Layla«, entgegnete Edie. »Bitte. Wir wollen nur, dass du vorsichtig bist. Wir wollen dich warnen – es ist noch nicht vorbei. Können wir irgendetwas für dich tun?«

Layla lachte bitter auf. »Sieh mich doch an.«

Die Türglocke klingelte, und Edie und ich drehten uns um. Der dicke junge Mann mit den über seinen kahlen Scheitel gegelten Haarsträhnen kam in den Laden. Er trug einen Karton mit Sprudeldosen.

»Ausladen«, sagte er.

Wir sahen zu, wie er in den hinteren Teil des Ladens schwankte.

»Sieh mich an«, wiederholte Layla.

Wir sahen sie an, und endlich entdeckte ich es. In ihren Augen war etwas schon gestorben. Sie hatten sie auf jede nur erdenkliche Art und Weise gezüchtigt, und wir hatten nichts unternommen. Sie hatte noch ihren East-End-Akzent. Aber der Rest ihres alten Lebens war verschwunden.

»Ich gehe dorthin, wohin mein Ehemann mir zu gehen befiehlt«, sagte sie.

33

Gegen Ende der Nacht, in einem dieser Momente, wenn das erste Sonnenlicht in den Raum kriecht und man nicht sicher ist, ob man schläft oder wach ist, merkte ich, wie Edie aus dem Bett schlüpfte, innehielt und mir kurz die Lippen auf die Stirn drückte.

»Schlaf weiter«, flüsterte sie. »Harter Tag.«

Ich streckte mich, wälzte mich herum und griff nach ihr, wollte sie wieder in den Armen halten. Aber sie verließ das Schlafzimmer, und ich muss eingeschlafen sein, denn als ich noch einmal nach ihr griff, strahlte ein Sonnenaufgang in voller Pracht durch das Deckenfenster herein.

Es war noch immer sehr früh. Als ich aufstand, saß Edie im großen Raum des Lofts in T-Shirt und Slip auf einer Fensterbank. Die Beine hatte sie untergeschlagen, und sie drückte etwas an die Brust. Ich blieb in der Schlafzimmertür stehen und betrachtete sie eine Weile. Ich genoss ihren Anblick, ihr blasses Gesicht mit seiner gedankenverlorenen Miene, die roten Haare, die nicht ganz gezähmt waren, und die schlanken, muskulösen Gliedmaßen von Edie Wren.

Sie ist die Frau, die ich sehe, dachte ich. *Und sie ist die einzige Frau, die ich jemals sehen will.*

Ich ging zu ihr ans Fenster. Unsere Münder passten noch immer zusammen. Sie würden immer zusammenpassen. Mir war, als hätte die Welt unerwartet ihre Arme um mich geschlungen. Es war ein gutes Gefühl.

Draußen kam der Fleischmarkt zum Ende der Nachtschicht. Das Sonnenlicht blendete uns, und Edie beschirmte ihre Augen.

»Alle haben sie im Stich gelassen«, sagte sie, und ich begriff, dass die Gedanken an Layla ihre Träume gestört hatten. »Die Behörden. Ihre Familie. Und ich.«

Ich legte ihr eine Hand auf die Schulter, die noch warm war von unserem Bett.

»Du hast sie nicht im Stich gelassen«, sagte ich.

»Hast du ihre Handgelenke gesehen, Max? Hast du gesehen, was sie sich antut?«

»Ist mir aufgefallen.«

»Und jetzt ist sie mit diesem gruseligen Typen verheiratet, den sie nicht ausstehen kann. Sie muss ihre schönen Haare verdecken ...«

Ich nahm sie in die Arme. Es gab nichts, was ich ihr sagen konnte. Edie hatte nichts falsch gemacht außer zu glauben, dass sie Layla vor der Kultur retten konnte, aus der das Mädchen stammte.

Jetzt sah ich auch, was sie festhielt: den *Zornige-Prinzessin*-Rucksack, den ich an dem Tag hatte ersetzen wollen, als der Hubschrauber abstürzte, den alten, abgelegten Rucksack voller Flecken – Farbe, Eis und weiß der Himmel was noch.

Sie lachte und wischte sich über die Augen.

»Ist so eine Büroromanze nicht toll?«, fragte sie.

»Das Allerbeste.«

»Wollen wir es wirklich miteinander versuchen, Max?«

Ich lächelte. Weil keine einzige Wolke am Himmel über unserer Stadt stand, weil wir am Ende doch zusammengekommen waren, weil ich so lange auf diese Frau gewartet hatte.

»Ja«, sagte ich. »Was sonst hätte irgendwelchen Sinn?«

Ich sah auf den Rucksack, und eine Erinnerung an die Borodino Street regte sich.

An jenem ersten Tag.

Der Mann, die Frau und das Mädchen auf dem Küchenboden, die um ihr Leben fürchteten. Ich erinnerte mich, wie ich ihnen sagte, dass ihnen nichts geschehen würde, sie aber sofort das Haus verlassen müssten. Und ich sagte ihnen – das sei sehr wichtig –, dass sie ihre Hände heben und die Handflächen zeigen mussten, wenn sie aus dem Haus kamen, damit niemand auf sie schoss.

Ich erinnerte mich, wie sie gerannt waren, Ahmed, Azza und Layla Khan. Sie waren gerannt, wie Menschen nur rennen, wenn sie glauben, dass sie jeden Augenblick sterben können, sie hatten einen *Zornige-Prinzessin*-Rucksack in Pink und Purpurrot gegriffen, der genauso ausgesehen hatte wie der *Zornige-Prinzessin*-Rucksack, den Edie hielt, und waren um ihr Leben gelaufen, die Hände erhoben, wie ich es ihnen gezeigt hatte. Von dem Augenblick an, in dem wir sie kennenlernten, dachte ich, haben wir alles getan, um die Khans zu beschützen.

»Und was ist mit Scout?«, fragte Edie. »Was passiert, wenn Scout zu Besuch kommt und mich hier sieht? Wie wird es ihr damit gehen?«

Ich nahm Edie wieder in die Arme. Ich vertrieb die Borodino Street aus meinen Gedanken, denn ich war es leid, ständig an dieses Haus zu denken, und hielt sie fest.

Ich musste immer bei ihr bleiben, jetzt, wo ich sie gefunden hatte.

»Dann wird Scout froh sein«, sagte ich.

Leman Street Police Station, Whitechapel.

Jackson Rose hielt es offenkundig für weit hergeholt. Sein Lächeln wurde immer umso breiter, je mehr tödliche Gefahr er in der Luft spürte. Aber als er seine Schützen einwies, war sein Gesicht reglos. Die SFOs waren heute in Zivil, T-Shirts, Jeans und Turnschuhe.

»Eine letzte Fahrt in die Borodino Street«, sagte Jackson. »Ein weiterer Beamter und ich postieren uns auf der anderen Straßenseite mit unseren Kollegen von West End Central direkt dem Haus der Khans gegenüber. Der Rest von euch hält sich im Transporter zwei Straßen entfernt bereit. Und dann warten wir. Fragen?«

Tibbs hob die Hand.

»Worauf genau warten wir, Skipper?«

»Dass die Hölle losbricht – oder auf die Teestunde«, sagte Jackson, und jetzt zeigte er ihnen sein berühmtes Grinsen. »Was immer zuerst kommt.«

Scarlet Bush regte sich auf dem Stuhl neben mir, als ihr Handy ein diskretes Ping von sich gab.

»Mein Artikel ist gerade live gegangen«, sagte sie.

Auf ihrem Laptop war die Homepage der *Daily Post* geöffnet. Ein Foto von Azza Khan, wie sie ihr Haus verließ, wurde angezeigt.

Und Scarlets Story füllte den Bildschirm.

WELTEXKLUSIVBERICHT: DIE PATIN DES TERRORS?
von Scarlet Bush
Kriminalreporterin
Nach Erkenntnissen der *Daily Post* besteht eine außergewöhnliche Verflechtung zwischen der Mutter der sogenannten Drohnenterroristen, die einen Rettungshubschrauber auf das Einkaufszentrum Lake Meadows abstürzen ließen, und einem der Gründerväter des internationalen Terrorismus. Es ist eine Geschichte, die sich über Jahrzehnte erstreckt und die Gräueltat von Lake Meadows mit den Mudschahedin verbindet, die in Afghanistan gegen die Sowjetunion kämpften. Die *Daily Post* möchte klarstellen, dass Azza Khan nie ein Verbrechen begangen hat. Aber ihre toten Söhne und der ältere Bruder, den sie wie einen Helden verehrte, haben in den zurückliegenden vierzig Jahren unermessliches menschliches Elend verursacht – und die Verbindung setzt eine respektable 65-jährige britische Hausfrau ins Zentrum eines Geflechts des Bösen.

Handys klingelten, piepten und vibrierten im ganzen Besprechungsraum.

»Die sozialen Netzwerke haben einen hysterischen Anfall«, murmelte Edie. »Wie oft erlebt man das?«

»Ja!«, zischte Scarlet. »Ja! Ja! Ja!«

»Bad Moses«, sagte Jackson in den Raum. »Er ist der Grund, weshalb wir in die Borodino Street gehen. Weil unsere Kollegen von West End Central glauben, dass der Mann, der für die Ermordung von Ahmed Khan und Ozymandias und für die Verkrüppelung von Sir Ludo Mount verantwortlich ist, vielleicht – nur vielleicht – seine hässliche Fresse zeigt, wenn klar wird, dass Mrs Azza Khan womöglich mehr ist als eine unbeteiligte Zuschauerin bei diesem Blutbad, durch das wir in diesem Sommer waten mussten.« Jackson nickte knapp. »Fassen Sie Waffen, dann geht es an die Arbeit.«

Er hielt mich an, als seine Schützen in den Transporter stiegen.

»Glaubst du wirklich, Bad Moses zeigt sich, solange die Medien der Welt vor der Haustür der Khans kampieren?«

»Ich bezweifle, dass er sich zurückhalten kann«, sagte ich.

Am Ende bekam Scarlet Bush ihren Platz am Ring doch nicht.

Sie blieb mit Whitestone, Edie und den Schützen in dem Mannschaftstransporter, der einen Häuserblock von der Borodino Street entfernt stand. Sie hätte einen näheren Blick auf das Geschehen erhalten, wenn sie sich zu den anderen Reportern und Kamerateams gestellt hätte, die sich auf der Straße drängten und darauf warteten, dass etwas geschah. Eine Police Support Unit aus uniformierten Beamten hielt sie von der Haustür fern. Die Leute waren entspannt. Scarlets Story hatte bei den Medien eingeschlagen, aber die Bevölkerung war nicht in die Borodino Street zurückgekehrt. Deshalb sahen die uniformierten Beamtinnen und Beamten gelassen einer ruhigen Schicht entgegen.

Ich stand im vorderen Schlafzimmer des Hauses auf der anderen Straßenseite, dem Haus der Khans gegenüber. Jackson, Tibbs und Joy Adams waren bei mir. Im Zimmer hing der muffige, abgestandene Geruch eines Hauses, das schon einige Zeit nicht mehr bewohnt wurde. Die Anwohner der Borodino Street zogen weg. Gern nahmen sie das Geld der Investoren an und waren froh, die Straße hinter sich zu lassen.

Nur Familie Khan war noch da.

Jackson und Tibbs überprüften ihre Ausrüstung, während Joy mit einem kompakten Fernglas die Straße beobachtete.

»Also wirst du das alte Mädchen nicht festnehmen?«, fragte Jackson.

»Soweit ich es weiß, hat sie keine Straftaten begangen«, sagte ich. »Nichts los, Joy?«

»Nur Reporter«, sagte sie.

Und dann erstarrte sie.

»Moment.«

Sie drehte den Kopf zu mir und sah mich stirnrunzelnd an.

Ich nahm ihr das Fernglas ab.

»Am Ende der Straße, Sir.«

Ich sah ihn sofort. Der große, kräftige schwarze Mann, der langsam durch die Reportermenge schritt. Die meisten uniformierten Beamten, die über die Borodino Street verteilt waren, streiften ihn kaum mit einem Blick. Ein junger Constable nickte ihm respektvoll zu.

Father Marvin Gane.

»Sir, er tut ja nichts, Sir!«, rief Adams.

Jackson und Tibbs waren schon am Fenster.

»Großer Schwarzer mit Priesterkragen«, sagte Jackson und legte das G36 an die Schulter. Der kurze Lauf ragte aus dem offenen Fenster. »Geht auf das Haus der Khans zu.«

»Verstanden, Skipper.« Tibbs lehnte schon am Nachbarfenster und schmiegte sich an sein eigenes Sturmgewehr von Heckler & Koch.

Die beiden beobachteten Father Gane durch die Zielfernrohre ihrer Waffen, und zwei rote Zielpunkte erschienen auf dem Oberkörper des großen Mannes.

»Sir, das ist nicht unser Mann, Sir!«, schrie Adams.

»Was zum Teufel macht er dann da?«, erwiderte ich. Während ich zur Tür hinuntereilte, rief ich Jackson und Tibbs zu: »Nicht schießen, bevor wir wissen, dass er eine konkrete Bedrohung darstellt.«

Tibbs schnaubte.

»Im Grunde wissen wir das ja«, sagte Jackson, ohne das Auge vom Zielfernrohr des Sturmgewehrs zu nehmen.

Ich nahm zwei Stufen auf einmal, als ich die Treppe hinuntereilte, und rief Whitestone auf dem Airwave-Funkgerät. Nichts. Nur das Knistern und Krachen des digitalen Hintergrundrauschens. Ich holte mein iPhone aus der Tasche und versuchte es damit.

»Max«, sagte Whitestone.

»Das könnte unser Mann sein. Nordende der Straße. IC3.«

ICs – Identitätscodes, auch Phoenix-Codes genannt – benutzt die britische Polizei, um die ethnische Zugehörigkeit eines Verdächtigen zu benennen. IC3 bedeutet schwarz.

»Sind unterwegs«, sagte Whitestone.

Als ich aus dem Haus kam, war Father Gane auf die Knie gesunken. Er unternahm keinen Versuch, sich dem Haus der Khans zu nähern. Er hatte einfach hinter dem Gedränge der Medienleute angehalten.

Und er betete.

Ich starrte ihn an, wie er auf den Knien betete, und sah zum Himmel hoch, zu dem Hubschrauber, der plötzlich über den Hausdächern schwebte. Whitestone und Edie stießen zu mir, begleitet von SFOs. Die Schützen fächerten um den betenden Mann aus und waren sich nicht sicher, was sie tun sollten.

Whitestone und Edie sahen zu dem Hubschrauber hoch, der mit seinem metallischen Brüllen den Himmel erfüllte.

»Wir haben doch gar keinen Hubschrauber angefordert«, sagte meine Chefin.

Und dann ging alles sehr schnell. Ein anderes Schützenteam hastete aus einem Transporter und schoss die Haustür mit einer Benelli-Flinte auf. Jacksons Schützen tauschten Blicke, drehten die Köpfe zu den Funkgeräten an ihren Schultern und erbaten Anweisungen von ihrem Einsatzleiter. Layla erschien am Fenster im oberen Stockwerk und zog sich einen schwarzen Tuchschleier vors Gesicht, während sie die Straße beobachtete.

Bei ihrem Anblick überfiel die Fotografen der Fressrausch. Reporter stürmten zur zerstörten Haustür vor.

Zwei zivile Jaguars bogen mit Blaulicht und Sirene auf voller Lautstärke in die Borodino Street, drangen in den Raum vor dem Haus der Khans vor und übernahmen. An beiden Enden der Straße warteten unvermittelt Armed Response Vehicles.

Father Gane war völlig in Vergessenheit geraten. Ich starrte auf ihn hinab. Er kniete noch immer mit geschlossenen Augen, betete noch immer für die Läuterung derjenigen, die sich von Gott abgewandt hatten.

Dann entfaltete Flashman vom Counter Terrorism Command seinen gewaltigen Rugbyspielerkörper aus einem der Zivilfahrzeuge, und die Frau, die ich zuletzt vor den Hafträumen von West End Central gesehen hatte, stieg aus dem anderen zivilen Jaguar.

Sie sah nach wie vor aus wie eine Schullehrerin oder Professorin, völlig fehl am Platz in einer Straße voller rasender Reporter und bewaffneter Polizisten, die unter Adrenalin standen und nicht wussten, was als Nächstes kam. Nichtsdestotrotz legte sie eine ruhige Autorität an den Tag, die aus dem Wissen entsprang, dass sie das letzte Wort hatte.

Mir nickte sie höflich zu, und Flashman grinste.

»Nehmen Sie sich den Rest des Tages frei, Wolfe«, sagte er

zu mir. »Kaufen Sie sich ein schönes Kleid. Wir übernehmen ab hier.«

Zwischen zwei weiblichen Beamten kam Azza Khan aus dem Haus. Weitere Polizisten hinter ihnen trugen Desktop-Computer und Laptops heraus, die bereits eingetütet und etikettiert waren. Azza Khan wurde auf den Rücksitz eines zivilen Jaguars gesetzt und mit Blaulicht und voll aufgedrehter Sirene weggefahren, Ziel: die Hafträume im Polizeirevier Paddington Green.

Ich ging zu der Frau, die den Einsatz leitete.

»Mrs Khan ist für die Nachrichtendienste eine Person von Interesse?«, fragte ich.

»Jetzt schon.«

»Vielleicht hätten Sie sie von Anfang an überwachen sollen. Nein, sagen Sie es nicht – Sie können sie nicht alle im Auge behalten, richtig?«

»Die Wahrheit ist noch viel schlimmer, DC Wolfe«, sagte die Frau vom Inlandsgeheimdienst. »Die Wahrheit ist, dass wir nicht einmal die meisten von ihnen überwachen können.«

Als sie wegfuhren, sah ich ihnen hinterher, und mein Handy vibrierte.

Du wirst schon bald vor mir kriechen.

Und plötzlich erschien der rote Punkt aus dem Laserzielgerät eines Sturmgewehrs auf meiner Brust.

Ein langen, unerträglichen Augenblick lang schwebte er über meinem Herzen, und dann war er fort. Ich sah zu den Fenstern im Haus auf der anderen Straßenseite hoch. Jackson und Tibbs waren nicht mehr da.

»Sie haben es uns vermasselt«, sagte Whitestone. »Das CTC und die Schlapphüte haben es uns vermasselt. Wir hätten Bad Moses heute Abend fassen können.« Sie fluchte verbittert. »Und jetzt haben wir ihn für immer verloren.«

»Nein«, sagte ich und schaltete das Handy auf Standby, »der kommt wieder.«

Beim nächsten Mal hätte er es auf mich abgesehen.

34

Als der Tierarzt für Stan nichts mehr tun konnte, konnte ich nur abwarten, ob die Zeit ihn heilte oder nicht. Ich trug ihn zurück zum Loft und baute ihm aus alten, vertrauten Decken und seinen geliebten, teils zur Unkenntlichkeit zerkauten Hundespielzeugen in jedem Raum unseres Zuhauses ein Nest.

Er hatte ein Nest im großen Raum des Lofts, noch eins im Schlafzimmer, ein weiteres in der Küche. Neben jedem Nest stand ein Wassernapf, aber er rührte sie nicht an. Edie und ich versuchten, ihn mit kleinen Stückchen Käse und Hühnchen zu locken, aber Stan – der ein echter Gourmet der Hundewelt war – blieb desinteressiert.

Er betrachtete mich von seinem Schlafzimmerkörbchen aus, als ich Scout anrief und ihr das tägliche Gutenachtgedicht vorlas. Ich hatte es ewig vor mir hergeschoben, aber heute las ich ihr »Die Macht des Hundes« von Rudyard Kipling vor.

Es gibt Kummer genug natürlicher Art
Von Mann und Frau im Tageslauf.
Und da wir sicher sind, dass Kummer uns' harrt,
Wieso bürden wir uns immer noch weit'ren auf?
Brüder und Schwestern, hört meinen Rat:
Schenkt euer Herz keinem Hund, der es zernagt.

Am anderen Ende der Leitung: Schweigen.

»Was hältst du von dem, was der alte Kipling da sagt, Scout?«

»Der alte Kipling?«

»Ja.«

Sie dachte darüber nach.

»Leg dir keinen Hund zu.« Eine kurze Pause. »Leg dir niemals einen Hund zu, weil es zu weh tut, wenn ...«

Sie schluckte heftig und ließ den Rest ungesagt.

Stan starrte mich aus seinem Nest in der Zimmerecke an. Seine dunklen Augen funkelten in der Dunkelheit. Er rührte sich nicht, lag teilnahmslos da und war so ganz anders als der Hund, den wir so lange gekannt und mit dem wir so lange gelebt und den wir so lange geliebt hatten.

»Ich finde, er sagt das Gegenteil«, sagte ich. »Der alte Kipling. Ich glaube, er sagt, dass das Gefühl, das wir jetzt empfinden, wo Stan krank ist, der Preis ist, den wir zahlen müssen, weil wir so viel Schönes mit ihm erlebt haben. Kipling fragt sich, ob es das wert ist – der Schmerz, den man empfindet, der Preis für die Fröhlichkeit und die Freude und die Spaziergänge bei jedem erdenklichen Wetter. Und weißt du was, Scout? Ich glaube, Kipling fand, dass es den Preis wert ist.«

Meine Tochter holte tief Luft und atmete sie wieder aus. Es war nicht ganz ein Seufzen. Vor meinem geistigen Auge sah ich ihr Gesicht, ein nachdenkliches, ernstes kleines Mädchen, dem der Verlust schon allzu vertraut war.

»Ich muss mir die Zähne putzen«, sagte sie, und ich sehnte mich von Herzen nach ihr. Ich wollte sie in die Arme nehmen und beschützen oder ihr wenigstens sagen, dass ich genau wusste, wie sie sich an diesem Abend fühlte. Aber Scout war außer Reichweite, wohnte bei einer anderen Familie, nicht der, die wir waren, und in einem anderen Haus, nicht unter meinem Dach.

»Vergiss die Rückseiten nicht«, sagte ich.

»Nein. Mummy will dich sprechen.«

Die gewohnte Pause folgte, in der ihre Mutter den Hörer nahm, aber nichts sagte, während sie wartete, dass Scout die Treppe hinaufging. Als sie sprach, war Annes Stimme belegt.

»Hast du meine E-Mail gelesen?«, fragte sie.

»Welche E-Mail?«

»Das ist keine gute Zeit, Max. Seit Oliver seinen Job verloren hat, ist es so schwer für mich. Ich habe mein Bestes getan, wirklich. Das weißt du. Niemand versteht, wie schwer es für mich gewesen ist ...«

Ich ging an meinen Laptop.

Ich sah die ungeöffnete E-Mail.

Lieber Max,
es tut mir so leid ...

Sie ging endlos weiter. Seitenweise Zeug, das Anne leidtat. Lange Absätze der Reue. Alles tat ihr leid. Ihr tat leid, dass ihr Mann seine Arbeit verloren hatte. Ihr tat leid, dass Scout ausgerechnet in solch einer schwierigen Zeit zu ihr gekommen war. Sie tat sich selbst leid. Vor allem tat sie sich selbst leid.

Ich knallte den Laptop zu, und die E-Mail war weg. Ich brauchte nicht jedes Wort davon zu lesen. Ich begriff, in welche Richtung es ging. Und mich interessierten weder ihr Mann noch seine Arbeit noch sie.

Ich interessierte mich nur für meine Tochter.

»Nicht weinen, Anne«, sagte ich. »Alles kommt in Ordnung.«

Als ich auflegte, kam Edie ins Schlafzimmer. Sie war in ein Badetuch gewickelt und noch feucht von der Dusche. Ich zog sie aufs Bett. Das Badetuch rutschte zu Boden. Ich drückte ihr einen Kuss zwischen die nassen Schultern.

»Was ist los?«, fragte sie.

»Scout kommt nach Hause«, sagte ich.

Wir packten Stan in eine Decke und trugen ihn nach unten ins Smiths of Smithfields. Eine freundliche Kellnerin stellte ihm einen Teller hin. Er schnüffelte nicht einmal daran. Er saß auf Edies Schoß, in seine Decke gewickelt, und wollte nichts anderes als schlafen.

Edies Haare waren noch feucht vom Duschen. Sie zeigten das brünierte Rot, das aussah, als wohnte ihm Feuer inne, aber die Nässe machte es dunkler. Sie schob es sich aus der hohen Stirn.

»Ich verstehe es nicht«, sagte sie. »Du meinst, deine Exfrau hat beschlossen, dass sie doch nicht für Scout sorgen kann?«

»Anne – meine Exfrau – hat häusliche Probleme. Probleme mit ihrem Mann. Probleme, die aufkamen, nachdem er seine Arbeit verloren hatte. Und ich habe mich geirrt – ich dachte, in solch einer Straße wie der, auf der sie wohnen, geschieht nie etwas Schlimmes. Jetzt denke ich, so etwas kann überall passieren.«

»Und was ist mit uns, Max? Ich bin immer Scouts Freundin gewesen. Aber ich kann doch niemals ihre Mutter sein, oder? Was sind wir denn dann, du, Scout und ich?«

Ich merkte, wie die Endorphine wirkten.

»Wir sind dann eine Familie«, sagte ich.

Wir sind dann wieder eine Familie, dachte ich.

Stimmte das denn auch?

Ja, genau das würden wir sein. Vielleicht nicht die Familie, die einer von uns für sich erhofft hatte. Keine Familie, wie man sie aus der Werbung kannte. Aber trotzdem eine Familie.

»Fast hätte ich es vergessen«, sagte ich. »Ich habe etwas für dich.«

Edie sah argwöhnisch drein. Das ging alles sehr schnell.

Ich griff in meine Tasche und nahm einen Satz Schlüssel heraus. Zwei Yales, einen Chubb, alle funkelnagelneu.

Ich erklärte sie ihr.

»Der hier ist für die Haustür auf der Charterhouse Street. Die beiden hier sind für das Loft.«

Sie nahm die Schlüssel und hielt sie auf der offenen Hand. Das weiche Licht des Sommerabends brach sich am frisch geschnittenen Metall.

»Wer hat sonst Schlüssel zum Loft?«

»Ich. Mrs Murphy. Jackson hat noch einen Satz. Und Scout, obwohl sie zu klein ist, um das Schloss zu erreichen. Gib ihr noch ein Jahr.«

»Das ist eine illustre Gesellschaft.«

»Es macht die Dinge einfacher, Edie. Kommen und Gehen. Keine große Sache.«

»Ich schätze, ein bisschen magst du mich also doch.«

»Da hast du recht.«

»Danke.«

Endlich lächelten wir einander an. Sie atmete aus.

»Vielleicht gehe ich mit Stan spazieren, bevor wir ihn heute Abend schlafen legen«, sagte sie.

»Aber Edie – er kann nicht laufen.«

»Dann trage ich ihn.«

Sie blickte aus den großen Fenstern des Smiths of Smithfield auf den Fleischmarkt, der langsam erwachte.

»Du hast einmal gesagt, dass Hunde in einer Welt des Geruchs leben. Die Gerüche seines Viertels tun ihm vielleicht gut. Und selbst wenn es ihm dadurch nicht besser geht, macht es ihn am Ende ein bisschen froh. Ist es nicht den Versuch wert, wenn Stan dadurch etwas aufgeheitert wird?«

»Ja.« Ich lächelte. »Das auf jeden Fall.«

Also nahm Edie Stan auf die Arme und hielt ihn eng an sich gedrückt, während sie ihn in Richtung West Smithfield davontrug, wo Charles Dickens' Beschreibung unseres Viertels in die steinernen Sitze gehauen steht.

Ich sah ihnen nach, bis sie verschwunden waren, und durchquerte dann den großen Bogen des Markts, ging an der Reihe alter roter Telefonzellen vorbei, passierte die Tafel, die daran erinnerte, dass William »Braveheart« Wallace an dieser Stelle hingerichtet worden war, und lief weiter, bis ich zu der kleinen Ladenzeile am anderen Ende von Smithfield kam.

Musik drang aus der Wohnung über dem Geschäft, auf das ich zusteuerte. Ich blieb stehen und hörte zu. Ein alter

Country-Hit, herzlich und zugleich ironisch. *Don't It Make My Brown Eyes Blue* von Crystal Gayle. Ich sah ins Schaufenster, aber der Laden hatte schon geschlossen.

MURPHY & SON
Heizung und Installation – Privat und Gewerbe
»Vertrauenswürdig« und »verlässlich«

Ich ging auf die Rückseite der Ladenzeile und stieg eine Treppe hoch.

Mrs Murphy öffnete mir.

»Raten Sie mal«, sagte ich, und sie starrte mich einen Augenblick an, dann schlang sie die Arme um mich, und wir lachten beide, während Crystal Gayle im Hintergrund sang.

»Meine Scout kommt nach Hause«, hauchte Mrs Murphy.

Ich stand vor unserer Haustür und hielt auf der Straße Ausschau nach einem zierlich gebauten Rotschopf, der einen kleinen roten Cavalier King Charles Spaniel in den Armen trug.

Ich wollte beide unversehrt zu Hause wissen.

Aber ich sah kein Zeichen von Edie und Stan.

Vielleicht waren sie schon im Loft. Edie hatte nun eigene Schlüssel.

Ich hatte eine Tasse Tee mit Mrs Murphy getrunken – »Sie trinken jetzt eine Tasse Tee mit mir«, hatte sie gesagt, und wie immer hatte die Einladung mehr nach einer Prophezeiung geklungen. Denkbar, dass Edie den Versuch aufgegeben hatte, Stan mit der Welt der Gerüche wiederzubeleben, und der Zehn-Kilo-Hund ihr doch ein wenig zu schwer geworden war.

Sie sind schon zu Hause, dachte ich und schob den Schlüssel ins Schloss.

Ich trat in den Flur. Das Gebäude wirkte kühl und dunkel nach der sommerabendlichen Straße.

Die Gestalt schälte sich rasch aus dem Schatten des Treppenhauses.

Sie hob den dicken gelben Taser und zielte damit auf mich.

Und drückte ab.

35

Ich wurde gegen die Tür zurückgeschleudert, brach auf der Fußmatte zusammen und wand mich im Schmerz von 50 000 Volt, die in mein Zentralnervensystem eindrangen.

Ich verlor auf der Stelle meine motorischen Fähigkeiten und die Gewalt über meine Muskeln. Ich wand mich auf dem Rücken, verkrampfte am ganzen Körper und zuckte in einem Schmerz, bei dem ich mich aufbäumte und stöhnte und sabberte und vor Qual schrie. Fünf Sekunden dauerten hundert Jahre. Ein Jahrhundert puren, hilflosen Leides. Als der Schmerz meine Augen erreichten, sah ich ein langsam dahintreibendes Universum aus winzigen weißen Sternen vor mir. *Tick-tick-tick* machte das Ding in der rechten Faust der dunklen Gestalt, und jeder metallisch klingende Ticklaut fühlte sich an, als würde mir bei vernachlässigter Deckung gegen den Kopf geschlagen.

Ich rang keuchend nach Luft, die ich nicht bekam.

Als ich aufschaute, sah ich als Erstes den Haarschnitt, den primitiven Topfschnitt aus der Zeit der Großen Depression: an den Seiten und im Nacken kahlrasiert, auf dem Scheitel zu einem kurzen Schopf geschoren, und ich begriff es nicht, denn George Halfpenny saß doch in einer Gefängniszelle.

Dann klärte sich mein Verstand oder meine Sicht, und mir wurde klar, dass ich seinen Bruder vor mir sah, Richard Halfpenny, breit und fleischig, gebaut wie ein kleiner Stier. Sein mürrischer Blick starrte auf den X3 in seiner Hand, und er verfluchte den Taser. Der X3 verschießt drei Ladungen, und mich packte das Grausen, als ich begriff, dass er vorhatte, noch einmal auf mich zu feuern. Ich sah nun aber auch, dass der Taser mit braunem Paketklebeband umwickelt war. Er musste ihn bei den Tumulten aufgelesen haben, statt ihn in einem respektablen Waffengeschäft zu erwerben.

Noch einmal würde der Taser nicht feuern.

Halfpenny beugte sich über mich, ein starker, stämmiger Mann, der nach Junkfood stank. Mit seinen großen, schwieligen Händen hob er mich mühelos hoch. Die Hände glitten in meine Lederjacke und suchten nach den Wohnungsschlüsseln. Er fand sie.

Während er mich halb zum Lift trug und dorthin schleifte, zuckten meine erschöpften Muskeln in defektem Eigenleben, und ich sagte mir, dass er sich ins Haus geschlichen haben musste, als einer meiner Nachbarn die Tür aufschloss, um sich hereinzulassen.

Dann ging mein Magen auf Talfahrt.

Vielleicht war er gar nicht mit einem Nachbarn ins Haus gekommen. Sondern mit Edie.

Er warf mich in den Lift, und ich prallte von der hinteren Wand ab und sackte langsam zu Boden, bis er mich beim T-Shirt packte und hochzog.

Ich sah, wie er den Knopf für das oberste Stockwerk drückte.

Er wusste, dass ich im obersten Stockwerk wohnte.

Er grinste mich an.

»Zeit zum Spielen«, sagte er.

Wir stiegen aus dem Aufzug. Er probierte die Schlüssel. Die Tür zum Loft flog auf. Und ich brüllte los, als er mich hineinstieß.

»Hau ab! Sieh zu, dass du wegkommst! Hau ab!«

Aber das Loft war leer.

Gott sei Dank. Gott sei Dank. Gott sei Dank.

Halfpenny ließ mich zusammengekrümmt auf dem Boden des großen offenen Raumes liegen und sah sich erst in Scouts Zimmer und dann im Schlafzimmer um. Sie mussten leer sein, denn ich hörte keinen Laut. Er sah, wie ich auf die Beine zu kommen versuchte, als er aus dem Schlafzimmer kam. Er hatte zum Bad gehen wollen, aber jetzt machte er einen Umweg. Ich wankte unsicher vor ihm hin und her.

Das ist das Problem bei jedem Taser. Er schaltet das Opfer nur so lange aus, dass der festnehmende Beamte es ergreifen, überwältigen und ihm Handschellen anlegen kann. Aber selbst 50 000 Volt hielten mich nicht den ganzen Abend am Boden.

Deshalb schlug mir Richard Halfpenny mit dem klebebandumwickelten Taser aus der Rückhand ins Gesicht, und ich merkte sofort, wie Lippe und Wange unter dem Aufprall zu Mus wurden. Ich sank auf ein Knie, meine Nervenenden brannten vor Schmerz. Ich spuckte Blut.

»Sie haben Ahmed Khan ermordet«, sagte ich. »Sie haben ihm das alte Nazimesser in den Hals gestoßen. Whitestone hat sich auf den falschen Bruder eingeschossen. *Blut und Ehre!*«

»Blut und Ehre«, wiederholte er stolz. »Er hatte den Tod verdient, weil er seine Söhne zu Mördern erzogen hat.«

»Und Sie haben Ludo Mount überfahren«, sagte ich.

»Ich wollte eigentlich dich erwischen«, erklärte er. »Aber Sir Scheißdreck Mount wäre auch kein großer Verlust gewesen. Weil er sie beschützt. Er stellt sich gegen sein eigenes Volk auf ihre Seite.«

Er trat mich in die Rippen, und ich sank auf die Knie.

»Genau wie du«, sagte er.

Lass ihn reden, dachte ich. Schinde Zeit. Damit du zu Kräften kommst.

»Die Zehn Gebote waren eine nette Idee«, keuchte ich. »Ich habe mich schon auf das gefreut, das mir verbietet, meines Nachbarn Esel zu begehren. Komisch, dass da nicht steht, dass ich meinen Nachbarn nicht begehren darf.«

Er zog ein finsteres Gesicht.

»Mach dich nicht über die Bibel lustig«, sagte er. »Über *ihren* Glauben machst du dich doch auch nicht lustig, oder? Also lästere auch nicht über unseren Glauben.«

»Sie sind mir nie sehr religiös vorgekommen, Richard. Ich darf Sie doch Richard nennen?«

Ein Ausdruck fast wie von Wehmut trat in sein grobschlächtiges Gesicht.

»Ich *möchte* glauben«, sagte er. »Wirklich. Aber ich denke, wenn Gott je existiert hat, dann ist er entweder gestorben, hat uns vergessen oder ist einfach von allem angeekelt gegangen.«

Halt den Blödmann am Reden, Max.

»Aber warum den Waffenschieber umbringen?«, fragte ich. »Er stand doch auf Ihrer Seite, oder? Sie glauben an die gleiche verlorene Sache, nicht wahr? Das Tausendjährige Reich und das ganze Zeug.«

Aber da begriff ich es.

»Weil er Ihnen das Messer verkauft hat, mit dem Sie Ahmed Khan ermordeten«, sagte ich. Ich sah es deutlich vor mir. Den vernickelten Knauf, den Griff aus schwarzem Bakelit mit dem goldumrandeten schwarzen Hakenkreuz auf einer rot-weißen Raute. Den Schriftzug *Blut und Ehre!*. »Sie haben Ihrem Kumpel Peter Fenn das HJ-Fahrtenmesser abgekauft. Ozymandias. Und dann hat er versucht, Sie zu erpressen, richtig?«

»Er nannte es ein Darlehen. Er brauchte ein Darlehen. Er wollte zurück nach Thailand. Da gab es ein Mädchen, das er in einer Bar kennengelernt hatte.« Ihm schauderte ob der Schwäche des menschlichen Fleisches. »Irgendeine kleine Hure. Er brauchte Geld, um wieder hinzufliegen und sie zu sehen.«

Richard Halfpenny seufzte und sah sich geistesabwesend im Loft um.

Ich schob mich wieder hoch. Er zielte mit einem weiteren Tritt auf meine Rippen, aber ich grub mir die Ellbogen in den Bauch und ließ meine Arme die Wucht seines Stoßes abfangen. Schmerzen blieben nicht aus, aber sie waren nicht so schlimm wie eine gebrochene Rippe. Trotzdem, ich war so erschöpft, dass ich nicht mehr stehen konnte. Er sah zu, wie ich zu Boden rutschte, und verzog angewidert den Mund.

Auf allen vieren versuchte ich, wieder zu Atem zu kommen, und in meinem ganzen Körper klingelten noch immer sämtliche Nervenenden.

»Aber was ist mit dir, Bulle?«, fragte er. »Wieso will ich dich vor mir kriechen sehen, ehe ich dich absteche? Irgendwelche letzten Gedanken, bevor ich das Gesicht runterschneide?«

Ich sah zu ihm hoch und rieb mir die Rippen.

»Wie kommen Sie überhaupt an meine Telefonnummer?«

Sein Gesicht verfinsterte sich vor Zorn. »Weil du sie meinem Bruder gegeben hast!«

Die Erwähnung seines Bruders George versetzte ihn in Rage, und er trat und schlug mich und trampelte auf mir herum; er prügelte mich, bis ich zusammenbrach und mich zu einem Ball zusammenrollte, um meinen Kopf, meine Hoden und meine Rippen zu schützen. Er stand da und keuchte.

»Mein Bruder«, sagte er, und die Stimme brach ihm fast vor Rührung, »mein Bruder hätte ein großer Mann werden können. Und das hast *du* kaputtgemacht. *Du* hast alles verdorben. *Du* hast dafür gesorgt, dass er weggesperrt wird. Weil du ihn immer gehasst hast, schon am ersten Abend! ›Ich behalte Sie im Auge‹, hast du gesagt. Wie kannst du es *wagen*, so mit einem großen Mann wie ihm zu reden? Wie kann so ein unterbelichteter Bulle wie du das wagen?«

Ich sah zur Tür, hin und her gerissen zwischen dem Wunsch, dass Edie käme, bevor es mit mir zu Ende war, und der Hoffnung, dass sie sich verspätete. Ich hob die Hände.

»Das hat nichts mit mir zu tun, Euer Ehren«, sagte ich. »Ihr Bruder George hat einen Polizisten ins Koma geprügelt, und deshalb kommt er hinter Gitter. Und es stimmt nicht, dass ich Ihren Bruder immer gehasst habe. Ich mochte ihn. Sie waren es, den ich nicht ausstehen konnte, weil Sie eine Missgeburt sind.«

Er kam zu mir und wollte mich tottreten, aber ich hob die Hände noch höher.

»Moment, Moment«, sagte ich. »Bitte, hören Sie zu, Richard. Sie müssen etwas verstehen. Ihr Bruder George ist ein kluger Kopf. Aber er wäre nie ein großer Mann geworden. Falsche Eltern, falsche Schulen, falscher Akzent. Vor fünfzig Jahren, ja, da hätte er vielleicht eine Chance auf Größe gehabt. Aber heutzutage nicht mehr. Bei der Geburt steht schon alles fest. Die Aufmerksamkeit, die Ihr Bruder in der Borodino Street erhielt, wäre so oder so der Höhepunkt seines Lebens gewesen. Begreifen Sie doch endlich, Sie blöder, hässlicher Bastard! Ihr Bruder – und jeder wie er – ist schon geschlagen, ehe das Spiel beginnt. George hätte diese Rikscha gefahren bis an den Tag, an dem sie ihn umbringt.«

»Ich hab's dir gesagt«, schrie Richard Halfpenny. »Ich hab's dir immer wieder gesagt. *Du wirst vor mir kriechen!*«

»Tut mir leid«, sagte ich und erhob mich unsicher. Ich würde nicht wieder zu Boden gehen, bevor er mich tötete. »Ich krieche vor niemandem.«

Er zog ein Messer aus seiner Jacke.

»Ehrendolch der Waffen-SS mit Reichsadler und SS-Runen auf dem Griff«, sagte er stolz.

»Ich würde mein Geld zurückverlangen.« Ich betrachtete die Stichwaffe mit zusammengekniffenen Augen. »Sieht ganz nach einer Replik aus.«

Ich blickte auf die fünfzehn Zentimeter lange zweischneidige Klinge mit den Nazisymbolen und sah vor mir die immer gleichen trostlosen Träume von der Weltherrschaft, die seit hundert Jahren mit Albträumen voller Tränen, Elend und zerbombten Städten endeten.

Der Dolch wirkte alt. Überhaupt nicht wie eine Fälschung. Ich nahm ihn nur auf den Arm.

Er musste aus seiner Sammlung stammen.

Und ich wusste, dass er ihn für mich aufgespart hatte.

»Kriech vor mir«, sagte er. »Sonst schneid ich Stückchen von dir ab, bis du darum bettelst, kriechen zu dürfen.«

»Nein.«

»Krieche!«

»Bring's hinter dich, du blöder Arsch.«

Dann hörten wir die Toilettenspülung.

Ein Lächeln kroch über Richard Halfpennys aufgedunsenes Gesicht.

»Ah«, sagte er. »Sie ist zu Hause! Die Dame des Hauses. Der heiße kleine Rotschopf. Versteckt sich im kleinsten Raum. Das ist ja sogar noch besser.«

»Ich werde Sie töten«, sagte ich.

Er trat mir in den Magen. Mit einem widerlichen Seufzer schoss mir die Luft aus der Lunge. Ich krümmte mich zusammen.

»Eher nicht«, sagte er. Ich sah zu, wie er das Loft durchquerte und die Badezimmertür zu öffnen versuchte. Sie war abgeschlossen.

Er drückte die Schulter gegen die Tür.

Er holte Schwung und spannte sich an, um sie aufzubrechen.

Er grinste mich an und blinzelte.

»Sie macht auf spröde«, sagte er. »Ich steh ja auf den Scheiß. Ich hoffe, du hast Spaß, wenn du mich mit ihr siehst.«

Ich machte einen Schritt auf ihn zu, als er sein Gesicht der Tür zuwandte, und in diesem Sekundenbruchteil zerriss der Knall einer Neun-Millimeter-Patrone, die in einem engen Raum abgefeuert wurde, die Stille.

Ein einzelner Schuss aus dem Badezimmer.

Richard Halfpenny wurde zurückgeworfen, und er starb vor meinen Füßen, ehe der Knall vollends verhallt war.

In seiner Brust klaffte die Schusswunde.

Im Massezentrum. Wohin Experten zu schießen lernen.

Blut sprudelte Richard Halfpenny aus dem Mundwinkel.

Die Kugel hatte ihn vielleicht zwei Zentimeter links von der Medianlinie getroffen, der Mittellinie eines menschlichen

Körpers, um die links und rechts das Lebenszentrum lokalisiert ist – das Herz, die Lungenflügel, das Rückgrat, die Leber.

Knapp neben der Medianlinie, aber noch immer ins Schwarze, noch immer das Werk eines äußerst gut ausgebildeten Spezialisten, der auf das Zentrum gezielt hatte.

Meine Badezimmertür hatte jetzt ein Loch von der Größe einer Espressountertasse aus der Bar Italia.

Der Riegel wurde zur Seite geschoben.

Jesse Tibbs kam heraus. Er sah mich nicht an, er stellte sich vor den Mann am Boden und richtete die Glock, die Jackson mir gegeben hatte, weiter auf das Zentrum der Masse.

Denn Tibbs war beigebracht worden, dass ein Schuss nicht immer reicht.

Aber für Richard Halfpenny reichte einer. Für Bad Moses reichte einer.

Tibbs ließ die Glock 19 sinken, warf das Magazin aus und zog den Verschluss zurück, damit die geladene Patrone aus der Kammer ausgeworfen wurde. Er steckte Waffe und Munition in verschiedene Taschen.

Ich saß auf dem Boden, rieb mir die Rippen, und in meinen Ohren klingelte es.

»Ich wollte meine Pistole wiederhaben«, sagte er, kniete sich neben Halfpenny und prüfte seinen Puls. »Sehr schlau, sie in der Decke zu verstecken. Erst die zweite Stelle, an der ich nachgesehen habe. Warum nicht gleich unter der Matratze?«

Jackson, der Dieb, dachte ich.

»Ihr Freund dachte, er könnte meine private Knarre aus meinem Spind klauen und Ihnen gleichzeitig eine Waffe zuschustern«, sagte Tibbs. »Zwei Fliegen mit einer Klappe, was?«

Er machte keine Anstalten, mir hochzuhelfen.

»Ein oder zwei Mal dachte ich, er beschattet mich«, sagte er. »Aber Jackson hat mich falsch eingeschätzt. Ich habe Sie immer verabscheut, aber ich hätte Sie niemals umgelegt. Ich bin doch nicht blöd. Ich wollte es mit Ihnen im Ring austragen oder in der Tiefgarage. Wo immer Sie es auch wollten. Jedenfalls dachte ich, wir klären unsere Differenzen wie Männer.« Er sah auf den Toten zwischen uns. »Haben wir wohl.«

»Tibbs«, sagte ich. »Sie haben mir das Leben gerettet.«

»Ja«, sagte er. »Mit so was verdien ich mir die Brötchen.«

»Wie sind Sie hier hereingekommen?«

»Na, so eine scheiß Flinte hab ich dafür nicht gebraucht.«

»Mir tut es leid um Ray Vann«, sagte ich. »Mir tut es leid um Ihren Freund. Ich weiß, dass Sie mir die Schuld geben. Und es macht mich traurig, dass Sie mich bis aufs Blut hassen.«

Er zuckte mit den Schultern, als läge das alles hinter uns.

Nachdenklich betrachtete er den toten Mann auf dem Fußboden.

»Ich glaube nur, Sie verstehen das falsch, Wolfe. Sie und der Rest der Welt, Sie halten es für einen Job.« Er sah mich direkt an. »Aber es ist ein Krieg, Kollege. Ein Krieg.«

Tibbs ging an die großen Fenster des Lofts, die weit offen standen, um die letzte Sommerwärme hereinzulassen.

»Wie auch immer«, sagte er. »Für mich ist der Krieg vorbei, schätze ich.«

»Tibbs«, sagte ich. »Wir bekommen das hin. Richard Halfpenny war ein Serienmörder. Er hatte vor, mich zu töten. Sie haben nichts Falsches getan.«

»Doch. Ich bin erledigt. Ich komme vielleicht ungeschoren davon, weil ich Bad Moses abgeknallt habe. Aber verstehen Sie, die Glock hat keine Seriennummer mehr. Das kann ich nicht erklären. Niemals kann ich das erklären. Für mich bedeutet das Knast. Und ich gehe nicht hinter Gitter, Wolfe. Auf keinen Fall. Vielleicht hat Jackson es wirklich gut gemeint mit mir.« Zum allerersten Mal lächelte Jesse Tibbs mich an. »Vielleicht wollte er uns beide retten.«

Jesse Tibbs stand an einem der großen offenen Fenster und sah auf die Straße vier Stockwerke tiefer. Ich verstand zuerst nicht, was er dort wollte, bis es mir mit einem Mal klarwurde. Er hielt nach Fußgängern Ausschau, begriff ich, er achtete auf unbeteiligte Passanten. In mir stiegen Panik und Traurigkeit auf, als ich mich hochstemmte und durch das Loft auf ihn zuwankte, während ich zusehen musste, wie er erst den rechten Arm in den Gürtel seiner Jeans steckte und dann den linken.

Das war die Versicherungspolice des Todesspringers. Er fixierte Hände und Arme mit dem Gürtel. Damit er die Arme im letzten Augenblick seines Lebens nicht nach Rettung ausstrecken konnte.

Damit es keine letzte Möglichkeit gab, es sich noch einmal anders zu überlegen.

Die Arme vom eigenen Gürtel an die Seiten gefesselt, setzte sich Tibbs auf die Fensterbank, und ich war so schwach von den heftigen Prügeln, die Richard Halfpenny mir verabreicht hatte, dass mir die Kraft fehlte, um ihn aufzuhalten.

Als sich die Tür des Lofts mit einem leisen Klicken öffnete, starrten wir beide in die Richtung.

»Alles okay, Jesse?«, fragte Jackson Rose beiläufig. »Ich wusste, dass ich dich hier finde.«

Während er den großen offenen Raum durchquerte, nahm sein Blick alles auf. Die Leiche Richard Halfpennys, die Abreibung, die ich bekommen hatte, den letzten Plan von Jesse Tibbs.

Ohne zu hasten, aber auch ohne innezuhalten, ging Jackson ruhig zum Fenster und zog sanft Jesses Arme aus dem Gürtel. Dann umarmte Jackson ihn fest. Die beiden saßen auf der Fensterbank, als hätten sie alle Zeit der Welt, als wäre es noch immer ein schöner Abend, und Jesse Tibbs vergrub sein Gesicht an Jacksons Brust, damit wir nicht sehen konnten, dass er weinte.

»Es wird alles gut«, sagte Jackson zu ihm. »Wir kümmern uns jetzt um dich.«

36

Anne sah gut aus.

Meine Exfrau gebärdete sich, als komme sie zu spät zu einem Fotoshooting bei der *Vogue* und wäre darüber stinksauer. Männer drehten sich wieder nach ihr um, als sie in das kleine Café im Schatten der Southwark Cathedral kam, in dem wir uns treffen wollten – nein, das ist der falsche Ausdruck. Sie kam nicht herein, sie *schritt* herein. Anne umgab nach wie vor der eigentümliche Zauber des Models – dieses Zusammenspiel von Größe, Knochenbau und Haut –, der sie ein wenig anders erscheinen ließ als der Rest der Spezies Mensch.

Ein anbetungswürdiger Alien also, der sich verspätete.

Sie winkte mir von der Tür zu, und noch ehe sie den Ecktisch erreichte, hatte sie zweimal auf ihr Handy geschaut. Ich sah eine Frau vor mir, die den nächsten Schritt gehen wollte und für alles bereit war, was als Nächstes kam, und mich presste sie in ein sehr enges Zeitfenster.

»Danke, dass du dich mit mir triffst«, sagte sie.

»Kein Problem«, antwortete ich.

Ach, die quälende Förmlichkeit von Expartnern.

»Du musst sehr beschäftigt sein«, sagte sie. »Ist man sicher, dass es Bad Moses war? Der Mann, der erschossen wurde?«

Ich nickte. Sie erschauderte theatralisch.

»Aber das ist Schnee von gestern«, sagte ich. »Heute haben wir nicht viel zu tun.«

Sie nickte nachdrücklich, sah wieder auf ihr Handy, legte es mit dem Display nach unten auf den Tisch, damit sie gar nicht erst in Versuchung kam, darauf zu schielen, und winkte der Bedienung. Ein netter junger Australier eilte herbei.

»Hast du schon bestellt?«, fragte Anne mich.

»Ich habe auf dich gewartet.«

Beide bestanden wir darauf, dass der andere zuerst bestellte.

Irgendwann bekamen wir es hin, und ich dachte, dass wir einander nie so höflich behandelt hatten, solange wir noch ein Paar waren. Als wir uns noch wie verrückt liebten, waren wir nie so höflich zum anderen gewesen.

Aber jetzt hatten wir beide einen vollkommen fremden Menschen vor uns.

Die Menschen, die wir gewesen waren, existierten nicht mehr – weder der junge Streifenpolizist ohne lebende Verwandte, der sich danach sehnte, mit dem schönsten Mädchen, das er je erblickt hatte, eine Familie zu gründen, noch das atemberaubende junge Model, dessen Karriere sich nicht so spektakulär entwickelte wie geplant, vorhergesagt oder erwartet, weil es viele, viele wunderschöne Mädchen auf der Welt gab und einige davon selbst damals schon größer, dünner und jünger waren als Anne.

Heute waren wir ein anderer Mann und eine andere Frau. Ich würde sagen, wir sind beide erwachsen geworden. So simpel war es, so alltäglich. Gemeinsam hatten wir nur noch unsere Vergangenheit.

Und unsere siebenjährige Tochter.

»Scout«, sagte sie. »Sie ist so ein Schatz. Und sie ist so brav gewesen bei uns. Die Zeit, die wir zusammen verbracht haben, war einfach großartig. Sie ist so klug und lieb.«

»Ja.« Ich sah, dass Anne es ernst meinte, und eine kleine Menge von dem Eis in mir – dem Eis, das so lange so hartgefroren und so erbarmungslos gegenüber meiner Exfrau gewesen war – schmolz dahin.

Sie klopfte mit ihren manikürten Fingernägeln auf die Tischplatte, und ich erinnerte mich, dass sie früher geraucht hatte. Ihr war jetzt nach einer Zigarette.

»Es tut mir leid, dass es nicht funktioniert hat«, sagte ich. »Ich weiß, dass du dir Mühe gegeben hast. Ich weiß, dass du –

tief in deinem Herzen – Scout eine gute Mutter sein möchtest.«

Der Kellner brachte unseren Kaffee.

Ich nippte an meinem dreifachen Espresso und wartete, dass er wieder ging.

Anne blies über ihren koffeinfreien Sojamilchdiätkaffee.

»Seit Oliver seine Arbeit verloren hat, steht es zu Hause nicht sehr gut«, sagte sie. »Da ist die Hypothek ...«

Ich hob die Hand. »Das geht mich nichts an, Anne.«

Ihre Augen blitzten trotzig auf.

»Ich habe sie genauso sehr lieb wie du«, sagte sie. »Was immer du auch denkst.«

»Ich muss es glauben«, sagte ich, »denn ich könnte den Gedanken nicht aushalten, dass Scout von dir nicht geliebt wird. Diese Möglichkeit wäre mir unerträglich. Und ich weiß, dass du sie liebhast, auf deine eigene Art. Aber dich selbst liebst du mehr. Bitte – lass mich ausreden. Ich finde, wenn man ein Kind hat, dann ist einem dieses Kind entweder wichtiger als alles andere auf der Welt – wirklich alles – oder nicht. Vielen Männern ist ihr Kind nicht wichtiger als sie selbst – sie wollen es nicht so, oder sie können es nicht. Sie finden, ihr Glück muss an erster Stelle stehen. Oder ihre Selbstverwirklichung, ihre Berufung, ihr Sexualleben oder was immer es ist, egal, wie sie es rationalisieren wollen. Aber bei Frauen kommt das auch vor. Und die Kinder – die Kinder, die verlassen werden –, sie werden verletzt. Natürlich werden sie das. Die Menschen, die ihre Familie verlassen – diese Männer und Frauen –, werden jedoch noch stärker verletzt. Du hast dich selbst stärker verletzt, als du Scout jemals verletzen könntest.«

»Guter alter Max.« Sie versuchte zu lachen. »Niemals gibst du willentlich deine moralische Überlegenheit auf.«

Sie sah zur Tür und kaute auf der Unterlippe. Ich merkte ihr an, dass sie ernsthaft überlegte, sich auf der Stelle davonzumachen. Dann seufzte sie, und ich sah ihre Augen glänzen unter dem Gefühl, das sie zurückhalten wollte.

Als mich das berührte, sagte ich mir, dass es sich um eine sentimentale Regung handelte, eine Trauer um das, was wir einst geteilt hatten. Dann aber begriff ich, dass es etwas Neues war.

Sie tat mir leid.

»Du weißt ja gar nicht, was bei mir los ist«, sagte sie bitter. »Die schlaflosen Nächte. Der ewige Streit ums Geld. Das Leben ist so teuer, wir brauchen ein sechsstelliges Einkommen ... Nicht zu wissen, woher das nächste kommen soll – ob es überhaupt kommt. Möchtest du Scout wirklich da mittendrin wissen?«

Ich schüttelte den Kopf.

»Scout kann zu mir zurück. Ich nehme sie mit Freuden, mit Vergnügen. Natürlich kann sie zu mir zurück. Meine Tür steht ihr offen, und das wird bis zum letzten Tag meines Lebens so sein. Sie hat einen Schlüssel. Nichts auf der Welt ist mir wichtiger als meine Tochter.«

»Der heilige Max!«

»Nicht mal ansatzweise. Ich versuche nur, der beste Vater zu sein, der ich sein kann, Anne. Ich glaube nicht einmal, dass ich ein besonders guter Vater bin. Die Arbeit kommt dem immer wieder in die Quere. Ich bin längst nicht so selbstlos, wie ich sein sollte. Aber ich versuche es.«

»Ich habe es versucht«, sagte sie. »Schlechter Zeitpunkt. Das ist alles.«

Mir war danach, ihre Hand zu berühren, nur um ihr zu zeigen, dass ich zurechtkam. Sie hatte es nicht kommen sehen, und solche Schläge sind immer die härtesten.

»Ich dachte, dass in der Straße, in der du wohnst, nie etwas Schlimmes geschehen kann«, sagte ich. »Ich dachte, du hättest an alles gedacht. Und ich dachte, du wärst dir sicher, dass du immer mit Oliver zusammenbleiben willst.«

»Nun, das werden wir wohl auch. Aber die Dinge ändern sich.«

Sie blickte auf die Uhr, und kurz fragte ich mich, ob es schon einen anderen gab. Dann begriff ich, dass es mich nicht mehr scherte. Die Trennlinie zwischen Liebe und völliger Gleichgültigkeit ist sehr schmal.

Alles, was ich noch für Anne empfand, bestand aus Erinnerungen an Gefühle, die lange versiegt waren. Und ich war mir der Schärfe bewusst, mit der diese neue Empfindung in mir arbeitete. Sie war eine Frau mit einem ruhelosen Herzen, und wahrscheinlich konnte niemand sie je glücklich machen.

Es gab nicht mehr viel zu besprechen.

Scouts Zimmer war noch genau so, wie sie es hinterlassen hatte. Miss Davies, Scouts geliebte Lehrerin aus Neuseeland, hatte dafür gesorgt, dass es für Scout einen Platz gab, wenn im September das neue Schuljahr begann.

»Ich kaufe ihr ein Tier, um sie aufzuheitern.« Anne zog die Augenbrauen hoch, als ihr dieser Geniestreich kam. »Wie wäre es mit einem Goldhamster? Hamster sind gute Haustiere, denn man braucht sich kaum um sie zu kümmern, und sie werden nicht alt. Ich hatte einen, als ich klein war. Squeaky hieß er.«

»Aber was sollte Scout mit einem Goldhamster?«

Mit einem Hamster kann man keinen Spaziergang in Hampstead Heath machen. Den Namen eines Hamsters merkten sich die Fleischträger der Nachtschicht im Fleischmarkt von Smithfield nie. Squeaky und seine Freunde würden einen niemals so lieben, wie wir alle geliebt werden wollen.

»Scouts Hund ist gestorben, oder?«, fragte Anne. »Ich weiß, er war sehr krank. Sam, richtig? Oder war es Sid?«

»Stan«, sagte ich und konnte nicht aufhören zu grinsen.

Denn Edies Therapie hatte gewirkt.

Indem sie Stan in einem Viertel umhertrug, in dem seit fünfhundert Jahren Fleisch verkauft wurde, hatte sie seine Lebensgeister neu geweckt. Irgendwo in dem saftigen Universum des Geruchs hatte Stan seinen Appetit wiedergefunden, dann die typische Energie eines Cavalier King Charles Spaniels und schließlich auch sein altes verfressenes Selbst, sein kleines Herz, das offen war für die Welt, begierig nach Freundschaft und Spaß mit jedem, ob er vier oder zwei Beine hatte.

»Stan kommt wieder in Ordnung«, sagte ich, als meine Exfrau stirnrunzelnd auf ihr Handy blickte.

Sie stürzte ihren schaumigen Kaffee hinunter. Sie wollte endlich weitermachen.

»Dann sind wir also fertig?«, fragte sie.

»Ja«, sagte ich. »Wir sind hier fertig.«

Im obersten Stockwerk von West End Central hatte DCI Flashman vom Counter Terrorism Command seinen gewaltigen Leib auf meinem Platz geparkt. Als ich den MIR-1 betrat, wischte er sich den Pony aus weißblondem Haar aus der Stirn und grinste schief. Er hielt sich für einen noch immer verdammt gutaussehenden Kerl.

»Also haben Sie Ihren Mann erwischt, Wolfe«, sagte er. »Glückwunsch.«

»SFO Jesse Tibbs hat Bad Moses erwischt, nicht ich. Richard Halfpenny hat mich windelweich geprügelt, bevor Tibbs ihn mit einer unregistrierten Schusswaffe ausschaltete, einer Glock, die Halfpenny dem verstorbenen Peter Fenn abgekauft hatte, dem Waffenschieber, der auch als Ozymandias bekannt war.«

Das war unsere Geschichte. Und wir – Jackson, Tibbs und ich – würden uns daran halten.

»Diesmal also kein Orden?«, fragte Flashman. »Eine Schande. Aber wieder einen zur Strecke gebracht. Und sein

Bruder wandert lange in den Bau, weil er einen jungen Streifencop fertiggemacht hat, selbst wenn der Richter ein alter Softie ist. Wie geht es dem Burschen übrigens?«

»PC Sykes ist aus dem Koma, aber die Reha wird langwierig und schwer«, sagte Whitestone. »Sykes ist ein zäher Bursche. Ich glaube, er wird das Gehen wieder lernen.«

Flashman klatschte in die großen Hände. »Also zwei Drecksäcke von der Straße, und dass wir alle heute Nacht tief und fest schlafen können, verdanken wir – wenigstens zum Teil – Londons beliebtestem Kriminalbeamten, DC Wolfe.«

Ich starrte in Flashmans feindseliges Grinsen.

Er war nicht in die Savile Row gekommen, um seinen Glückwunsch wegen Bad Moses auszusprechen.

»Anstandsbesuch«, sagte er. Er hatte meine Gedanken erraten.

Der Rest meiner Truppe stand ihm gegenüber. Whitestone. Joy Adams. Und Edie.

Edie sah mich an, und in weniger als einem Sekundenbruchteil ging über die geheime telepathische Verbindung der Liebenden etwas zwischen uns hin und her.

Wie lief es mit der Ex?

Scout kommt nach Hause.

Edie lächelte.

Whitestone und Joy starrten weiterhin Flashman an, die Arme verschränkt, unbeeindruckt.

»Das CTC lässt Mrs Azza Khan ohne Anklage frei«, sagte Whitestone.

»Weil – wie ich erklärte, ehe Sie zu uns stießen, Wolfe – es nicht genügend Belastungsmaterial gibt, um sie nach den bestehenden Terrorparagraphen zu verfolgen«, sagte Flashman. »Nicht Azza Khan hat den Rettungshubschrauber auf Lake Meadows abstürzen lassen, und sie hat auch nicht DS Stone ermordet – das waren ihre Söhne. Hören Sie, ich habe Stunden mit dieser Frau zugebracht – sie ist die typische verblendete, sich selbst bemitleidende, nicht allzu helle religiöse Fanatikerin, der man gestattet hat, sich in einem Land niederzulassen, für das sie nicht einen Funken von Liebe, Zuneigung, Dankbarkeit oder Loyalität empfindet. Ganz das Gegenteil sogar, unter uns gesagt. Aber wessen Fehler ist das – ihrer oder unserer?«

»Sie war das Gift«, sagte Whitestone. »Das wissen Sie genau, Flashman. Scarlet Bush hatte recht. Alles ging auf Azza Khan zurück. Ihre Söhne waren die typischen potrauchenden gescheiterten DJs, die von der Stütze lebten, bis sie sich mit ihrem winzigen Verstand dem Dschihad verschrieben. Das ganze Gift aber kam von ihr – die alten Eiferer wie sie benutzen nie ein Messer und fahren nie einen Lkw in eine Fußgängermenge oder zünden die Sprengstoffweste.«

»Ja, ja«, sagte er. »Ich weiß das alles. Also habe ich sie gefragt: ›Wenn es so schrecklich ist, unter uns saufenden, hurenden, freiheitsliebenden *Kuffār* zu leben, warum gehen Sie nicht fort und leben in einem muslimischen Land, Darling?‹ Und wissen Sie, was sie mir geantwortet hat?«

»Nennen Sie mich nicht Darling«, riet Joy.

»Danach, meine ich. Sie sagte zu mir: ›Warum sollte ich denn in ein anderes Land gehen, wo doch jedes Land Allah gehört?‹ Aber soweit das CTC sagen kann, hat sie nie zur Unterstützung einer oder zum Beitritt in eine nach dem Terrorism Act verbotene Organisation aufgefordert. Ich kann sie nicht dafür festnehmen, dass sie glaubt, was sie glauben will. Wir leben in einem Rechtsstaat.«

Flashman stand auf, reckte sich und gähnte.

»Also behalten wir sie im Auge«, sagte er. »Ganz bestimmt. Azza Khan wird eine Weile eine Person von Interesse sein, bis wir auf ein paar tausend neue Personen von Interesse achten müssen. Wir tun unser Bestes, verstehen Sie? Sie wollen, dass ich sie einsperren lasse, obwohl sie gegen kein Gesetz verstoßen hat? Obwohl sie kein Verbrechen beging? Wo bleiben da ihre Menschenrechte? Ich bin schockiert, ganz offen schockiert.«

Er ging.

Whitestone sah mich an. »Ich habe immer den falschen Bruder wegen der Bad-Moses-Morde verdächtigt«, sagte sie. »Tut mir leid, Max.«

»Naheliegender Fehler«, sagte ich. »Aber gemeinsam hatten sie nur den Haarschnitt. Die Brüder hätten kaum unterschiedlicher sein können. Bei allem Tumult in den sozialen Netzen ist Richard – Bad Moses – immer ein einfältiger, gewalttätiger Schlägertyp gewesen, der eine Sache gefunden hatte, die groß genug war für seinen Hass und seine Frustration. Dadurch war er den Khan-Brüdern ähnlicher, als ihm je klargeworden ist. Im Gegensatz dazu hat George Halfpenny meiner Meinung nach niemanden gehasst. Ich glaube, George liebte sein Land und hielt es für erhaltenswert. Ihm blieb viel Zeit zum Nachdenken, während er in die Pedale seiner Fahrradrikscha trat. Er hatte seine Überzeugungen, und in der Borodino Street hörte ihm zum ersten Mal jemand zu.«

»Und jetzt kommt er für das hinter Gitter, was er PC Sykes angetan hat«, sagte Whitestone. »Das ist eine Tragödie für die Familie Sykes und für George auch. Er hätte vielleicht die Rikscha hinter sich lassen und etwas aus seinem Leben machen können.«

»Das weiß man nie«, sagte ich.

»Und wie geht es Ihnen?«, fragte Whitestone.

Mir tat das Knie weh, wenn es kälter wurde. Meine Rippen waren geprellt. Meine Zwischenrippenmuskeln – sie heben den Brustkasten an, wenn man einatmet – fühlten sich an, als wären sie zerrissen. Ein paar meiner Nervenenden kribbelten und klingelten noch immer wie mit eigenem Willen, funkten unter dem Nachglühen der 50 000 Volt, die sie kürzlich durchflossen hatten.

Aber der letzte Sommersonnenschein leuchtete auf die

Stadt. Scout kam nach Hause. Stan hatte noch lange, gute Jahre zu leben. Und Edie saß an ihrem Platz und packte schon ihre Handtasche, weil wir nicht viel zu tun hatten. Sie lächelte mich an und fuhr sich durch die roten Haare.

»Mir ging's nie besser, Boss«, sagte ich.

37

In ihrer Zweizimmerwohnung über einem Trödelladen auf der billigen Seite der Highbury Corner hatte Edie die letzten Sachen gepackt und war bereit zum Aufbruch. Heute zogen wir zusammen.

Die Umzugshelfer waren schon losgefahren, und wir würden sie erst in der Charterhouse Street wiedersehen, vor dem Wohnhaus direkt gegenüber dem Haupteingang des alten Fleischmarkts.

Vor unserem Zuhause.

Edie verschloss den letzten Pappkarton voller CDs und Bücher mit Paketband und wandte sich mir zu.

»Bist du dir auch sicher, Max?«

»Lass mich überlegen«, sagte ich.

Ich berührte ihren Mund mit meinem Mund.

Unheimlich, wie gut unsere beiden Münder zusammenpassten. Ich meine, ich bezweifle, ob es auf der ganzen Welt ein anderes Paar Münder gab, die so gut zusammenpassten.

»Aber wir werden eine dieser Familien sein.« Sie löste sich von mir. »So eine Patchworkfamilie! Ich weiß, dass Scout mich mag, aber vielleicht gefällt es ihr trotzdem nicht, wenn ich mit am Frühstückstisch sitze.«

Ich zog sie wieder eng an mich. Alles passte. Nicht nur unsere Münder. Manchmal weiß man einfach, wohin man gehört. Und wenn man weiß – wenn man wirklich weiß –, wohin man gehört, dann braucht man sonst gar nichts zu wissen.

»Alles wird prima«, sagte ich. »Das wird es.« Ich küsste sie ein letztes Mal. »Komm, jetzt fahren wir nach Hause, Edie.«

Wir trugen die letzten Kartons hinunter zu meinem alten BMW X5.

Die Straße war leer bis auf eine Frau in schwarzem Tschador, die mitten auf der Straße ging und in der rechten Hand einen Rucksack in Pink und Purpurrot trug, einen *Zornige-Prinzessin*-Rucksack. Die grellen kindlichen Farben hoben sich schroff von der trübseligen Kleidung ab.

Die Rundung des Gesichts – oder der Partien, die ich sehen konnte – kam mir vertraut vor.

Denn die Frau war Layla Khan.

Und den Rucksack hatte ich schon einmal gesehen.

Ich hatte ihn an dem ersten Tag in der Borodino Street gesehen.

Ich begriff endlich klar und deutlich, was ich die ganze Zeit gesehen hatte, was mir ins Gesicht gestarrt hatte, und ich wusste, dass ich mich nicht irrte, bevor Layla in den Rucksack griff.

»Max?«, fragte Edie. »Das ist doch Layla, oder?«

Sie ging los, auf das Mädchen zu.

Ich wusste jetzt, wie die beiden kroatischen Handgranaten das Haus in der Borodino Street verlassen hatten. Ich wusste mit völliger Sicherheit, dass Azza Khan sie in das Merchandisingprodukt des Hollywood-Animationshits vom letzten Sommer gepackt und in dem *Zornige-Prinzessin*-Rucksack durch die Reihen der bewaffneten Beamten in Sicherheit geschleust hatte.

»Geh zurück ins Haus!«, rief ich Edie zu.

Aber sie hatte mich schon stehengelassen und ging langsam auf die Gestalt in Schwarz zu.

Sie näherten sich einander. Sie blieben stehen. Sie standen einander gegenüber, dicht genug, um sich mit ausgestreckter Hand berühren zu können.

»Layla«, sagte Edie.

»Wir zerstören eure Häuser«, sagte sie.

Sie hatte etwas in den Händen.

In beiden Händen.

Sie sahen aus wie der Tod – schwarze Eier mit geriffelter Oberfläche, einem goldfarbenen Schalthebel und einem Zugring am Sicherungsstift, genau wie ein Schlüsselring. Ich stand nicht dicht genug dran, um den Namen des Herstellers auf der Seite zu lesen, aber ich wusste, was dort stand: *Cetinka* stand auf beiden Handgranaten, die vor zwanzig Jahren, als ein Krieg anderer Leute zu Ende ging, hätten vernichtet werden sollen.

»Edie!«, schrie ich.

»Aber ihr zerstört unsere Länder«, sagte Layla.

»Das hier ist dein Land«, sagte Edie, und sie schlang mit unendlicher Zartheit die Arme um Layla Khan, drückte sie an sich, während Layla Khan den Sicherungsstift erst aus der einen und dann aus der anderen kroatischen Handgranate zog.

Das Sonnenlicht funkelte auf den Metallstiften, als sie über den warmen Beton der schmalen Straße sprangen.

Edie hielt sie eng umschlungen und lächelte Layla ins Gesicht, aber ich erkannte das Gesicht nicht mehr, es war etwas, das ich noch nie gesehen hatte. Das Gift war nun in Layla. Ich wurde zurückgeschleudert, ohne die erste Explosion zu hören, oder die zweite, nur den gedämpften Laut von Luft, die mit erstaunlicher Gewalt auseinandergedrängt wurde, und dann das Echo wie das Geräusch, mit dem tausend Meilen unter der Erde eine Tür zugeknallt wird.

Ich lag auf dem Rücken.

Ich konnte etwas hören, das ich zuerst für Regen hielt, bis ich begriff, dass es das Prasseln zerspringender Glasscherben war, die auf ganzer Länge der Straße aus den geplatzten Fensterscheiben fielen.

Ich sah um mich.

Die aufgerissenen Körper der beiden Frauen lagen zusammen mitten auf der Straße. Eine rote Haarsträhne fiel Edie Wren ins geisterblasse Gesicht. Ich rief ihren Namen, und es war ein Laut, der von einer Stelle in mir kam, von der ich nicht gewusst hatte, dass sie existierte. Es war der Schrei von etwas, das unwiderruflich zerschmettert worden war.

Und schließlich begann ich zu kriechen.

38

Das Krankenhaus war niemals still, niemals dunkel, und niemals schlief es.

Selbst vor Sonnenaufgang, lange nachdem man uns die Medikamente verabreicht hatte, mit denen wir bis zum Morgen durchhalten sollten, gab es noch das gelbe Zwielicht der Krankenhausbeleuchtung an der Schwesternstation und auf dem Korridor und dazu Geräusche, die wie Laute aus der Unterwelt in meinen fiebrigen, medikamentösen Schlaf drangen.

Das Stöhnen und Schnarchen der Schlafenden. Das Ächzen und Keuchen der Unruhigen, die wachten oder schliefen oder irgendwo dazwischen waren. Die gedämpften Stimmen und das leise Lachen von der Schwesternstation, das eilige Tappen ihrer Gummisohlen auf den gebohnerten Korridorböden.

Das Schlimmste jedoch war die gesprungene Schallplatte in meinem Kopf.

Ich verlagerte mein Gewicht, um die Schmerzen in meinen Beinen zu lindern, die immer wieder durch den Morphinnebel stachen. Der einzige Grund, aus dem ich sicher wusste, dass ich hin und wieder schlief, waren die Traumfetzen, die ich noch vor Augen hatte, wenn meine Träume mir beim Aufwachen aus dem Bewusstsein glitten.

Fred war da, in meinem Kopf, näherte sich dem Bett, das lange Haar zu einem Knoten geschlungen, im Gesicht sein verschlagenes Piratenlächeln.

»Du hast so ein Glück, dass du trainierst«, sagte er.

Mrs Murphy kam irgendwann in der Nacht, als in der Welt draußen die Dunkelheit ungebrochen war und nur der weiche Schimmer der Krankenhauslampen ihr den Weg wies.

Sie setzte sich auf den einen Stuhl meines kleinen Zimmers

und drehte den Kopf zu mir, während Stan zu ihren Füßen schlief. »Sie trinken jetzt eine Tasse Tee zum Abendessen«, prophezeite sie. Und Sergeant John Caine kam aus den Schatten des Black Museum, Raum 101, New Scotland Yard.

»Ich setz den Kessel auf«, sagte er.

Danach schlief ich noch mehr, und als ich wieder wach wurde, stand Jackson vor mir. Er hatte den einen Stuhl ans Bett gezogen. Er tätschelte mir den Arm, und ich hielt den Atem an, als ich begriff, dass mein ältester Freund wirklich im Zimmer und nicht in meinem Kopf war.

»Du hast ein paar Granatsplitter in den Beinen«, sagte er bedächtig. »Aber sie tun's noch. Keine Sorge. Kein Problem.« Er zeigte mir sein Grinsen. »Ein paar Granatsplitter in den Beinen? Machen wir einen Club auf.«

Ich räusperte mich, damit ich den dicken Klumpen loswurde, der meine Kehle verstopfte.

»Edie?«, fragte ich.

Er tätschelte mir wieder den Arm.

»Edie ist tapfer, Max. Die Frau, die es getan hat, war sofort tot.«

Die Frau? Er meinte Layla Khan.

»Edie kämpft«, sagte Jackson. Er zögerte. »Sie ist noch nicht zu Bewusstsein gekommen. Aber sie ist ein zähes Mädchen.«

Ich nickte.

»Scout?«, fragte ich.

Er lächelte, und ich sah sein Zahnlückengrinsen, das ich mein ganzes Leben lang gekannt hatte.

»Ich habe mit Scout telefoniert. Mach dir keine Sorgen. Ihr geht es gut. Alles prächtig. Sie möchte, dass du wieder gesund wirst. Nichts hat sich geändert, okay? Scout kommt zu dir nach Hause.«

Ich schloss die Augen. Ich war mir jedes Atemzugs bewusst, und ich spürte die kleinen schwarzen Metallfragmente in meinen Unterschenkeln.

Edie schlief.

Scout kam nach Hause.

Und Layla Khan war tot.

»Stan?«, fragte ich.

Jackson grinste. »Stan ist bei Mrs Murphy und ihrer Familie. Er hat die beste Zeit seines Lebens. Die Enkel verwöhnen ihn total. Er wird auf dich warten.«

»Tibbs«, sagte ich. »Jesse.«

Das war keine Frage.

»Jesse ist schon wieder im Dienst«, sagte er. »Niemand wirft ihm vor, dass er einen Mörder mit der eigenen Waffe erschossen hat. Wie sollten sie auch?« Jackson schüttelte den Kopf. »Jesse war meine Schuld. Ich hätte euch die Sache mit den Fäusten austragen lassen sollen. Damit ihr das beide hinter euch bringt. So wie man es früher bereinigt hat. Dann wärt ihr jetzt die besten Freunde. Er hätte niemals auf dich geschossen. Allerhöchstens hätte er dir eine kräftige Abreibung verpasst. Oder du ihm. Und das hätte ich geschehen lassen sollen. Na ja, wer lebt, der lernt. Hoffen wir's zumindest.«

Das Morphin schloss mir die Augen, zog mich in die Tiefe.

Ich spürte, wie Jackson mir den Arm tätschelte, und trudelte in die Finsternis.

»Sag einfach, was du brauchst«, hörte ich ihn. »Vergiss nicht – du kannst neue Freundschaften schließen, aber keine alten.«

Vielleicht war das Letzte einfach nur in meinem Kopf.

Auch die Toten besuchten mich in jener Nacht.

An einem Punkt meines Morphinschlafs kamen meine Eltern. Sie waren nicht jung, sie waren nicht alt, meine Mutter und mein Vater, sie waren genau so, wie ich sie in Erinnerung hatte. Sie waren ganz sie selbst, sie waren ihre Essenz, aber sie standen auf der anderen Seite einer Mauer wie aus Glas, die eine Welt von der anderen trennte. Höher als der Himmel war die Mauer, und sie ließ kein Gespräch zu, nicht ein

Wort konnten wir wechseln. Ich konnte nur Liebe und Verlust empfinden und spürte, wie sehr ich meine Eltern vermisste, wie sehr ich sie, das begriff ich nun, an jedem einzelnen Tag meines Lebens vermisste.

Als Nächster folgte George Halfpenny. Er saß auf dem einen Stuhl meines Zimmers und las in einer alten Taschenbuchausgabe von A. J. P. Taylors *Die Ursprünge des Zweiten Weltkrieges* aus der Gefängnisbibliothek. Ich vermutete, dass auch er zu den Toten zählte, und hielt an seinem Hals Ausschau nach dem Mal der Menschen, die sich in ihren Zellen das Leben nehmen, dem blauen Todesmal, das immer diagonal zu einem Ohr hinauf verläuft, wo der Knoten war. Aber an seinem Hals fehlte das Todesmal, das der Gürtel oder das Bettlaken oder was auch immer hinterlässt. Darum wusste ich, dass George Halfpenny überleben würde, denn er wollte zu seinem Bruder Edward zurück, dem jungen Mann im Rollstuhl, dem Bruder, der ihn liebhatte und brauchte, ihn immer liebhätte und immer bräuchte und der es George unmöglich machte, etwas anderes zu tun, als sich an das Leben zu klammern.

»Menschliche Missgeschicke prägen den Verlauf der Geschichte gewöhnlich stärker als menschliche Niedertracht«, sprach er, und ich konnte nicht sagen, ob das ein Zitat von A. J. P. Taylor oder George Halfpenny war.

Ich schlief.

Ich erwachte.

Es war noch immer dunkel und stiller als irgendwann in der Nacht. Ich horchte auf das Tappen der Gummisohlen unter den Schuhen der Schwestern, während sie ihrer Arbeit nachgingen. Ich horchte auf ihre Stimmen, warmherzig, heiter und jung, während sie gedämpft an ihrer Station plauderten, und ich horchte auf die anderen Patienten, die sich im Schlaf quälten.

Aber ich hörte nichts.

Die Nacht war ruhig und still und im Frieden mit sich selbst.

Und Edie saß in T-Shirt und Slip am Fenster, hatte die Beine, die ich liebte, unter den Po gezogen, den ich liebte, und zeigte in dem Gesicht, das ich liebte, einen besorgten Ausdruck. Sie strich die roten Haare zurück und fixierte mich mit ihren grünen Augen.

Mit endloser Traurigkeit blickte sie mich an und sagte kein Wort.

Dann kam der Morgen, die Station erwachte. Der Geruch des Krankenhausfrühstücks verursachte mir Übelkeit und ließ mich sehr genau überlegen, ob ich jemals wieder etwas essen wollte.

Joy Adams saß auf dem einen Stuhl und betrachtete mich eingehend mit ihren großen dunklen Augen, während Pat Whitestone an meinem Bett stand.

Mein Boss. Sie hielt meine Hand.

»Edie«, sagte sie.

»Sie ist tough«, sagte ich.

Meine Stimme war so rau, dass sie fremd klang, aber sie war erfüllt von undeutlicher Hoffnung.

»Die Beste und die Tapferste«, sagte Whitestone. »Eine sehr zähe junge Frau. Aber ich muss Ihnen leider sagen, dass Edie nicht durchgekommen ist, Max.«

Ich starrte sie eine Weile an. Ich sah zu Joy. Ihr liefen die Tränen herunter. Ich wandte mich wieder Whitestone zu.

»Okay«, sagte ich.

»Edie hat das Bewusstsein nicht wiedererlangt.«

»Okay.«

»Sie ist in der Nacht entschlafen. Sie hat nichts gespürt. Edie ist gestorben, während sie die Arbeit tat, die sie geliebt hat, Max.«

»Okay.«

Nach einer Weile gingen sie weg, weil Krankenhausbetten es an sich haben, dass einem die Dinge ausgehen, die man sagen kann; am Ende bleibt nichts übrig, man vermag keine banale Beobachtung mehr anzustellen oder aufrichtiges Bedauern auszudrücken. Dann kommen Frühstück und Morphin, die man nehmen oder ablehnen kann.

Der Himmel zog am Fenster vorbei, und zum ersten Mal schien es mir, als nähere sich die Nacht viel schneller, als endeten die Tage unseres langen Sommers doch noch. In dieser Nacht kam niemand zu mir, kein Lebender und kein Toter, denn nach einer Weile lassen sie einen alle in Ruhe. Ich war hellwach – die Medikamente wirkten nicht mehr –, als ich endlich zu dem dunklen, stillen Moment gelangte, den man im ruhigen Zentrum jeder Nacht findet, selbst wenn man in einem Krankenhausbett liegt.

Da war es, dass ich mein Gesicht ins Kissen drückte und um Edie Wren weinte und um mich selbst und um unsere Kinder, die niemals geboren würden.

39

Die Blätter nahmen die Farbe unseres Hundes an.

Stan und ich fuhren zu der Straße, die aussah, als wäre dort nie etwas Schlimmes geschehen, und ich parkte den alten silbergrauen BMW X5 vor dem Haus mit dem ZU-VERKAUFEN-Schild im Vorgarten.

Wir waren weder zu früh noch zu spät. Ich hatte unsere Ankunft auf die Minute getimt, und als ich die Handbremse anzog, öffnete sich die Tür zu einem Durcheinander aus Erwachsenen und kleinen Kindern, die sich im Flur tummelten, und im Zentrum von ihnen allen war das Gesicht meiner Tochter.

Scout verabschiedete sich von ihnen.

Ich stemmte mich aus dem Auto. In meinen Unterschenkeln flammten die Schmerzen auf. Die Muskeln waren noch steif von den Verletzungen durch die gezackten schwarzen Granatsplitter, die für immer bei mir bleiben würden. Ich griff an Stan vorbei in den Fußraum des Beifahrersitzes und holte meinen Gehstock hervor.

Als ich mich neben dem Wagen aufrichtete und dabei einen Teil meines Gewichts auf den Stock verlagerte, betrachtete Scout mich, und ihr Gesicht trübte sich beim Anblick ihres lädierten alten Vaters ein.

Wir sahen einander an, und in dem Blick, den wir wechselten, lag ein flüchtiger Eindruck von der fernen Zukunft, einer Zeit, die wir in fünfzig Jahren kennen würden, wenn das Kind zum Betreuer und der Elternteil zum Betreuten geworden war. Diese Zeit erwartete mich und meine Tochter in einem Lebensalter ab heute; die Sommer würden vorüberfliegen, einer nach dem anderen, und beide konnten wir überhaupt nichts tun, um das aufzuhalten.

Dann war der Moment vorüber. Ich machte einen beschwerlichen Schritt Richtung Gartenzaun und blieb mit schmerzverzerrtem Gesicht stehen. Aber dann spielte es keine Rolle mehr, denn ich rief den Namen meiner Tochter.

Und Scout kam zu unserem Auto gerannt, zu ihrem Hund und in meine Arme.

Ein Fall, der nie aufgeklärt wurde
Eine Schuld, die nie gesühnt wurde
Zwei Polizisten, die die Wahrheit suchen

Julius Kron
DIE TOTE VON DRESDEN
Slakow und Haberking
ermitteln
DEU
336 Seiten
ISBN 978-3-404-18068-4

Die Kommissare Frank Haberking und Anna-Maria Slakow haben nur eines gemeinsam: nichts zu verlieren. Sie wurden strafversetzt und sollen die zehn Jahre zurückliegende Entführung der Dresdner Familienrichterin Jennie Flagant aufklären. Ein Fall, an dem bisher alle Ermittler gescheitert sind. Jennie Flagant wurde damals in die Zwangsprostitution verschleppt. Da sie wenige Tage nach ihrer Befreiung durch die Polizei Selbstmord beging, blieben viele Fragen offen. Wer hat sie durch diese Hölle gehen lassen und vor allem: Warum? Auf der Suche nach Antworten geraten Slakow und Haberking in einen Fall mit ungeahnten politischen Dimensionen, der sie in höchste Gefahr bringt ...

Lübbe